诗经·楚辞

诗经·楚辞

中国传统文化
优秀读本

（春秋）孔子等◎编选
宇枫◎主编

中国华侨出版社
北京

图书在版编目（CIP）数据

诗经·楚辞／（春秋）孔子等编选；宇枫主编.—北京：中国华侨出版社，2018.1（2020.10重印）

ISBN 978-7-5113-6668-9

Ⅰ.①诗… Ⅱ.①孔…②宇… Ⅲ.①古体诗—诗集—中国—春秋时代②古典诗歌—诗集—中国—战国时代 Ⅳ.①I222.2②I222.3

中国版本图书馆CIP数据核字（2017）第030087号

诗经·楚辞

编　　选：	（春秋）孔子等
主　　编：	宇　枫
责任编辑：	子　慕
封面设计：	阳春白雪
文字编辑：	单团结
美术编辑：	于鹏东
经　　销：	新华书店
开　　本：	720毫米×1020毫米　1/16　印张：24　字数：400千字
印　　刷：	北京德富泰印务有限公司
版　　次：	2018年6月第1版　2020年10月第2次印刷
书　　号：	ISBN 978-7-5113-6668-9
定　　价：	45.00元

中国华侨出版社　北京市朝阳区西坝河东里77号楼底商5号　邮编：100028
法律顾问：陈鹰律师事务所
发行部：（010）88866079　　传　真：（010）88877396
网　　址：www.oveaschin.com　　E-mail：oveaschin@sina.com

如发现印装质量问题，影响阅读，请与印刷厂联系调换。

前　言

　　孔子曰："不学诗，无以言。"《诗经》是我国最早的一部诗歌总集，是我国古代人民智慧和经验的结晶，在文学史和文化史上产生了深远的影响。它以其丰富的内涵与深刻的思想性为我们描绘了一幅无比生动的社会历史画卷。其内容分为"风""雅""颂"三部分，在语言技巧、体裁形式、艺术形象和表现手法上，都显示出我国最早的诗歌作品在艺术上的巨大成就，为我国诗歌创作奠定了深厚的文学基础。

　　作为中国古典文学的源头之一，《诗经》如同黄河一般，一直流淌着，延伸着，不仅抚育了世世代代的诗人作家，也浸润了数千年来不同阶层人士的心田。《诗经》中的许多诗句因其意境美好、内涵丰富、意味深长而为后世的人不断引用，至今仍熠熠生辉。《诗》之风，或泼辣，或讽刺，或含蓄，或蕴藉，纯朴真挚，生趣盎然；《诗》之雅，或幽怨，或铿锵，或清雅，或柔润，言尽意远，激荡心灵；《诗》之颂，或肃穆，或雄健，或虔诚，或谦恭，回旋跌宕，意蕴无穷。正如孔子曰："诗可以兴，可以观，可以群，可以怨，迩之事父，远之事君；多识于鸟兽草木之名。"

　　可以说，《诗经》是中华民族宝贵的精神文化财富，是绽放于世界文学巅峰之上的艺术奇葩，是我们了解当时政治、经济、文化、历史和社会的珍贵资料。

　　"楚辞"又叫作"楚词"，是战国时期诗人屈原创造的一种诗体。作品运用楚地（今两湖一带）的方言声韵和文学样式，叙写楚地的历史风情和山川人物，具有浓厚的地方特色。汉代的刘向把屈原的作品及宋玉等人"承袭屈赋"的作品编辑成集，名为《楚辞》。

《楚辞》是继《诗经》以后，对我国文学具有深远影响的一部诗歌总集，对我国文学具有深远的影响，不仅开启了后来的赋体，而且影响了历代散文的创作，是我国积极浪漫主义诗歌创作的源头。梁启超曾说："吾以为凡为中国人者，须荼有欣赏《楚辞》之能力，乃为不虚生此国。"可见《楚辞》在中国文学史上地位之崇高。《楚辞》以其丰沛的激情、瑰丽的想象、惊艳的辞藻和浓郁的楚国地方特色和神话色彩，一直成为后世作家心仪的榜样。

与《诗经》古朴的四言体诗相比，《楚辞》的句式更加活泼，句中有时使用楚地方言，在节奏和韵律上独具特色，更适合表现丰富复杂的思想感情。

《诗经》和《楚辞》中奇特的想象、朴实奔放的情感，为读者展现了别具一格的魅力。现代人在繁忙紧张的生活中偶尔驻足，读读这些精美的诗文，必然可以从细腻柔婉的诗句中得到启迪。

然而，迄今为止，注释、研究《诗经》和《楚辞》的著作数不胜数，有的旧注过于繁重，初学者无法驾驭，勉强读之，不得要领，反而降低了学习兴趣；有的选目不全，无法全面地掌握诗歌的全貌，不免遗憾；有的版式过于单调，阅读时很容易产生疲劳。为了让广大读者能够轻松愉悦、全面有效地了解《诗经》和《楚辞》，获得最佳的阅读效果，我们秉承大众阅读的原则，推出了这本书。

全书收录了《诗经》和《楚辞》这两部巨著的精华，采用通俗易懂的语言深入浅出地对每篇作品进行了详解、翻译、赏析，给读者营造出一种轻松的阅读环境，使读者直观领略中国传统优秀文化的博大精深，获得高雅的艺术享受。

本书全新设计，集阅读价值、研究价值、收藏价值于一体，是《诗经》和《楚辞》爱好者的理想读本，非常适合广大读者收藏，可以提高书房藏书的文化品位。

翻阅本书，相信对弘扬国粹和提高读者的国学素养大有裨益。

目 录

风篇

周南 …… 2	驺虞 …… 31
关雎 …… 2	**邶风** …… 33
葛覃 …… 4	柏舟 …… 33
卷耳 …… 7	绿衣 …… 36
樛木 …… 9	燕燕 …… 38
螽斯 …… 11	日月 …… 40
桃夭 …… 13	终风 …… 42
兔罝 …… 15	式微 …… 44
召南 …… 17	旄丘 …… 46
鹊巢 …… 17	简兮 …… 48
采蘩 …… 19	泉水 …… 50
草虫 …… 21	北门 …… 52
采蘋 …… 23	北风 …… 54
甘棠 …… 25	静女 …… 56
江有汜 …… 27	**鄘风** …… 59
何彼襛矣 …… 29	柏舟 …… 59

墙有茨 …………………………… 61	羔裘 …………………………… 117
君子偕老 ……………………… 63	有女同车 ……………………… 119
桑中 …………………………… 66	风雨 …………………………… 121
定之方中 ……………………… 69	子衿 …………………………… 123
蝃蝀 …………………………… 71	扬之水 ………………………… 125
卫 风 ……………………… 74	出其东门 ……………………… 127
淇奥 …………………………… 74	野有蔓草 ……………………… 129
氓 ……………………………… 76	**齐 风** ……………………… 132
竹竿 …………………………… 80	鸡鸣 …………………………… 132
芄兰 …………………………… 82	还 ……………………………… 134
有狐 …………………………… 84	著 ……………………………… 136
木瓜 …………………………… 86	东方之日 ……………………… 138
王 风 ……………………… 89	东方未明 ……………………… 140
黍离 …………………………… 89	南山 …………………………… 142
君子于役 ……………………… 91	**魏 风** ……………………… 145
君子阳阳 ……………………… 94	园有桃 ………………………… 145
扬之水 ………………………… 95	伐檀 …………………………… 147
中谷有蓷 ……………………… 98	**唐 风** ……………………… 151
葛藟 …………………………… 100	蟋蟀 …………………………… 151
采葛 …………………………… 102	山有枢 ………………………… 153
大车 …………………………… 104	绸缪 …………………………… 156
郑 风 ……………………… 107	杕杜 …………………………… 158
缁衣 …………………………… 107	羔裘 …………………………… 160
将仲子 ………………………… 109	**秦 风** ……………………… 162
叔于田 ………………………… 111	车邻 …………………………… 162
大叔于田 ……………………… 113	驷驖 …………………………… 164
清人 …………………………… 115	

蒹葭 …… 166	鹿鸣 …… 212
终南 …… 169	常棣 …… 214
黄鸟 …… 171	伐木 …… 217
晨风 …… 174	天保 …… 219
陈风 …… 176	采薇 …… 222
宛丘 …… 176	鸿雁 …… 225
防有鹊巢 …… 178	沔水 …… 227
月出 …… 180	鹤鸣 …… 230
株林 …… 183	**大雅** …… 232
泽陂 …… 185	文王 …… 232
桧风 …… 187	思齐 …… 235
羔裘 …… 187	云汉 …… 237
素冠 …… 189	
隰有苌楚 …… 191	

颂篇

曹风 …… 193	**周颂** …… 241
蜉蝣 …… 193	清庙 …… 241
候人 …… 195	维清 …… 242
鸤鸠 …… 197	烈文 …… 244
下泉 …… 199	天作 …… 245
豳风 …… 201	昊天有成命 …… 247
七月 …… 201	**鲁颂** …… 249
鸱鸮 …… 205	駉 …… 249
东山 …… 208	有駜 …… 251
破斧 …… 210	泮水 …… 253
	閟宫 …… 256

雅篇

小雅 …… 212	**商颂** …… 260

那 …………………… 260	河伯 …………………… 309
烈祖 ………………… 261	山鬼 …………………… 311
玄鸟 ………………… 263	天问 …………………… 314
离骚 ……………… 266	九章 …………………… 341
九歌 ……………… 296	惜诵 …………………… 341
东皇太一 …………… 296	涉江 …………………… 346
云中君 ……………… 297	哀郢 …………………… 350
湘君 ………………… 298	抽思 …………………… 355
湘夫人 ……………… 301	怀沙 …………………… 359
大司命 ……………… 304	思美人 ………………… 363
少司命 ……………… 306	惜往日 ………………… 367
东君 ………………… 308	橘颂 …………………… 372

诗经

风篇

周　南

◎ 关雎 ◎

关关雎鸠①，在河之洲。窈窕淑女，君子好逑②。
参差荇菜③，左右流之④。窈窕淑女，寤寐求之⑤。
求之不得，寤寐思服⑥。悠哉悠哉，辗转反侧。
参差荇菜，左右采之。窈窕淑女，琴瑟友之。
参差荇菜，左右芼之⑦。窈窕淑女，钟鼓乐之。

【注释】

①关关：鸟鸣之声。雎（jū）鸠：一种水鸟的名字，据说这种鸟用情专一，不离不弃，生死相伴。②逑（qiú）：同"仇"，配偶。③荇（xìng）菜：一种可以食用的水生植物。④流：择取。⑤寤（wù）：醒来。寐（mèi）：入睡。⑥思服：思念。⑦芼（mào）：择取。

【赏析】

《关雎》写的是一位青年男子对一位姑娘一见倾心，而后朝思暮想、备受煎熬的感受。

"关关雎鸠，在河之洲。窈窕淑女，君子好逑。"啁啾鸣和的水鸟，相互依偎在河的碧洲。娇媚明丽的少女，是不凡男子的好配偶。首章写男主人公见到一位艳丽美好的姑娘，对她一见倾心，爱慕之情无法自制。他见到河中沙洲上雄雌水鸟相互依偎，由此想象：她若是能成为自己的妻子，两人天天如这水鸟一样相依不舍该有多好。

"参差荇菜，左右流之。窈窕淑女，寤寐求之。"任意采摘遍地鲜嫩的荇菜，不需顾及左右。日夜都希望那位娇媚明丽的少女与我携手。主人公回想日间姑娘随手采摘荇菜的样子，她苗条的身材、艳美的面庞在眼中和心间挥之不去，男子心中的深情已难以言表。

"求之不得，寤寐思服。悠哉悠哉，辗转反侧。"美好的她难以得到，日夜都想得我揪心。情深悠悠欲理还乱，翻来覆去思念不休。这里讲述了主人公内心爱她又不好表白的心情。他心乱如麻，不知她是否瞧得上自己，因而觉得很痛苦，翻来覆去睡不着觉。

"参差荇菜，左右采之。窈窕淑女，琴瑟友之。"遍地鲜嫩的荇菜，随手采摘不需要担忧。我要弹琴鼓瑟，迎娶娇媚明丽的少女。那日姑娘采摘荇菜时的婀娜体态在主人公的眼中和心间仍旧萦绕不去，他暗自设想自己要弹着琴鼓着瑟去向她示好，看看能否打动她的芳心。

"参差荇菜，左右芼之。窈窕淑女，钟鼓乐之。"遍地鲜嫩的荇菜，任由挑选不需烦恼。我要击鼓鸣钟，让那娇媚明丽的少女永久跟随我。那一日，红晕娇容的姑娘采摘荇菜的景象在主人公脑海里无法抹去，他经受不住这痛苦的折磨，下定决心，不顾一切击鼓鸣钟去向她求婚。

《关雎》这首诗描述了一个温婉美丽的情思故事：一名青年男子，见到一位采荇菜的姑娘，被她深深吸引，然而他顾虑重重，羞于开口，于是只能在想象中与她接触、亲近、结偶。诗的妙处在于对爱的叙述直白又含蓄：他不敢当面向她表白，却让自己沉浸在爱的幻想中。这是中华民族传统的爱慕方式，含蓄内敛，悸动而羞涩。《诗经》篇目中有关爱情的描写有许多，有场景式的描写，也有对话式的叙述，更多的却是如《关雎》这样的矜持、羞怯的心理描绘，这种爱，朴素而健康，纯洁而珍贵。

自古中国就是一个诗的国度，数千年前的春秋时代就产生了许多民歌，流传下来集成了这部《诗经》，它是中华民族的瑰宝。《诗经》是中国经典的古文化典籍，而这首诗是《诗经》的第一篇，因此在中国文学史上具有特殊地位。

史载《诗经》是孔子晚年为授徒而编纂的教材。孔子把一首爱情诗放在《诗经》的第一篇，是有其用意的。他认为，食与性是人类生存的基本要求，谁都无法回避，但不回避并不代表放纵，欲念是需要尺度的。欲念的放纵，会对人类社会的秩序造成危害，而一切的克制都要从约束男女之欲开始。作为儒家思想开创人的孔夫子将《关雎》放在开篇，意在教化人们克制自己的欲望。

孔子在《论语》里说："诗三百，一言以蔽之，曰：思无邪。"《关雎》即是"思无邪"的典型标本。《关雎》所写的爱情，其情感是克制的，行为是谨慎的。这种爱的方式，符合中华民族传统的婚恋观念，也符合儒家"以明教化"的目标，因而被编在《诗经》的首篇可谓是适得其所。

这首诗的主题历来存有争论：大多数人认为它描写的是男女爱情；有的学者则认为是赞美"后妃之德"；还有人认为它不是一般意义上的爱情诗，而是抒发一种"志"：表象是君子对淑女志在必得的追求，实则是抒发君侯对贤人的渴求。

实际上，孔子引《关雎》为首篇，授人以教化，也只体现出老夫子的意图，并非诗作者的本意。《关雎》作为春秋时代的民歌，即便经过人为的整理，也仍不失朴素天然的本真。其中没有文人装腔作势的庸俗之声，更没有政治的教化之声。读这首诗，能从中感受到的是浓浓的、远古的自然气息。

◎葛覃◎

葛之覃兮①，施于中谷②，维叶萋萋③。黄鸟于飞④，集于灌木⑤，其鸣喈喈⑥。

葛之覃兮，施于中谷，维叶莫莫⑦。是刈是濩⑧，为缔为绤⑨，服之无斁⑩。

言告师氏⑪，言告言归⑫。薄污我私⑬，薄澣我衣⑭。害澣害否⑮？归宁父母⑯。

【注释】

①葛：一种蔓草，可以抽取它的纤维用来织布，俗称夏布，这种草的藤蔓还可以用来做鞋，供夏天穿用。覃（tán）：延长，此处指蔓生之藤。②施（yì）：蔓延。中谷：在山谷中。③维：发语词。萋（qī）萋：茂盛的样子。④黄鸟：黄莺，一说黄雀。于：语气助词。⑤集：栖息。⑥喈（jiē）喈：鸟儿婉转鸣叫的声音。⑦莫莫：茂盛的样子。⑧刈（yì）：割取。濩（huò）：用热水煮东西，这里是指将葛放在水里煮。⑨缔（chī）：细葛布。绤（xì）：粗葛布。⑩斁（yì）：厌倦。⑪师氏：女师，教女子妇德、妇言、妇容、妇功。⑫言：语气助词。归：回娘家。⑬薄：助词。⑭澣（huàn）：同"浣"，洗涤。衣：外衣。⑮害：通"何"，什么。否：表示否定，此处指不用洗的衣服。⑯归宁：回家以慰父母之心。

【赏析】

历来人们对《葛覃》女主人公身份的说法不一：有人认为诗中女子应是一位后妃，这位后妃在女师的教导下，修习女工之事，借此影响民风妇道；有的学者认为诗中反映的是给贵族割葛、煮葛、织布的女奴告假、洗衣、准备回家的一段生活情景。到底是后妃还是女奴，这场争论最终也没有定论。

另外，关于这位女子已嫁人还是未嫁人，也有争论：诗的末章点出了女子将"归宁父母"，在古代，"归"既可指女子的出嫁，又可指嫁出去的女子返回娘家。所以有人认为此诗是赞美后妃出嫁前温习女工、躬行节俭、尊敬师长的美德。但诗中"归宁父母"最恰当的解释是"回家探视问候父母"，如此看来作者本意应该是在描述已嫁女准备回娘家，解释为"准备出嫁"未免失之牵强。不管主人公是后妃还是女奴，是待嫁女还是新嫁娘，诗中描绘这位女子欣喜愉悦和企盼"归宁"的心情却是没有疑问的。整首诗写得意趣盎然，生动活泼，三个章节递进式地演示了三卷有趣的画境。

开篇一章的画面中，并没有出现人，出现的只是一派绿意葱茏的葛藤。生命力极强的葛藤在蓬勃浓郁的山谷之中蔓延，清碧幽静的浅谷中，一阵"喈喈"的鸟鸣响起，原来是一群美丽的黄雀飞来，它们展动翅膀在林间打转，而后又群落在灌木丛上，叽叽喳喳和鸣欢唱。一幅自然和谐的画卷展现在人们的眼前，引起人们的无尽联想。

"是刈是濩，为絺为绤，服之无斁"，虽然文字中仍旧没有对容貌、形态进行描绘，却仿佛让人看到女主人公如葛蔓般纤纤细腰弯下去，割着长长的葛藤，又见她将割下的葛蔓拖回家去烧煮，煮好后剥下葛丝，织织复织织，织成了葛布，缝制成了衣裙，欢欢喜喜穿在身上。一句"服之无斁"，描述女主人公将自己织的布穿在身上永不厌弃的心情，生动形象地表达了辛苦操持获得劳作成果后的无尽欢慰。

第三章的情境又是一变，诗中多了一位"师氏"，她似乎静静地倾听着主人公的叙说："告诉您，我的女师傅，我将要回家去，定要把内衣洗干净，再把外衣也泡上，哪些要洗哪些不要洗，我要回家看爹娘。"

"害澣害否？归宁父母"，抑制不住激动的女主人公向师氏这位女师傅连珠炮似的吐露出内心的喜悦。虽然不见其形体及面容，然而一位勤劳、聪敏、活泼、孝顺的韶龄女子却活现在面前，可亲又可爱。

《诗经》中运用比喻的手法较多，这首诗中"黄鸟于飞，集于灌木，其鸣喈喈"一句，以黄鸟的"飞"和"鸣"，比喻自由自在的孩童和少女时代，轻描淡写、委婉含蓄地勾勒出黄鸟在林中自由自在飞转、鸣叫的情景，由此勾起了女子对以往未嫁时无忧无虑生活的回忆，引发了她想回娘家的心愿。

诗中还以季节的变化来暗示女主人公想回娘家的愿望从未停止。"葛之覃兮，施于中谷，维叶萋萋"，葛蔓刚刚萌发生长，且长势迅快，这时尚是春季，女子回娘家的想法已在心头滋生；之后"葛之覃兮，施于中谷，维叶莫莫"，葛蔓已经爬得遍山满谷，蓬勃茂密，已是夏季，她想回娘家的想法如葛藤一样延伸；"是刈是濩"，葛覃长成的秋季到了，女子收割后，纺线织布，回娘家的愿望更加强烈；"薄污我私，薄澣我衣"，此时已经穿上内外重叠的厚衣，闲暇的冬季，诸事俱备，马上就要回到家里与父母欢聚。回娘家的愿望历经了四季，终于可以实现，女子当然会激动雀跃、喜形于色、话语连珠了。

◎ 卷耳 ◎

采采卷耳①，不盈顷筐②。嗟我怀人③，寘彼周行④。

陟彼崔嵬⑤，我马虺隤⑥。我姑酌彼金罍⑦，维以不永怀⑧。

陟彼高冈，我马玄黄⑨。我姑酌彼兕觥⑩，维以不永伤。

陟彼砠矣⑪，我马瘏矣⑫，我仆痡矣⑬，云何吁矣⑭。

【注释】

①采采：采摘。卷耳：一种野菜，今名苍耳。②顷筐：斜口筐，后高前倾。③嗟：语气助词，另一说，叹息声。④寘（zhì）：同"置"，放下之义。周行：大路。⑤陟（zhì）：登高。崔嵬（wéi）：高而不平的土石山。⑥虺隤（huī tuí）：因疲劳而生病。⑦金罍（léi）：青铜盛酒器。⑧维：发语词。永：长久。⑨玄黄：马生病而变色。⑩兕觥（sì gōng）：犀牛角做成的酒杯。⑪砠：有土的石山。⑫瘏（tú）：马因生病而无法前行。⑬痡（pū）：人过度疲惫、无法走路的样子。⑭吁（xū）：忧愁而叹。

【赏析】

《卷耳》是一篇妻子思念远出征战的丈夫的诗歌。

诗的开篇展示了一幅动感的画卷——"采呀采呀卷耳菜，采来采去装不满筐。想念那远方的亲人啊，竹筐停放在大路上。"翠峦蔓延，一条大路沿着山麓伸向远方，一个女子挎着浅竹筐，一棵一棵地采摘卷耳菜。可她采了好些时候也没装满浅筐，有很多卷耳菜都掉落在地上。因为她的心没在卷耳上，而是随外出征战的丈夫飞向了远方。

不断地苦想之下，她的心情越加凄惶，已没有心力再采摘卷耳菜。她痴望着丈夫离开的那条大路，把竹筐放置在脚边，沿路张望，目光迷离，仿佛看到了远行归来的丈夫的身影。然而清醒过来时，她才知那只是幻觉。她不由得嗟叹连连，眼里也噙满泪水。短短四句诗，将女主人公思念丈夫的心情渲染得淋漓尽致。

"走在高高的石山上，马儿困倦又踉跄。待我斟满铜杯酒，醉后忘忧免思量。"第二章作者抒发情感的笔意进一步延展。采卷耳的女子的思绪已飞到丈夫的身边，她想象着：丈夫在征程中爬过荒坡、攀过高岗、越过山顶，连续的行军导致人困马乏，马匹已经积劳成疾，再难背负主人行走，仆人也因劳累而病倒难起，如此的艰难困苦使丈夫不禁想起家中贤德的妻子和平静的生活，心中不免会无限惆怅，他只得借酒浇愁以淡化乡愁，然而借酒浇愁愁更愁，酒落愁肠化作相思泪，反而令他更加思念家乡和妻子。

"登上了高高的乱山冈，我的马儿疲惫又彷徨。我打起精神斟满酒，但愿从此把思念和烦恼全都忘。"夫妻间的心灵是相通的，妻子思念丈夫，丈夫一定也在思念自己的妻子，于是作者把妇人放下，笔锋一转娓娓诉说起丈夫思念妻子的苦涩心境。妻子想到丈夫在山冈上人疲马乏，丈夫所遇的境况也恰如所料：他行到山顶上，又饿又累又彷徨，勉强提神斟酒，打算借酒消愁。

也许事实不会如此巧合，但作者以丈夫念妻思乡的臆想，把空间骤然拉大，连接起两地夫妻的情丝，扩展了诗的意境，渲染了相思气氛，使诗在形式上具有两地情书、互相应答、相映相衬的艺术效果。这一章，采用复沓的形式，深入描述了征战的丈夫在外的危难困苦以及思念家人的愁情，深刻揭示了战争给人们带来的深重灾难。诗中借马的病疲，喻示征途的艰危，以借酒浇愁，表达愁已沉淀，无法可解。

最后一章"陟彼砠矣，我马瘏矣，我仆痡矣，云何吁矣"，每句以语气词结尾，给人以呼吸急促之感，好似远方的征人身体疲惫不堪，心灵更受不了苦思的折磨，因而要尽快结束这场遥相呼应的痛苦对话；又像是他不想再让远方的妻子怀念自己，决断地让双方立即打住。如同在说："痛就让它痛去吧，我们都把思念埋在心里！"彼时彼刻，远方的他似乎已经疲惫到倒地不起，夫妻之间苦苦相思却不能相见，万分无奈之情溢于言表。

《卷耳》将描写、感情、想象融为一体，字字流露出夫妻间的深厚感情，读来感人至深。红学家俞平伯评论这首诗时说："当携筐采绿者徘徊巷陌，回肠荡气之时，正征人策马盘旋，度越关山之顷，两两相映，境殊而情却同，事异而怨则一。所谓'向天涯一样缠绵，各自飘零'者，或有诗人之旨乎！"俞先生的评价恰当地道出了这首诗前后映衬、花开两朵的艺术特色。

◎樛木◎

南有樛木①，葛藟累之②。乐只君子③，福履绥之④。
南有樛木，葛藟荒之⑤。乐只君子，福履将之⑥。
南有樛木，葛藟萦之⑦。乐只君子，福履成之⑧。

【注释】

①樛（jiū）木：树向下弯曲。②葛藟（lěi）：葛和藟都是蔓生植物，茎可以缠树。累（léi）：缠。③只：助词。④福履：福禄，幸福。绥

（suí）：安乐。⑤荒：覆盖，遮掩。⑥将：扶助。⑦萦（yíng）：缠绕。⑧成：成就。

【赏析】

　　就《诗经》而言，只有参透"比"与"兴"所负载的深刻蕴味，才能真正认识"兴"的"所咏之词"。《樛木》一诗，从一开头便用比兴手法，先言"樛木""葛藟"以引起所咏"君子"与"福履"，而后又以"樛木"和"葛藟"比喻君子的福禄快乐。"比者，以彼物比此物也"，诗中的"彼物"即"樛木"和"葛藟""此物"即"君子"和"福履"——用"樛木"被"葛藟"缠绕，来比喻君子常得福禄相随，着实逼真鲜明。此处兴而兼比，两者相得益彰。

　　《诗经》通常都极为押韵，有句首入韵，一韵到底；有隔句相押；也有句尾相押之分。拿《樛木》来说，它重章叠句，回环复沓，实则整首诗只在两个字上反复改动，这种手法在《国风》中很常见，意在增加诗歌的音乐性和节奏感，可以充分抒发感情，具有回旋跌宕的艺术效果。

　　在《诗经》中，古人喜欢用自然界万物尤其是动植物寄托自己的情思，赋予其浓厚的负载意味，《樛木》亦不例外。借弯曲的树木和攀爬而上的葛藟，来喻指君子的福禄快乐。

　　从字面上理解，这似乎是一首形象动人的祝福歌。然而《诗经》常常把真正的内涵和寓意埋在简单的表象之下，如《关雎》开头："关关雎鸠，在河之洲"，原是诗人借眼前景物以兴起下文的"窈窕淑女，君子好逑"，但"关雎和鸣"也可以比喻男女求偶，或男女间的和谐恩爱。

　　若探究其植物意象背后的"隐语"，那么"樛木"所指代的应是高大英俊的男子，而"葛藟"则是温柔委婉的女子。恋爱中的男子因女子的依赖而满心欢愉，他自豪于成为心爱的女人的依靠，这种清纯清新的本色如同少女一见钟情时的欣喜和娇羞。不可否认，《诗经》中坚贞纯洁的爱情至今仍闪烁着不可磨灭的光辉。

清代文学家方玉润在《诗经原始》中这样推测:"观'累''荒''萦'等字有缠绵依附之义,如葛罗之施松柏,似于夫妇为近。"从这种角度看,《樛木》一诗似乎描绘了这样的景象:一个即将迎娶新娘的年轻男子,在众人"南有樛木,葛藟累之。乐只君子,福履绥之"的反复吟唱和喝彩中,牵起了新娘的手。新娘梨花带雨的脸上饱含着娇羞,新郎脸上也洋溢着幸福的笑容。他们彼此心贴着心,从此快乐地生活下去。

这无疑是一首情真意切的婚礼祝福歌。这种解释,才算真正参透了《樛木》的真谛。而《毛诗序》中"后妃""能逮下而无嫉妒之心焉"的说法,则有附会之嫌,与原诗的意义相差甚远。

总之,无论其主题是对君子福禄安康的单纯祝福,还是恋爱时的浪漫,抑或是结婚时的激动、兴奋、山盟海誓,《樛木》所传达的永远是生命里的那份欢愉,寄托的亦是彼此惦念的那份情思。

◎螽斯◎

螽斯羽①,诜诜兮②。宜尔子孙,振振兮③。
螽斯羽,薨薨兮④。宜尔子孙,绳绳兮⑤。
螽斯羽,揖揖兮⑥。宜尔子孙,蛰蛰兮⑦。

【注释】

①螽(zhōng):蝗虫,俗称蚂蚱。②诜(shēn)诜:形容众多。③振振:盛多的样子。④薨(hōng)薨:很多虫飞的声音。⑤绳绳:绵延不绝的样子。⑥揖(jí)揖:会聚。⑦蛰(zhé)蛰:群聚欢乐的样子。

【赏析】

《螽斯》是一首非常新颖奇特的诗,它描写的对象是一种叫作螽斯的昆虫,也就是我们所熟悉的蝗虫。这种昆虫身体多为草绿色,有丝状触角,雄虫的前翅有发音器，群飞时会发出"薨薨"的声音。这首诗的主题是以蝗虫来比喻生殖力的强盛。《毛诗序》是这样分析这首诗的："《螽斯》，后妃子孙众多也，言若螽斯。不妒忌，则子孙众多也。"

蝗虫生产后代的能力非常强盛，一年之内就可产下两三代。自古以来，蝗虫成灾都会给老百姓的生活带来巨大的灾难，但是这些灾难并没有让先民们对蝗虫一味深恶痛绝，相反，他们还非常羡慕蝗虫强大的繁殖能力，将蝗虫看成是"子子孙孙无穷尽"的象征。这其实体现了生产力匮乏的时代，人们对于多子多孙的美好愿望。

诗的全篇都在围绕着"螽斯"描写，一语双关，以物寄情，浑然一体，带有强烈的象征意义。朱熹的《诗集传》继承了毛氏之说法，并进一步解释说："故众妾以螽斯之群处和集而子孙众多比之。"这样的解释，虽然指出了诗的主旨，却因为引申出"后妃""众妾"而使诗的内涵窄化和教条化。

清代方玉润认为："仅借螽斯为比，未尝显颂君妃，亦不可泥而求之也。读者细咏诗词，当能得诸言外。"由此可见，对于这首诗还是就诗论诗的好。《螽斯》这首诗一共有三节，每一节都用"螽斯"开头。"宜尔子孙"这一句更是重复了三次，这种重复更加突出了诗的主题，而六组叠词的运用，也使全诗韵味十足。

这首诗中出现的叠词"诜诜""振振""薨薨""绳绳""揖揖""蛰蛰"，意思都是形容群聚众多。这是《诗经》中典型的重叠反复的表现手法，这样的反复吟唱，充分表现了人们对繁衍后代、多子多孙的强烈心愿。

方玉润的《诗经原始》有评论："诗只平说，难六字炼得甚新。"《诗经》中有许多诗篇都运用叠词手法，而《螽斯》与其他诗篇相区别的独特之处在于：六组叠词，整齐，形象，生动，用韵和谐，又处在不同章节的相同位置，因而造成了韵律悠长的吟诵效果。而且这六个词在意思上也层层递进：第一节表达多子兴旺的愿望；第二节延伸至世代昌盛的祝福；最后一节则具体表现儿孙满堂的欢乐。

对于先民来说,"子孙"就是他们生命的延续,是他们晚年的慰藉,是整个家族的希望。在中国古代,多子多福一直都是传统观念中很重要的一种,这种观念在尧舜时代就已经深入民心了。

在阅读这首诗时,要体会其意象,细味其诗语,从先民颂祝多子多孙的诗旨出发,来分析这首诗。如此方能明白人们为什么希望子嗣众多:为了强调人多势众的群体力量,也是为了更好地利用自然条件、争取生存。

◎桃夭◎

桃之夭夭①,灼灼其华②。之子于归③,宜其室家④。
桃之夭夭,有蕡其实⑤。之子于归,宜其家室。
桃之夭夭,其叶蓁蓁⑥。之子于归,宜其家人。

【注释】

①夭夭:美丽而茂盛的样子。②灼灼:桃花盛开,色彩鲜艳如火的样子。③之子:这位姑娘。于归:"于"是语助词,"归"是指出嫁。④室家:家庭。⑤有:语气助词,没有实际意义。蕡(fén):果实累累的样子。⑥蓁(zhēn)蓁:叶子茂盛的样子。

【赏析】

《桃夭》叙写的是女子出嫁的情景和作者的美好祝愿。诗句清新淳朴,却有极强的感染力,读来就如喝了一杯浓浓的醇酒,让人在满口余香中感受着美的诱惑。

诗中之人美得让人心动。"桃之夭夭,灼灼其华""桃之夭夭,有蕡其实""桃之夭夭,其叶蓁蓁",连续三章三起句,"桃之夭夭"四字扑面而来。"夭夭"二字,可以解释为绚丽茂盛,也可以解释为挺拔婀娜,它有着生机勃勃的气势，又有种袅袅婷婷的气质。"灼灼其华"，是指鲜艳明丽闪着光辉的桃花，给人光彩照人之感。

"夭夭"在汉语里还可以解释为体态安舒、容色和悦的样子，好比美人妖娆艳色；"灼灼"则可解释为明亮、照亮之义，好比桃花粉红而闪着艳光。因此这一句可看成对"美人如花"的写照。

诗中对美丽一再铺陈渲染，引出后面披着婚装的少女。此时在众人心中，少女身材如桃树一样挺拔，行路如桃枝一样摇曳婀娜，脸蛋如桃花一样艳美，可谓千娇百媚，风情万种，沉鱼落雁。这样美的少女由缤纷绚烂的桃花烘托而来，有谁能不为之倾倒？"艳如桃花""人面桃花相映红"，不知有多少后人用桃花来比喻女人的美丽，《桃夭》也由此成了后世描写美女的词宗诗祖。

诗里的自然景物美得让人心怡。诗中一再描写桃林中桃树枝叶繁茂，挺拔绚丽，且先写桃花，又写桃之果实，再写桃叶，排布了三幅风景画：一幅是满山桃树，繁花盛开，遍山艳色粉红；一幅是桃树上结满密密麻麻、又肥又大的桃子；一幅是葱葱郁郁的桃叶布满枝头，叶子上放着光华。无论哪一幅，都宛如世外桃源。尤其是树树桃花盛开，树树红桃垂挂的奇景，让人联想到西王母的蟠桃园。诗中以桃树的枝、花、实、叶，隐喻男女盛年，宜于及时嫁娶。植物的繁盛与人的盛年两相对照，相得益彰，更增添了诗中自然景物的寓意美。

诗里的"家"美得让人心欢。"之子于归，宜其室家""之子于归，宜其家人"，一个美丽的姑娘就要嫁人，她不仅容貌艳如桃花，而且将会"宜室""宜家"，给丈夫及其家人带来吉祥和幸福，这说明她的心灵一定是善良的，性情一定是贤惠的。这样好的姑娘，她所嫁的夫君一定也不会错——在这宜于迎娶婚嫁的春天里，那名新郎穿戴整齐，既俊雅，又健壮，像棕树一样挺拔。此时他激动万分，等待着和新娘相见相拥的那一刻。整首诗都带有庆贺祝愿新婚之喜的浓厚韵味，充溢着和和美美、快快乐乐的气氛。美丽姑娘今朝出嫁，将会把欢乐和幸福带给她的婆家。这种祝愿，让人不知不觉中产生了与诗中主人公、与诗作者一同欢乐的共鸣。

诗的韵律美得让人舒心。诗中重章叠句，朗朗上口，富有韵律感。通过反复咏唱，强化意识，加深印象，把美的事物不断加之于人的感官和心灵，使人如聆天籁，舒泰无比。

◎兔罝◎

肃肃兔罝①，椓之丁丁②。赳赳武夫③，公侯干城④。
肃肃兔罝，施于中逵⑤。赳赳武夫，公侯好仇⑥。
肃肃兔罝，施于中林⑦。赳赳武夫，公侯腹心⑧。

【注释】

①肃肃：端庄严正的样子。兔罝（jū）：捕兔子的网。②椓（zhuó）：敲、槌击。丁（zhēng）丁：打桩之声。③赳赳：武勇的样子。④公侯：周封列国爵位（公、侯、伯、子、男）之尊者，泛指统治者。干城：盾牌与城郭。比喻捍卫者或者御敌的将士。⑤逵（kuí）：四通八达的道路。⑥仇（qiú）：同伴，伴侣。⑦中林：林中。⑧腹心：比喻身边可以信赖的人。

【赏析】

《兔罝》这首诗所描绘的是打猎的场景，但是其中的意义却不单是打猎，而是借打猎这种行为来锻炼士兵，因此，打猎也就是一场大练兵。虽然到了现在，人们会觉得，将狩猎者与捍卫公侯的甲士联系起来，是一件不可思议的事情，但在先秦时期，狩猎本就是对行军布阵和指挥作战的一种演练。因为狩猎和行军打仗一样，是需要排兵布阵的，捕猎就是一场真实、危险的实战演习。

《兔罝》为我们展现了一场利用智谋进行捕猎的捕兽大战。将士们将用于捕虎的网结得又紧又密，然后安置在岔路口、林中，静静等待猎物。身为公侯心腹的将士们个个意气昂扬，他们一边紧张观察着周围的动静，一边等待着猎物的到来。

从第一节的"肃肃兔罝，椓之丁丁"，到二、三节的"施于中逵""施于中林"，都表明一场紧张的狩猎行动即将开始。

诗中"椓之丁丁""施于中逵""施于中林"几句着重描写猎手安装"兔罝"的景状，他们为了防止老虎逃脱，将网结得非常紧密，然后小心翼翼埋下网桩，再用力敲打，使它们变得更加牢固。"中逵""中林"这两个词也从侧面展现出狩猎的战士众多，他们按部就班地工作，分工明确、军容整肃。这些描写无一不体现出这次狩猎活动的恢宏有力，以及这些将士的士气之高涨和军纪之严谨。

《兔罝》最为独特的地方是：虽然它详尽描述了将士为捕猎做准备的场景，却没有实际描写出捕猎的画面。作者省略了捕猎的过程，只让读者依靠自己的想象来丰富这些画面。

虽然整首诗没有对盛大的狩猎过程进行描绘和渲染，但是字里行间却流露出诗人对狩猎将士的热烈赞美：他们不但在狩猎之时十分勇猛，在沙场上也毫不含糊，奋勇杀敌，不愧为公侯们的得力干将。由"兔罝"到"干城"，读者眼前好似出现了一种时空的转换，刚刚还在狩猎中的猎手，一下子变成了保家卫国的士兵。

通过这种转换，诗人写出了一种欣喜自豪的心情。三节相叠的咏唱，使这种自豪之情透过"干城""好仇""腹心"这些词，一步步推进，从中可见诗人抑制不住的夸耀。能有这样英勇无畏的勇士为其效命，那些公侯必然会感到十分骄傲和满足，但不能否认的是，只要是战争就一定会有伤亡。所以从深层意义上看，这首诗也透露出那些因为战争离乡背井、久役不归或丧身异域的将士们隐藏在夸耀背后的无限悲哀。

召南

◎鹊巢◎

维鹊有巢①,维鸠居之②。之子于归,百两御之③。
维鹊有巢,维鸠方之④。之子于归,百两将之⑤。
维鹊有巢,维鸠盈之⑥。之子于归,百两成之⑦。

【注释】

①鹊:喜鹊。有巢:比兴男子已造家室。②鸠:斑鸠,今名布谷鸟,这种鸟自己不筑巢,而是住在喜鹊的巢里。③百:虚数,指数量多。两:同"辆"。御(yà):同"迓",迎接。④方:占据。⑤将(jiāng):护送。⑥盈:满。⑦成:结婚礼成。

【赏析】

本诗以鸠居鹊巢起兴描写婚礼。喜鹊喜欢筑巢,斑鸠要来同住,这是两种鸟的天性。作者的意思是姑娘出嫁住进夫家,这种男娶女嫁就如鸠居鹊巢一般,是自然属性,也是人的天性,是值得恭祝和庆贺的。"鸠占鹊巢"现在通常是用来比喻强占别人的住屋或占据别人的位置,含有贬义,但在古时,"鸠居鹊巢"却并非贬义。

"鸠"就是斑鸠,即布谷鸟。布谷鸟是吉祥鸟,《诗经·曹风》里就有描写布谷鸟(斑鸠)仁慈、无私的篇章。这首诗中,女子嫁人,入住到男家,这是女子的心愿,更是男子乐求之事,他当然不会抱怨女子抢占了自己的家。

诗的第二章和第三章起句"维鹊有巢，维鸠方之""维鹊有巢，维鸠盈之"都以"鸠居鹊巢"作比，内容上与第一章"维鹊居之"相较，"方之""盈之"含有递进关系。"方"，是比并而住，"盈"，是已经住满。这种递进的变化自然是加进了作者的臆想和祝愿。"居之"是刚婚娶接进家门之义，"方之"是一枕同眠亲亲密密感情加深之义，而"盈之"则是作者想象小鸟生出一窝窝，夫妻两人的孩子已经成群了。

清代学者方玉润认为，《鹊巢》一诗抒写他人成家之事，用斑鸠来比喻新娘，是因为斑鸠性情温和而产子很多，是好妻子的代名。古时大凡男子迎娶妻子，周围人都会祝福她多生子女。这首诗以"鸠"与"鹊"的同巢比喻男女婚配，实是再切当不过。

男人娶妻，无论对社会还是对家族、对个人，都是件大事，因而自古以来人们对婚礼都给予相当的重视。诗中这场婚礼举办得十分隆重，"之子于归"，点明这名女子出嫁的主题；"百两御之"，是婚礼的开端，这是新郎家来接亲，车辆来了很多；"百两将之"，接到新娘之后，人群车辆热热闹闹簇拥着婚车回男方家；"百两成之"，大家护着新娘到了男方家，举行了众人欢聚瞩目、热烈盛大的婚礼，礼毕而婚即成。

虽仅是"御""将""成"三个字的递进变换，却将成婚的整个过程烘托得热烈而隆重，让读者感同身受，如处其中。"御之"指迎接她，"将之"迎来她而回还，"成之"指成全，引申为护送成婚。这位姑娘的婚礼场面恢宏，百辆的车和众多的人来接、来送、来保护她成婚。从字面来看，这样盛大的迎送婚娶，其主人一定是贵族。

不过，从另一个角度来看，古人以斑鸠的温和多子来比喻妇人之德，成婚的二人，一个是勤恳良厚如喜鹊的君子，一个是温善德馨如布谷的淑女，真是人世间的最好配偶。也正因为如此，这场婚姻才赢得人们的关注和拥戴，才使得众多的车辆和人群来恭迎、护送和热烈祝贺。

喜鹊是世上最爱助人的鸟，七月七日鹊桥会，喜鹊以身体搭建起连接织女和牛郎的天河之桥，它们是在牺牲身体为爱奉献。鹊巢，恐怕是人间最美好的爱巢了。

◎ 采蘩 ◎

于以采蘩[1]？于沼于沚[2]。于以用之？公侯之事[3]。
于以采蘩？于涧之中[4]。于以用之？公侯之宫[5]。
被之僮僮[6]，夙夜在公[7]。被之祁祁[8]，薄言还归。

【注释】

[1]于以：问词，往哪儿去。蘩（fán）：白蒿。叶片形状很像艾叶，根茎可食，古代常用来祭祀。[2]沼：水池。沚（zhǐ）：水中小洲。[3]事：此指祭祀。[4]涧：山夹水曰涧。[5]宫：宗庙，代指祭典。[6]被（bì）：通"髲"，取他人之发编结披戴的发饰，相当于今天的假发。僮（tóng）僮：很多的样子。[7]夙：早。[8]祁（qí）祁：首饰繁多的样子。

【赏析】

《采蘩》是一首描述采白蒿的劳动者辛苦劳动的诗歌。这首诗自始至终都透露出一种悲凉的感情。

"于以采蘩？于沼于沚。于以用之？公侯之事。"《采蘩》开篇就直接描述了一群忙于"采蘩"的女宫辛苦工作的样子。《毛诗序》里曾经这样描述人们的采蘩："采蘩，夫人不失职也。夫人可以奉祭祀，则不失职矣。"由此可见，人们采蘩是为了祭祀。在古代，贵族们经常要进行祭祀活动，而为了保证各种各样的祭祀能够华丽地完成，就需要许多采摘、洗煮白蒿的劳作。这些劳作自然不是由贵族们去做的，而是由那些因连坐之罪而成为供人役使的女宫们来完成的。

这些宫人没日没夜地奔走于池沼和山涧之间，为了给贵族们采集足够的、祭祀所需要的白蒿。当她们采集白蒿达到一定的数量之后，就会急匆匆地把这些新鲜的白蒿送到"公侯之宫"。

这首诗的主人公就是这样一位忙碌的女宫，她"夙夜在公"地忙碌在"公侯之宫"，为了能够在祭祀场所守候侍奉贵族们完成祭祀，每天都要到野外的山涧之间去采摘白蒿。

诗中的语言十分的平和，只采用简单的一问一答的方式来进行表述。问句和答句都是非常简单的句子。例如：

问："哪里采的白蒿？"

答："水洲中、池塘边。"

问："采来做什么？"

答："公侯之家祭祀用。"

回答得如此简短，并不是因为女宫不善言辞，而是因为她们太忙碌了，以至于没有时间去回答提问者的问题。所以提问者只能在女宫们往来于公侯之宫的途中提出问题，女宫们往往是简短的回答一句之后就消失得无影无踪。万般无奈的提问者只能在女宫们的背后对着空旷的大路询问下一个问题，而女宫们的答案则在山谷间回荡，仿佛那原本就是自然之音一样。

"于以采蘩？于涧之中。于以用之？公侯之宫。"这首诗的第二节内容继续了第一节的一问一答，这样的复叠方式，更加让人感受到了女宫们的忙碌，同时女宫们的回答也混合着池沼、山涧的声音，和女宫们的脚步声一起传到了人们的耳中。

"被之僮僮，夙夜在公。被之祁祁，薄言还归。"第三节的内容初看之时，似乎与前两节的风格完全不同，忙碌的采摘白蒿的场景不见了，取而代之的是忙碌的宗庙供祭。《周礼》中就有着这样的记载，女宫必须在祭祀前三日开始，每天都住在宫中，以便能够一直从事洗涤祭器、蒸煮"粢盛（盛在祭器内的谷物）"等杂务。

因为要参与准备的是庄重的祭祀，所以每个女宫都穿着十分讲究的盛装，梳着一丝不苟的发髻，戴着光洁黑亮的发饰。但是她们的工作实在是太忙碌了，所以光鲜的外貌并不能维持很长的时间。很快，她们的头发就乱了，妆容也黯淡了，就这样，劳累得无暇自顾的女宫们在辛苦了一天之后，只能曳着松散的发辫行走在回家路上。

由此可见，第三节不但没有和前文脱节，反而升华了这篇诗歌，让人仿佛听到了女宫们的喟叹之声。

短短的三行文字，描述了一些每日千辛万苦到野外采白蒿，但是自己所做的一切却只是在为他人做嫁衣的可怜女子。从诗行间那淡淡的语气中，似乎可以体会到那些女宫的哀怨。

《采蘩》的诗文读来酸涩悲凉，它记录着女宫们供人驱使的身不由己和辛酸。她们付出辛劳，却没有得到任何的幸福，她们被迫为贵族们采集白蒿的痛苦和压抑，通过本诗完整地表现了出来。

◎草虫◎

喓喓草虫①，趯趯阜螽②。未见君子，忧心忡忡③。亦既见止④，亦既觏止⑤，我心则降。

陟彼南山⑥，言采其蕨⑦。未见君子，忧心惙惙⑧。亦既见止，亦既觏止，我心则说⑨。

陟彼南山，言采其薇⑩。未见君子，我心伤悲。亦既见止，亦既觏止，我心则夷⑪。

【注释】

①喓（yāo）喓：虫鸣声。草虫：蝈蝈。②趯（tì）趯：昆虫跳跃之状。阜螽（zhōng）：蚱蜢。③忡（zhōng）：心跳。④止：语气助词。⑤觏（gòu）：相会。⑥陟（zhì）：升，登。⑦蕨（jué）：植物名，蕨菜，嫩叶可食用。⑧惙（chuò）惙：愁苦的样子。⑨说（yuè）：通"悦"。⑩薇：野菜，嫩苗可食用。⑪夷：平。

【赏析】

　　自古以来，月有阴晴圆缺，人有悲欢离合，虽然有情人都盼望能够长相厮守，但是分别不会依人的意愿而有所改变。所以，当遭遇离别的时候，情人们能做的就只有在心中默默思念彼此，用想象来慰藉自己的心灵了。

　　虽然有"大夫归心召公说""室家思念南仲说""托男女情以写君臣念说"等多种的说法，但其实《草虫》就是一首以野菜为题，表现浪漫爱情的诗歌。诗中所表现的是思妇对心上人浓浓的思念之情，至于她思念的是丈夫还是情人，就不必去追问、探究了。

　　"喓喓草虫，趯趯阜螽"，《草虫》的第一节首先描述了一幅草虫鸣叫、阜螽蹦跳的画面。在这样秋高气爽的天气，有一位女子正在思念着她的情人。她听着虫鸣鸟叫，看着枯萎的秋草，枯黄的树叶，感受着秋风的凉意。秋意正浓的悲凉秋景，很容易就勾起了她的离愁别绪，激起了她心中无限的愁思："未见君子，忧心忡忡。"

　　一时间，女子所有的感情都化作了丝丝缕缕的相思之情。她忧心忡忡地担心着意中人。此时，这名多情女子的思绪跳跃到了另一个方向，她撇开别离的愁苦、独处的凄凉、思念的痛苦，开始想象如果自己心爱的人出现在面前，会是怎样的一幅景象。"亦既见止，亦既觏止，我心则降。"女子想象着和自己的心爱的人相见之后互相依偎，互诉衷情的情景，只是这样，她就十分欣喜和欢愉了。

　　接下来，诗中的时空开始转换，女子离开了自己的家，她为了自己的爱人，"陟彼南山"，登高望远，想要寻找心上人的踪迹。由此可见，女子对于心上人的思念更加强烈，爱意也更加浓烈了。

　　可怜的女子站在高高的山上，不管如何努力寻找，所能看到的也只有"蕨"和"薇"的嫩苗。她不禁黯然神伤，眼中这些嫩芽也失去了鲜丽的颜色。"蕨"和"薇"只有在春季才会生发，看到"蕨""薇"也就表示，此时的时令已经是春夏之间了。从第一节女子开始思念她的心上人开始，到现在已经过去了一年，而可怜的女子至今还没有见到她的爱人，可想而知，她的思念之情有多么的强烈。

"忧心惙惙"，写女子心情凝重，悲痛无语，如今唯一能慰藉她心灵的，只有想象中与君子的"见""觏"。只有在想象中她才能投入情郎的怀抱之中，这种美好的想象已经成了她生活中整个精神依托和唯一的欢乐。

"我心则说""我心则夷"，诗中真挚、热烈的爱情令人感动。整首诗以虚衬实，没有直接表露女子的闺怨、孤苦与痛楚，而是借对女子内心想象的描绘，表现女子的孤单和思念。全诗语言真挚感人，有一种新颖别致、浓情蜜意的意境。其实，同样的一首《草虫》，根据读者的不同也可以变成对朋友、对长辈、对故人的思念之情，就看用哪种心情来解读它了。

◎ 采蘋 ◎

于以采蘋①？南涧之滨。于以采藻②？于彼行潦③。
于以盛之？维筐及筥④。于以湘之⑤？维锜及釜⑥。
于以奠之⑦？宗室牖下⑧。谁其尸之⑨？有齐季女⑩。

【注释】

①蘋：多年生水草。②藻：水藻。③行潦（háng lǎo）：沟中积水。④筥（jǔ）：圆形的筐。⑤湘：烹、煮。⑥锜（qí）：三足锅。釜（fǔ）：炊具。⑦奠：放置。⑧宗室：宗庙、祠堂。牖（yǒu）：天窗。⑨尸：主持祭祀。⑩齐（zhāi）：通"斋"，恭敬。季：少、小。

【赏析】

《采蘋》是一篇简单纯挚的诗歌，它通过描写一位士族少女在祭祀中所表现出来的种种礼仪和美德，展现了初期礼制社会的风貌。这首诗在格式上和《采蘩》非常相似，而且它的内容也和祭祀有关。

祭祀是商周时代的大事，在人们的生活中，大小事宜都要进行祭祀，女子出嫁这样的大事情就更不用说。所以在古代，贵族之女在出嫁之前，一定要到宗庙去祭祀祖先。祭祀是为了让待嫁的少女学会婚后的礼仪。为了祭祀能够顺利进行，人们要做大量的准备工作，奴隶们主要负责采办祭品、整治祭具、设置祭坛，《采𬞟》所描述的就是这样一个忙碌准备的过程。普通的祭品和烦琐的礼仪之中，饱含着众人的寄托和希冀。在先民心中，祭祀是一场无比虔诚、圣洁、庄重的活动。

在这首诗中，诗人用细致的笔墨，将祭品、祭器、祭地、祭人一一展现出来，将这项繁重枯燥的工作描绘得生动而形象。《采𬞟》全诗共有三节，每节都有四句，都是采用两问两答的方式来进行叙述的。第一节，诗人点出了采𬞟、采水藻的地点；第二节，点出盛放、烹煮祭品的器皿；最后一节，诗人写出了祭地和主祭之人。

关于《采𬞟》的主旨，历史上存在很多种看法。《毛传》云："古之将嫁女者，必先礼之于宗室，牲用鱼，芼之以𬞟藻。"可见"𬞟"是祭祀用品。明代的何楷在《诗经世本古义》也提出了自己的看法，他认为《采𬞟》中提到的"季女"就是《左传·襄公二十八年》中的"季兰"，也就是周武王的元妃邑姜，这首诗其实就是在赞美邑姜。而现在的学者们则认为这首诗描写了为祭祀奔走的女奴们的辛劳。

其实，在阅读这首诗时，就诗论诗反而会比较恰当，所以唐代孔颖达将《采𬞟》的场景设定成贵族待嫁少女在行"教成之祭"，这种观点自有其可取之处。

全诗有五个用"于以"开头的问句，来展开提问，节奏迅捷奔放，气势雄伟，五个"于以"的具体含意又不完全雷同，连绵起伏，摇曳多姿。吴闿生在《诗意会通》中这样评价这五个"于以"："五用'于以'字，有'群山万壑赴荆门'之势。"这样的问句，充分引出了女主人公的辛劳和尽职尽责。全诗情感交融，毫无阻滞突兀之感，将"季女"的守礼制、循法度通过层层递进的方式表现出来，将她的能干、虔诚一步一步推向了高潮。

《采蘋》的另一个特点就是，这篇诗文中没有一个华美的形容词，它在叙述事情时是不加任何修饰的。也正是这样平常的语言，使一位采蘋、烹煮、设祭、平静中蕴含着快乐和憧憬的少女形象跃然纸上。"谁其尸之，有齐季女"，最后这一句轻微的赞叹，更是起到画龙点睛的作用，"季女"的美好形象就这样浮现在了我们的眼前。

全诗语言简洁平实，于情中叙事，于事中抒情，问答轻松明快，饱含着一种奔放单纯的少女之情，正像戴君恩在《读风臆评》中所说："万壑飞流间，突然一注。"这场关于少女祭祀的描写既庄重又不失真挚、简诚而不失虔敬，"季女"的感情和她虔诚有礼的形象全都在诗中表现了出来。

◎甘棠◎

蔽芾甘棠①，勿翦勿伐②，召伯所茇③。
蔽芾甘棠，勿翦勿败④，召伯所憩⑤。
蔽芾甘棠，勿翦勿拜⑥，召伯所说⑦。

【注释】

①蔽芾（fèi）：树木高大茂密。甘棠：棠梨树，落叶乔木，果实圆而小，味涩可食。②翦：同"剪"。伐：砍伐。③召伯：即召公，名奭（shì），姬姓，封于燕。茇（bá）：草舍，此处作动词用，居住的意思。④败：毁坏。⑤憩（qì）：休息。⑥拜：掰手，擘。⑦说（shuì）：通"税"，休憩。

【赏析】

《甘棠》是一首颂歌，一首怀念召公的诗作。尽管也有人认为此诗怀讽刺之义，但更多学者都认为是怀颂之作。

诗中的"召伯"就是召公，召公名奭，是周文王姬昌的儿子，周武王姬发的弟弟。他协助周武王覆灭了商朝，功不可没。周朝建立后，诸侯为表示敬奉，纷纷向武王进贡稀有之物，武王经不住诱惑，由此耽于玩乐。召公唯恐武王丧志误国，便劝诫他，贤明的国君首要的是修养德行，应当随时检点自己的言行，切莫忽视行为细节，要把良好的品德一点一滴积累起来，就如筑起一座有德望的高山。除此之外，召公还就治理国家向武王提出了"敬德保民"的措施。武王听取了召公的建议，从此严格检讨自己的一言一行，躬身为政，专心治国，深受百姓的爱戴，周王朝的经济也得以迅速发展。

周朝建立时，召公得到北燕的封地。周武王死后，周成王幼年即位，召公出任太保，与周公一同辅佐成王。他与周公分陕而治，陕以西归他管理。在任期间，召公对"敬德保民"的措施身体力行，成果卓越。《史记·燕召公世家》中记载："召公之治西方，甚得兆民和。召公巡行乡邑，有棠树，决狱政事其下，自侯伯至庶人，各得其所，无失职者。召公卒，而民人思召公之政，怀棠树，不敢伐，歌咏之，作《甘棠》之诗。"

召公听讼甘棠树下的故事也以民间传说的形式流传千古：召伯南巡，所到之处不占用民房，只在甘棠树下停车驻马、听讼决狱、搭棚过夜，他死后，人们怀念他，舍不得砍伐他停歇过的树。召公作为一方的统治者，为民众排忧解难却不肯暂用一下民房，而是听讼住宿于甘棠树之下。正因为他如此克己怀德，仁柔如水地待民，后人才作这首《甘棠》诗寄予深情怀念。

细细品味，《甘棠》诗内蕴含着浓浓的情感："高大茂盛的甘棠树啊，不要去剪它更不要去砍它，召伯当年就住宿在下边！高大茂盛的甘棠树啊，不要去剪它也不要去折它，召伯当年就曾在下边乘凉！高大茂盛的甘棠树啊，不要去剪它也不要去拔它，召伯当年就在下边休息！"

本诗虽然是一首颂歌，可作者没有描述召公的功业，也没有渲染他的威仪，只以一种素朴的心声，表达真真切切的爱戴。全诗由观物至思人，由思人至护物,"人""物""思"交融汇合,"缠绵笃挚,隐跃言外",笔意纯粹却见波折,措辞亦有音在弦外之妙。

召公尊重普通百姓,修养自身德行,劝农耕作,为民造福。民众爱屋及乌,因爱其人,连他曾经栖息的树也爱之,古往今来,若非真正为百姓做事的人,是不会赢得人们如此崇敬的。这首《甘棠》之所以被后人永久欣赏,后世之所以对召公永久怀念和称颂,不仅仅是出乎对召公本人的敬仰,更包含着人们对统治者的喻示和劝诱,以及祈盼统治者如召公一样待民爱民的心情。

今河南省三门峡市区西部陕州风景区有"甘棠苑",也称"召公祠",它是在原遗址中重建的。召公广施惠政,体恤民情,廉明朴洁,民心怀之千古。

◎江有汜◎

江有汜①,之子归,不我以,不我以,其后也悔。
江有渚②,之子归,不我与,不我与,其后也处③。
江有沱④,之子归,不我过,不我过,其啸也歌⑤。

【注释】

①汜(sì):由主流分出而后重新汇合的河水。②渚(zhǔ):水中小洲。③处:忧愁。④沱(tuó):江的支流。⑤啸:号哭。

【赏析】

《江有汜》一诗,弥漫着一种不可名状的悲伤气息,仅仅从"汜""渚""沱"这三个字之中,就能让人感觉到一种空间的阻隔感。诗中的女子独自一人被留在了江沱之间,眼看着丈夫沿着长江之"汜"离她而去,因此,每章开头的一句写景,实则是为了引出"被弃"这一遭遇。

这是一首弃妇诗，弃妇诗大多抒写因婚姻破裂或丈夫变心而被抛弃的妇女的内心感受。这种类型的诗歌在《诗经》中十分常见，因为在当时的年代，女子在很大程度上只是男子的附属品，没有独立的经济地位和社会地位，丈夫是她们唯一的依靠。所以一旦夫妻间的关系亮起红灯，受害最深的往往是女子，遭弃后的妇女其生活状况和心理状态都十分凄惨。

诗中的丈夫是一位薄情郎，他在返回家乡时将女主人公遗弃了。因此女子满怀哀怨，唱出了这首如泣如诉的悲歌。

"江有汜，之子归，不我以。不我以，其后也悔。"开篇女主人公便哀诉着："江河有着这条分流水啊，你啊——我的丈夫终于荣归故里，可是不带我一同回去。不带我一同回去，你将来一定会后悔莫及。"女子尽管伤心不已，然而从"其后也悔"这几个字当中，也可见出她的斩钉截铁。她可能是一位很有自信的女人，坚信自己在丈夫的生活中不可或缺，因而女子以一种预言式的语气宣告，丈夫必将因为今日的轻率背弃而受到内心的折磨与惩罚。

后两章中女子的愤怒之情愈演愈烈："江有渚，之子归，不我与。不我与，其后也处。江有沱，之子归，不我过，不我过，其啸也歌。"浩浩荡荡的江水自有洲边水将其分出，你回到家乡，不再相聚便匆匆忙忙地要离去。不再相聚匆匆忙忙地离去，将来你必定会忧伤不已！江水自有分叉支流，你回到故里，不见一面就着急离开。不见一面就着急离开，将来又哭又喊地求我原谅也毫无用处。

在女主人公心里，江水的每一条支流都是摆在自己眼前实实在在的障碍。从江水有支流，引出"之子归"的事实，则在赋之中又兼有比兴的意味。诗中一连用了"不我以""不我与""不我过"三句，将丈夫背信弃义的行径毫不留情地暴露在外，痛斥丈夫对她的薄情。

"不我以"，是不一道回去；"不我与"，是离开前不和我在一起；"不我过"，是描述丈夫有意回避。寥寥几笔就将丈夫的薄情寡义刻画得淋漓尽致，一副绝情绝义的嘴脸瞬间呈现在读者眼前。

诗中的"不我以"引出"悔""不我与"带来"处""不我过"导致"啸歌",三者都是一一对应的关系。这个负心汉愈是绝情,所带来的后果也就愈加严重。而女子除了对丈夫抱有这种报复性甚至诅咒性的心态之外,别无他法。甚至她根本无法预知丈夫离开她后,会不会如她所说的那样:后悔、忧伤、甚至号哭。

或许,受伤的女子都善用或犀利或刻薄的语言武装自己,让自己显得很坚强。《江有汜》一诗中,被弃的女子强忍着伤痛,在那个薄情寡义的男人面前把自己包装得像个刺猬。殊不知,身上的那些刺便是她最后也是唯一的设防。

◎ 何彼襛矣 ◎

何彼襛矣①?唐棣之华②。曷不肃雍③?王姬之车④。
何彼襛矣?华如桃李。平王之孙⑤,齐侯之子⑥。
其钓维何?维丝伊缗⑦。齐侯之子,平王之孙。

【注释】

①襛(nóng):繁盛的样子。②唐棣(dì):植物名。属蔷薇科,花白色,有芳香。③曷:何。肃:庄严肃静的样子。雍(yōng):雍容、安详。④王姬:君主的女儿。⑤平王:东周第一代君主,名宜臼。⑥齐侯之子:齐国诸侯之子。⑦缗(mín):钓鱼的绳。

【赏析】

自古爱情都讲究个"门当户对",似乎婚姻也总跟"般配"二字形影不离。无论是《西厢记》中的穷书生张生,冲破重重障碍终与莺莺修成正果,还是《红楼梦》中循着"金玉良缘"成婚的宝玉宝钗。每段爱情都需要一个外在的"契机",或者满足一个般配的"条件"。两千多年前的

《何彼秾矣》便是一首描述门当户对的爱情诗。

"何彼秾矣？唐棣之华。曷不肃雍？王姬之车。"文章刚一开头就将态度和立场阐明，一股酸酸的讽刺之味油然而生。这四句的意思是说：看，前面浩浩荡荡的一行车队，锣鼓阵阵，鞭炮齐鸣，喇叭和唢呐吹得格外起劲儿，喝彩声，欢呼声，声声入耳。怎么如此浓丽绚烂？如同唐棣花般娇艳美丽。只是还有一处美中不足：太过喧闹而有失庄重，太过轻浮而有失内敛。呵，王姬出嫁的车驾，果然是不同凡响啊！开篇以唐棣花儿起兴，意在铺陈出嫁车辆及服饰的骄奢。"曷不肃雍？王姬之车"两句，俨然是路人旁观、赞叹、惊讶、冷语讽刺等的生动写照。

"何彼秾矣？华如桃李。平王之孙，齐侯之子。"第二章用桃李与男女主人公相比，着重刻画他们的光彩照人。意思是说，平王之孙容貌果真姣好，齐侯之子也的确风度翩翩。此处的赞美微露讽刺之义。据此，《毛诗序》以为《何彼秾矣》一诗的主旨是"美王姬"："虽则王姬，亦下嫁于诸侯，车服不系其夫，下王后一等，犹执妇道以成肃雍之德也。"古代学者多从其说。而近代多数学者俱从朱熹所言："王姬下嫁于诸侯，车服之盛如此，而不敢挟贵以骄其夫家，故见其车者，知其能敬且和以执妇道，于是作诗美之。"大都认为是讥刺王姬出嫁车服奢侈的诗。

千百年来，《诗经》经久不衰，鸟兽虫鱼的意象至今仍神秘动人。"鱼"从古至今都与"多子多孙""爱情美满""连年丰收"等含义紧密相连。诗的第三章"其钓维何？维丝伊缗。齐侯之子，平王之孙"，按字面理解是：什么东西钓鱼最方便？撮合丝绳麻绳成钓线。齐侯之子风度翩翩，平王之孙容貌娇艳。此处看起来似乎晦涩难懂，但只要结合"鱼"在《诗经》中的意象便可让人醍醐灌顶。

闻一多先生曾说，"钓鱼""吃鱼"是《诗经》中恋爱、婚姻的隐语。就像古今许多民歌多以鱼喻配偶一样（如《安化民歌》中的"大河里涨水小河里浑，两边只见打鱼人。我郎打鱼不到不收网，恋姐不到不放心"，都是以鱼比喻爱情的例子），本诗中的"钓"字，即用钓鱼比喻爱情。

《何彼襛矣》通篇类比、隐语，交替运用复沓和咏叹等手法。"齐侯之子，平王之孙"两句，反复吟咏，极言赞美又冷嘲热讽。各章前后两句一设问、一作答，具有浓郁的民间色彩，引人入胜。整首诗在诗人的视线中逐渐展开，节奏紧密。

简单的三句话，道出了一段天赐佳偶、地造一双、琴瑟和谐、鸾凤和鸣的好姻缘。尽管作者对王姬出嫁时车服的豪华奢侈和结婚场面的浩大略有讽意，但全诗仍充满了一种明朗的喜悦，一种欢欣之情的自然流露。无论门当户对与否，大喜之事像甘霖，像皓月，总能让人感念于恬然的律动之中，赏心悦目，喜上眉梢。

◎驺虞◎

彼茁者葭①，壹发五豝②，于嗟乎驺虞③！
彼茁者蓬④，壹发五豵⑤，于嗟乎驺虞！

【注释】

①茁（zhuó）：壮实。葭（jiā）：芦苇。②豝（bā）：母猪。③于嗟乎：感叹词，表示惊异、赞美。驺虞（zōu yú）：官家的猎人。④蓬：蓬蒿。⑤豵（zōng）：小猪。

【赏析】

"葭"为芦苇，"蓬"为蓬蒿，"豝"为母猪，"豵"为小猪，整首诗描写猎人就地取材，用身旁的芦苇杆制作箭矢，一箭就射到了五只母猪。到了辽阔的大草原上，猎人用蓬蒿杆制作箭矢，一箭射到五只小猪。夸张的描写，刻画出猎人技艺的高超。这样一来，这首诗就展现出一幅风光迤逦的高手猎人狩猎图，从诗意的贯通来看，本诗的实质的确应是赞美猎人之作。

诗中"彼茁者葭",开篇就点明了田猎的背景和地点,春和景明,风和日丽。丝丝凉风吹拂着万物,树木成荫,野母猪藏在密密麻麻的芦苇之中,如此隐秘,聪明老练的猎人却能够"壹发五豝"。

打猎也要经常换地点,猎人来到了长满蓬蒿的原野,一望无垠的原野上,草浅兽肥,只见他"壹发五豵",轻松地捕获了这些小猪。地点、环境不同,相同的是猎人高超的射猎水平和技巧。

整首诗内容简单,形式短小。诗人简单几笔就勾勒出生动形象的捕猎场面,且用语通俗易懂,清晰晓畅。

解读这首诗的关键之处在于对"发"字的理解,"发"在这里不取发达、发射之义,而取发育、生长的意思。此处有隐喻暗示之义。诗中关于草肥兽美、一派祥和的小农风光的描写,体现出周文王统治时期,政治清明、人民安居乐业的景象。

《驺虞》表现出古代先民拙朴无华的愿望:对美好生活的真切向往。老百姓希望国家有一位英明的君主,在他的治理下国泰民安,人民安乐,天地回春。人们按照季节播种粮食,庄稼收完,拿起弓箭到原野上打猎,过着这样一种安宁的生活。

邶风

◎柏舟◎

汎彼柏舟①，亦汎其流。耿耿不寐②，如有隐忧③。微我无酒④，以敖以游。

我心匪鉴，不可以茹⑤。亦有兄弟，不可以据⑥。薄言往愬⑦，逢彼之怒。

我心匪石，不可转也。我心匪席，不可卷也。威仪棣棣⑧，不可选也⑨。

忧心悄悄⑩，愠于群小⑪。觏闵既多⑫，受侮不少。静言思之，寤辟有摽⑬。

日居月诸⑭，胡迭而微⑮。心之忧矣，如匪澣衣。静言思之，不能奋飞。

【注释】

①汎：浮行，漂流。②耿耿：不安的样子。③隐：深。④微：非，不是。⑤茹（rú）：容纳。⑥据：依靠。⑦愬（sù）：同"诉"，告诉。⑧棣棣：雍容娴雅的样子。⑨选：退让。⑩悄悄：忧愁的样子。⑪愠（yùn）：恼怒，怨恨。⑫觏（gòu）：遭逢。闵（mǐn）：忧伤。⑬寤：交互。辟（pì）：捶打。摽（biào）：捶胸。⑭居、诸：语气助词。⑮迭：更替。微：无光。

【赏析】

关于《柏舟》一诗的主题，有两种说法，有人认为它是弃妇对不幸命运的控诉诗，还有人认为这首诗表现的是怀才不遇、遭人谗害的君子内心的痛苦。细读此诗，诗中"亦有兄弟，不可以据"的情形和"如匪澣衣"的比喻，更像女子的诉说，所以把《柏舟》看作是弃妇诗应该更合适。

周代的纲常伦理还没有后世那么顽固，但夫权已经开始显露它的威力了。诗中女子的不幸遭遇就是夫权压制下的产物。开头兴句以"柏舟"为喻，形容出女子的艰难处境。《诗集传》说："妇人不得于其夫，故以柏舟自比。言以柏为舟，坚致牢实，而不以乘载，无所依薄，但泛然于水中而已。"女子说自己就像柏木做的舟，坚固牢实，然而难以承受重负，在水上四处漂泊，没有依傍。柏木是具有芬芳气味的佳木，以"柏舟"作喻，似乎还暗示着主人公是具有美好品质的女子。家庭是古时女子生活的全部和一生的寄托，失去家庭的依靠，主人公的痛苦可想而知。"耿耿不寐，如有隐忧"，便是她精神状态的写照。"微我无酒，以敖以游"，酒的麻醉作用可以使人暂忘不快，遨游于逍遥之境，可是对这个女子来说，酒丝毫不能排解她的隐忧，足见其隐忧之深。

"我心匪鉴，不可以茹""茹"意为容纳，想来主人公已经承受了太多苦痛，再也无法容忍下去，因此对丈夫说："我的心不是镜子，不可能什么东西都容纳得下。"话中暗含不屈的锋芒，不同于低眉顺眼的普通女子。在夫家受到不公待遇的主人公，想到了向娘家人求助。"亦有兄弟，不可以据。薄言往愬，逢彼之怒"，怎奈人情淡薄，兄弟们不仅不同情她，还怒气相加。见弃于夫，又得不到手足的理解，这让女子本来就痛苦不堪的心灵又添一层伤痛。

但是，即使在这种情况下，主人公也没有一点向丈夫屈服的意思。第三段接连两个比喻显示出她不可动摇的决心："我心匪石，不可转也。我心匪席，不可卷也。威仪棣棣，不可选也。"我的心不是石头，也不是席子，岂能按别人的意志行事！我虽不容于人，但我的尊严谁也别想践踏。

这几句字字铿锵有力，落地有声，一个坚持自我、性情倔强的弃妇形象凛然于前。

"忧心悄悄，愠于群小。"前面几节女子倾诉自己离开夫家的悲惨经历，至此才说出见弃于夫的原因。"群小"即众妾，原来主人公被丈夫抛弃是由于众妾的中伤陷害。众妾在丈夫面前不断毁谤她，致使她最终失去丈夫的宠爱。"觏闵既多，受侮不少。静言思之，寤辟有摽。"饱受"群小"欺凌的女子，常常独自品尝其中的辛酸，心中愁闷不已，只有抚心捶胸，暗自伤神。

"日居月诸，胡迭而微"，诗中女子极度痛苦又哭诉无门，觉得自己的遭遇实在悲惨，带着这样凄惨的心境去观自然，便觉得连日月都暗淡无光了。正是"以我观物，则万物皆着我之色彩"。"心之忧矣，如匪澣衣"，心中的忧伤就像脏衣服一样，怎么都洗不干净，再次强调心中隐忧不仅深沉，而且无法摆脱。似乎人在现实中得不到解脱时，就格外渴望自由，希求不受现实束缚。诗中女子也流露出这种念头，她不堪忍受隐忧的折磨，希望能够奋飞，可是"静言思之，不能奋飞"。她虽然不肯向现实折腰，但又无法改变自己的处境，于是之前无比的愤怒到这里只好化作无可奈何的叹息了。

此诗感人之处在于，它使人看到一个遭遇不幸却仍保持倔强性格的女性形象。有人也许责怪诗中主人公没有采取实际行动，不懂得反抗，岂知在彼时的环境下，不顺从便是一种反抗。她作为一个受制于人的弱女子，没有顺从他人的意志，已属难能可贵。

在无数逆来顺受的传统妇女中，这样一个个性鲜明的女子形象的出现，委实让人心灵为之一动。很多时候，人在现实面前无能为力，软弱如同随风摇摆的芦苇。但是可贵之处在于，人会思考。一个人可能摆脱不了不公的命运，避免不落入陷阱，但是只要还有思想，他的存在就有意义和价值。如同诗中的弃妇，可能她无法挽回被弃的命运，但至少她没有委曲求全地向现实低头，她的愤怒和忧伤说明这是一个有独立思想的人，仅这一点就足以让人敬佩了。

◎ 绿衣 ◎

绿兮衣兮,绿衣黄里。心之忧矣,曷维其已①。
绿兮衣兮,绿衣黄裳②。心之忧矣,曷维其亡。
绿兮丝兮,女所治兮③。我思古人④,俾无訧兮⑤。
絺兮绤兮⑥,凄其以风⑦。我思古人,实获我心⑧。

【注释】

①曷:何。已:止。②裳:下衣,形状如今天的裙子。③女(rǔ):同"汝"。治:缝制。④古人:故人,指已亡故之人。⑤俾(bǐ):使。訧(yóu):过失。⑥絺(chī):细葛布。绤(xì):粗葛布。⑦凄:凉而有寒意。⑧获:得。

【赏析】

《绿衣》是后世悼亡诗的开山之作,它在中国文学史上有着巨大的影响力,晋朝潘岳的《悼亡诗》便深受其影响。《绿衣》在诗文的表现手法上也为后世做出了示例。中国古代文学的文体十分纷繁复杂,有论辩、序跋、奏议、书说、赠序、诏令、传状、碑志、杂记、箴铭、颂赞、辞赋、哀祭等十三大类。悼亡诗其实并非一种文体,它只是文学作品中的一种泛类,一定要分类的话,可以勉强把它归类于哀祭。

这首诗是一首简单哀悼亡妻的诗,读者可以从中体会到诗人的心情和诗的意境。

《绿衣》所哀悼的对象是亡故的妻子,诗人通过睹物思人的方式表达出对亡故妻子的思念之情。这在哀悼诗中是最为常见到的一种方式,也是最容易引起人们感情共鸣的方式。

当亲朋好友去世之后,陷入深深的悲痛中的人,每当看到亡者生前所用之物时，哀伤之情都会再次涌上心头，《绿衣》就为我们描述了这样一幅场景：一位男子失去了自己的爱妻，每当他看到亡妻生前亲手为他所做的有着黄色衬里的绿色上衣时，他就感到无限的哀伤，那一针一线都是爱妻对他的心意，睹物思人，一想到转眼间和自己情意缠绵、心意相通的妻子就永远和自己天人两隔，他就感到悲痛不已，从今往后他将要独自面对人世间的纷纷扰扰，身旁再无妻子温暖的安慰和呵护了。这些都使得这首诗有了一种凄寂而清冷、衰颓而黯淡的美感。它展现了诗人对亡妻的深厚感情，以及诗人创作此诗时的心情。

想要了解蕴含在诗中的深厚感情，就必须要将各个章节结合起来看。《绿衣》共有四节，诗人运用重章叠句的手法，来逐步地表达自己的感情。

"绿兮衣兮，绿衣黄里。心之忧矣，曷维其已"，是说诗人睹物思人，把亡妻为他做的衣服拿起来看。因为思念妻子，所以他将衣服翻过来翻过去地看，可见他的心情之忧伤。

"绿兮衣兮，绿衣黄裳。心之忧矣，曷维其亡"，此时诗人一边翻看着衣裳，一边回想起妻子活着时的一些情景，那些情景历历在目，那些温馨的回忆是他永远也无法忘怀的。也正因为如此，他的悲伤也变得永无止境了。

"绿兮丝兮，女所治兮。我思古人，俾无訧兮"，写诗人正在细心看着衣服上的一针一线，他从每一针每一线中都感受到了妻子对自己的关心和爱护。这时，他想到妻子生前总是会在一些事情上给他意见和劝告，而这些劝告总是恰到好处，帮助他避免出现过失。如今回想起来，他才深深感受到这种劝说背后所包含的深厚感情。

"绨兮绤兮，凄其以风。我思古人，实获我心"，诗人在妻子去世之后就手足无措地过着日子。妻子还在世时，他的生活起居都是由妻子照顾的，穿衣吃饭都是妻子为他操劳。现在妻子去世了，但是诗人却没有摆脱对妻子的依赖，他没有学会自己照顾自己，即使已经天寒地冻了，他还穿着夏天的衣服，直到实在冷得受不了了，才想到要找保暖的衣物，而找到的又是妻子亲手为自己缝制的衣服，这就更加勾起了他对妻子的思念，因而心情也就愈加哀伤了。

《绿衣》是一首充满了浓浓哀伤之情的哀悼诗，它表达的是诗人对亡妻的无限思念。对于诗人来说，亡妻是谁都无法取代的，所以，他失去妻子的悲伤，永远无法终止。

◎燕燕◎

燕燕于飞①，差池其羽②。之子于归③，远送于野。瞻望弗及，泣涕如雨④。

燕燕于飞，颉之颃之⑤。之子于归，远于将之⑥。瞻望弗及，伫立以泣。

燕燕于飞，下上其音。之子于归，远送于南⑦。瞻望弗及，实劳我心⑧。

仲氏任只⑨，其心塞渊⑩。终温且惠⑪，淑慎其身⑫。先君之思⑬，以勖寡人⑭。

【注释】

①燕燕：即燕子。②差（cī）池：不整齐。③于归：出嫁。④涕：眼泪。⑤颉（xié）：上飞。颃（háng）：下飞。⑥将：送。⑦南：南方。⑧劳：使操劳。⑨仲：排行第二。氏：姓氏。任：信任。⑩塞：诚实。渊：深厚。⑪终：既，已经。⑫淑：善良。慎：谨慎。⑬先君：已故的国君。⑭勖（xù）：勉励。寡人：寡德之人，庄姜自称。

【赏析】

清代诗人王士禛将《燕燕》一诗推举为"万古送别之祖"（《带经堂诗话》）。在所有的情绪中，离愁应该算是一种凄美绝伦的感受。

"别离"是我国古典诗歌中歌咏的重要内容。《燕燕》开创了一个诗风，引领了一个时代，文人骚客相继吟咏着挚友离别之感，牵动着人们的心弦。从王维"劝君更尽一杯酒，西出阳关无故人"的珍重，以及李叔同"长亭外，古道边，芳草碧连天"的依依不舍中，仍旧依稀可辨《燕燕》的影子。

诗开头以飞燕起兴，它们叽叽喳喳，追逐打闹，作者用此乐景反衬哀情，这便是作者的高明之处。明代陈舜百在《读风臆补》中评价道："'燕燕'二语，深婉可诵，后人多许咏燕诗，无有能及者。"全篇三节重章复唱，循序渐进，更将哀情刻画得入木三分。

"燕燕于飞，差池其羽。"燕子不时在天空中盘旋、呢喃着，追逐着，像是约好要一起去赴会，又像商量着要见什么客人，油黑的羽毛长短不齐，莺莺的叫声时落时起。此处开篇比兴，将活泼的小燕子作为乐景的主角。

"之子于归，远送于野。瞻望弗及，泣涕如雨。"哥哥与妹妹感情笃厚，今天妹妹就要远嫁了，身为储君的哥哥心中自是百感交集，有几分不舍更有几分惦念，恋恋不舍地把妹妹远远送至郊外，直到看不见妹妹的身影时，一直伫立着目送妹妹的哥哥终于忍不住泪如雨下。妹妹出嫁，哥哥送了一程又一程，然而送君千里，终须一别。于是一幅感人的画面呈现在眼前："瞻望弗及，泣涕如雨。"清人陈震在《读诗识小录》中说："哀在音节，使读者泪落如豆，竿头进步，在'瞻望弗及'一语。"

"燕燕于飞，颉之颃之。"燕子叽叽喳喳叫个不停，飞过来飞过去，与妹妹相互道着珍重之后，看着妹妹远去的背影，一时感慨万千，潸然泪下。燕子也仿佛看穿了哥哥的心思，低头诉说着愁怨，再往前走把妹妹送到了南边，看着妹妹逐渐消失在视线里，哥哥的心悲伤不已。

"仲氏任只，其心塞渊。"为何如此牵肠挂肚？"终温且惠，淑慎其身。"原来妹妹善良、诚实、重情重义，性情温柔而又和善，从不与兄长相争，平日里修身养性，有良好的学识和素质，为人处世小心谨慎，临行前还不忘提醒哥哥不要忘记先王的嘱托和厚望，一句句真诚之言勉励着哥哥做百姓的好国君。

此文在写法上也颇为独特,先概括描述,给大家一个总体的印象,最后再写人物的语言。整篇文章静中有动,生动鲜活。在布局谋篇上也十分讲究,全文共四章,前三章一直未交代被送对象,只是用极大笔墨去点染惜别气氛,给读者一个想象的空间,在最后一章陡然点出被送对象,给人恍然大悟之感,采用倒装之法,耐人寻味。

《燕燕》一诗之所以得人心,在于它的情真意切。四章由虚到实,最后一章清楚交代,妹妹不但个人修养高,而且视人如视己,堪比高风亮节之士。此处也从侧面反映了古代先民对女性的至高评价。

◎日月◎

日居月诸①,照临下土。乃如之人兮②,逝不古处③。胡能有定④,宁不我顾⑤。

日居月诸,下土是冒⑥。乃如之人兮,逝不相好⑦。胡能有定,宁不我报。

日居月诸,出自东方。乃如之人兮,德音无良⑧。胡能有定,俾也可忘⑨。

日居月诸,东方自出。父兮母兮,畜我不卒⑩。胡能有定,报我不述⑪。

【注释】

①居、诸:语气助词。②之人:这样的人。③逝:语气助词。④胡:怎么。定:止。⑤宁:难道。顾:顾念。⑥冒:覆盖,照耀。⑦相好:和我交好。⑧德音:好话。⑨俾:使。⑩畜:养育。⑪不述:不遵循义理。

【赏析】

弃妇的幽怨是《诗经》里说不完的话题,《柏舟》里的女子以"柏舟"

为喻，诉说自己的不幸；《日月》里的弃妇则将怨愤诉诸"日月"。

"日月"一照白昼，一映黑夜，是人间最光明的事物。人类自出现以来，就一直将"日月"视为最威严的圣物，赞美"日月"之光明伟大。只要头上有太阳和月亮的光辉，人们就能安心地劳作生息。而一旦看到"日月"的异常变化，先民们便惶恐不安，以为自己做了违背天理的事，引起了"日月"的愤怒，所以日食和月食总让他们恐惧万分。人有这样一种心理：当遇到自己无法解决的困难时，就倾向于向最崇敬的事物倾诉、呼告。所以"日月"总是先民倾吐心声的对象。诗中的弃妇就选择了呼日喊月这种申诉不幸的方式。

"日居月诸，照临下土。"太阳和月亮光辉熠熠，高悬苍穹，照耀着广袤的土地。诗一开头就营造出了一个光芒万丈、广阔辽远的意境：一切看起来都那么光明、美好，可是就在这个光明的世界里，生活着一个痛苦万分的妇人，她被丈夫抛弃，每天独守空房，凄苦无处诉说。"乃如之人兮，逝不古处。胡能有定，宁不我顾。""日月"如此光明，怎么看不到这样一个负心汉的存在？他弃我而去，已经很久没有回来，为什么现在的他心性不定，不再顾念我这个妻子了？一连三次发问，可见其情绪之激切。

接下来弃妇对日月说："乃如之人兮，逝不相好。胡能有定，宁不我报。"怎么竟有这样的人，说变就变，再不与我亲近。他性情改变如此大，甚至于都不再搭理我了。此章在意思上与第一章相差不大，是对自己遭遇的反复申诉。

许是心中苦闷压抑得太久，弃妇两次申诉仍不能平息胸中悲愤，于是第三章继续咏叹，可谓"一诉不已，乃再诉之，再诉不已，更三诉之"（方玉润《诗经原始》）。但是与一、二章不同，此章弃妇进一步指出丈夫不只是对自己变心，而是"德音无良"。丈夫的变心与日月东升西落的恒常之态相比，显得那样轻易，使人心酸。"胡能有定，俾也可忘"，她虽然看出丈夫身上从前的良好德行已经不在了，但是还希望有一天他能回心转意，变回以前那个她可以仰望的夫君。

可是弃妇再怎么呼告,都减轻不了心中的幽愤。无可奈何之时,她想到了自己的父母:"父兮母兮,畜我不卒。"婚姻是父母所定,然而女子一旦出嫁就只有"嫁鸡随鸡,嫁狗随狗",父母也没有权利干涉。所以,弃妇此时只有向父母诉说丈夫对她半路变心的悲惨事实,再无他法。经历了那么痛苦的诉说,到最后弃妇还是忍不住质问她的丈夫:"胡能有定,报我不述。"你的心什么时候才能定下来啊?连一句话也不跟我讲!

从第一章到第四章,思妇章章发问,其中最核心的问题就是"胡能有定"。"定"也许是弃妇希望得到的和美夫妻关系,也许是希望丈夫心性安定,不再日日不归。从全诗来看,弃妇的丈夫久不归家,又并非远征或外出谋生,很有可能是另有新欢,所以弃妇才说丈夫"德音无良"。四次问"胡能有定",其中有对丈夫喜新厌旧的责问,更隐含着弃妇期望丈夫回心转意的无限痴心。

"天"字出头便是"夫",在女子以夫为大的时代,丈夫就是生命里光辉的"日月"。丈夫离开自己对她们来说,犹如大地失去了天上的"日月",万物皆会丧失生命。没有了丈夫的光辉照耀,妻子们的生活将从此陷入黑暗,无所仰望。在这样的背景下,弃妇的悲惨呼告就再正常不过了。

◎ 终风 ◎

终风且暴①,顾我则笑②。谑浪笑敖③,中心是悼④。
终风且霾⑤,惠然肯来⑥。莫往莫来⑦,悠悠我思。
终风且曀⑧,不日有曀⑨。寤言不寐⑩,愿言则嚏⑪。
曀曀其阴,虺虺其雷⑫。寤言不寐,愿言则怀⑬。

【注释】

①暴:疾风。②则:而。③谑:戏谑。浪:放荡。④中心:心中。悼:烦忧,害怕。⑤霾(mái):沙尘飞扬的景象。⑥惠然:友好的样子。⑦莫

往莫来：不相往来。⑧曀（yì）：阴云密布。⑨不日：不见太阳。有：同"又"。⑩寤：醒着。寐：睡着。⑪嚏（tì）：打喷嚏。⑫虺（huǐ）虺：雷声。⑬怀：思念。

【赏析】

　　《诗经》特别善于揣摩女性心理，这首《终风》将一个热恋中女子既爱且怨的微妙心理描写得相当透彻。

　　一、二两章的起兴句分别是"终风且暴""终风且霾"，三、四章的起兴句为"终风且曀，不日有曀"和"曀曀其阴，虺虺其雷"。看起来，这是一种风雷交加的阴晦天气，暗示着全诗哀怨、低沉的情感基调。其实，综观《诗经》所有诗篇，凡是兴句中涉及风、雷、雨、雪的，都与相会、怀人之事有关。

　　第一章用"终风且暴"的天气兴起怀人之义。"终风且暴"的意思就是"既刮着风，又下着雨"。在这样风雨凄凄的天气下，女子陷入了对恋人的思念。她想到了两人相处时的情景，"顾我则笑"。女子所恋之人对她应该也有情意，所以才会"顾我则笑"。可能就是这一笑让女子下定了决心，毅然投入到与对方的热恋中。

　　关于"谑浪笑敖"的含义，很多人以为是指男子和诗中主人公在一起时，言行轻佻侮慢，也由此认为这是女子"中心是悼"的原因。但另有人认为，"谑浪笑敖"并非此意，只是戏谑之态。《尔雅》也说："谑、浪、笑、敖，戏谑也。"

　　两种说法都有道理，而后面一种解释从逻辑和情感认同上讲或许更能为人接受。女子和恋人在一起时，互相取笑打闹，十分开心。而通常情况下，相处的时光越快乐，就越显得别后凄凉。因而女子在别后想起欢娱时光时"中心是悼"。"悼"不是哀伤，而是怀念。

　　思念之情一起，就一发不可收拾。第二章承接前面"中心是悼"之义，描绘思念之义在女子心里的发展状态。"终风且霾，惠然肯来。莫往莫来，悠悠我思。"坠入情网的女子当然希望能够时时见到心上人，可是身为女子，她又不能主动前去，所以盼望对方"惠然肯来"。然而她未能如愿，恋人并没有如期而至，这多少让人感到失望，暗生怨意。"莫往莫来，悠悠我思"，心上人不来致使女子的思念更加强烈，无穷无尽，绵绵不绝。

三、四两章相思之情继续疯狂地生长，已经发展到影响到主人公正常生活的程度，使之"寤言不寐"，不能安然入睡。"终风且曀，不日有曀。寤言不寐，愿言则嚏。"外面还在刮风，天色十分昏暗，如同散不开的思念。女子躺在榻上，辗转反侧，无法入眠。她听说如果有人被别人思念，那个人就会打喷嚏，因此痴心地希望此刻恋人正在打喷嚏。这样一来，他就知道女子在强烈地思念他了。也许这个喷嚏还会提醒他前来与女子相见呢。

"曀曀其阴，虺虺其雷。寤言不寐，愿言则怀。"风雨还在继续，女子仍不能眠。她很可能在为心上人未能"惠然肯来"而耿耿于怀，埋怨的同时翻来覆去地揣摩对方的心意。男方既然"顾我则笑"，说明他对女子有点动心，只不过他投入的心思可能不如女子那样多，他对女子的思念远没有女子对他那么强烈。想到这里，主人公不禁发愿"愿言则怀"，希望他也正在思念我，不要让我白白付出感情。

《终风》是一个热恋女子的心曲，含蓄曲折，层次分明，尽显恋爱中的女子炽热缱绻的情思：她遏制不住对恋人的思念，期待与之相见；又苦恼于对方不如约前来，以至于自己太过相思，夜不能寐，颇有怨尤之义。这种复杂细腻的心理，正是为情所恼的少女特有的情态，别有一番情致。

◎式微◎

式微式微[①]，胡不归？微君之故[②]，胡为乎中露[③]？
式微式微，胡不归？微君之躬[④]，胡为乎泥中？

【注释】

①式：语气助词。微：（日光）衰微，黄昏或天黑。②微：非。③中露：即露中，露水之中。倒文以协韵。④躬：身体。

【赏析】

《式微》让人联想起《采薇》。《式微》开篇的"式微式微"与《采薇》开篇的"采薇采薇"，句式相似，语音相近，有异曲同工之妙。但两者在内容和主旨上却截然不同。《采薇》中的"薇"却是一种野生的薇菜。而《式微》一诗中，"微"是衰微的意思。"式微"原来指国家或世族衰落，后也泛指事物的衰落。

《式微》的主旨，大致有三种可供参考：

一、黎侯被狄国驱逐，他无处安家便流亡在卫国，寄人篱下。这首诗正是他的子民劝说他回到祖国的篇章。

二、卫侯的女儿嫁给了黎国的庄公，哪曾想被娶过门之后做的不是正妻而是小妾。国人同情她，劝她回来，可她秉承妇道，忠贞不二，将余生都奉献给庄公。于是她作此诗以表心志。

三、这是苦于劳役的人所发的怨声。

历代学者赞同第三种观点，认为这个解释最贴切诗意。

在流传后世的过程中，《式微》不断被赋予新的意义。从情诗的角度来看，可以将这首诗理解为：女主人公留在异国他乡，满怀抑郁、幽怨难诉，因为她的付出难以得到回报。但她并没有选择背叛，靠着心中那一丝爱恋的支撑，决定了自己的人生路：生是君王的人，死是君王的鬼。

从《毛诗序》的说法"劝归"入手，又可看到另一番天地。《式微》常被后代隐逸之士用于表明意欲归隐的心迹。隐士们在"归"字上大做文章，表现自己返璞归真、归隐山林，远离城市喧嚣的愿望。

开篇设问，引起读者的阅读兴趣：夜的帷幕落下了，天色已晚，为什么还不回家呢？接下来，诗人给出了回答："微君之故，胡为乎中露？"之所以还不回家，是因为要为了君主的事情奔忙。为了他们的华贵生活，底层的劳动者终日不辞辛苦地劳作，迎着清晨的露水，始终如一，不敢有丝毫懈怠。

"式微式微，胡不归？"下一章重复第一章的设问，再次提问：天色已晚，为什么还不回家呢？"微君之躬，胡为乎泥中"，为了养活君主，躬行为奴的誓言，履行顺从的责任，不得不这样奔波劳作。

全诗短小精悍。寥寥几笔，描绘了受压迫、受奴役的人们困难的处境，同时还婉转地表达了对统治者的不满和控诉。全诗的点睛之处在于艺术手法的运用，这首诗有两个特点，一是运用设问，二是强调韵脚。

首先，来看设问的运用。"式微式微，胡不归"，根据下文可知，这一问句并不是有疑而问，而是明知故问。这样做更能引起读者的注意，让读者产生一探究竟的阅读欲望。整首诗是写主人公遭受统治者的奴役和压迫，不分昼夜地辛勤劳作，贪黑起早，苦不堪言的现状，如果直言这一主题，便会显得单调。因此诗人通过这种无疑之处设疑的方法，使诗篇显得更有跌宕的情致。

其次，是韵脚的处理。这首诗十分押韵，每章换韵，句句用韵，而且全诗回环往复，只在个别字上稍做改动，使全诗节奏紧凑，引人入胜。所以方玉润评此诗："语浅意深，中藏无限义理，未许粗心人卤莽读过。"（《诗经原始》）

◎旄丘◎

旄丘之葛兮①，何诞之节兮②？叔兮伯兮③，何多日也？
何其处也？必有与也。何其久也？必有以也。
狐裘蒙戎④，匪车不东⑤。叔兮伯兮，靡所与同⑥。
琐兮尾兮⑦，流离之子。叔兮伯兮，褎如充耳⑧。

【注释】

①旄（máo）丘：前高后低的土山。②诞：延，长。③叔、伯：此处指卫国诸臣。④蒙戎：蓬松，散乱。⑤匪：同"非"。⑥靡：没有。⑦琐：细小。尾：卑微。⑧褎（yòu）：聋。充耳：塞耳。

【赏析】

《旄丘》是《式微》的姊妹篇。关于《旄丘》一诗的主旨，历来众说纷纭。从诗作内容来看，这首诗应是黎国的臣子斥责卫国所作的诗篇。

《旄丘》一诗秉承了《诗经》的一贯体式：四言四句。《诗经传说汇纂》中对《旄丘》一诗评价说："一章怪之，二章疑之，三章微讽之，四章直责之。"这段文字形象而准确地点出了这首诗层层推进的感情发展过程。《旄丘》结构清晰，将对比、比兴、铺陈穿插使用，手法巧妙。诗人并没有刻意点染，但黎臣的凄凉哀婉却显露无疑，无愧于陈震《读诗识小录》中"前半哀音曼响，后半变徵流商"的不俗评价。

"旄丘之葛兮，何诞之节兮"两句，描写旄丘上长满了密密麻麻的藤蔓，相互缠绕，一直向更远处延伸。首章是《诗经》惯用的起兴手法，为下文的抒情埋下伏笔。"叔兮伯兮，何多日也？"卫国的臣子啊，已经这么多天都过去了，你们到底还在等什么？这一句写出了黎国臣子的急迫心情，他们翘首以盼，等待卫国的援军，然而这一微弱的希望始终没有实现。黎臣们眼睁睁地看着藤蔓越爬越高，感受着时间一分一秒流逝，不由得心急如焚。

第二章紧承上章"何多日也"而来，环环相扣，结构严谨。"何其处也？必有与也。何其久也？必有以也。"此处与《式微》亦有相通之处，运用自问自答的方式解释这种无人救援的现状：为何在此地滞留的时间如此之长？想必一定是有什么人陪伴吧。为何在此地滞留时间如此之久？看来一定是有什么原因吧。卫国迟迟不肯发兵，黎国臣子却没有心生抱怨，而是将心比心地去分析援兵未到的原因，字里行间流露出一股深婉的宽厚，同时也有一丝无能为力的苦涩。

第三章感情色彩稍有变化，"狐裘蒙戎，匪车不东。叔兮伯兮，靡所与同"，叙述中已暗含讽意。这一章仍是以黎国臣子的口吻叙述：我方已经渐渐败下阵来，狐裘也被打得七零八散，你们的车子怎么还不来？卫国的臣子啊，我们所经历的苦难，你们没法感同身受。"狐裘蒙戎"紧扣上两章，通过眼前破败的景象，点出自己等待已久的事实。根据"匪车不东"可知，黎臣已经察觉到卫国无心救援，因此这里用暗讽的笔触状写凄凉。

第四章最突出的特点就是赋法的运用。这一章呼应整首诗的主旨，对卫国直接进行痛斥和批驳。"琐兮尾兮，流离之子。叔兮伯兮，褎如充耳"四句，很直接地铺叙了黎臣的处境。这四句还运用了对比的写作手法：我们黎国是小国，自然没有卫国尊贵。我们这些人，身份卑微低贱，就像无家可归的鸟儿。卫国的臣子啊，你们在一旁冷眼观之，目能视而不看，耳能听而不闻，真是叫人心生怨恨。对比手法的运用，更能突出黎国人民无家可归、寄人篱下的惨状，同时也凸显出卫国人袖手旁观的傲慢姿态。

◎简兮◎

简兮简兮①，方将万舞②。日之方中，在前上处③。
硕人俣俣④，公庭万舞。有力如虎，执辔如组⑤。
左手执龠⑥，右手秉翟⑦。赫如渥赭⑧，公言锡爵⑨。
山有榛，隰有苓⑩。云谁之思，西方美人。彼美人兮，西方之人兮。

【注释】

①简：威武。②方将：将要。万舞：一种舞蹈形式。③在前上处：前列的第一个。此处指舞列的第一名。④硕：硕大。俣（yǔ）俣：魁梧健美。⑤辔（pèi）：马缰绳。组：丝织的宽带子。⑥龠（yuè）：古乐器。⑦翟（dí）：

野鸡尾巴上的羽毛。⑧赫（hè）：红色。渥（wò）：厚。赭（zhě）：赤褐色。⑨锡：赐。爵：青铜制酒器，用来温酒和盛酒。⑩榛（zhēn）：榛树，落叶灌木。花黄褐色，果实叫榛子，果皮坚硬，果肉可食。隰（xí）：湿地。苓（líng）：一种苦药。

【赏析】

《简兮》看上去像一首歌的名字。兮是语气助词，常用在句尾补充音节，念起来有种歌曲般咿咿呀呀的感觉。

实际上，这首诗的确跟歌曲小有关系。全诗以旁观者的身份对一位舞蹈者进行由衷的赞扬。细读此诗，可推测旁观者是一位文静淡雅、有素质、有修养的女子，她看到了一位高大魁梧、英俊潇洒的男子翩翩起舞，不由得欣喜万分，赞叹不已。

"简兮简兮，方将万舞。日之方中，在前上处。"伴着时而急促如雨，时而稳如撞钟的鼓声，一场盛大的舞蹈演出马上就要开始，此时正值晌午时分，太阳刚好盖过头顶，而他在众多舞者当中脱颖而出，显得那么鹤立鸡群。

"硕人俣俣，公庭万舞。有力如虎，执辔如组。"他生得高大魁梧，体态健美匀称，这时他来到公庭开始跳起万舞，他如猛虎下山般力大无比，手里紧紧地抓着一根缰绳，一前一后像在织布。

"左手执龠，右手秉翟。赫如渥赭，公言锡爵。"此时，鼓点紧张急促，他左手挥舞着三孔笛，右手拿着野鸡的尾羽，两者交织在一起上下翻飞。不知是跳得累了还是心情太激动，只见他脸色红润如赭土一般，公爷看得也起劲儿，便上前赏酒一杯。

"山有榛，隰有苓。云谁之思，西方美人。彼美人兮，西方之人兮。"高高的山上榛树重生，地势低洼的湿地常常生长着苦苓。这曼妙的一切究竟为了谁所造？到底有谁值得我这样魂牵梦萦？原来是西方的美人，千山万水相阻隔，远在西方的美人好生让我牵肠挂肚。

此诗结构较另辟蹊径，独具一格。前三章不用起兴，直接描绘，而在最后一章却用比兴寄托自己的相思之情。"山有榛，隰有苓"，以树喻男子，以草喻女子，引出"云谁之思，西方美人"，舞者已离去，但因舞者而产生的思念却没有因此而中断，舞者风度翩翩的样子早已深深刻在女子的心中，百般的欣赏千般的敬佩化作了万般的爱慕。全诗按照事情发展的顺序进行叙述，脉络清晰，让读者一目了然。

实际上，《简兮》一诗，存在多种解说。《毛诗序》和朱熹《诗集传》都认为这首诗的主旨是讽刺卫王荒淫无道，治国无方，不能任贤授能、亲贤臣远小人，反而养虎为患，使贤者居于伶官之位。这一观点使多数人信服。不过，在今人的研究中，又出现了新的解释。有人认为这是描写舞女辛酸生活的诗歌，也有人认为是讽喻卫庄公沉湎声色的作品，还有人认为这是一首卫国宫廷女子赞美、爱慕舞师的诗歌。从以上对诗歌内容的分析来看，最后一种观点较为贴切。当然也不用否定其他定论，可以说每一个猜测都有它存在的价值。

◎泉水◎

毖彼泉水①，亦流于淇②。有怀于卫，靡日不思。娈彼诸姬③，聊与之谋④。

出宿于泲⑤，饮饯于祢⑥。女子有行⑦，远父母兄弟，问我诸姑，遂及伯姊。

出宿于干，饮饯于言⑧。载脂载舝⑨，还车言迈⑩。遄臻于卫⑪，不瑕有害⑫。

我思肥泉⑬，兹之永叹。思须与漕⑭，我心悠悠⑮。驾言出游，以写我忧⑯。

【注释】

①毖（bì）：泉水涌流的样子。②淇：淇水，卫国河名。③娈（luán）：美好的样子。诸姬：指卫国的同姓之女，卫国的国君姓姬。④聊：姑且。⑤沛（jǐ）：古地名。⑥饯（jiàn）：以酒送行。祢（nǐ）：古地名，今山东省菏泽市西。⑦行：指女子出嫁。⑧干、言：均为卫国地名。⑨脂：涂车轴的油脂。辖（xiá）：车轴两头的金属键。⑩迈：远行。⑪遄（chuán）：疾速。臻：至。⑫瑕：何。⑬肥泉：地名。⑭须、漕：皆为卫国的城邑。⑮悠悠：忧愁深长。⑯写：宣泄，排除。

【赏析】

《泉水》是一首凄婉悱恻的思归诗。诗中的女主角远嫁他乡，离开卫国，但是她的心一刻也没有离开过自己的家乡，终日魂牵梦绕。但如今故国人事变故，想回家探视却多有不便，所以她的内心焦急难耐，只好作诗聊遣心绪。

全诗一共四章，每章六句。首章一、二句起兴，以泉水日夜奔流比喻自己的思乡之情生生不息。三、四句直言本事：虽然远嫁，但是无日无夜不思念卫国。二、三章以幻写真，回忆曾经出嫁的场面和日夜幻想卫国现在的模样。第四章由梦境回到现实，物是人非，更添一番无穷无尽的离愁。

"毖彼泉水，亦流于淇。"开篇就用泉水流入淇水起兴，道出女子归思的念头。这两句与《邶风·柏舟》首二句"彼柏舟，亦其流"有异曲同工之妙，都用流水兴起情思，文意婉转，情致深切。

"有怀于卫，靡日不思。"想念祖国之情引起伤怀之心，不知道远方的卫人，你们现在在做些什么，我在这里无日不思念着你们。

"娈彼诸姬，聊与之谋。"不能亲自回家去探望你们，多么希望能把所有的心事拿出来与美丽的同族姐妹聊。一腔苦衷，想向你们倾诉，希望你们能够为我出个主意，即便无济于事，也能够解一解胸中的苦闷。

"出宿于沛，饮饯于祢。女子有行，远父母兄弟，问我诸姑，遂及伯姊"是对昔日婚嫁场面的描述。出嫁时由于路途遥远，半路只能宿营于济水，胞族在祢地为我设宴饯行。女孩子出嫁他乡，远离了父母兄弟。孤苦伶仃，很想回家问候各位长辈和堂姐堂妹们。

第三章重复第二章的格式，"出宿于干，饮饯于言。载脂载辖，还车言迈。遄臻于卫，不瑕有害"形成回环往复的效果，也是对第一章的衔接。文章直抒胸臆，表达自己对卫国真挚的怀念。这一章与第二章不同，是对归宁之途的想象。一行人出行宿营于干地，在言地设宴，随后检查车轴准备行驾，逗留片刻之后就掉转车头向卫国行进。疾驰轻车一路无阻回到卫国，在想象中似乎不会有什么阻碍，但在现实中却不可能实现。

全诗是凭空杜撰，以幻写真，寄托了女主人公深切的思念，诗歌的感情也因此变得曲折起伏。

"我思肥泉，兹之永叹。思须与漕，我心悠悠。驾言出游，以写我忧。"回忆起故国的肥泉，愈发勾起我的思乡情怀，一想到须邑、漕邑，我就满怀忧郁。但是因为种种原因我不能回家探看，只好驾车出游，消解心头忧愁。正如杜甫所说"露从今夜白，月是故乡明。"故乡的一草一木总能勾起我们的无限遐思。泉水叮咚，是寂寞、是离愁、别是一番滋味流入思乡人的心中。

◎北门◎

出自北门，忧心殷殷①。终窭且贫②，莫知我艰。已焉哉！天实为之，谓之何哉③！

王事适我④，政事一埤益我⑤。我入自外，室人交徧谪我⑥。已焉哉！天实为之，谓之何哉！

王事敦我⑦，政事一埤遗我⑧。我入自外，室人交徧摧我⑨。已焉哉！天实为之，谓之何哉！

【注释】

①殷殷：十分忧伤。②终：既。窭（jù）：贫寒，艰窘。③谓：奈何不得。④王事：王家之事，此处指有关王室的事务。适（zhì）：派。⑤政事：公家的事。埤（pí）益：增加。⑥谪（zhé）：谴责。⑦敦：逼迫。⑧埤遗：同"埤益"。⑨摧：讥讽，讽刺。

【赏析】

《北门》是一首怨诗，是一个位卑任重、处境困顿的小官吏的怨愤。这位小吏公事繁忙，终日辛劳却不受重视，也没有加官晋爵的希望可言，这一腔苦闷无处诉说，只能一个人在路上发牢骚，埋怨这不公平的生活。

诗中的小官吏公事繁重苛细，而上司不但不体谅他，还一味给他加派任务，使他难以承受。辛辛苦苦而位卑禄薄，难怪他志不得伸，牢骚满腹。朱熹《诗集传》评此诗："卫之贤者处乱世，事暗君，不得其志，故因出北门而赋以自比。又叹其贫窭，人莫知之，而归之于天也。"这个评语真可谓一针见血。

全诗以这位小官吏的口吻叙述，情感真切。"出自北门，忧心殷殷。终窭且贫，莫知我艰。"我从北门出城，一路上烦闷不已，陷在忧伤之中无法自拔。我的生活既困窘又贫寒，没人知道我的艰难。"已焉哉！天实为之，谓之何哉！"事已至此，我又能怨得了谁呢？或许一切都是老天的安排，我能有什么办法！

"王事适我，政事一埤益我。"王家有差事又派给我做，衙门的公务也日益增加。"我入自外，室人交徧谪我。"我从外面一天到晚辛勤忙碌，回到家，家人却纷纷责备我。责备我不顾家，骂我俸禄少。"已焉哉！天实为之，谓之何哉！"事已至此，一切都是老天的安排，我还能有什么办法。

"王事敦我，政事一埤遗我。"王家有事务逼迫我去做，我纵使有千般的顾虑也要硬着头皮去接受。"我入自外，室人交徧摧我。"从外面回到家中，家人不但不理解我，反而讥讽我，嘲笑我。"已焉哉！天实为之，谓之何哉！"事已至此，算了吧，什么也不要追究了，一切都是命，都是天命。

全诗纯用赋法，直言铺叙描绘客观事物，爽朗而通畅。从首句的"出自北门"到后来的"我入自外"全诗按照事情发展的顺序进行，让读者知晓整件事情的来龙去脉，让人一目了然。诗中连用数个"我"字，感情色彩极其浓烈。整首诗主观色彩强烈，直言心声，一下子就拉近了与读者的距离。

每章末尾"已焉哉！天实为之，谓之何哉"三句重复使用，有一唱三叹的效果。表面看来，官吏将自己所遭受的困厄归因于天，不敢对这种现状做任何反抗和辩驳。但实际上，这三句正是悲愤的心情无以复加的表现。这种表达方式与"不怒反笑"的意思相近，笑并非怒气的消解，实是已怒至极点，无从表达。此处，小官吏身负不平命运，愤然至极，只好三叹天命，表达自己的无能为力。

◎北风◎

北风其凉，雨雪其雱①。惠而好我②，携手同行。其虚其邪③，既亟只且④。

北风其喈⑤，雨雪其霏⑥。惠而好我，携手同归⑦。其虚其邪，既亟只且。

莫赤匪狐⑧，莫黑匪乌。惠而好我，携手同车。其虚其邪，既亟只且。

【注释】

①雨（yù）雪：下雪。雨作动词用。雱（páng）：雪下得很大的样子。②惠而：爱好。③虚、邪：徐缓。④亟：急迫。⑤喈（jiē）：通"湝"，寒凉。

⑥霏（fēi）：雨雪纷飞。⑦同归：一起到较好的他国去。⑧莫赤匪狐：没有不红的狐狸。

【赏析】

  "风雪夜归人"是冰天雪地里的一丝温暖，"风雪急逃亡"则是寒冷里的慌乱和匆忙。《北风》一诗构建的风雪世界，属于后者，仅有凄惶的萧索，没有丝毫美感：放眼望去，破落的车队在泥泞的路上走走停停，北风刺骨，吹乱了车帷和须发，大雪纷纷，遮盖了本就辨识不出的道路。车中之人，既不是久征沙场的战士，也不是终日辛劳的农人，而是一批锦衣玉食、整日舞文弄墨的贵族。

  《北风》描写了这样一种情景：卫国行威虐之政，贤人预见危机，相约避乱。这是一首反映贵族逃亡的诗："既亟只且"，紧急的局势一触即发，"莫赤匪狐，莫黑匪乌"，凄凉的环境如影随形，让人悚然心惊。短短数十字，逃亡者内心的焦灼和痛苦，跃然纸上，纤毫毕见。无怪朱熹《诗集传》中说此诗"气象愁惨"。

  《诗经》历来擅长渲染情感，其一唱三叹、回环复沓的章法，最能感染读者的情绪，使诗作的内蕴得到有力的彰显。《北风》共三章，前两章内容基本相同，反复诉说，使情感叠加于字里行间。其中只改了三个字，每次改变，都是从不同角度的追加，最终使情感得到全面的张扬。

  把"北风其凉"改为"北风其喈"，不断地强调北风的寒意。不仅"凉"而且"喈"，刚才是凉，现在是既寒且凉，加深了"凉"的程度，充分表现出逃奔者身心俱寒的景状。把"雨雪其雰"改为"雨雪其霏"，前者纷然飞扬，后者密集飘落，从不同角度极力渲染雪势的盛大。把"携手同行"改为"携手同归"，强调逃离的意向，也体现出贵族们对目的地的渴望：把去处当成了家，不是"去"，而是"归"，从而反衬逃亡前的无归属感和对原地的恐惧心境。

  这种结构和手法产生了强烈的艺术效果，好似逃亡者在途中不停地念叨同一句话，一方面催促自己奔逃的节奏，另一方面也能分散注意力，舒缓自己紧绷的神经。

诗作各章末二句相同，"其虚其邪"，"虚""邪"，即舒徐，为叠韵词，加上两个"其"字，语气更加缓和，形象地表现出逃亡者委蛇退让、徘徊不前之状。"既亟只且""只且"为语助词，语气较为急促，加强了局势的紧迫感。一个又冷又怕、哆嗦不已、慌忙赶路的逃亡者形象，和一条覆盖积雪、曲折坎坷、又细又长而看不到终点的山间小路景象，呼之欲出。

当时的虐政如风雪般密而不透、寒凉无比，让人无法承受，只得迁徙逃亡。行程过程中的北风与风雪，既是对下文的起兴，也是逃亡者对现今生活的概括，象征着奔逃过程的艰辛和走不出严寒的痛苦，表现出逃亡者脱离苦厄的艰难和逃亡途中心态的焦急不安。

进一步细想，在逃亡途中，真的只有严寒和崎岖吗？赤狐和黑乌，是路边的动物，还是阻遏前进的追兵？如果用它们来隐喻追兵的话，逃亡的环境，就不仅仅是艰辛，还充满了凶险。这群寻找乐土的贵族，也就有了几分悲壮感，让人禁不住产生疑问：是什么让这一群贵族誓死也要离开？这种比中有兴的手法，使诗句更加耐人寻味，也使作品具有更多层的解读可能性和更深刻的意旨。

◎静女◎

静女其姝①，俟我于城隅②。爱而不见③，搔首踟蹰④。

静女其娈⑤，贻我彤管⑥。彤管有炜⑦，说怿女美⑧。自牧归荑⑨，洵美且异⑩。匪女之为美，美人之贻。

【注释】

①静女：贞静娴雅之女。朱熹《诗集传》："静者，闲雅之义。"姝（shū）：美好。②俟（sì）：等待。城隅（yú）：城角隐蔽处。③爱而：隐蔽的样子。④踟蹰（chí chú）：徘徊不定。⑤娈：面目姣好。⑥贻（yí）：赠。彤管：指红管草。⑦炜（wěi）：盛明的样子，有光彩。⑧说怿（yuè yì）：即"悦怿"，喜悦。⑨牧：野外。荑（tí）：初生的白茅，象征婚媾。⑩洵（xún）：实在，诚然。异：特殊。

【赏析】

爱是一种抽象的概念，它看不见抓不着，而《静女》将这种抽象的情感具体化，让爱真真切切地存在于人们眼前。《静女》一诗历来备受关注，因为它美，且美得别有风韵。不仅文字熠熠生辉，诗中的女子亦文静美好，令人神往。

"静女其姝，俟我于城隅。爱而不见，搔首踟蹰。"由此句可知，这首诗以一个男子的口吻叙述，他对恋人的外貌极尽赞美，对她待自己的情意极尽宣扬，可看出他的喜悦心情，仿佛在向世界昭告，有一个美丽的女子在等待他。他迫不及待地早早赶到约会地点，四处张望，但是前面似乎有什么树木房舍之类的东西挡住了他的视线。于是他抓耳挠腮，焦急难耐，在原地来回徘徊。"搔首踟蹰"一句，通过动作描写人物形象，细腻地传达出人物的心理状态，刻画出男子的痴情。

"静女其娈，贻我彤管。彤管有炜，说怿女美。"小伙子站在那里等着，心中开始回忆起两人的甜蜜过往。他想起心爱的女孩送给他的"彤管"，这个礼物精美至极，色泽鲜艳，一如姑娘的容颜。所以小伙子对它爱不释手。

第三章是全诗情感的巅峰之处。"自牧归荑，洵美且异。匪女之为美，美人之贻。"这个有心的女孩从牧场归来时，采摘了一株荑草送给男子。男子认为它比"彤管"还要珍贵，因为他知道这是女孩跋涉远处郊野亲手采来的，所以他把这株普通荑草看得"洵美且异"。

《静女》一、二两章都以"静女"开头，首章"其姝"，次章"其娈"，一字之差，含义自然也有所区别。第三章则与一、二章完全不同，由此，这首诗既不乏节奏感和音乐美，同时也有较大的内容含量和表现力。

这首诗在艺术上最显著的特点是采用直陈其事的"赋"的手法。这一手法的运用使这首简短的诗能用最洗练的字句，描写出约会的进程，既有地点、人物、情境的描绘，又有回忆和心理活动的叠加。

《静女》一诗语言清新活泼，生动有趣。无论是男子欣喜若狂、满脸爱意的神态，还是女子姣好的容貌和活泼可爱的性格，都如在目前，使它无愧享有"写形写神之妙"（陈震《读诗识小录》）的美誉。

鄘 风

◎柏舟◎

泛彼柏舟，在彼中河。髧彼两髦①，实维我仪②。之死矢靡它③！母也天只④，不谅人只⑤！

泛彼柏舟，在彼河侧。髧彼两髦，实维我特⑥。之死矢靡慝⑦！母也天只，不谅人只！

【注释】

①髧（dàn）：头发下垂的样子。两髦（máo）：古代男子未行冠礼前，头发齐眉，分向两边的样式。②仪：配偶。③之：到。矢：誓。靡：无。④只：语气助词。⑤谅：相信。⑥特：与上文的"仪"同义。⑦慝（tè）：改变。

【赏析】

《诗经》中有很多反映婚恋爱情的诗篇，《鄘风·柏舟》就是其中较为有特色的一篇。与《诗经》中大多数描写爱情的纯真与唯美的诗相比，这首诗的不同之处在于，它反映了《诗经》时代民间婚恋的状况。在那个年代，人们仍享有一定的爱情自由，原始的婚俗仍占有一定地位；但是，正如《诗经》中所体现出来的那样："取妻如之何？必告父母""取妻如之何？匪媒不得"（《齐风·南山》），烦琐的礼教已侵入人们的生活。因此青年男女为了争取婚恋自由而产生的反抗意识，开始在《诗经》中显示出独特的艺术魅力。

诗的第一章以"柏舟"起兴：那漂荡的柏舟，就在水中央。舟上垂发的男子，是我心仪的爱人，我对他的感情至死不渝！母亲啊，苍天，为什么你们不能体谅我的心成全我呢？诗的起始便发出了震人心魄的誓言："之死矢靡它！"诗意的表达直接而强烈，"母也天只"呼娘呼天，"娘啊天啊"这一句并不是对娘的斥责，而是情感的迸发，爱上一个人却不能相守的焦急与顾盼流露于呐喊之中。

诗的第二章是为重唱，两章重章叠句，意味相同，只为加强语气，这在《诗经》中是惯用的手法。与第一章稍有不同的是，此时的柏舟已飘到了河的边缘。说明时间在改变，舟上垂发的男子，依然是我心仪的爱人，我对他的感情至死不渝！母亲啊，苍天，为什么你们不能体谅我的心成全我呢？诗至此戛然而止，留白的结局为读者留下了疑问与回味：母亲为何要阻止这二人在一起？结局是大团圆还是劳燕分飞？

父母之命，媒妁之言，在《诗经》的年代，爱情不仅仅是"桃之夭夭，灼灼其华"，在绚烂的外表下，不知有多少誓死的抗争。《柏舟》中的女子，声声呐喊惊醒了《诗经》爱情的美梦：那舟上的人就是我心爱的人儿，我的爱至死不渝！母亲与苍天，为何难成全？

《鄘风》中有相当多的情诗，描绘出当时男女青年在婚恋过程中的各种情况、与礼法制度相矛盾的家庭生活等。从《柏舟》这首诗中可以看出，当时的婚恋有一定的自由，但父母的意见常常左右着这些年轻人的爱情。诗中的女子对于母亲的干涉很不理解，因而采取发誓和呼告的方式表达了抗议，并在诗中表达了自己对爱情的至死不渝，以及对礼教束缚和包办婚姻的不满。女子呼告的对象是"母亲"，不难看出，母系社会的习惯势力在当时还有体现。

女主人公向母亲呼告之余又向"天"呼告，周朝时代的人把"天"看做居高临下、明察秋毫，具有至高无上、主宰一切的神秘力量。当人们心中有懊恼、不平或愤激时，往往向"天"呼吁，请求体恤，希望挽回天命，改变命运。这自然是人们对自己所幻想的神单方面寄托的一种幻想。

奇特的内容让这首《柏舟》在《诗经》众多的婚恋诗篇中脱颖而出，而在形式上，和《国风》《小雅》中的多数篇章一样，《柏舟》是一首歌词。在艺术上属于典型的两章叠咏：中心意思在第一章表达得已经很完整，但觉感情还未抒发到极致；于是第二章继续表达同一种意思，只变易韵脚。一支曲子，两段歌词，结尾咏叹。这种形式，一直到当代的歌曲中仍有十分广泛的继承。

《柏舟》之所以用重章叠句的形式，是为了借以抒发作者强烈的感情，心中的话似乎只有一遍一遍重复声明，才能表白一颗坚定的心，因此诗背后的爱情故事便让人猜测不已。《毛诗序》有这样一段解读："《柏舟》，共姜自誓也。卫世子共伯早死，其妻守义，父母欲夺而嫁之，誓而弗许，故作是诗以绝之。"

放下当时那些烦冗的教条与寓意综观全诗，《柏舟》最富震撼力的仍是女子"之死矢靡它""之死矢靡慝"的铮铮誓言，这让人不能不联想起汉乐府诗歌《上邪》中"山无棱，江水为竭"一段感天动地的爱情誓言。爱情无论在哪个时代，都有振聋发聩的誓言与呐喊，都有痛彻心扉的体验与感悟，《柏舟》如是。

◎墙有茨◎

墙有茨①，不可扫也②。中冓之言③，不可道也④。所可道也⑤，言之丑也。

墙有茨，不可襄也⑥。中冓之言，不可详也⑦。所可详也，言之长也。

墙有茨，不可束也。中冓之言，不可读也⑧。所可读也，言之辱也。

【注释】

①茨（cí）：蒺藜。②扫：除掉。③中冓（gòu）：宫中。④道：说。⑤所：

若。⑥襄：除去。⑦详：详细讲述。⑧读：说出，宣露。

【赏析】

　　一般人认为《墙有茨》一诗旨在讽刺卫国的宫廷丑事，卫宣公强娶儿子伋的未婚妻（即卫宣姜），生子惠公。卫宣公死后，年幼的惠公即位。齐、卫两国素来关系亲密，齐人为巩固惠公的君位，保持两国亲密的姻亲关系，强迫公子顽与卫宣姜私通。不久卫国宫廷里的这些秘事丑闻就传到宫外，人尽皆知。卫人深以为耻，于是有了这首讽刺意味极强的《墙有茨》。全诗用以不言为言、欲说还休的方式，吊足了读者的胃口，也达到了意想不到的讽刺效果，成为《诗经》里独具特色的一篇佳作。

　　全诗每章均以"墙有茨"起兴，引起将讽之事。每章的字句相差不大，只是将"扫""道""丑"等词换成了"襄""详""长"和"束""读""辱"。这样虽然是在反复叙说一件事，却不显唠叨琐碎。

　　"墙有茨"不是单纯的起兴，它与诗中隐含的宫闱秘闻有意义上的联系。根据《诗经词典》的解释，"茨"有两种意思：一为蒺藜，一为茅草芦苇盖的屋顶。这里应是蒺藜之义。墙上爬满蒺藜草，"不可扫""不可襄""不可束"，怎么都无法根除。这种情形就好像宫闱丑事，一旦发生，就无法阻止它向外传播。要想堵住人们的嘴，就像拔出墙头根深蒂固的蒺藜草一样难。所谓"好事不出门，恶事行千里""墙有茨"而不可除，暗示着宫中淫乱丑事的无法掩盖。

　　现实中常常有这种情况发生，当一件不为人知的事变得人尽皆知时，人们相互之间会达成一种默契：在说到这件事时，谁也不会把它说破，只需从一个眼神或一种语气中就能领会彼此要表达的意思。这样一来，虽然人人都知道此事，看上去却又像人人都不清楚此事，造成一种神秘的气氛。此之谓"公开的秘密"。

　　这首诗也笼罩着这样的神秘气氛。诗人不停地说："中冓之言，不可道也。""中冓之言，不可详也。""中冓之言，不可读也。"一副绝对保密的样子。可是每次这样说过后，诗人又说："所可道也，言之丑也。""所可详也，言之长也。""所可读也，言之辱也。"告诉大家，之所以不能说，是因为说出去让人感到羞耻。

可是越不说，读者就越想探究其中奥秘。如果真是不能告诉别人的秘密，就应该只字不提。而诗人看似在隐瞒秘密，却有意无意地透露出一些信息。明明公子顽、卫宣姜的丑事在当时已经妇孺皆知了，可诗人偏偏要说"中冓之言"不能说出来。这样说的效果是，也许别人并没有想到此事，但被诗人这么一提，就会不由得想起此事。而当诗人成功地诱使众人将注意力转到这件事上后，就没必要继续叙述所指之事了，于是一笔荡开，转而指出不言"中冓之言"的原因。众人听如此说，自然洞悉其中深意，不必多言即能领会作者的讽刺之义。在众人皆心知肚明的情况下，诗人这种藏头露尾的叙说无疑比直露的讲述更有情趣。诗的篇幅本来就短，只有六十九个字，根本没把所讽之事讲述出来。而在这仅有的六十多个字中，竟然有十二个"也"字。但这十二个"也"不是毫无意义的语气词。诗中的"也"相当于今天的"呀"，是一种绵延舒缓的语气。这么多的"也"使得此诗有种故意拖长语气以待听者做出反应的意味，是作诗之人为表达讥刺意图而故弄玄虚之态。频繁出现的"也"字加上诗中并未指明的丑事，读来使人感到有人带着诡秘的微笑在附耳低语，讲述着一件让人震惊的秘事。这种在调侃幽默中的讽刺往往比声色俱厉的讽刺更辛辣。

◎君子偕老◎

君子偕老①，副笄六珈②。委委佗佗③，如山如河。象服是宜④，子之不淑⑤，云如之何⑥。

玼兮玼兮⑦，其之翟也⑧。鬒发如云⑨，不屑髢也⑩。玉之瑱也⑪，象之揥也⑫，扬且之皙也⑬。胡然而天也⑭，胡然而帝也。

　　瑳兮瑳兮⑮，其之展也⑯。蒙彼绉絺⑰，是绁袢也⑱。子之清扬⑲，扬且之颜也⑳。展如之人兮㉑，邦之媛也㉒。

【注释】

　　①君子：指卫宣公。偕老：夫妻相亲相爱、白头到老。②副：妇人的一种首饰。笄（jī）：簪。珈（jiā）：饰玉。③委委佗佗：举止雍容华贵、落落大方。④象服：镶有珠宝、绘有花纹的礼服。⑤淑：善。⑥云：句首发语词。如之何：奈之何。⑦玼（cǐ）：花纹绚烂。⑧翟：绣着山鸡彩羽的衣服。⑨鬒（zhěn）：黑发。如云：形容头发浓密。⑩髢（dí）：假发。⑪瑱（tiàn）：冠冕上垂在两耳旁的玉。⑫揥（tì）：发钗一类的首饰。⑬扬：前额宽广方正。且：助词。晳（xī）：白。⑭胡：怎么。然：这样。⑮瑳（cuō）：玉色鲜丽洁白。⑯展：古代夏天穿的一种纱衣。⑰蒙：覆盖，罩上。絺（chī）：细葛布。⑱绁袢（xiè fán）：夏天穿的白色内衣。⑲清扬：眉清目秀。⑳颜：额头。㉑展：的确。㉒媛：美女。

【赏析】

　　历史总会消磨一些东西，经典也未能得以幸免，在岁月的更迭中，一些诗作最本真的意义再难考证，在后人的猜测中产生出不同的解读，成为文学殿堂里的桩桩"悬案"。《君子偕老》正是这样一桩"悬案"，历来颇受争议，在这首诗的多种评论中，最重要的是两种，一褒一贬，针锋相对。

　　一说认为它是一首讽刺之诗。《毛诗序》："《君子偕老》，刺卫夫人也。夫人淫乱，失事君子之道，故陈人君之德、服饰之盛，宜与君子偕老也。"宣姜本是卫宣公之子伋的未婚妻，不幸被宣公霸占，后来又与庶子顽私通，劣迹斑斑。由此可见，"君子偕老"一句实是对宣姜行为的反讽。评论者认为，这首诗讽刺卫国宣夫人外貌美丽华贵而行为丑陋无耻，诗人以美写丑，美的外貌与丑的灵魂形成强烈的反差，造就深长的讽刺意味。"子之不淑"为其画龙点睛之笔。整首诗既有铺陈，也有反衬，两相对比之下，讽刺之义尽显。

另一说法认为此乃单纯的赞美之词。持这种观点的人认为，这是一首颂诗，一般在庆颂仪式上歌唱，理由是，《诗经》讽刺人的品行时，很少通过美好的事物来衬托。在这首赞美婚姻的诗中，"君子偕老"一句开篇便统领全诗，极力主张美人应与君子美满偕老，接下来从各个层面突出其美丽，并用服饰之华美象征其品德之高贵。明戴君恩《读风臆评》云："零零星星，不舍一物，绮密回还，变眩百怪，《洛神》《高唐》不足为丽矣。"

两种说法迥乎不同，展现出这首诗的隐晦和多义。若单讲诗作的亮点，则无论是哪一种主题，作者都以优美的笔触，对女主人公进行了各种描摹，极尽奢华。所以，暂时抛却主旨，融入作者的唯美摹写，用心感受那种光艳绝伦，才是当务之急。

作者从盛大的册封大典开始，渲染典礼之庄严法度，礼服之华美典雅。宣姜身着礼服冠冕，华美俨然，一时震惊四座。次章宣姜身着羽衣，鲜艳明丽，更加姿态妍丽，娇媚无限，诗人用繁复的文字渲染宣姜的羽衣华服，青丝如云，耳中明月铛、头上象牙插，更显得"面如秋月还白，目似秋水还清"（《红楼梦》赞贾宝玉语）。末章宣姜身着便服，眉目宛然，丰姿如画。在篇末诗人又大大赞叹了一番：如此美女，世间少有，地上无双。

好的铺陈得益于美的辞藻，亦得益于巧的结构，全诗以七句、九句、八句的格式排列，显得错落有致，给人环佩叮当之感。首章揭出通篇纲领，章法巧妙，使得全文连贯圆融，浑然如一。诗作交叉表现宣姜的服饰和仪容，用语华丽工巧，结构上酣畅淋漓，巨细备至，深得《诗经》回环往复之妙，达到了震撼人心的艺术效果。

也许"讽刺"的主张是对的，因为文人痛恨一件事时，他可能破口大骂，却也可能酸溜溜地瞻之仰之，赞之颂之，当把其捧得足够高时，再突然给其措手不及的打击，完成鞭挞的初衷。或者，后一种观点才是正确的，以华美事物象征美好品格是《诗经》中的常用手法。无论哪一种，都无法冲淡这首诗唯美的描摹和深湛的艺术塑造能力。

文章用赋法咏叹宣姜服饰容貌时的精美措辞，让人禁不住感叹汉语的魅惑。"胡然而天也，胡然而帝也"，仿佛天仙降临，给人诸多缥缈恍惚的幻想。"展如之人兮，邦之媛也"，让今人亦能沉溺于其意蕴无穷之中。

◎桑中◎

爰采唐矣①？沫之乡矣②。云谁之思？美孟姜矣③。期我乎桑中④，要我乎上宫⑤，送我乎淇之上矣⑥。

爰采麦矣？沫之北矣。云谁之思？美孟弋矣。期我乎桑中，要我乎上宫，送我乎淇之上矣。

爰采葑矣⑦？沫之东矣。云谁之思？美孟庸矣。期我乎桑中，要我乎上宫，送我乎淇之上矣。

【注释】

①爰：于何，在哪里。唐：菟丝子，寄生蔓草，秋初开小花，子实入药。②沫（mèi）：卫邑名，在今河南省淇县。乡：郊外。③孟姜：姜家的长女。④桑中：地名。⑤要（yāo）：邀约。⑥淇：淇水。⑦葑（fēng）：一种菜名，即芜菁。

【赏析】

初读这首诗，会发现其语调舒缓，意境和美，像是一位男性主人公在幽幽地念叨和回味自己曾经的恋情和幽会。可能此时他正坐在一个长满青草的山坡，迎着和暖又轻柔的微风，某种风吹杨柳的情景或者仅仅是某种熟悉感，不经意间碰触到了敏感的神经，回忆中的旖旎悄悄爬上心头，作者开始不自觉地低语、沉吟，由此成就了这首《桑中》。

这是一首爱情诗，短暂的篇章，记述了一对青年男女多次约会的情景。诗篇以男主人公的甜蜜回忆起始，再现女子的主动邀约，最终定格于二人的依依不舍，如此回返往复，细致地勾画出这段感情的百转千回，让人阅读时不禁替男女主人公心生欢喜。

诗一开篇，"爰采唐矣"，即定下全诗缠绵幽远的基调。"采唐""采麦""采葑"皆是比兴。"姜""弋""庸"是姓，也可解释为对美女的泛称，类似于后代人称美女为"西子"，三个姓氏实为一人，都是指那位火热、浪漫的女主人公。郭沫若《甲骨文研究》云："桑中即桑林所在之地，上宫即祀桑之祠，士女于此合欢。"又云："其祀桑林时事，余以为《鄘风》中之《桑中》所咏者，是也。""桑中"即桑树林中，"上宫"即人们祭祀用的祠堂，而"淇之上"，则是婉转回环的淇水岸边。在这几处梦幻的桃园，作者的柔情蜜意曾如水般漫开，此刻又任思绪反复流连，迟迟不肯离散。

诗作中有很多设问手法的应用，"爰采唐矣？沫之乡矣。云谁之思？美孟姜矣。"此处明明可以直接叙述，诗人却偏要故意提问，如此一来，就显得叙述曲折起伏，更添情味，表现出作者深刻浓郁的情感。全诗三章结构相同，反复咏唱在"桑中""上宫"里的情浓时刻以及淇水相送的缠绵，反映出作者对这段感情的回味、珍惜和割舍不下。其句式由四言至五言至七言，体现出情到浓时的欲罢不能，尤其每章句末的四个"矣"字，伤感留恋之情溢于言表。

"姜""弋""庸"都是贵族的姓氏，而男方是从事采集劳动的青年，门户悬殊。男方一直在思恋着这位气质优雅的美丽姑娘，但因为地位低下，只能强自隐忍。善良的女主人公对男子也产生了好感，并且细心聪慧地看出了男子的心意，于是，她主动邀约，表露心迹，与男子展开了一段美好的恋情。以后的故事，作者没有说，但无论结局怎样，男子都会不断回忆这段感情。

正如《诗经》中不少爱情诗的命运一样，《毛诗序》也把这首《桑中》

收编入礼教的翼下："《桑中》，刺奔也。卫之公室淫乱，男女相奔，至于世族在位，相窃妻妾，期于幽远，政散民流而不可止。"劈头一棍，打碎了无数人的爱情梦幻，让《诗经》的质朴不再纯真，让人们的思绪不再清扬。

后代的朱熹等一些人，举"姜""弋""庸"乃当时贵族姓氏为证，认为这是一首揭露贵族淫乱之词。而另一些人则坚持纯粹从诗作的内容和意境把握诗意，认为诗中并无其他的政治含义，只是单纯地表现了青年男女的炽烈爱情。

想要一窥真实，就要追溯到那个质朴的时代，亲手翻开那页处处生机蓬勃的画卷。上古时期，身处蛮荒中的先民们处处以生存优先，诚心地奉祀农神及生殖之神，他们认为男女之间的交合与万物生长繁殖息息相关，因此，祀奉农神与生殖神的仪式常常交杂在一起，且伴有男女在一起欢会的习俗。《桑中》所描写的正是这种习俗的遗留。这种解释，才是真实的历史再现，也更贴合《诗经》所处的时代。而"刺奔"之类的坐而论道，则是对诗旨牵强附会的解释，是汉儒以"比兴"解诗的错误，他们借维护纲常的借口，遮蔽了先民的本性。

由此，解读这首诗的最佳视角，应该是建立在人类文化学的基础上。男女爱情以劳动为背景和引子，在采摘麦子、芜菁的劳作中，爱情也潜移默化地生长、成熟。当年轻的男女皆春心萌动之时，美丽的少女主动邀约，到桑林中幽会，爱情和劳动的场地是同一的。在神圣的祠堂边，爱情和农作物一起得到蓬勃的生长和释放。最终，以农业的源泉——河流，见证和象征爱情的滋润、回旋不断和源远流长。在这首诗里，爱情和农业混融交合、亲密无间，在作者看来，它们都是生命中不可缺少的必需品。在整个《诗经》中，农业劳动和爱情，一以贯之地被赋予了同样的美好。

这种在神圣的祠堂边、桑林中出现的、带着浓厚淳朴气息的爱情，颇具原始色彩，让人不禁想起了张艺谋导演的《红高粱》。只是千年前的《桑中》显得更加纯粹，更加唯美，又因为是男主人公事后的低吟浅唱，所以更加撩人，更加意蕴悠长。

◎定之方中◎

定之方中①，作于楚宫②。揆之以日③，作于楚室。树之榛栗，椅桐梓漆，爰伐琴瑟。

升彼虚矣④，以望楚矣。望楚与堂⑤，景山与京⑥。降观于桑，卜云其吉⑦，终然允臧⑧。

灵雨既零⑨，命彼倌人⑩，星言夙驾⑪，说于桑田⑫。匪直也人，秉心塞渊⑬，骐牝三千⑭。

【注释】

①定：定星，又叫营室星。十月之交，定星出现，古人认为此时宜造宫室。②楚宫：楚丘的宫殿。③揆（kuí）：测度。日：日影。④虚：废墟。⑤堂：楚丘旁的堂邑。⑥京：高丘。⑦卜：古人烧龟甲察看裂纹以测吉凶。⑧臧：好，善。⑨灵雨：及时雨。零：落。⑩倌人：驾车小臣。⑪星：晴。夙：早上。⑫说（shuì）：通"税"，歇息。⑬秉心：用心、操心。塞渊：充实。⑭骐（lái）：七尺以上的马。牝（pìn）：母马。

【赏析】

"定之方中"的"定"是指营造屋室的星宿。朱熹说："此星昏而正中，夏正十月也。于是时可以营制宫室，故谓之营室。"夏历十月，"定星"位于正南方，对应北极星，南北测度明确，东西也自然端正了，这样的建筑物才合于天地四方。"楚宫"即指楚丘地上的宫堂。"揆之以日"，指根据日影来测定宫室的走向。

这首诗是对卫文公的颂扬之作。春秋时期，卫国懿公，昏庸无道，民心离散。后来，狄国攻卫国，卫国败失国土，懿公亡。齐、宋两国立戴公做卫国君。戴公死后，其弟文公接位。两年后，齐桓公帮助卫文公迁都。后来，在狄国与邢国合兵攻卫之时，卫文公率兵击退敌军，第二年又讨伐了邢国。因他文治武功卓越，遂使国力日渐强盛。

《左传·闵公三年》载："卫文公大布之衣，大帛之冠，务材训农，通商惠工，敬教劝学，授方任能。元年革车三十乘，季年乃三百乘。"文公后期卫国国力增强了近十倍。春秋时代，战事纷繁，没有强盛的国力，强势的戎马，势必会被别国欺凌，甚至最终引起自身的覆灭。卫文公带领庶民将弱国变成强国，当然要受到人们的拥戴和赞誉。

定星于黄昏在正南方出现时，卫文公率领人们建造宫室宗庙，建筑进展得很有次序，宗庙宫室建好后又建马圈车库，再又建居室。完成这些后，又种榛、栗、椅等各种树木，为了将来将它们采伐做成琴瑟。

十月后既值农闲，又严寒未至，此时修宫筑室是有一定道理的。古代宫殿庙宇旁需种植名木，如"九棘""三槐"之类。楚丘的宫庙旁种植了"榛、栗"，这两种树的果实可供祭祀；种植了"椅、桐、梓、漆"，这四种树成材后都是制作琴瑟的好木材。

古人建筑讲究人与自然的和谐，"爰伐琴瑟"，既修筑宫堂居舍，又种树考虑久远，卫国复国之初就预期很久以后的琴瑟悠扬，载歌载舞，国泰民安。古人对未来的自信可堪赞许。卫人群体劳动是那样努力而有序，重建家园时对未来美好生活的那份激动和憧憬令人感动。

诗人叙述卫文公率人修筑宫室之后，再回过头讲述卫文公率人在楚丘卜测建筑的过程。

"登上漕邑废弃的宫室，沿着楚丘的地势眺望，观遍了远山与近岗。又到低处看桑田，占卜的卦辞很是吉祥，宫址选得很适当"。这个过程描绘得细致传神：先是"望"，后是"观"。先登上了漕邑故墟，远远眺望楚丘。"望楚"的重复运用，说明观望得极为细致，慎之又慎。同时，细察了附近的堂邑和高低山丘，表明卫文公亲自堪察风水。后下到田地观察桑田水土，考量耕种蚕渔。这都关乎卫国未来的国民生息，作为贤德的国君，这些是要用心去考虑的。诗中由"升"到"降"，由"望"到"观"，表现出卫文公目光长远、脚踏实地的形象。

在宏观大处挥洒之后,第三章却笔锋一转,写入细微。黎明时天时变化,由雨转晴,文公便起身赶往田里,观察蚕桑的长势……选取一件典型事例,活现了文公重视农耕、亲往劝耕督种的明君特质,同时也渲染了文公的不辞劳苦,凡事躬亲,力图兴国的风范。由一及十,由此及彼,不难想象文公平日勤劳国事的情景。第三章的末三句是全篇的概览,揭示出了全诗的主旨:文公的行事是多么用心,视野又多么深远!实在无愧贤德之君的称号。

诗末句"骒牝三千"告诉人们,由于文公的励精图治,使卫国兵强马壮,日臻富强。全诗用赋的手法,让人从中品出热情的赞颂。"匪直也人,秉心塞渊"两句虽是直叙,却有着浓厚的抒情色彩。文公因"秉心塞渊",崇尚实际,才使卫国由弱转强。全诗所有的叙述,都落在了"秉心塞渊"一个重点上,这四字可以说是全诗的纲领。

◎蝃蝀◎

蝃蝀在东①,莫之敢指。女子有行②,远父母兄弟。
朝跻于西③,崇朝其雨④。女子有行,远兄弟父母。
乃如之人也⑤,怀昏姻也⑥。大无信也⑦,不知命也⑧。

【注释】

①蝃蝀(dì dōng):彩虹。②有行:指出嫁。③跻(jī):虹。④崇朝:终朝。⑤乃如之人:像这样的人。⑥昏姻:婚姻。⑦大:太。信:贞信,贞节。⑧命:父母之命。

【赏析】

"蝃蝀"就是彩虹,又称美人虹,形状如带,呈半圆形,有七种颜色。彩虹一般出现在雨后初晴之时,事实上是雨气被太阳反照而形成的。古代科学技术并不发达，人的思想也相对愚昧，先民不懂彩虹形成的原理，因此觉得彩虹的出现预示着不好的兆头，尤其指爱情或婚姻亮起了红灯。

关于《蝃蝀》一诗的主旨，一直争论不休，但大抵是围绕两种观点展开。一种是"止奔也"，这是正面的说教。另外一种就是宋代朱熹的《诗集传》认为"此刺淫奔之诗"。朱熹的意图也很明白，作为一个理学家，他从自己的学说出发从反面进行说教，其目的也无非是规范当时的礼制，使女子从德。

"蝃蝀在东，莫之敢指。"一条彩虹横跨天空，人们议论纷纷，却不知道这是什么东西，没有一个人敢用手指着它。从这一句话就可以看出人们对"彩虹"的抵触和敬畏。在他们看来，这晦气的长条气体一定预示着什么不好的东西。"女子有行，远父母兄弟。"一个女子出嫁了啊，从此远离了她的父母兄弟。若按"私奔"之说，单从这两句是看不出任何端倪的。因为此句没有任何褒贬之义，只是单纯地站在旁观者的角度去叙述。

"朝隮于西，崇朝其雨。"一条朝虹出现在西方，整个早上都下着蒙蒙细雨，连绵不断，不知道是不是这条彩虹的缘故。"隮"也是指彩虹，清陈启源在《毛诗稽古编》中曾记载："蝃蝀在东，暮虹也。朝隮于西，朝虹也。暮虹截雨，朝虹行雨。"这一章实质上是对第一章的重叠，都是在描写彩虹的出现。"女子有行，远兄弟父母。"原来是有个女子要出嫁啊，就这样远离了她的父母兄弟。

前两章都运用了比兴的手法，直写"彩虹"，实质要表现的却是出嫁的女子。这两章的叙述，概念很模糊，看不出作者意在表达什么。

"乃如之人也，怀昏姻也。大无信也，不知命也。"前面所有的描写无非是铺垫，直至这一句，诗人才真正点出了主题。天底下竟然还有像这样不知廉耻的女人，破坏婚姻可不是什么好礼仪啊！简直太没有贞操了，这样傲慢无礼的女子，让父母如何去依托？让一家老小还有什么脸面去生存？这一段文字略显尖酸刻薄，诗人对这个女子不留情面地加以鞭笞，说明他对这种破坏别人婚姻的行为极端憎恶和鄙视。

全诗的写作特点很独特，前两章属于复沓描述，一直在铺垫，没有发表任何评论，只是一味地进行客观的陈述，而到了第三章，诗人却将这种情绪一股脑儿地倾泻而出，因此更加突出了作者对女子私奔行为的不齿，达到了一定的讽刺效果，同时也引起了读者的阅读兴趣，让人产生一种想读下去探个究竟的好奇感。这首诗歌的感情色彩也很浓烈，笔者没有将感情隐藏在隐晦的文字里，而是用"乃如之人也，怀昏姻也。大无信也，不知命也"四句，赤裸裸地表现在读者面前，直率而坦然。

"私奔"在当时是十分忌讳的字眼，也是让家族蒙羞的丑事。这首诗中，女子是婚后私奔还是临婚逃婚未曾可知，但不可否认的是，那女子也的确有勇气，在一个礼教森严的年代还能做出如此大胆的举动，实在令人咂舌。能够独立自主地追求自己的幸福，从某种程度上讲，女主人公确实勇气可嘉。

无论是接受父母之命媒妁之言，从此过上单调枯燥的夫妻生活，还是《蝃蝀》勇敢追求真爱的有个性的女子，最后都将被残酷的现实摧残。《蝃蝀》作者的心声代表了当时社会的看法，人们已经对她议论纷纷，"莫之敢指"，这个悲惨的结局只能归咎于那个年代，是礼教剥夺了她自由恋爱的权利，是腐朽的思想禁锢了她对爱的憧憬。

卫 风

◎淇奥◎

瞻彼淇奥①，绿竹猗猗②。有匪君子③，如切如磋④，如琢如磨⑤。瑟兮僩兮⑥，赫兮咺兮⑦。有匪君子，终不可谖兮⑧。

瞻彼淇奥，绿竹青青。有匪君子，充耳琇莹⑨，会弁如星⑩。瑟兮僩兮，赫兮咺兮。有匪君子，终不可谖兮。

瞻彼淇奥，绿竹如箦⑪。有匪君子，如金如锡⑫，如圭如璧⑬。宽兮绰兮，猗重较兮⑭。善戏谑兮，不为虐兮。

【注释】

①淇：淇水，源出山西省陵川县，东经淇县流入卫河。奥：水边深曲的地方。②猗猗：繁盛而美丽。③匪：通"斐"，有文采。④切磋：本义是加工玉石骨器，此处引申为讨论研究学问。⑤琢、磨：本义是玉石骨器的精细加工，此处亦引申为学问道德的钻研深究。⑥瑟：仪容庄重。僩（xiàn）：宽广，博大。⑦咺（xuān）：有威仪的样子。⑧谖（xuān）：忘记。⑨充耳：挂在冠冕两旁的饰物，下垂至耳，一般用玉石制成。琇（xiù）莹：似玉的美石。⑩会弁（biàn）：鹿皮帽接合处。⑪箦（zé）：堆积。⑫金、锡：黄金和锡，一说铜和锡。⑬圭：玉制的礼器，在举行隆重仪式时使用。璧：玉制礼器，正圆形，中有小孔，也是贵族朝会或祭祀时使用。⑭猗：通"倚"，依靠。较：古时车厢两旁作扶手的曲木或铜钩。

【赏析】

对《淇奥》这首诗的题旨,历来没有什么争议。大多数学者都认为《淇奥》是赞美卫国武公的作品。卫国的武和,既有文才,为人又宽和,并善于修身自检,因而能够胜任周王室的重臣一职。从诗的内容来看,这是一首对真心崇敬之人的赞歌。然而诗中时间、地点不明,也没有实指人物的事迹,似是泛义的君子画像,断言它是专门赞美卫武公的诗似乎难寻实据。

不妨把它的诗旨看成对当时一位品德高尚的士大夫的美誉:

"向远看那淇水的小河湾,翠竹林婀娜葱茏一大片。有位美君子文采风流无人能比,治学如象牙骨器一样打磨切磋,又如宝玉一样精雕细琢。他的仪容庄严威武,胸怀更宽广,他的地位显赫,心地光明更磊落。这样的文采风流美君子,记在心头永远歌颂他的功绩。

"向远看那淇水的小河湾,翠竹林青翠挺拔一大片。有位美君子文采风流功德全,耳边垂着的坠子玲珑剔透有玉石镶嵌,皮弁上穿缀的珍珠灿烂如星光闪闪。他的神态庄严威武,胸怀更大度,他气宇轩昂地位更超然。这样道德高尚的美君子,如何能不让人对他时常想念!

"向远看那淇水的小河湾,翠竹林密密森森一大片。有位美君子风流潇洒令人钦羡,质地精纯如金似锡,才沛德纯有如圭璧。胸怀豁达举止优雅的卿士,气度宽展、抱负远大。妙语谈吐、善于辞令,练达节制、体贴温和、决不轻狂!"

这是发自心底的极高极美的赞誉,似是要以南山之林为笔,东海之水为墨来抒写他的完美崇高,可见被誉者多么让人崇敬,誉人者又多么痴心真诚。

那么这位"君子"在哪些方面超凡脱俗呢?

第一,是外貌装饰。这位"君子"身材高大,相貌堂皇,仪表俊朗,举止不俗;穿着华贵绚美,就连帽上、衣上的装饰物也"充耳琇莹""会弁如星",名贵剔透,精美无比。要强调这位"君子"的卓尔不群,首要的便是外貌的铺陈。诗中浓墨重彩反复夸赞他的美貌和服饰,让人觉得他一定貌赛宋玉、潘安,气度高华,受人敬爱。

第二,是内心世界。第一章、第二章反复吟咏"赫兮咺兮",盛赞"君子"心地光明磊落。人的外表固然很重要,但评价士大夫不是选美,君子之所以受人尊敬,绝不仅是外表的堂皇,更重要的是心灵要光明,为人要磊落。作者通过对这位"君子"内心世界的揭示,进一步渲染了人物美好的形象。

第三,是内政公文的才能。"如切如磋,如琢如磨",盛赞"君子"治学为文的严谨,他刻苦学思,仔细推敲打磨,使自己的文章锦绣芳华,就如象牙宝玉一样精美。春秋时期,士大夫或者出将入相,或者为卿为臣,都免不了要起草公文,处理政事,文章的优劣可以体现处理政事的能力高低。没有为政能力的人当然称不上"君子"。

第四,是外交能力。"猗重较兮""善戏谑兮",这是赞美"君子"的口才。春秋时代,诸侯之间经常往来,出使他国就成为考验士大夫外交能力的重要工作。机智敏捷,随机应变,善于辞令,应对自如,不失国体,不辱使命,是当时士大夫的荣耀和追求。此处作者又从交际言辞谈吐方面对"君子"加以赞誉。

第五,是高尚的品德。"如圭如璧。宽兮绰兮""君子"志坚意纯,宽仁平和,值得人们亲近信赖乃至敬仰。三章的起笔处都是赞美绿竹,此中自有深意。竹子虚心有节,清奇典雅,十分吻合君子的品格。诗中一再吟唱葱茏挺拔的竹林,正是对"君子"高尚品德的美好写照。

◎氓◎

氓之蚩蚩①,抱布贸丝②。匪来贸丝,来即我谋。送子涉淇③,至于顿丘④。匪我愆期⑤,子无良媒。将子无怒⑥，秋以为期。

乘彼垝垣⑦，以望复关⑧。不见复关，泣涕涟涟。既见复关，载笑载言⑨。尔卜尔筮⑩，体无咎言⑪。以尔车来，以我贿迁⑫。

桑之未落，其叶沃若⑬。于嗟鸠兮⑭，无食桑葚⑮。于嗟女兮，无与士耽⑯。士之耽兮，犹可说也⑰。女之耽兮，不可说也。

桑之落矣，其黄而陨⑱。自我徂尔⑲，三岁食贫。淇水汤汤⑳，渐车帷裳㉑。女也不爽㉒，士贰其行㉓。士也罔极㉔，二三其德㉕。

三岁为妇，靡室劳矣㉖。夙兴夜寐㉗，靡有朝矣。言既遂矣，至于暴矣㉘。兄弟不知，咥其笑矣㉙。静言思之，躬自悼矣㉚。

及尔偕老，老使我怨。淇则有岸，隰则有泮㉛。总角之宴㉜，言笑晏晏㉝。信誓旦旦㉞，不思其反。反是不思，亦已焉哉。

【注释】

①氓：民。蚩（chī）蚩：笑嘻嘻的样子。②布：古代货币，即布币。③淇：淇水。④顿丘：卫地名。⑤愆（qiān）：延误。⑥将：愿，请。⑦垝（guǐ）垣：破颓的墙。⑧复关：诗中男子的住地。⑨载：语气助词。⑩卜：卜卦，用龟甲卜吉凶。筮（shì）：用蓍草占吉凶。⑪体：卜筮所得卦象。咎言：不吉之言。⑫贿：财物。⑬沃若：润泽的样子。⑭于嗟：吁嗟，叹词。鸠：斑鸠。⑮桑葚（shèn）：桑树的果实。⑯耽：迷恋。⑰说：通"脱"，摆脱。⑱陨：坠落。⑲徂（cú）：往。⑳汤（shāng）汤：水势盛大。㉑渐（jiān）：沾湿。㉒爽：差错。㉓贰：有二心。㉔罔极：没有准则，行为多变。㉕二三其德：三心二意。㉖室劳：家务劳动。㉗夙

兴夜寐：早起晚睡。㉘暴：凶暴。㉙咥（xì）：讥笑。㉚悼：伤心。㉛隰（xí）：低湿之地。泮（pàn）：岸，水边。㉜总角：古时儿童两边梳辫，状如双角。此处指童年。㉝晏晏：和悦的样子。㉞旦旦：明朗的样子。

【赏析】

在《诗经》中，《氓》具有划时代的意义。这种意义首先表现在，它是一首描写婚姻悲剧的长诗；其次，它是一首长篇叙事诗；这在中国文学史上并不多见。事实上，完整成熟的长篇叙事诗《孔雀东南飞》直到南朝徐陵的《玉台新咏》中才正式出现。

《氓》是一位劳动妇女在恋爱婚姻上被欺骗后所唱的怨歌。诗中叙述女子从恋爱到被遗弃、最后终于决定和负心丈夫决裂的过程。千百年来，《氓》以它独特的姿态存在于《诗经》当中，供人们不断地探索和发掘。

然而在《氓》一诗的主旨上，也曾产生过不少分歧。最初，大多数汉代学者都认为这是一首"刺淫奔"之作。宋代朱熹的出现将此诗的评说改变了方向，他在《诗集注》中阐明："此淫妇为人所弃，而自叙其事以道其悔恨之义也。"很显然朱熹是从礼教的角度出发，"存天理灭人欲"，告诫女子要贞洁。这一观点大大扭曲了《氓》的美感。直到清代，这首诗才渐回归其"弃妇诗"的本义。

"氓之蚩蚩，抱布贸丝。匪来贸丝，来即我谋。"这个小伙子看起来忠厚老实，拿着一摞布匹来交换我的丝，其实你并不是来跟我交换什么布匹，而是想跟我结为连理啊。这个男子实在狡猾，分明就是醉翁之义不在酒啊。

"送子涉淇，至于顿丘。匪我愆期，子无良媒。将子无怒，秋以为期。"送你渡过了淇水来到顿丘，不是我故意拖延时间啊，实在是你没有好的媒人，你可千万不要生气，我们就暂且把秋天定为婚期吧。

"乘彼垝垣，以望复关。不见复关，泣涕涟涟。既见复关，载笑载言。

尔卜尔筮，体无咎言。以尔车来，以我贿迁。"我时不时地登上城边倒塌的墙，眺望从远方来的人，看不见你，我的眼泪就不听使唤，一串串掉下来。终于有一天看到了你，我就不由得又说又笑。你去占卜看看有没有什么不好的预兆。没有凶兆，你就用车来接我，我带上家里配送的嫁妆跟随你。

成婚的场面热闹非凡，成婚时的心情激动兴奋。这两段讲述了这对男女从相识到相知到相爱再到成婚的全过程。这一路走来既有焦急的等待，也有甜蜜和炽热，不难看出女主人公是一个痴情女子。

"桑之未落，其叶沃若。于嗟鸠兮，无食桑葚。于嗟女兮，无与士耽。士之耽兮，犹可说也。女之耽兮，不可说也。"桑树还没有落叶的时候，它的叶子很新鲜，斑鸠啊，你千万不要贪吃那个桑葚。可怜的姑娘啊，你千万不要钟情，男子若是沉溺在爱情里面尚可以脱身，女孩可就无法脱身了啊。

"桑之落矣，其黄而陨。自我徂尔，三岁食贫。淇水汤汤，渐车帷裳。女也不爽，士贰其行。士也罔极，二三其德。"桑树落叶的时候，它的叶子枯黄不堪，纷纷掉落在地，自从我嫁到你家来，忍受着这苦不堪言的生活，当年你来接我的时候，水花打湿了车上的布幔。我又有什么错呢？可是你前后的态度却一百八十度的大转弯，你的心彻底变了。

这两段运用比兴的手法，用桑叶的枯黄比作女子的年老珠黄，形象贴切。笔意一转，尽显悲凉，且与前两章的内容形成鲜明的对比。女子哭诉自己婚后并不幸福，她后悔了当初的决定，更痛恨自己为什么陷得那么深，如今想拔出来实在很难。女子痛彻心扉地诉说自己被丈夫遗弃，但是身为妻子却又无能为力，只有满腔的怨恨和不甘。

"三岁为妇，靡室劳矣。夙兴夜寐，靡有朝矣。言既遂矣，至于暴矣。兄弟不知，咥其笑矣。静言思之，躬自悼矣。"多年来做你的妻子，吃了多少苦受了多少罪，家里的活大大小小都是我一个人干，如今家业已成，你却变心了。我娘家的兄弟姐妹竟然还不体谅我，他们嘲笑我，讥讽我，我只能独自流泪。

"及尔偕老,老使我怨。淇则有岸,隰则有泮。总角之宴,言笑晏晏。信誓旦旦,不思其反。反是不思,亦已焉哉。"曾经我们发过誓言要白头偕老,但是现如今这个愿望让我悔恨,淇水纵然再宽也有个岸边,地势的洼地再低也还有个边。可是你却这般狠心地将我抛弃。既然你不仁也不要怪我不义,我将狠下心来,彻底把你忘记。

《氓》中运用了大量的艺术手法,如顶真、呼告等,然而最令人赞叹的便是赋、比、兴手法的巧妙运用,赋兼比兴,抒情兼叙事,使得此诗主题更加突出。如第五章中,诗人运用"淇水"和"堤岸"两个比喻,将女子的悲惨刻画得淋漓尽致。

整齐的四言句式,也使得全诗的韵律灵活、和谐、优美。整首诗按照事情发展的顺序进行叙述,条理清晰,让人一目了然。同时,诗中对现实的描写,在一定程度上反映、批判了当时礼教对女子的束缚。

《氓》的影响深远,今天还时常用到"信誓旦旦"等词语。可以说,《氓》开创了弃妇诗的先河,也是弃妇诗中一曲震撼古今的绝唱。

◎竹竿◎

籊籊竹竿①,以钓于淇②。岂不尔思③,远莫致之。
泉源在左,淇水在右。女子有行④,远兄弟父母。
淇水在右,泉源在左。巧笑之瑳⑤,佩玉之傩⑥。
淇水滺滺⑦,桧楫松舟⑧。驾言出游⑨,以写我忧⑩。

【注释】

①籊(tì)籊:长而尖的样子。②淇:卫国水名。③尔思:想念你。尔,你。④行:远嫁。⑤瑳(cuō):玉色鲜白,此处指露齿巧笑状。⑥傩(nuó):行动有节奏的样子。⑦滺(yōu)滺:河水荡漾之状。⑧楫:船桨。桧、松:木名。⑨言:语气助词,相当于"而"。⑩写:排解。

【赏析】

《竹竿》是一首出嫁女子的思乡之曲。一个远嫁到别国的姑娘,日日夜夜思念着家乡的一切,心中满是感伤。思乡的情绪能让人触景生情。唐代著名诗人李白曾吟咏:"谁家玉笛暗飞声,散入春风满洛城。此夜曲中闻折柳,何人不起故园情。"故乡的一草一木总能勾起人无限遐思。《竹竿》也是通过对故国草木的描写来状写思乡之情。

《竹竿》一诗是历史上最早记载竹文化的诗篇。首章开篇,"籊籊竹竿,以钓于淇。岂不尔思,远莫致之",竹竿又细又长,尖尖的如刀剑一般,要是拿它做成垂钓的渔竿一定再合适不过了,淇水汤汤荡起层层涟漪,当年和伙伴们一起到淇水钓鱼游玩,这是多么惬意的事,我怎么能不想你们,只因路途遥远难以回去探望。这两句话是对往昔无忧无虑生活的回忆和怀念。

"泉源在左,淇水在右。女子有行,远兄弟父母。"清澈见底的泉水悄悄地从我左边溜走,碧波万顷的淇水浩浩荡荡从我右边奔腾而下。我当初出于无奈嫁到他国,从此与父母兄弟天各一方。女子回忆起当初与父母兄弟离别时的情形。在"泉水""淇水"边,父母兄弟逐渐远去,女子站在船上看着亲人的身影渐行渐远。离别的场面和留恋的心情,无法忘怀。

第三章是对第二章的复沓,使文章无论在形式上还是内容上又递进了一步。"淇水在右,泉源在左。巧笑之瑳,佩玉之傩。"碧波万顷的淇水在我的右边滚滚流去,清冽的泉水在我身体的左面静静流淌。姑娘嫣然一笑,露出一口皓月般洁白的牙齿,她的腰间系着一方精美的玉佩,显得身姿绰约,亭亭玉立。

"淇水滺滺,桧楫松舟。驾言出游,以写我忧。"潺潺而流的淇水总是那么惹人怜爱,它就像一位姑娘的飘飘长发,万缕柔丝。今天我想把满腔的愁绪全部发泄出去。心动不如行动,于是我开始用松树的木头做一副划船的桨,一切都准备就绪的时候,我就撑起这长长的桨在水中飘荡,希望这河水可以冲去我所有的乡愁。

时间是最不耐磨的机器。从"巧笑之瑳,佩玉之傩"一句中不难看出曾经的即将出嫁的少女转眼间变成了一个成熟的少妇。容颜在变,不变的却是她那颗思乡的心,她撑着长长的竹竿旧地重游,或许再没有儿时的嬉闹玩耍,但有的是一种落叶归根的厚重和踏实。一、二两章运用回忆的手法叙述生活,而三、四两章则是想象自己回乡时的场景,主人公正是希望通过这些去化解她的思乡之苦,其间愁绪令人感动。

"故乡的歌是一支清远的笛,总在有月亮的晚上响起。故乡的面貌却是一种模糊的怅惘,仿佛雾里的挥手别离。离别后,乡愁是一棵没有年轮的树,永不老去。"席慕容的一首《乡愁》道出了千千万万游子的心。就算路途再遥远,看到家乡的淇水,想起家乡尖尖的竹竿,都能勾起女主人公思家的心。离开故土再久,故土的一切也仍在心头萦绕。

◎芄兰◎

芄兰之支①,童子佩觿②。虽则佩觿,能不我知?容兮遂兮③,垂带悸兮④。

芄兰之叶,童子佩韘⑤。虽则佩韘,能不我甲⑥?容兮遂兮,垂带悸兮。

【注释】

①芄(wán)兰:一种多年生的蔓草,又名萝摩。支:枝条。②觿(xī):解结用具,形同锥。③容、遂:舒缓悠闲之貌。④悸:原指心动,此处指衣带摆动之貌。⑤韘(shè):钩弦用具,套于右手拇指,射箭时用于钩弦。⑥甲:借作"狎",亲昵。

【赏析】

《芄兰》这首诗的大意是:"芄兰的枝蔓不断在伸长,那个小子佩戴了成人的饰样。虽然他已佩戴了成人的饰物，难道他真的会把我忘记？看他衣带拖地，人还不够长，却已是一本正经的模样。芄兰的叶儿肥果实如锥状，那个小子穿戴上了成人的饰物，虽然他穿戴上了成人的饰装，难道他会不与我亲近换了心肠？看他衣带拖地，人还不够长，却俨然一副老成的模样。"

从诗的内容来看，主人公是一个小女孩和一个小男孩，两人的家应是毗邻而居。他们从小在一起玩耍，青梅竹马，亲密无间，两小无猜。随着时间的流逝，他们在不知不觉中已经长大，渐渐到了懂得男女之事的年龄。女孩心中已经暗生情愫，平日里时刻注意着他的一举一动，心里眼里都是他的身影。

渐大的男孩却更崇尚成人的体魄，一天他穿起了大人的衣服，戴上了大人佩戴的"觿"和"韘"，在邻家的孩子们面前夸示自己身材高大已经成人，不屑和女孩嬉戏，不免露出倨傲的神情。这对女孩却是不小的打击，因而才生出对男孩的贬斥和怨意。

诗作很是委婉细腻。"芄兰"的荚与象骨制成的锥形配饰"觿"很相像，因而作者以"芄兰"起兴。用"芄兰"的蔓慢慢伸长，比喻男女主人公慢慢长大，用"芄兰"成熟后的锥形果实，比喻人长大佩戴锥形的饰品，比与兴都用得十分贴切。当时贵族男子佩觿佩韘，标志着他对内已有能力主家，对外也已有能力治事习武。男女主人公自小关系非常亲密，可是，男孩穿上长衣，佩戴觿、韘后，觉得自己快是大男人了，快有能力主家了，自然想装成持重老成的样子，女孩则担心他不愿搭理自己了，因此产生"是不是不想和我好了"的疑惑，心中十分酸楚。作者对小儿女的心态把握得十分准确，心理描写也细腻传神。

男孩穿起大人衣服，不免宽绰肥大，垂带摆动拖地，可他自己却不觉得不合适，还装出一副成熟男人的模样。女孩对他的打扮却很看不惯，"那不过是装模作样假正经罢了，瞧他那一副羞人的丑模样"。本来两人从前一起玩时都无拘无束，很是亲昵，现在他态度变得冷落，所以他的穿着、配饰、情态就处处招她生气，原来的他可爱、可亲、可昵，现在的他可气、可恼、可恨。她的鄙视、怨恨和嘲讽都是从自幼及今的依恋而来，怨恨嘲讽中隐隐含蓄着绵绵的情意。这种曲径通幽的心理描写，确实达到了很高的境界。

《芄兰》的题旨历来说法很多，归纳起来，大体有以下几种：

一、诗人因卫惠公骄傲无礼而作诗讽刺他；

二、卫国人因自己的国家弱小对后代教化条件不足而生发的慨叹；

三、时人讽刺霍叔而作，用童子僭越礼仪穿戴成人衣饰，讽喻霍叔不度德量力，帮助武庚作乱；

四、讽刺世俗父兄不能以礼仪教育后代子弟的诗；

五、当时卫惠公以童子即位行国君礼，因此卫国的大夫作诗来赞美他；

六、讽刺童子早婚而作；

七、小儿女之间的一首恋歌。

从这首诗本身的内容、口吻和细腻的心理描写看，最后一种说法应当是最贴切的，这当然不是定论。

◎有狐◎

有狐绥绥①，在彼淇梁②。心之忧矣，之子无裳③。
有狐绥绥，在彼淇厉④。心之忧矣，之子无带。
有狐绥绥，在彼淇侧⑤。心之忧矣，之子无服。

【注释】

①绥绥：独行求匹貌。②淇：水名。梁：桥。③之子：这个人。④厉：水深及腰，可以涉过之处。⑤侧：岸边。

【赏析】

《有狐》一诗的主旨颇难理解，过去一般认为这首诗是用来讽刺君王的昏庸，因为当时君王没有贯彻"为了使人口增加而让失去配偶的人彼此成婚"的政策。然而后代多位学者通过查询《史记》《国语》里的史实，论证出这种观点不足为信。

宋代一批经学家虽然也同样反对《毛诗序》当中的观点，可是他们毕竟是站在礼教大防的角度去赏析。他们指出，《有狐》的主旨无非是"寡妇见鳏夫而欲嫁之"。单从字面上来看，何来"寡妇"？何来"鳏夫"？这种以经学为基准的片面观点，难免有穿凿附会之感。

抛去这些见解不看，单从字面上来理解，很容易看出《有狐》就是一首相思诗，它描写了一个女子对流离在外的亲人的思念和关怀。这里没有太多点染和描述，更没有什么风花雪月的浪漫，有的仅仅是质朴和真真切切的生活。诗以一个女子的口吻进行叙述，清新自然，感情充沛哀婉。

"有狐绥绥，在彼淇梁。"有只狐狸在岸边独自慢慢行走，徜徉于宽阔的淇水桥上。这一句话就是众家分歧的导火索，有学者认为狐狸这种动物是"妖媚之兽"，独自在岸边行走，一定是在求偶。也有人认为，这一句仅仅是起兴之语，并没有弦外之音。"心之忧矣，之子无裳。"我的心中十分悲伤，因为他连条裤子都没有，让人看了心酸不已。这一段只是单纯地表达了女子对心爱之人的惦念，衣不蔽体叫她放心不下。因为"狐"既然是单独地静静地走在岸边，必定不是有求偶之义。著名学者、古典文学专家李炳海认为："在《诗经》产生的历史阶段，狐作为男性配偶的象征，已经是约定俗成的习惯，狐形象的此种内涵对于那个时代的人们来说是不言而喻的。"这句话更是否定"求偶"内涵的有力论证。

"有狐绥绥，在彼淇厉。心之忧矣，之子无带。"有只狐狸在岸边独自慢慢行走，游走在淇水岸边柔软的浅滩上。我的心中十分悲伤，这人无带系腰间。这一段无论从句式上，还是用词上都与上一章十分相近。回环往复，层层复沓。

"有狐绥绥，在彼淇侧。心之忧矣，之子无服。"狐狸独自慢慢地走着，走在淇水岸上头，像是在等待什么，像是在遥望什么，又像是在思念什么。我此时此刻心如刀绞,他连衣服也没有啊。

全诗共三章,句子简单明了,每章都以"有狐绥绥"作为开头,以"狐"起兴,意在突出后面对心爱之人的担心和挂念。"心之忧矣"一共出现了三次,从表面上看没有任何变化,细细玩味,此处却大有文章。这三次的担忧各有不同,从"裳"到"带",再到"服",由下而上,层层透出细致入微的感情,一层比一层感情浓厚,突出了女子对远征男子无微不至的关怀。虽只是平常百姓家嘘寒问暖的简单问候,却显得真实动人。

有些东西越是简单平常,越是弥足珍贵。《有狐》一诗三叹其"忧",忧心上人的冷暖,怕他没法添衣御寒。这是多么普通,多么质朴的关爱。狐徘徊独自行走的情景一再重复,这其实是女子那颗放心不下的心。淇水渐渐平息,但平息不了女子思念的心。

◎木瓜◎

投我以木瓜①,报之以琼琚②。匪报也③,永以为好也。
投我以木桃④,报之以琼瑶。匪报也,永以为好也。
投我以木李⑤,报之以琼玖。匪报也,永以为好也。

【注释】

①木瓜:一种落叶灌木(或小乔木),果实长椭圆形,色黄而香,蒸煮或蜜渍后供食用。②琼琚(jū):美玉。③匪:非。④木桃:果名,即楂子,比木瓜小。⑤木李:果名,即榠楂。

【赏析】

《木瓜》是《诗经》中的名篇,传诵很广。它言简意赅,读起来朗朗上口,让人想忘记都难。相互赠答,礼尚往来是中华民族的传统,在多部作品中均有体现,如汉代张衡《四愁诗》中:"美人赠我金错刀,何以报之英琼瑶"。《诗经·大雅·抑》中的"投我以桃，报之以李。"意义都与《木瓜》大抵一致。

关于《木瓜》一诗的主旨，古往今来见解颇多。汉代《毛诗序》云："《木瓜》，美齐桓公也。卫国有狄人之败，出处于漕，齐桓公救而封之，遗之车马器物焉。卫人思之，欲厚报之而作是诗也。"意思是说卫国遭遇狄人侵犯时，齐桓公曾经救过卫君。卫人思念桓公的恩惠，欲以厚礼去回报人家故而作此诗。

华夏民族是一个礼仪之邦，人与人之间的交往都遵循着"来而不往非礼也"的信条。从宋代开始《木瓜》"男女相互赠答"之说开始盛行开来。朱熹在《诗集传》中阐明自己的观点："言人有赠我以微物，我当报之以重宝，而犹未足以为报也，但欲其长以为好而不忘耳。疑亦男女相赠答之辞，如《静女》之类。"他认为这首诗是写一个男子与钟爱的女子互赠信物以定同心之约。

客观来说，本诗并没有在字面上透露任何详细信息，也没有什么蛛丝马迹可供读者寻找。所以平心而论，这首诗的范围很广，读者可以根据自己的理解对《木瓜》一诗的主题进行自由的探索和想象。说是送朋友，送亲人，官场送礼都无可厚非，因为它就是一首通过赠答表达深厚情意的诗作。

"投我以木瓜，报之以琼琚。匪报也，永以为好也。"你赠送给我一个圆润、清香四溢的木瓜，我回赠给你一方精美的佩玉。这不是简简单单的回报啊，而是我发誓要与你永远相好的誓言。

"投我以木桃，报之以琼瑶。匪报也，永以为好也。"你送给我蜜糖般甜蜜的木桃，我回赠你晶莹剔透的宝玉。这并不是简简单单的回报啊，这是我要永久与你相好的决心。

"投我以木李，报之以琼玖。匪报也，永以为好也。"你送给我味美清爽的木李，我回赠给你一串珍珠般的玉石。这不是简简单单的回报啊，而是我要与你永久相好的意愿。

"琼"原意是赤玉，"琚"是佩玉，"瑶"是稍次一等的玉。你送的是水果，而我回赠的却是美玉，后者价值远远大于前者。但从中可以看出，回赠之人并不看重世俗的价值，而是在乎这份相互珍惜的情意，真情并没有高低贵贱之分。

这首诗从形式上来看属于重章叠句，回环复沓。反复吟诵同一个意思，只在几个字上稍加改动，每章的后两句一模一样，就是前两句也仅一字之差。"琼琚""琼瑶""琼玖"所讲都是玉类，无非大小形状不同而已。"木瓜""木桃""木李"也都是同一属的植物．其间的差异及其微小。这就造成了一种跌宕起伏之美，非常利于用来歌唱。值得注意的是，每一层所表达的思想感情都越来越浓，这种表现手法是《诗经》的一大特色，正所谓一唱三叹，余音袅袅，绕梁三日而不绝。

《木瓜》一诗在遣词造句上也十分讲究。全诗每章四句，除"匪报也"以外其他每句都是五言句式，而且基本上都是对偶句。每章的后两句末尾，都用了一个"也"字，"也"是语气助词，它有加强语气的作用。"匪报也"当中的"也"加强了肯定的语气。因为这一句翻译过来是"这不是简简单单的回赠"，这是一个陈述句，所以此处的语气是毫不动摇的，用一个"也"字，显得意味浓厚。而"永以为好也"中的"也"，虽然也有表示决定的意味，却更突出了一种愿望，一种对未来的憧憬。诗人在虚词的运用上，分寸拿捏得如此之妙，不得不让人佩服其精深的文字功底。

生活中的真诚无处不在，它就像一种润滑剂，能消除人与人之间的摩擦。就像《木瓜》中果子与美玉的价值大不相称，但是物品本身的价值已不重要，重要的是这个信物代表着两颗没有戒备、坦诚相待的心，它就像一座桥梁，沟通着彼此的心灵。

王风

◎黍离◎

彼黍离离①,彼稷之苗②。行迈靡靡③,中心摇摇④。知我者谓我心忧,不知我者谓我何求。悠悠苍天,此何人哉!

彼黍离离,彼稷之穗。行迈靡靡,中心如醉。知我者谓我心忧,不知我者谓我何求。悠悠苍天,此何人哉!

彼黍离离,彼稷之实。行迈靡靡,中心如噎⑤。知我者谓我心忧,不知我者谓我何求。悠悠苍天,此何人哉!

【注释】

①黍(shǔ):黍子,去皮后叫黏黄米。离离:行列之貌。②稷(jì):高粱。③靡靡:行步迟缓之貌。④摇摇:形容心神不安。⑤噎(yē):气逆不能呼吸。

【赏析】

周平王东迁洛邑以后,河南省的洛阳、孟县、巩县、温县一带,产生了许多民间歌谣,它们大都带有乱世苍凉哀怨的气氛,反映了当时战争频繁、人民无处为家的社会现实。在《诗经》中,这些歌谣集结起来,统称为《王风》。从地理位置上说,它们是从王城产生的歌谣。从政治蕴含和艺术手法上说,它们虽大多叙述王城之事,但缺乏《雅》的正统,而显得深沉厚重，别有寄托。《黍离》序于《王风》之首，历来备受推崇，是《诗经》中的经典之作。

《黍离》的主人公，属于这样一类人：他们敏感而又超前，才华横溢、境界高远，总能思常人不能思，但也因之不得不忧常人所未忧，由此也背负上常人不可想象的痛苦和孤独。

诗作讲述东周迁都之后，一位易代大臣因为某个机会回到曾经的西周故都，想再一次找回过往岁月的痕迹，却不料事与愿违。放眼望去，曾经的故地，皆变成片片葱绿的庄稼，昔日的繁华和战火无一觅处，只剩下一些断墙残垣。作者曾经在此任职、生活，留下了几多爱恨与际遇，沉淀了深厚的感情，而现在，却是人非物亦非，徒增伤感。

诗人漫无目的地行走在庄稼间，眼前的景物勾起他的无限愁绪，思绪纷纭间，曾经被克制住的情思尽数涌上心头。对故国的追思、对百姓的痛惜、对历史的感慨和敬畏，纷至沓来，急切而又阔大。为什么政权会兴衰更迭，人类社会的历史怎么才能保持安稳长久，渺小的人类如何才能战胜时间的规律，人的弱点何以如此顽固……这些终极的问题，疯狂地在主人公脑海中旋转，长久得不到解答。

最令人不堪的是这种忧思无人理解，也无人分担。"知我者谓我心忧，不知我者谓我何求"，众人皆醉我独醒的境遇，并非每个人都能承受。思索得太深、追问得太深的人，总有孤独、尴尬、委屈如影随形。诗人孤独一人对抗着这些压迫内心的追问，最终无法承受，几乎达到崩溃的边缘，所以他才仰天怒号，叩问苍天。由此，此诗一脱其他《诗经》作品的质朴美好，变得苍凉感伤。

有学者指出，诗人选取的是一种"物象浓缩化，而情感递进式发展"的写作手法，全诗的行文逻辑与庄稼的生长密不可分，诗人用庄稼的出苗、成穗、结实，来记述时间的演进和抒情主人公逐渐增强的情绪。全诗三章，仅易数字，回环往复，对主人公而言，接连袭来的忧郁简直要承受不住，从"中心摇摇"进而到"中心如醉"，到最后"中心如噎"，情绪压抑得喘不过气来。每章后半部分形式上完全一样,在一次次反复呼喊中,情感力度逐章加深,最终汇聚成澎湃之势,给读者以深切的震撼。

后世的许多文人,都深受此诗的影响。"知我者"并非没有,仅仅是相隔太久而已。历次朝代更迭过程中,都有人泪水涟涟地吟咏着兴亡之思,曹植的《情诗》,向秀的《思旧》,刘禹锡的《乌衣巷》,姜夔的《扬州慢》,无不带有《黍离》的影子,发人感慨,催人泪下。这些属于不同时代、但同样敏感的思考者,正是彼此的知己。

正因为诗人思考的问题带有终极性和普泛性,所以诗作的解读方式也可以是多样的。诗篇起始便将镜头对准一望无际的庄稼,奠定出阔大、朴实而又荒凉的基调,使读者的思绪得到张扬。其后,除了"黍"和"稷"之外,作者没有再描述其他具体物象,也没有给读者提供更多的事件信息。因而,作品整体便呈现出一种蕴藉开放之势,读者完全可以立足于诗作本体,发挥想象,构建一部属于自己的《黍离》。

通过想象,读者可以看到一个思想者,面对饱含生机的庄稼,独自吟咏着自己的痛楚。这种伤痛,只有"知我者"才会理解,而这样的"知我者",可遇而不可求。

◎君子于役◎

君子于役,不知其期,曷至哉?鸡栖于埘①,日之夕矣,羊牛下来。君子于役,如之何勿思?

君子于役,不日不月,曷其有佸②?鸡栖于桀,日之夕矣,羊牛下括③。君子于役,苟无饥渴④!

【注释】

①埘(shí):在墙壁上挖洞做成的鸡舍。②佸(huó):会合。③括:至。④苟:表推测的语气词,大概,也许。

【赏析】

《君子于役》抒写的是一名妇女对在外服役的丈夫的殷切思念。

诗的首章抒发了这名妇女思念远方丈夫的怨苦心情："我的丈夫还在外面服兵役，不知道期限有多长，也不知道什么时候才能回家？鸡儿自己进窝了，天色已经向晚了，羊和牛也从野外回来了。我的丈夫在外服役还是不归，怎能让我不想念呢？"

"君子于役，不知其期"，直接点明所要抒发的事情；"鸡栖于埘"到"羊牛下来"，以反衬手法表述了家畜尚且早出晚归，而人却杳无归期；"君子于役，如之何勿思"，表现这名妇女思念的痛切。丈夫是最亲的人，然而她却既不知他在哪里，又不知他什么时候回来，怎能不引得她大声问话，"曷至哉"？本章此句表达的情感最为强烈。

下面一章表达了妇人对于丈夫的眷恋和惦念："我的丈夫还在外面服役，已经不能用日和月来计算时间。时日漫长，道路迢迢，关山阻隔，不知何时才能再相见。鸡儿已栖息在窝里的木桩，天色已经很晚，羊和牛从野外回来进了圈。我的丈夫却还在外面服役，但愿他不至挨饥受渴遭摧残。"

从"君子于役"到"曷其有佸"，再次抱怨服役期的长远；从"鸡栖于桀"到"羊牛下括"，慨叹鸡、牛、羊已经开始在窝圈栖息，丈夫仍是不归；最后"君子于役，苟无饥渴"，细腻传神地刻画了这位妇女退而求其次的心理，丈夫今晚是回不到家了，明日的企盼也还是遥无归期，那也就只好退一步祈求，盼望日久难归的丈夫不要受到饥渴的煎熬。妻子思念丈夫的感情更进一步，盼夫归来的渴望反而溃退了，真的是无望又无奈。这一章写得更加深沉，穿透人心。

这首诗具有很高的艺术性：

首先，诗中有独特而优美的意境创造。意，就是人的想法、想象、意图、意念，境，就是境况、实景、实物。以情绘景以景托情，意与境的完美结合，会使文学作品愈加生动而深刻，予人心灵的感染力也会更为强烈。本诗勾画的是一名感情深挚的妇女对丈夫的深深思念,这种盼归的情感意念与晚间鸡归、牛羊回归的实事真境一经结合,便使人在不知不觉中被带进那远古的山村:落日接山,暮色暗沉,鸡栖于窝,牛羊入圈,一位少妇倚门而立,目光迷离地遥视远方。随着夜色加浓,她的忧愁愈浓,夜色增加了凄凉之感,人的心境与这乡村晚境融为一体。畜禽尚能按时归"家",而远戍的人不见归来,怎能不使少妇愈加悲伤!此情此景让她情何以堪?

其次,这首诗有着饱含情感的臆想叙述。诗句表面是描述禽畜已归人何不归,但透过表层,只要稍加体味就会感悟:禽类到了晚间都会回窝,牛羊也都懂得回转,作为丈夫,难道不知妻子是如何想念你吗?你不知道应当早早回家吗?这种引入透过自然质朴的乡村画卷而臆想揣摩背后无限辛酸故事的表达方式,拥有触人痛处的强烈感染力。

最后,本诗自然美感极强。落日余晖,碧野迷茫,牛羊下山,鸡栖于埘,整个情景充满着宁静的田园幽情,宛然一幅乡村风俗画,带给人的却是一种淡淡的忧伤。向晚时分,喧嚣始静,日要西下,人要归家,人类对家的眷恋在这向晚时间最为强烈,这是在外游子最想回家的时刻,"日暮飞鸟还""日暮苍山远""日暮乡关何处是",有多少后人以"日暮"作引,吟咏思归之情,《君子于役》便开创了这种"日暮情结"的先河。

品读本诗,仿佛听到那位倚门而立的女人一声声轻轻的叹息,看到了她眼中一颗颗晶莹欲滴的泪花,触摸到了她那担心丈夫在外受苦受难的心灵中一阵阵的怦跳,让人不免对这位感情细腻真挚、日日盼望夫归的古代女子产生一种莫名的亲近、同情和敬重。

◎君子阳阳◎

君子阳阳①，左执簧②，右招我由房③。其乐只且④！
君子陶陶⑤，左执翿⑥，右招我由敖⑦。其乐只且！

【注释】

①阳阳：快乐的样子。②簧：古乐器名，笙。③由房：游乐。④只且：语气助词。⑤陶陶：和乐舒畅貌。⑥翿（dào）：歌舞所用道具，用五彩野鸡羽毛做成，扇形。⑦由敖：游遨。

【赏析】

诗如电视编导组镜一样，摄取了两组歌舞的场景：一场是包括"君子"在内的众人，有的笑容满面，有的演奏笙簧，有的随着舞曲跳着欢快的舞蹈，整个气氛快乐融融；一场是众人拿着用鸟羽制作的舞具欢舞，或演奏美妙的舞曲，其中的"君子"似乎兴奋至极，一边自己跳舞，一边还鼓动别人狂欢。

诗中的主人公有"君子"，有"我"，还应有他人，"君子阳阳""君子陶陶"，都是描述君子和乐的样子，再加上欢快的乐曲和舞蹈，成就了一派欢欢喜喜热热闹闹的行乐图。然而一片欢快而热烈的背后有着怎样的故事呢？

关于此诗题旨，史上历来就争论不一，再加上现代人的望文生义，说法更为纷繁，归纳起来可有八种之多：一是君子遭乱，招人相聚谋求全身而退的场面；二是乐官辞官归隐，诗中叙述的是舞师和乐工共同歌舞欢聚言别的场面；三是行役丈夫回家与家人庆贺生归；四是殷实人家夫妻恩爱，情深意笃的歌舞自娱；五是讽刺君子的浪荡行为之作；六是将军凯旋后庆贺胜利的场景；七是周天子醉生梦死的写照；八是情人相约出游，载歌载舞的游乐诗。

我们且以《毛诗序》和朱熹《诗集传》两种题旨的说法来比对解读：

《毛诗序》说："《君子阳阳》，闵周也。相招为禄仕，全身远害而已。"意思是说诗中的场景是乐官（君子）遭乱，招下属归隐的聚会。

朱熹《诗集传》认为："盖其夫既归，不以行役为劳，而安于贫贱以自乐，其家人又识其意而深叹美之。"这是说征夫回家后与妻子自娱自乐。

如上两种，显然解读题旨角度不同，诗的意义必然不尽相同，甚至差异较大，如果是君子（乐官）避祸辞官归隐，其乐不该是尽情的，应是有苦不言，苦中寻乐，或者还应含有分离的哀痛；如果是征夫归家与妻子欢庆，那该是死别后庆幸生逢的极度欢乐，那该是怎样一种狂欢！

从诗文本身的内容来看，本诗应是描写舞师与乐工共同歌舞的场面。当然，仁者见仁，智者见智，诗作的隐晦给了读者更多的想象空间，让人尽情咀嚼那场远古狂欢的幻惑味道。

◎扬之水◎

扬之水①，不流束薪②。彼其之子③，不与我戍申④。怀哉怀哉⑤，曷月予还归哉⑥？

扬之水，不流束楚⑦。彼其之子，不与我戍甫⑧。怀哉怀哉，曷月予还归哉？

扬之水，不流束蒲⑨。彼其之子，不与我戍许⑩。怀哉怀哉，曷月予还归哉？

【注释】

①扬之水：激扬之水。②束薪：成捆的柴薪。③彼其：那个。④戍申：在申地边境防守。⑤怀：平安，一说思念、怀念。⑥曷：何。⑦束楚：成捆的荆条。⑧戍甫：守卫甫国边境。⑨束蒲：成捆的蒲柳。⑩许：地名。

【赏析】

戍边战士，独自伫立扬水之畔，看着滚滚流逝的河水，思妻之情涌上心头：妻子还在独自辛劳，本来砍柴等男人干的重活，她在家里也要一肩承担。多想砍好成捆的薪柴，托付河水带去妻子身边，为其分担劳苦，无奈扬水载不起这份沉重。河水奔流不息，正如我越走越远，而妻子，就像那捆不随流水而去的薪柴，永远伫立家中，独自等待，不离不弃。如此轻的河水，怎样才能把我这成捆柴草般沉重的相思，带给远方的妻子？何时我们再能团聚？

在《诗经》中，总能找到这种脉脉感动。这份浓烈的思念，在这篇《王风·扬之水》中，被作者用短短数十字，描述得淋漓尽致。

全诗回环复沓，把一份相同的相思，反复吟诵了三次。各章不同之处仅在于柴草的名称和戍边的地点。每章最后的"怀哉怀哉，曷月予还归哉"一句是主人公浓得化不开的伤感，是他明知相聚无期却每日掐指计算的期盼。这样悠悠而又连绵不接的念叨，真切地表现出远戍战士的思家情怀。

诗歌采用日常口语，不追求统一规整，而是用直白的语言描摹真实的情景，力图再现真切的思念，一切以原汁原味为准。三言、四言、五言、六言，只要有利于表现，统统进入诗中，丝毫不排斥句法的错落。口语化句子，朴实而又生动，最能代表下层农民出身的士兵的口吻，也最能扣动读者的心弦。当一个人远离家乡，被思念折磨得坐立不安时，会是怎样的心情？一定是像这位主人公这般，看到流水便伤感无限，无望归期却难止期盼，千言万语化成最简单的反反复复，唯有汹涌的情感在心中愈积愈浓。

因为最真醇，所以最打动人，诗篇由此获得了旺盛的生命力，流传广远。后代的学者，立足于这一真挚的相思，基于家国情怀的共同性，又把它上升到邦国关系的高度，深含褒贬。

《毛诗序》说："《扬之水》，刺平王也。不抚其民而远屯戍于母家，周人怨思焉。"春秋时期，申国常常遭受楚国侵扰，而周平王的母亲是申国人，为了不让母亲的故国频受侵犯，周平王便派王国军队驻守申国。

驻地的士兵们为了保护一片陌生的土地而远离父母家乡，内心自然感到不满，这首《扬之水》便是士兵们此种情绪的流露。

这种包含政治关系的说法，没有冲淡上文中战士对家人的思念，还增加了诗作的内涵层次，使短短的诗作包含了亲情爱情、政治针砭、政策评价的方方面面，把一幅充满浓浓相思的画面放置到春秋时代战乱纷纷的背景中，内蕴陡然厚实，境界愈显广阔。

那载不动薪柴的流水，因此增加了一份含义，借喻东周皇室。欧阳修以为："曰激扬之水其力弱不能流移于束薪，犹东周政衰不能召发诸侯，独使国人远戍，久而不得代尔。"这种观点，细致地剖开了当时纷杂的政治关系：春秋时期，东周政权已岌岌可危，无力支配众诸侯，平王想保护母亲的故国，但无力左右诸侯间的征战和侵略，也无力派遣别的诸侯前去驻守，只得从自己的民众中抽调军士。

研究者邓翔更进一步，从诗中找出了造成这种局面的原因："王者下令如流水之源，所以裕其源者，盖有道矣，故势盛而无所不届。今悠扬之水至不能流束薪，何足以用其民哉。"流水不盛，是因为未能广开源头，导致下流轻缓，负重无力，周王室之所以如此窘迫，是因为无道，像源头堵塞的河流，未能开诚布公，广纳民意，因此黯然失势，不仅不能调停诸侯的纷争，更不能使民众安于听命，享受和睦太平。

到此，这首诗的含义已经被后人挖掘得很深了，评论者从夫妇相思入手，演绎到政治纷争，最后探究到兴亡的缘由，一脉相承，未见阻遏。《王风》中的其他一些作品，如《黍离》《兔爰》等，也是如此：从普通的事件，推衍到王室衰微，诸侯并起，征战隔离亲情，百姓流于苦楚。一致的思想，明显的寄托，让人一读就知，意思并非止于字面。别有兴寄，感时伤事，这正是《王风》与众不同的艺术特色。

◎中谷有蓷◎

中谷有蓷①，暵其干矣②。有女仳离③，嘅其叹矣。嘅其叹矣，遇人之艰难矣！

中谷有蓷，暵其脩矣④。有女仳离，条其歗矣⑤。条其歗矣，遇人之不淑矣！

中谷有蓷，暵其湿矣⑥。有女仳离，啜其泣矣。啜其泣矣，何嗟及矣！

【注释】

①中谷：同谷中，山谷之中。蓷（tuī）：益母草。②暵（hàn）：干枯。③仳（pǐ）离：妇女被夫家抛弃逐出，后世亦作离婚讲。④脩：干燥。⑤歗（xiào）：痛声。⑥湿：通"㬅"，干。

【赏析】

《中谷有蓷》是一首弃妇的怨歌。《诗经》中有很多美丽清新的爱情故事，也有像《中谷有蓷》这样苦楚凄然的控诉。因为背弃与相恋一样，都是爱情和婚姻中固有的、不可回避的遭际。

在古代，女子由于自身力量的弱小，只能把婚姻当作对自己一生幸福的博弈，若遇到好的归宿，则一生幸福，若遇人不淑，便只能独自品尝凄惶的人生滋味。正如唐代诗人白居易在其诗作《太行路》中所写的那样："为人莫作妇人身，百年苦乐由他人。"唐代如此，《诗经》的时代，亦是如此。

全诗三节，只易数字，反复吟咏，每节都用山谷中的益母草起兴开头，最后再以妇人自身的觉悟和感叹结尾，如此回环往复，产生了浓郁的悲伤。最终，妇人在长久的悲痛之后，终于发出了"遇人之艰难""遇人之不淑"和"何嗟及矣"的感叹。她面对无义的丈夫和窘迫的现实，没有自怨自艾，而是冷静地回思和分析，显得清醒而坚毅。

"蓷"，即为益母草，是一味中草药，有明目益神的功效，常用作妇女病的治疗和调养。很显然，这是一种比兴手法，是作者借用相关的事物引出所吟咏的主题。然而，后世的评论者们，有不少却背离了这一常规路径，用干枯的益母草，牵强曲解，似乎是希望为负心男找些借口。《毛诗序》说："《中谷有蓷》，闵周也。夫妇日以衰薄，凶年饥馑，室家相弃尔。"朱熹认为："凶年饥馑，家事相弃，妇人览物起兴而自述其悲叹之辞也。"这样一来，评论者把干枯的益母草扩大化，泛指荒年里所有植物的干枯，主张诗篇是在描述荒年，以此冲淡男子抛弃旧妇的凉薄。此种说法，冷了读者的同情之心，也背离了《诗经》的初衷。其实，"中谷有蓷"一句，既是隐喻，也有引发读者感情和联想的作用。益母草与妇女的关系密切。以此比兴，更方便人们联想到妇女的健康、生育，由此推延到夫妻、婚恋、家庭，扩充了诗歌的内涵。另一方面，益母草晒干后可入药，能够调剂女子的身体，但丈夫久不归家，入药的益母草又有何用？只能让孤单的女子看到后心生伤感。

益母草或许还承载着女子许多美好的回忆，也许是新婚时，也许是受孕时，女子身体微恙，当时还算细心的丈夫为其采摘益母草，细致入药，小心端来，给了女子多少感动，现如今，一切都烟消云散，恍然如梦境。这样，诗作通过比兴，把促进夫妻感情的药草，与被离弃的妇女摆在一块，产生强烈的对比，让人印象深刻。

"暵其干矣"，益母草干枯了。"暵其脩矣"，因为无人问津，变得更加干燥，叶子已经卷成一条。"暵其湿矣"，益母草干枯后又变湿，最终不得不完全腐烂。这里是写益母草状况的变更，对应妇女逐渐老去的过程。而出现这种衰老的原因，则是因为女子无人照料和陪伴，得不到充足的滋润和给养，充分反映出女子愈来愈被丈夫疏离的辛酸。

当她发现自己的容颜在慢慢地老去，丈夫的态度一天天地冷淡，她的反应是"嘅其叹矣""条其歗矣""啜其泣矣"，这三句在诗中各自出现了两次。女子在诗中重复地诉说自己的窘相，让读者仿佛看到了这样一副画面：一位原本丰腴红艳、明眸流转、绰约生姿的女子，最终变得枯瘦嶙峋、弱不禁风、目光晦涩、容貌呆滞，让人不由得痛惜一朵娇艳之花的陨落。古代女子的凄惨境遇，可见一斑。

◎葛藟◎

绵绵葛藟①，在河之浒②。终远兄弟③，谓他人父。谓他人父，亦莫我顾。

绵绵葛藟，在河之涘。终远兄弟，谓他人母。谓他人母，亦莫我有④。

绵绵葛藟，在河之漘。终远兄弟，谓他人昆⑤。谓他人昆，亦莫我闻⑥。

【注释】

①绵绵：连绵不绝。葛藟（lěi）：藤蔓。②浒（hǔ）：水边。与下文"涘（sì）""漘（chún）"同义。③终：既，已。④有（yòu）：通"友"，帮助。⑤昆：兄。⑥闻：与"问"通。

【赏析】

《葛藟》一诗，悲感交加，用简练的文字，创造了这样的情境：一位衣着肮脏，蓬头垢面的诗人，流落到黄河边上，见到绵绵不断的河水延伸向远方，河边一望无际的茂盛葛藤，不禁触景伤情，自己的身世，悲惨的境遇，一幕幕涌上心头。自己漂泊异乡、孤苦伶仃、生活没有着落、甚至"谓他人父"的遭际，无人怜悯。这些遭际反映出诗作的创作环境，也是主人公痛哭流涕、抢地高呼的缘由。

诗首章前两句写作者到河边，先用了一个美好而又柔软的字眼"绵绵",把景物的美好表现得淋漓尽致,让人想到河水的轻柔和舒缓,芦苇的依依摇摆,空中应该还有和煦的微风缓缓吹过,苇叶有的碧绿,有的鹅黄,在太阳的照耀下放射出生命的光泽。"绵绵"这一叠字,把人们的欣赏心境抬高,先声定式,让人产生了美好的期许。

然后,作者开始进入正题,一反前奏,大倒苦水,悲惨的境遇连绵不接地进入读者的视野,一句惨过一句,最终超出常人的心理承受力。"谓他人父,亦莫我顾",设想此情景,其中包含了多少屈辱,多少痛楚。正如朱熹所叹:"则其穷也甚矣!"第二、第三章中,诗意与第一章类似,仅二、四、五、六句句尾更换一字,作者在回环复沓中,反复吟咏,将情感一波一波交叠,最终汇聚在一起,达到了催人泪下的最高峰。

在具体表达时,作者把每一章都切成小段,分别注入眼前之景,身世之悲,自怜之感。这样,写景、叙事、抒情,一贯而下,使短暂的诗篇,包含了极多的内容。作者只注重层次之间的内在联系,而没有用过多的修饰手法来过渡,使得文章奔腾跳跃、跌宕生姿,而又能保证内部的气脉贯通。

此诗首先描写眼前之景,由绵绵不绝的葛藟对照自己孤单一身、兄弟的离散,这是一次转折,由"谓他人父"却得不到怜悯,又是一次转折。每一次转折,均含无限酸楚,说明作者内心的悲伤在叠加。然后,作者竟然又将这叠加的悲戚,回环复加三次,由此可见作者的境遇,真正到了无以比拟的困窘。

诗人直抒情事,语句简质,采用日常口语,不追求文采斐然和严谨逻辑,而只是力图笔书所想。记忆中什么最沉重,思维就最先奔向那里,笔触也就迅速地触及到那里,然后纯粹地摹写出来。作者不是在进行艺术创作,而仅仅是用最直露的语言抒发最真实的感慨,仅仅为了用最少的字句,在最短的时间里,把心中的悲伤和委屈一吐为快。这种方式,以原汁原味、力透纸背为准则,真切地表现了飘零的凄苦和世情的冷漠,极是感人。

关于此诗的作者，《毛诗序》认为是东周初年姬姓贵族所作，旨在讥讽平王弃宗族而不顾："《葛藟》，王族刺平王也。周室道衰，弃其九族焉。"这种说法，是强行在经典上嫁接政治意图的表现，把表现人之常情的诗作拉扯到政教、美刺上去，维护的是统治阶级的伦理纲常，冲淡和漠视了诗作的文学价值，多不为现代艺术评论家所取。

相较之下，朱熹的说法较为通达，《诗集传》云："世衰民散，有去其乡里家族而流离失所者，作此诗以自叹。"王室衰微，征战连连，都城也未能幸免，百姓多为离散，被迫迁移。离乡背井的人们，在流浪中多遭苦难，不堪流离失所，心痛万分，只得作诗自叹。这种说法，才较符合诗人口吻和所述诗境。

◎采葛◎

彼采葛兮①，一日不见，如三月兮。
彼采萧兮②，一日不见，如三秋兮③。
彼采艾兮④，一日不见，如三岁兮。

【注释】

①葛：一种蔓生植物，块根可食，茎可制纤维。②萧：植物名。蒿的一种，即青蒿。有香气，古时用于祭祀。③三秋：通常一秋为一年，后又有专指秋三月的用法。这里三秋长于三月，短于三年，义同三季，九个月。④艾：植物名，菊科植物。

【赏析】

对于热恋中的情人来说，哪怕一刻的分离，对他们来说都是难以忍受的痛苦，历来无数文人描摹了这一主题。《采葛》正是思念恋人的情歌，一位小伙子喜欢上了以采集为生的姑娘，她常外出采集，不易见面，小伙子饱受相思之苦。在诗中，作者借简短精练的语言，充分表达了长相思的恋情，反映出坚贞、纯朴、真挚的爱情。

本诗抓住"相思"这种普泛的情感，反复吟诵，细致刻画了情感的煎熬。诗篇感染了历代饱受相思之苦的人们，诗人以"一日三秋"这种形象的描写，比拟分离的情人内心巨大的折磨，可谓贴切。

这是一种"艺术夸张"的手法，反映的不是事实上的真实，而是艺术上的真实，因而应该"言过其实""辞过其意"，其所追求的效果是真挚，而不是科学。在现实生活中，"一日"不可能等同于"三月""三季""三年"，但是，在陷入爱情的人心中，这种错觉，正是他们为别离所折磨的表现。这一悖理的"心理时间"看似疯癫痴狂，但由于融汇了恋人真挚的情感，所以能唤起读者的共鸣。

《采葛》一诗中，每一次对"一日不见"的心理刻画，都比前一次增加了时间长度，以反复递进、层层深入的写法，将相思的感情逐步提升。这样通过回环、排比和递进，使诗的节奏和谐，语言简洁，充满了形式美和音乐美，有效地加强了感情的色彩。

这首相对来说主题清晰的爱情诗，仍被后世的学者解读出了不同的意味。《毛诗序》认为诗旨为"惧谗"："葛所以为絺绤也，事虽小，一日不见于君，如三月不见君，忧惧于谗矣。"意思是说一位正直的臣子嫉恶小人谗言，感到它们像葛、萧、艾一样四处蔓延，让人痛恨。谗言当道，有碍正直，而对礼教的破坏，更加让夫子们不能容忍。

朱熹则提出"淫奔"说："采葛所以为絺绤，盖淫奔讬以行也。故因以指其人，而言思念之深，未久而似久也。""葛、萧、艾"等植物，是淫奔的男女为上路准备的盘缠或食物，"一日不见如隔三秋"，是他们之间不洁的思念。另外，还有一种"爱妇"说，主张此诗是远戍的将士对于妻子的思念。这种说法，充满了温馨的家国情怀，让人感动。还有人主张"怀友"说，力争诗作是在赞扬友人之间的深厚情感，等等。

字句是诗作的材料，主旨具有的包容性，有些要从具体字句中探得，古汉字因为俭省和多义，常常成为历代文人纷争的焦点。例如"彼"字，研究者为两大阵营，各执一端，一则"彼"是代人，认为"采葛"应理解为"采葛之人"。一则"彼"是代事，指"采葛"之事，作者以"采葛""采萧""采艾"比兴，认为它们都是日常生活中最最寻常的事情，由此引申，臣子也应该天天可以面君，如果亲密的君臣关系生疏起来，就可能是有了谗言。

这样简单的一首诗，竟然有如此多的解法，不得不让人惊讶。其中的原因，有汉语和诗作的蕴藉性，恐怕也有人们的牵强附会在里面。就文学性和艺术价值而言，最好还是彰显《诗经》的生活气息，回归其恋爱本质。

◎大车◎

大车槛槛①，毳衣如菼②。岂不尔思，畏子不敢。
大车啍啍③，毳衣如璊④，岂不尔思，畏子不奔。
榖则异室⑤，死则同穴。谓予不信，有如皦日⑥。

【注释】

①槛（kǎn）槛：车轮的响声。②毳（cuì）衣：车，用于蔽风雨。菼（tǎn）：芦苇的一种。③啍（tūn）啍：重滞徐缓的样子。④璊（mén）：红色美玉，此处喻红色车篷。⑤榖：活着。⑥皦：同"皎"，光明。

【赏析】

《大车》是一首爱情诗。诗作描写了一位情窦初开的女子，深恋着她的情人，想与之私奔，而男子有着很多犹豫和顾虑，迟迟不肯答应，于是女子急切地使出激将法，出言激励，男子却仍在躲闪、回避、自甘懦弱。最终，这位多情的女子感情变得激越，她手指青天，发下重誓，要与恋人"死则同穴"，永远跟他在一起。

古人指天发誓是十分慎重的行为，因为他们相信，违反了诺言要受到天谴。姑娘急切地为表明心迹，指天发誓，震人心魄。此情此景，男子的心肯定是激昂澎湃，波澜丛生，但他如何选择？是心为所动，抛弃一切，两人驾车奔向幸福生活？还是让痴情的女子泣涕涟涟地转身走开，澎湃的心门悠悠合拢，只剩下无语的男子伫立原地、垂首黯然？

画面就此定格，可以想象女子发完誓后缄默无言，微微昂起头，用幽怨又诚挚的眸子盯着男子，决然而又期许无限。

男子会如何，不得而知，也许是无可奈何心生烦躁，也许是垂头驻足无动于衷，也许是像女子希望的那样不顾一切与之私奔。文字就此停止，故事却没有就此完结，所表达的情感如石子投入湖面，漾开层层涟漪，激荡又悠远。这样的女子，让无数人感动，也让无数男子汗颜。

女子担心自己的深情得不到应有的回应，因而既紧张又犹豫，但内心的激越还是促使她要试一试，第一章形象地描述出了女子此时的心境。男子为何"不敢"？诗作中没有提及，结合那个时代的情境，可以设想出：没有媒人的婚姻得不到社会的承认，没有家庭的同意，没有社会的认可，婚姻很难走到尽头。

第二章继续写女子内心的忧虑和急切。"畏子不奔"，有着强烈的激将意味，也有深沉的埋怨在里面。第三章写女子在没有回应的情形下做出大胆表白——"死则同穴"。

在诗中，"你不敢"是女子激励男子斗志的话，是女子怕他顾虑太多，于是发出坚定的誓言，鼓励他大胆行动。没有男子会对女子说："就怕你胆小没勇气""就怕你没有胆量和我去私奔。"这句话，是属于女人的，它就像一块千斤巨石，砸在了男子的心底。那一刻，男子的理智和血性肯定在心底较量，殊死搏斗。

诗中的男子，多半也是无可奈何的，在男女并不平等的社会中，相较起来，男子需要更多地考虑自己的身份、义务。他也只是社会机器运转中的一环，要时刻想着身边的君民、父母、子女。他如何不想与心爱的人一走了之？但既然他们无法以恋爱的关系留在当地，肯定是存在着无法解决的问题，而这一问题，正是男人无法逃避的。这种情景，不仅深化了《大车》的主题，还给其披上了浓重的悲情意味。

《大车》不仅立意颇深，手法亦是高妙。这首诗把环境与主人公的心情结合起来，相互烘托促进，形成了独特的艺术特色。第一章写盖有青色车篷的大车奔驰在隆隆的车声里，姑娘心潮澎湃："岂不尔思，畏子不敢。"隆隆的车声，既是外在环境，也是女子慌乱紧张的心境。第二章车轮声变得沉重，而姑娘内心的苦恼也逐渐增加。第三章，没有了外部环境描写，表示姑娘再也受不了了，横下一条心，抛开紧张和羞涩，不再计较后果，指天立誓："我跟定你了，一定会和你在一起！"

最终二人的结局是什么，读者无法确定，只能感叹女子的火热，感叹男子的无奈和凉薄，感叹社会力量的强大。但有一点可以确定，女子皎皎如月的誓言，流传到了现在，还将永远流传下去。

郑 风

◎ 缁衣 ◎

缁衣之宜兮①,敝予又改为兮②。适子之馆兮③。还予授子之粲兮④。

缁衣之好兮,敝予又改造兮。适子之馆兮,还予授子之粲兮。

缁衣之席兮⑤,敝予又改作兮。适子之馆兮,还予授子之粲兮。

【注释】

①缁(zī)衣:黑色的衣服,当时卿大夫到官署所穿的衣服。宜:合适。②敝:破坏。③适:往。馆:官舍。④粲:"餐"之假借字。⑤席:宽大舒适。

【赏析】

《郑风·缁衣》一诗,尽管语句平铺直叙,没有轰轰烈烈的誓言,亦少了你侬我侬的缠绵,但其中的意义并不输给其他经典。

这首诗没有起兴,没有比喻,直叙故事,笔法纯用赋体,这一点毫无疑问。三章共叙一事,稍改韵尾,其他重复以加强语气,用的是《诗经》中常见的复沓联章形式。诗中三章只为叙一事:缁衣之合身。虽用了三个形容词:"宜""好""席",实际上都是一个意思,即好得已经近乎完美,对"缁衣"称赞有加;对改制新的朝衣的描写,也用了三个动词:

"改为""改造""改作",同样的意思,只是语气稍有分别。

这一系列形容词与动词的运用,将主人公的细致与周到体贴刻画得入木三分。而每一章的末句,只字未改,全然复沓,单在艺术形式上,诗的作者就用简单的言语为读者设置了一团迷雾:如此强烈地重复着一个动作一件事情,诗人到底在强调什么呢?

至此,诗旨还朦胧未解,究竟改衣赠衣的人是何人,收衣人是谁,二者又是什么样的关系呢?夫妻、恋人?还是君臣?对此,古人的说法偏向于君臣之谊。《礼记》中就有"好贤如《缁衣》"和"于《缁衣》见好贤之至"的记载,宋代的朱熹大抵赞同"爱贤"这一说法。当代学者高亨先生说:"郑国某一统治贵族遇有贤士来归,则为他安排馆舍,供给衣食,并亲自去看他。这首诗就是叙写此事。"至此,诗中所叙述的人物关系大抵明了了,即对君主与臣子的关系的赞咏,只是对于"赠衣"的动机各家可谓是各有争鸣。

但当代不少学者并不苟同于此,他们认为这是一首赠衣诗。诗中"予"的身份,看来像是穿"缁衣"的人之妻妾。诗中所咏的黑色朝服看来是抒情主人公亲手缝制给丈夫上朝穿的朝服,她称赞丈夫穿上朝服是如何的合适,这符合赠衣者渴望得到肯定的心理。她又一而再,再而三地表示,如果这件朝服破旧了,我将再为你做新的。还再三叮嘱,你去官署办完公事回来,我就给你试穿刚做好的新衣。

从这个意义上说,这首《缁衣》又是《诗经》中描写爱恋的另一种极致,普普通通的一个赠衣情节,却将一种女子发自内心流露出的对丈夫的深情含蓄地表现出来。有人说这是卿大夫的妻妾为了讨好丈夫,这样的说法可能过于狭隘。如果真的是只为讨巧,那么溢美之词会比做一件衣服来得更直接些。

无论是支持妻赠衣说的"郑声淫"的论点,还是支持君贤臣说的"好贤"之依据,这首《缁衣》给读者带来的温暖和感动想必都是巨大的。无论是妻还是君,为他人改衣赠衣的举动都体现了人与人之间一种值得珍惜的尊重与爱戴,在郭店楚简出土的《缁衣》简中称:"夫子曰:好美如好《缁衣》。"可见,诗里所赞美的是一种"好美"的品德,从这个意义上去体会作品,两种说法似乎就可以殊途同归了。

《缁衣》让人们从另外一个角度认识《诗经》,"诗三百"中并非仅有风花雪月,思妇怨女。风花雪月里也有大寄托,寄托了我国先民的理想,寄托了做人、处世甚至为政的理想之道;风花雪月之外更有家国之大爱,爱恋人、爱家庭甚至爱国家的每一个子民。先人们就是在这一首首或歌颂或讽刺的风雅中,把诗歌这种古老艺术发挥到了极致。

◎将仲子◎

将仲子兮①,无逾我里②,无折我树杞③。岂敢爱之④,畏我父母。仲可怀也,父母之言,亦可畏也。

将仲子兮,无逾我墙,无折我树桑。岂敢爱之,畏我诸兄。仲可怀也,诸兄之言,亦可畏也。

将仲子兮,无逾我园,无折我树檀。岂敢爱之,畏人之多言。仲可怀也,人之多言,亦可畏也。

【注释】

①将:愿,请。②逾:翻越。里:邻里。古代二十五家为里。③树:种植。④爱:爱惜。

【赏析】

人们常说一百个读者,就有一百个哈姆雷特,一百个人看《红楼梦》就有一百个贾宝玉。同样,一百个人读《将仲子》,恐怕就有一百种理解。

首先《毛诗序》中说:"《将仲子》,刺庄公也。不胜其母以害其弟,弟叔失道而公弗制,祭仲谏而公弗听,小不忍以致大乱焉。"有一个故事，能帮助读者更好地理解《毛诗序》的说法：

郑武公的妻子姜氏生了两个儿子，一个很顺利，一个却难产，生出来的时候是脚先出来，让姜氏吃尽了苦头，从此她就十分厌恶这个儿子。这个婴孩就是后来的庄公。姜氏十分喜欢另一个儿子共叔段，曾多次恳请郑武公立共叔段为太子，但武公至死都没同意。等到庄公荣登太子之位时，姜氏请求将京邑封给共叔段，庄公对她有求必应，一再容忍，这时一些辅佐太子的大臣就劝阻庄公让他小心提防，庄公却说"多行不义必自毙"。其实庄公心里比谁都有数，他早就打好了如意算盘。渐渐地，共叔段开始扩充实力，准备吞并庄公，庄公得到线人情报后，来了个先下手为强。《毛诗序》中所关涉的正是这一典故，意在说明《将仲子》是讽刺庄公之作。

其次，郑樵《诗辨妄》认为此诗是"淫奔之诗"。当时的社会等级森严，男女之间更要遵守礼教和道德规范，所以稍有情爱的字眼便被归为淫类诗歌。而现在，人们普遍认为这是一首爱情诗，一对热恋中的男女相会，女主人公告诫情郎不要心急，翻墙进来压坏了花草树木，母亲是要严厉批评的。

"将仲子兮，无逾我里，无折我树杞。"仲子哥，你来我家的时候，千万不要翻越我家门户啊，也千万别折了我种的杞树。细细玩味这句话很有意思，仿佛是一对青年男女正要约会，女子却一再叮咛男子不要……不要……似乎在害怕着什么。

"岂敢爱之，畏我父母。仲可怀也，父母之言，亦可畏也。"这几句正好回答了上面的种种疑问，并非是我舍不得那几株杞树啊，而是我害怕我的父母看见。你鲁莽心急实在让我担心，父母的话让我心生畏惧，所以你可千万不要那样做。

"将仲子兮，无逾我墙，无折我树桑。岂敢爱之，畏我诸兄。仲可怀也，诸兄之言，亦可畏也。"这一章基本是对首章的重复，起到了加强、加深文意的作用，在情意上也达到了层层递进的效果。仲子哥啊，你来我家时可千万不要翻越围墙，也千万不要折了我种的绿桑，我并不是舍不得那几株绿桑，我是害怕我的兄长看见，你这个人粗心大意让我实在担心，但是兄长的话也的确让我担心。

这场相会可谓是小心翼翼，两人都很想念彼此，但又不敢大胆张扬地表现出来，毕竟人言可畏！女子的谨慎也从侧面表现出了礼法的森严和约束。

"将仲子兮，无踰我园，无折我树檀。岂敢爱之，畏人之多言。仲可怀也，人之多言，亦可畏也。"仲子哥哥啊，我们会面之时你千万不要越过我家菜园子，千万别折了我种的青檀，我倒不是舍不得那株檀树，而是害怕左邻右舍的人看见之后说一些不着边际的闲话，仲子你实在让我牵挂，但是邻居的流言蜚语实在让我害怕。女子想爱却不敢爱，怕人说她轻浮不懂自重，因而心绪显得十分无助和焦急。

从"无踰我里"，到"无踰我墙""无踰我园"，可以看出女子对这个年轻气盛的小伙子的牵挂和担忧，其中深含绵绵爱意。女孩毕竟是矜持的，无论她如何爱他，也受不了闲言碎语的攻击，所以恐惧的对象和范围也在一点点地扩大，从家庭扩展到社会，女主人公也一次比一次显得焦急和恐惧。

本诗是以一个女子的口吻叙述，对男子即将要发生的"翻墙""折树"的行为进行劝告，所以有一种娓娓道来的感觉，使诗境也有了絮絮对语的独特韵致。流言是一种很神奇的东西，它有众口铄金，积毁销骨的力量。这一可怕的力量让《将仲子》中的女主角顶着十分矛盾的心理，想爱而不敢爱、欲爱不成、欲罢不忍、陷入两难处境之中，读起来让人心生怜惜。

◎叔于田◎

叔于田①，巷无居人。岂无居人？不如叔也，洵美且仁②。

叔于狩③,巷无饮酒。岂无饮酒?不如叔也,洵美且好。

叔适野④,巷无服马⑤。岂无服马?不如叔也,洵美且武。

【注释】

①叔:古代兄弟次序为伯、仲、叔、季,年岁较小者统称为叔,此处指年轻的猎人。于:去,往。田:打猎。②洵:真正的,的确。③狩:冬猎为"狩",此处为田猎的统称。④适:往。⑤服马:骑马之人。一说用马驾车。

【赏析】

在《诗经》这部集合了劳动人民生活经验和智慧的诗集中,《叔于田》并非名篇,但其审美价值却不容忽略。

"叔"究竟是指谁?一种观点认为,"叔"是特指郑庄公之弟共叔段。《左传·隐公元年》记载,共叔段很有才干,后被封于京地,他整顿武备,发兵攻打其弟郑庄公,最终失败。据此,如果本诗中的"叔"为共叔段,那么这首诗就应当是他的拥护者所作,但尚无明证。另一种观点认为,"叔"泛指年轻的猎手。在单纯的文本层面上来看,"赞美猎人说"似乎更贴合诗意。

《叔于田》采用了《诗经》中广泛应用的复沓联章的手法,与其他类似结构的《诗经》篇章一样,有一种回环往复的音乐美。这种复沓不是简单的重复,而是有变化的复沓,各章各句替换几个字,使诗在主题不变的基础上,增强了音响效果。

全诗共三章,每章第二句"巷无居人""巷无饮酒""巷无服马",第三句"岂无居人""岂无饮酒""岂无服马",第四句"不如叔也",第五句"洵美且仁""洵美且好""洵美且武",先否定,再反问,再自答,最后再详述缘由。运用设问的手法，使原本平平无奇的内容变得曲折有趣，别有一番韵味。

铺陈与设问全然只为引出下文"不如叔也"这一结论。而"巷无居人""巷无饮酒""巷无服马"的夸张描写，则将众人的平庸与"叔"的超卓形成了强烈的反差，从而突出"叔"的"仁、好、武"。更重要的是，诗没有把"叔"这个人物神化，而是将他置于居人、饮酒、服马这样的日常生活中，更增添了写实性与人情味。这样写不仅使主题更为充实，也使对"叔"的夸张描写显得有据可信。

总结起来不难看出，《叔于田》的艺术手法多变，艺术成就很高，更重要的一点是，先民已经在日常生活中找到审美点去加以赞美，而不是一味地脱离实际，神化主人公。这一点，无论是在《诗经》所处的时代，还是在《诗经》之后的历朝历代，甚至直至今日，都实属难能可贵。

◎大叔于田◎

叔于田①，乘乘马②。执辔如组③，两骖如舞④。叔在薮⑤，火烈具举⑥。襢裼暴虎⑦，献于公所。将叔无狃⑧，戒其伤女。

叔于田，乘乘黄。两服上襄⑨，两骖雁行。叔在薮，火烈具扬。叔善射忌⑩，又良御忌⑪。抑磬控忌⑫，抑纵送忌⑬。

叔于田，乘乘鸨⑭。两服齐首，两骖如手。叔在薮，火烈具阜⑮。叔马慢忌，叔发罕忌，抑释掤忌⑯，抑鬯弓忌⑰。

【注释】

①田：同"畋"，打猎。②乘乘马：驾着拉一乘车的四马。前一个"乘"

字为动词,后一个"乘"字为名词。古时一车四马叫一乘。③组:织带平行排列的经线。④骖(cān):驾车的四马中外侧两边的马。⑤薮(sǒu):低湿多草木的沼泽地带。⑥火烈:打猎时放火烧草,遮断野兽的逃路。具:都。举:起。⑦襢裼(tǎn tì):脱衣袒身。⑧将(qiāng):请,愿。狃(niǔ):反复。⑨服:驾车的四马中间的两匹。⑩忌:语尾助词。⑪良御:驾马很在行。⑫抑:发语词。磬(qìng)控:勒马使缓行或停步。⑬纵送:发矢曰纵,从禽曰送。⑭鸨(bǎo):有黑白杂毛的马。⑮阜:旺盛。⑯掤(bīng):箭筒盖。⑰鬯(chàng):弓囊,此处为动词。

【赏析】

　　《大叔于田》用不长的篇幅赞美了猎人娴熟的驾车技能、高超的射技和英武勇敢的性格。本篇用详细的射御动作、火烧场面、空手打虎的细节,刻画出一个生动、鲜明的贵族猎人形象。《大叔于田》开启了兽猎类作品精工细描的优良之风,清代姚际恒说此篇"描摹工艳,铺张亦复扬厉,淋漓尽致,为《长杨》《羽猎》之祖"。

　　诗的主题围绕着猎手"叔"而展开,其中意义,仍是众说纷纭。《毛诗序》谓"刺庄公也",认为"叔"是庄公之弟共叔段。唐代孔颖达《毛诗正义》疏之:"叔负才恃众,必为乱阶,而公不知禁,故刺之。"意思是说共叔段恃才傲物,不知收敛,然而庄公却故意放纵他,因此时人作诗"刺庄公"。

　　今人则多认为这是一篇赞美猎手的诗作。这里的"叔"并非是今天的"大叔"或"叔叔",古人以伯、仲、叔、季做排行,叔本指老三。

　　"叔于田,乘乘马"表现出叔随主公乘车马外出打猎时的声势,"执辔如组,两骖如舞"描绘他驾车的姿态,驾着四马之车,四条缰绳收在一起,两侧的马脚步谐调,像跳舞一样整齐而翩然,马与人之间节奏一致,步调谐和,得心应手之景跃然纸上。作者用图画、音乐、舞蹈一起来形容主人公的娴熟的车技，短短三句，表现力十分丰富。

"叔在薮，火烈具举"，四面都点燃了猎火，"叔"在其中与虎搏斗，这种环境本身就增加了"叔"这一形象的英雄色彩。"叔"袒身赤膊，在火光中与困兽勇猛较量。这种场面，可谓惊心动魄。结果当然是"禫裼暴虎，献于公所"。"叔"从容地打死了猛虎，进献到主公面前。由此，猛士英雄的形象活现于眼前。

接下来，"将叔无狃，戒其伤女"，作者对"叔"的感情十分复杂，既赞美他的英勇，同时又为"叔"担心，害怕虎伤了"叔"，这也从侧面反映了"叔"与虎搏斗的场面之惊险。

第二章用了"磬控"一词说叔"善射""良御"。"控"即忽然将马勒住，如此一来，马头就会向后，而马的前腿则会抬起；人骑在马上，就会弯起腰身，写出了"叔"如希腊雕像一般的强健。

诗的末章写"叔"在打猎结束时收起弓箭的姿态。明明在不久之前还空手与虎斗，纵马奔驰追逐猎物，然而打猎结束时，"叔"却仍旧从容悠闲，好似一切都不曾发生过一般。

全诗有张有弛，既有紧张气氛的渲染，也有舒缓的节奏，动静结合，十分有韵致。

◎清人◎

清人在彭①，驷介旁旁②。二矛重英③，河上乎翱翔。
清人在消④，驷介麃麃⑤。二矛重乔⑥，河上乎逍遥。
清人在轴⑦，驷介陶陶⑧。左旋右抽⑨，中军作好⑩。

【注释】

①清：郑国之邑。彭：郑国地名。②驷介：一车驾四匹披甲的马。旁旁：马强壮有力貌。③重英：两层矛上的缨饰。④消：郑国地名。⑤麃

（biāo）麃：英勇威武貌。⑥乔：长尾野鸡。⑦轴：郑国地名。⑧陶陶：驱驰之貌。⑨旋：转。抽：拔刀。⑩中军：古三军为上军、中军、下军，中军之将为主帅。作好：与"翱翔""逍遥"一样也是连绵词，指武艺高强。

【赏析】

　　《诗经》时代的战争，多为步战、车战，车战在大规模的战争中才会出现，《清人》就用三章的短短篇幅为我们还原了《诗经》时代的一场车战。整首诗通篇都在介绍战争中车马与帅卒等的安排布局和战争冲突。从场面上来看，诗作描写了一场大车战，但最后的着眼点却落在中军主帅身上，这把我国古代战争中主帅的核心作用突出出来，证明了自古以来的那句"擒贼先擒王"。

　　乍读起来会把《清人》当成一首普通的描写战事的战争诗，然而这场车战的前后其实有一个并不简单的谋划。

　　鲁闵公二年（公元前660年），狄人侵入卫国。郑国与卫国相隔一条黄河，郑文公害怕狄人渡河侵犯郑国，就派他所讨厌的大臣高克带兵去防御狄人。这原本就是一个无所事事的差事，郑文公也不打算招回高克，就这样，最终军队溃散，高克无可奈何，只好逃到陈国。《清人》就脱胎于这个故事，这里所说的"郑人"无疑是春秋笔法，实指郑文公。

　　郑文公为了除掉一个大臣，竟然做出了这样一个"借刀杀人"的计谋，其中有何缘由呢？又据《毛诗序》："《清人》，刺文公也。高克好利而不顾其君，文公恶而欲远之……文公退之不以道，危国亡师之本，故作是诗也。"郑文公心里厌恶高克，却没有好的罪名加之头上，便出此下策，欲借狄人之手除掉自己不喜欢的人，为此不惜拿士兵的性命陪葬。无论高克本人究竟如何，身为君王的郑文公此举的确有失帝王风范。

　　这首诗先写人，次写马，再写武器。人是虚写，重点却在马和武器上。换言之，在这场浩大的战争中，少有人的动作，整个焦点落在了马和兵器上。"驷介旁旁""驷介麃麃""驷介陶陶"传神地描绘出战马在沙场上高昂的气势；"二矛重英，河上乎翱翔"，把河上战争两军兵刃相接的冲突场面写得甚是激烈壮观。这是以场面来写人，所有的场面描写都是为了衬托主帅。

末章描写在接敌过程中，战车的左右各站一人，对付远距离敌人就用弓箭，对付近旁的敌人就用矛戟。战车左转的时候，车右的战士可活动的空间变大，从而有条件从右侧攻击，同时又保护了左侧的御者，反之亦可。在这种"左旋右抽"的车战中，诗中提及中军主帅时用了"作好"两个字来形容，凸显了主帅的斗志昂扬和武艺高强。

由此可见，高克所率领的军队作战有法，称得上精锐之师，郑文公却打算将其放逐于战场不管，其讽刺的意味不言而喻。从诗的章法上说，三个章节的结构和用词都只是稍有变化，只有末章与前两章稍有不同。作者采用反复咏叹的手法，以加强读者对高克这支精锐部队的印象，讽刺之味尽在其中。

在春秋时期，老百姓将诸侯争霸引发的战争称为"不义之战"，足见其痛恨之情，而人们对举国上下齐心协力、抗击外敌的战争，总是赋以"正义"之名，给予歌颂。劳动人民的心中总是有一杆衡量善与恶的天平，当历史或现实扰乱了他们心中对正义的理想时，诗便成为了他们控诉的武器，不对历史人物做评价，只将深深的讽刺纳入其中，却得到难以估量的价值。《清人》从另一个角度诠释了讽刺的高妙境界：对诗的本身不着一字，不动声色地给讽刺对象以辛辣的嘲讽。

◎ 羔裘 ◎

羔裘如濡①，洵直且侯②。彼其之子，舍命不渝③。
羔裘豹饰④，孔武有力。彼其之子，邦之司直⑤。
羔裘晏兮⑥，三英粲兮⑦。彼其之子，邦之彦兮⑧。

【注释】

①羔裘：羔羊皮袄，古大夫的朝服。濡（rú）：柔软而有光泽。②洵：诚然，的确。侯：美。③渝：改变。④豹饰：用豹皮装饰皮袄的袖口。⑤司直：负责劝谏君主过失的官吏。⑥晏：鲜盛之貌。⑦三英：装饰袖口的三道豹皮镶边。⑧彦：才德出众之人。

【赏析】

在爱情诗占大部分篇章的《郑风》里，《羔裘》却是一首与众不同的讽刺诗。这样一首诗的出现，无疑对后世的人认识当时当地社会官民的生活状况，提供了考证的依据。

关于讽刺诗，一般认为《诗经》中凡提及"彼其之子"的诗，都是讽刺诗，如《王风·扬之水》《魏风·汾沮洳》《唐风·椒聊》《曹风·候人》等，《郑风·羔裘》也不例外。

虽然朱熹曾经提出过"美其大夫之辞"的观点，认为这首诗的主旨是赞扬郑国名臣子皮、子产，但由于《诗经》中时代最晚的诗来源于陈灵公时代，而子皮、子产等人生活的时代比陈灵公要晚五六十年，所以今人大都摈弃朱熹的观点，而从讽刺诗的角度去解读这短短的三章。

作者以衣喻人，"羔裘如濡"，以羊羔皮制作的朝服比喻穿朝服的官员的品德和才能，联想的路径相当自然。因为穿衣如人，从衣着联想到人品，再自然不过了。事实上，如果直接形容人的品质、德行，很难说得生动、形象。因此诗人用看得见的衣服，来比喻看不见的抽象品行，十分高明。比如，"羔裘豹饰，孔武有力"，从皮袍袖口上的装饰的豹皮，可以联想到穿此衣服之人既威武又有力，不用做过多的描述，简单的一个比喻，就能将要表达的意思生动展现出来。

整首诗的讽刺暗藏不露，由衣服联想到人可谓形象自然，但作为一首讽刺诗来说，似乎过于含蓄了。

那么，讽刺一说又从何而来呢？羔裘不仅仅是简单的蔽体保暖的衣服，而是古代官员上朝时穿的官服。《诗经》中有不少通过"羔裘"来刻画官员形象的诗,如《召南·羔羊》《唐风·羔裘》《桧风·羔裘》等,角度和立意都有所不同。就这首诗而言,作者在诗中描写羊皮袍子的皮毛质地和袍子上的豹皮装饰,目的是揭示其中的寓意:衣服只是衬托出穿衣人的英武气节,并非炫耀虚荣。在诗人笔下,这位品格美好的官员称得上是国家的贤良,但是,读诗的人如果联系当时郑国的社会现实,就会看出其中的不协调感。官员们穿着如此华丽的衣服干什么呢?这就引起了人们心中的疑问,从中可见当时郑国官场的风气。这样一来,讽刺的意义便彰显出来了。

◎ 有女同车 ◎

有女同车,颜如舜华①。将翱将翔,佩玉琼琚②。彼美孟姜③,洵美且都④。

有女同行,颜如舜英。将翱将翔,佩玉将将⑤。彼美孟姜,德音不忘⑥。

【注释】

①舜华:植物名,即木槿花。华:同"花"。②琼琚:美玉。③孟姜:《毛传》:"齐之长女。"排行最大的称孟,姜则是齐国的国姓。后世孟姜也用作美女的通称。④洵:确实。都:娴雅。⑤将将:即"锵锵",玉石相互碰击摩擦发出的声音。⑥德音:美好的品德声誉。

【赏析】

"我与这位女子同车而行,她的容颜好似绽放的木槿,再配上腰间的环佩叮当,仿佛鸟儿要飞翔。美丽而端庄的人儿,你就是孟姜。

"我与这位女子同车而行,她容颜好似绽放的木槿,再配上腰间的环佩叮当，仿佛鸟儿要飞翔。品德高尚的人儿，你就是孟姜。"

诗人毫不避讳对美人"孟姜"的赞美，若非是绝代风华，也难有如此的歌咏。史书记载："次女文姜，生得秋水为神，芙蓉如面，比花花解语，比玉玉生香，真乃绝世佳人，古今国色。兼且通今博古，出口成文，因此号为文姜。"如此美人，如是诗篇引出了其后一段不能不说的故事。

齐僖公得了一个出水芙蓉般的女儿自然是宠爱有加，早早就开始为其选择佳婿。选来选去，相中了郑国的太子忽。这个小伙子不仅相貌俊朗，为人也很正直，且身为一国的储君，如此门当户对、郎才女貌，每日对着文姜不停地夸赞未来女婿。文姜彼时正是少女怀春的年纪，心里也对这场婚姻暗生期待。可就在民间对这场婚姻充满期待的当口，太子忽却提出了退婚，理由是"齐大非偶"，讲得通俗一些，就是说自己的地位卑微，不敢高攀像齐国这样的大国。情窦初开的文姜听闻此言，当即就晕倒过去，从此一病不起。

文姜有个同父异母的兄长，名叫诸儿，他听闻此事之后，便常来探望，渐渐与其暗生情愫。"诸儿时时闯入闺中，挨坐床头，遍体抚摩，指问疾苦，但耳目之际，仅不及乱。"齐僖公闻之传言，心中大惊，在诸儿加冠之后，匆匆为其娶了宋女为妃。文姜再受打击，心生绝望。恰逢太子忽率领郑国的军队，帮助齐国打败了入侵的北戎部落，齐僖公重提婚事，仍是拒绝，史书记载，太子忽是这样拒绝的：以前没有帮齐国忙的时候，我都不敢娶齐侯的女儿。今天奉了父王之命来解救齐国之难，娶了妻子回去，这不是用郑国的军队换取自己的婚姻吗？郑国百姓会怎么说我！

《毛诗序》却不以为然："太子忽尝有功于齐，齐侯请妻之；齐女贤而不娶，卒以无大国之助，至于见逐，故国人刺之。"依《毛诗序》的观点，"有女"之女与"彼美"之女应是两个人。各种理由实在难以圈点，无论人物到底是谁，诗中以男子的语气赞美女子的美丽，这一点是毫无争论的。诗人从容颜、行动、穿戴以及内在等方面进行描写，同《诗经》中写平民的恋爱采用了完全不同的手法。

值得一提的是,《有女同车》对于美女摹形传神的描写,对后世影响很大,清姚际恒《诗经通论》指出宋玉《神女赋》"婉若游龙乘云翔"、曹植《洛神赋》"翩若惊鸿""若将飞而未翔"等句,皆发源于此。

◎ 风雨 ◎

风雨凄凄,鸡鸣喈喈①。既见君子,云胡不夷②?
风雨潇潇,鸡鸣胶胶。既见君子,云胡不瘳③?
风雨如晦④,鸡鸣不已。既见君子,云胡不喜?

【注释】

①喈(jiē)喈:鸡鸣声。②胡:何。夷:同"怡",悦。③瘳(chōu):病愈,此处是指愁思满怀的心病消除。④晦:昏暗。

【赏析】

《风雨》一诗单从题目上来看,没有一点与人相关的信息。风和雨是常见的自然气象,所以很难从题目上掌握到什么重要信息。《毛诗序》曰:"《风雨》,思君子也。乱世则思君子不改其度焉。"《毛诗序》认为这是一首女子思君之作,风雨则暗示着风雨飘远的山河。郑笺又对《毛诗》的观点加以引申曰:"兴者,喻君子虽居乱世,不变改其节度。鸡不为如晦而止不鸣。"也是说君子身居乱世却不改气节风度,大致意思与《毛诗序》所述一致。

《风雨》一诗的情境是:在一个风雨大作、天色阴沉的日子里,女主人公一人在家,孤单害怕,再加上外面的雄鸡一直叫个不停,于是增加了她对远在他乡的丈夫的思念,哪曾想说曹操曹操到,丈夫就在这时回来了,女子很开心,满脸洋溢着幸福的喜悦。

"风雨凄凄,鸡鸣喈喈。"从这一句不难看出,此诗开头就以风雨和鸡鸣起兴。外面电闪雷鸣，北风呼呼地刮，雨点滴滴答答地打在窗棂上，组成一首不规则的乐曲，雄鸡不知是被雷声吓到还是怎么回事，不停地鸣叫着。常言道"一切景语皆情语"，作者不会平白无故地浪费笔墨描写景物，这些景物的背后其实都暗藏着一种思想感情，此处的"风雨""鸡鸣"无不渲染了一种灰色阴暗的气氛，给人一种压抑的感觉。

"既见君子，云胡不夷？"每到这样的天气她便最想念丈夫，想着想着眼前一个熟悉的身影，简直做梦一般，心上人奇迹般出现在女子的眼前，也不知这女子是吓到了还是太惊喜，久久没有说出话来。

"风雨潇潇，鸡鸣胶胶。既见君子，云胡不瘳？"这一段无论是在句式上还是句子上都是对上一段的复沓，只在个别字上有所改动。风雨潇潇，缠缠绵绵地交织在一起，没有丝毫要停的意思，雄鸡也跟着凑热闹，叫唤的声音越来越大，混着外面的风雨声，嘈杂至极。此时的我身边没有一个人，多么的悲凉，可怕的寂寞让她更加怀念自己的丈夫，可是谁能想到就在这会儿丈夫忽然到家了，刹那间一切都烟消云散了，所有的烦恼忧愁都化为乌有，简直就像去了一大块心病一样轻松自在。"风雨如晦，鸡鸣不已。既见君子，云胡不喜？"这是全诗最后一章，与前两章大同小异，只是在思想感情上有所加深。大雨倾盆前总是有很多前兆，先是一朵朵黑压压的云朵布满整个天空，里面不知装了多少雨滴，空气很稀薄让人喘不上来气，而后便是丝丝凉风。这就宣告着大雨马上来临，雄鸡在外面叫个不停，在女子万念俱灰之际，丈夫回来了，她高兴得简直没有任何词语能形容。

全诗共三章，章章复沓，反复吟咏，一唱三叹使全诗具有丰富的艺术韵味。细细品味，文章刚一开始通过狂风暴雨和让人心烦的鸡叫声渲染了一种风雨交加、夜不能寐、阴暗、悲凉的气氛，但到三四句突然笔锋一转，喜上眉梢。这正是作者的高明之处，作者利用哀景衬乐情，更加突出女子见到丈夫时那种雨过天晴的喜悦。明末清初著名思想家王夫之曾说："以乐景写哀，以哀景写乐，一倍增其哀乐。"这种反衬的手法更加深和突出了喜悦的内容，而前者的悲仅仅是陪衬而已。

全诗多次出现叠词，如"凄凄""喈喈""潇潇""胶胶"这些叠字、双声、叠韵词语的使用，加强了语言的形象性和音乐性，渲染了风雨萧瑟的气氛，同时深化女子对男子思念的主题，更加深了细腻真挚的情感。此外，全诗层层递进，"云胡不夷""云胡不瘳""云胡不喜"中的"夷""瘳""喜"三个字，真切地表现出女子见到丈夫后的心理过程。从首先震惊般的平静到后来像去了一块心病一样轻松自在，到最后喜不自胜喜出望外，可以看出女子内心活动的发展变化，一切进行得顺理成章而又浑然天成。《风雨》一诗无论从遣词造句还是句式章法上看，都不失为一篇上等的佳作。

◎子衿◎

青青子衿①，悠悠我心。纵我不往，子宁不嗣音②？
青青子佩③，悠悠我思。纵我不往，子宁不来？
挑兮达兮④，在城阙兮⑤。一日不见，如三月兮。

【注释】

①衿：襟，衣领。②嗣音：传音信。③佩：这里指系佩玉的绶带。④挑、达：走来走去的样子。⑤城阙：城门两边的观楼。

【赏析】

"青青子衿，悠悠我心，但为君故，沉吟至今。"曹操的这首《短歌行》的前两句便是从《子衿》中得到的灵感，不过曹操雄才大略，"新瓶盛陈酒"改了主旨，换了意境，借"子衿"抒发自己渴求贤人的心情。而《子衿》谱写的则是一曲热恋中的姑娘对情人的思念和等候情人来相会的恋歌。

"青青子衿，悠悠我心。"读起来朗朗上口，美丽动人。"子衿"的意思是"你的衣领",最早指女子对心上人的爱称,后来指对知识分子、文人贤士的雅称。这句话的意思是说,难以忘记的是你那青色的衣领,那样整洁干净,它牵动着我悠悠的心,自从上次别离虽已有许久,你的样子和衣着我还依稀记得。

"纵我不往,子宁不嗣音?"从第一章可以看出,不知什么原因让两人失去了联系,女子对这个不来看望她的男子满腹抱怨。而她没有去看他,却是出于女子的矜持和羞怯,在女子自己看来是情有可原的。

"青青子佩,悠悠我思。纵我不往,子宁不来?"忘不了那青色的佩带,现在不知它是否还紧贴在你的身旁。上次离开这儿的时候,佩带还是那样的整洁干净。即使我没有去看你,你怎么就不知主动来看我?女人是口是心非的,嘴上不说,心里却是刻骨的想念。

这一章大致是对上章的重复,以反复递进、层层深入的写法,将长相思之苦,提升到至极。从上段的"子衿"和本段的"子佩"都可以看出女子的心上人是个有身份有地位的年轻人,纵不是官宦子弟,也绝不是普通的百姓人家。

"挑兮达兮,在城阙兮。一日不见,如三月兮。"想你的心情抑制不住,你不来,我又不能过去找你,我就每天登上高高的城楼向远方眺望,希望能看见你的身影。一天见不到你的身影,就如同隔了三个月那么长。这一段寥寥几笔就生动形象地刻画出了女主人公焦急难耐的心情。她等不了男子来看她,那对于她来说简直是无尽的煎熬,于是她吃力地爬上城门两边的观楼,不时地向远处眺望。结尾的一句"一日不见,如三月兮"更是成了男女之间表达相思之情的千古绝唱。

此诗章法之妙历来被学者称颂。全诗只有三章,每章四句,每句四言,区区四十九字便将女子的思念之情刻画得淋漓尽致。这全依赖于作者对心理描写的挖掘。

从全诗来看,从开篇对心上人衣服的描写到埋怨男子没来看她,都是主人公一系列心理活动的表现,第三章的"挑兮达兮,在城阙兮"更是表现了女子焦灼的心情。结尾一处的"一日不见，如三月兮"运用了夸张的修辞手法，形象而生动地突出了女子对心上人的思念之情。此后心理描写在文学作品中占了很大一部分比重。

在《王风·采葛》中也有类似的语句"彼采葛兮，一日不见，如三月兮。彼采萧兮，一日不见，如三秋兮。彼采艾兮，一日不见，如三岁兮。""一日不见，如隔三秋"从此以后便成了表达思念的妙语，虽有夸张，但唯美动人，千百年来为人们所传唱不衰。

◎扬之水◎

扬之水①，不流束楚。终鲜兄弟②，维予与女。无信人之言，人实迋女③。

扬之水，不流束薪。终鲜兄弟，维予二人。无信人之言，人实不信④。

【注释】

①扬：激扬。②鲜（xiǎn）：缺少。③迋："诳"之借用，欺骗。④信：诚信、可靠。

【赏析】

《扬之水》其主旨至今没有明确定论，据《毛诗序》所说，是"闵无臣也"。朱熹认为是"淫者相谓"（《诗集传》）。而当代著名学者闻一多先生认为此诗是"将与妻别，临行劝勉之词"。闻一多先生精通古代文化，对很多诗词歌赋都有独到而精准的见解，他能切入表象看本质，尽管没有证据，也无法证明其观点正确与否，但这个解释读起来至少就不像《毛诗序》那样枯燥，又不像《诗集传》那样古板，他看到了诗里所诉之事跟爱情有关，这才是至关重要的。

"扬之水，不流束楚。"开篇以水起兴，小河沟的水再湍急啊，也冲不走成捆的柴火。纵使水流的速度再快，河水面积并不宽，对水边的柴火也不构成危害。

"终鲜兄弟，维予与女。"我孤苦伶仃一个人，娘家没有什么兄弟姐妹给我撑腰，就算是遇到了什么问题和麻烦，也没有人帮我出谋划策，甚至没有一丝一毫的安慰。这一句表现了女主人公无依无靠的处境，读起来让人怜惜不已。

"无信人之言，人实迋女。"我们在一起生活这么久了，我是什么样的人你最清楚，你可千万不要轻信了别人的鬼话。他们不知是什么目的，是包藏祸心还是要拆散你我，我都不清楚。总之，这些流言根本没有根据，简直就是歪曲事实，你千万不要断章取义上了贼人的当。

《诗经》这部伟大的诗歌总集，它凝聚了我国古代先民的智慧。除了"赋""比""兴"典型的写作手法之外，还有隐语和象征的手法。《诗经》中很多花鸟虫鱼都有其象征意义。比如"鸟"象征着爱情的坚贞和纯洁美好的感情。本诗当中也有隐语的出现，"楚"和"薪"直译都是柴火、木条之义，而实际上却与"婚爱"有关。

"扬之水，不流束薪。终鲜兄弟，维予二人。无信人之言，人实不信。"这一段几乎是对上一段的重复复沓，只把"楚"改成了"薪"，但实际上两字所表达的意思一致，只是为了使形式上看起来更美。奔流而下的流水啊，纵使你再疾再快，也冲不走那河边成捆的柴火。我从小就缺少兄弟姐妹的关怀，一直到现在也是这样，有了什么困难都是我自己解决，没有亲人帮我出谋划策，更没有兄弟姐妹为我抛头露面。外面传的流言蜚语我也只能自己承担，纵使别人再怎么说我，你也要相信我，因为我只有你这么一个亲人。脚正不怕鞋歪，我一生光明磊落，可以视流言于不顾，只是希望你不要被坏人蒙蔽，千万不要听信谗言。

两章内容基本相同，是以一个女子或妻子的口吻，对远方男子倾诉，语言朴实，接近口语。读者可以真真切切体会到那种平民百姓的质朴和诚实。两章反复吟诵，用重复强调的手法，更真切地突出女子诚实善良的本质和对丈夫深深的依赖和眷恋。

在诗词句式上，这首诗还采用了参差不齐的句式结构，三言、四言、五言混用，好像是妻子害怕丈夫误会她，焦急又不假思索地解释，语言似乎没有来得及理顺和整理，就心急如焚地说了出来。近乎口语的表达方式却带有一种音乐美的韵味，具有很强的感染力。

不论是纸婚还是金婚，维系婚姻之间最重要的因素就是信任。信任是一根纽带，始终牵着两个人的心。《扬之水》中的男子可能在远方征战，也有可能戍守边疆，甚至还有可能在外经商。然而不管多远，只要他们俩彼此信任，将那些空穴来风的流言蜚语当作微乎其微的尘土，两人之间遥远的便仅仅是距离，而不是心。

◎出其东门◎

出其东门①，有女如云②。虽则如云，匪我思存③。缟衣綦巾④，聊乐我员⑤。

出其闉阇⑥，有女如荼⑦。虽则如荼，匪我思且⑧。缟衣茹藘⑨，聊可与娱。

【注释】

①东门：城东门。②如云：形容众多。③匪：非。思存：想念。④缟（gǎo）：白色。綦（qí）巾：暗绿色头巾。⑤员：同"云"，语气助词。⑥闉阇（yīn dūn）：外城门。⑦荼（tú）：茅花，白色。茅花开时一片皆白，此亦形容女子众多。⑧且（jū）：语气助词。⑨茹藘（lǘ）：茜草，其根可制作绛红色染料。

【赏析】

"唯一"在字典里的解释为"独一无二"，看似简单，但在爱情中要做到却难。《红楼梦》第九十一回中宝玉说过："任凭弱水三千，我只取一瓢饮。"后来这句话慢慢用来表现情侣间对爱忠贞的宣誓。《出其东门》将这个宣誓化成一首诗，表现了男子对意中人至死不渝的爱。

尽管古人认为这首诗的主旨是"闵乱"之作，即在郑国出现内乱时，国内兵荒马乱，一片人心惶惶，许多夫妻因为逃命或对爱的不忠贞纷纷离散。而这首诗是为了传达男主人公想保住他的妻儿老小而作。但从诗意来看，还是把这首诗划归恋人之间惺惺相惜的主题最为贴切。

"出其东门，有女如云。"不农耕的日子总是悠闲而自在的，漫步出了城东门，看到这边的美女如天上的云朵一样，时不时从身旁走过。"美女如云"就是从这来的。

"虽则如云，匪我思存。缟衣綦巾，聊乐我员。"虽然美女这么多，可是却没有能打动我心的人，因为在我的心里已经有了日日夜夜思念的人。只有那个穿着白裙子系着暗绿色头巾的女子才是我心之所倾，只有她才能让我怦然心动。

"出其闉闍，有女如荼。"这时候男子已经踱步至外城门，看见美女多得像山上的茅花一样，个个鲜艳夺目，香气袭人。无论是上文所提到的"如云"，还是本段的"如荼"，都是对美好的女子由衷的惊讶和赞叹。美丽的姑娘成群结队在街上闲走，像是一道道美丽的风景，勾起男主人公对心上人无尽的思念。

"虽则如荼，匪我思且。缟衣茹藘，聊可与娱。"虽然美女这么多，可是却没有能打动我心的人，因为在我的心里已经有了日日夜夜思念的人。只有那个穿着白裙子戴着鲜艳红色头巾的女子才是我心之所倾，只有她才能让我怦然心动。

全诗的意思很简单，而文字温雅灵动、气韵平和、通俗易懂，情思的清纯和恳挚丝丝进入人的心田。用"如云"和"如荼"形容美女数量之多，

"如云"意在说明美女体态轻盈,有"飞燕"之美。"如荼"形容女子灿烂如花,夺人眼目。两章回环复沓,反复强调。这些都是主人公之所见所感,然而却是为了突出主人公在如此多的美女之中,仍能毫不动心,表现出他对爱情的专一和对心爱女子的痴情。

此外,这首诗在结构上也很讲究,前半部分是正面描写,后半部分连用了两个"虽则……匪我……"的转折句,转折句就是为了强调和突出后半句的内容,男主人公坚定不移的神态和斩钉截铁的语气,表达着对那位"缟衣綦巾"的女子的情有独钟。一个女人能得到男人如此专一的爱,着实让人羡慕。

诗篇当中,男主人公对这个"缟衣綦巾"平凡女子坚定不移的爱让人钦佩。在那些盛装打扮、香气袭人的美女面前,主人公仍钟情于他的"缟衣綦巾",有了爱的支撑,再平凡也是独一无二,再朴素也是弥足珍贵。在那样一个男权和夫权至上的年代,一个男子能这么钟情、这么坚定、这么专一,实在难能可贵。

◎野有蔓草◎

野有蔓草①,零露漙兮②。有美一人,清扬婉兮③。邂逅相遇④,适我愿兮。

野有蔓草,零露瀼瀼⑤。有美一人,婉如清扬。邂逅相遇,与子偕臧⑥。

【注释】

①蔓:蔓延。②零:降落。漙(tuán):形容露水很多。③清扬:目以清明为美,扬亦明也,此处形容眉目漂亮传神。婉:美好。④邂逅:不期而遇。⑤瀼(ráng):形容露水很浓。⑥臧:善,好。

【赏析】

"邂逅"这一美妙的词语，出自于这篇《野有蔓草》。之后在《唐风·绸缪》中也有沿用："今夕何夕，见此邂逅。"直到《后汉书》的"邂逅发露，祸及知亲"都有体现。即使是在现代，这个古老而曼妙的词语仍被沿用着，因为"邂逅"始终是爱情中最美的时刻。

关于此诗的主旨，《毛诗序》认为"《野有蔓草》，思遇时也。君之泽不下流，民穷于兵革，男女失时，思不期而会焉。"这是《毛诗序》对其背景的研究，这对男女之间的爱情发生在那个战乱频繁的年代。《毛诗序》点评的一贯作风，便是将美好的事物打碎了呈现在人们眼前，给人一种缺陷美，让人心生惋惜。

而宋代的朱熹看到此诗时言道："男女相遇于田野草蔓之间，故赋其所在以起兴。"能看到朱老夫子这样客观而又坦然的评论实在难得。的确，这首诗浪漫唯美，于千万人之中，没有早一步，也没有晚一步，刚好遇上，万般美好始从邂逅开始。

"野有蔓草，零露漙兮。有美一人，清扬婉兮。"优美的诗句，可与《蒹葭》媲美。湛蓝的天空中飘着朵朵白云，时而团团如轮、时而飘飘如丝、时而绵绵如雪，清晨的露珠依在嫩绿的叶子上，阳光打在上面折射出七彩光芒。有位倾国倾城的佳人，她长相秀丽清纯，最迷人的是那双水汪汪的大眼睛，平生万种情思悉存眼底。

从第一章的"清扬婉兮"和第二章的"婉如清扬"中可以看出，这个女子满眼柔情、清纯透彻、眉目流转传情。曼妙的女子让诗中的男主人公一见倾心。"邂逅相遇，适我愿兮。"世界上最美丽的时刻便是不期而遇之时。两颗惺惺相惜的心，碰撞出了火花。这两句将全诗推向了高潮，如此貌美如花的女子在这样一个草长莺飞的季节里与诗中的男主人公不期而遇，这是缘分，更是上天注定。诗的第一章将人笼罩在一种浪漫唯美的世界里。

第二章与第一章的句式以及内容基本一致，形成了一种回环往复的复沓美。"野有蔓草，零露瀼瀼。"同样的方法，以景衬情。放眼望去野草遍地，由远及近，颜色由深及浅，阵阵微风吹来那些柔软的野草像波浪一样一层一层涌向远方。"有美一人，婉如清扬。"有位俏美人，清纯安静，她就像一条清澈的小河缓缓地、清凉地穿过人的心扉，刹那间让人眼前一亮。"邂逅相遇，与子偕臧。"席慕容曾说，一次邂逅是五百年前在佛前祷告才修来的缘分，今日他们的相遇必定都是前世的盼望。男主人公似乎难以抑制这份惊喜和兴奋，对这份突如其来的"恩赐"，他显得手足无措，只希望眼前的可人儿与他一同分享这份快乐和欣喜。

闻一多先生对《野有蔓草》的研究可谓是独到精辟，他对《野有蔓草》这首诗的理解是："你可以想象到了深夜，露珠渐渐缀满了草地，草是初春的嫩芽，摸上去，满是清新的凉意。"闻一多先生的描绘极具诗情画意，他把整首诗的时间推到了夜间，真可谓是另辟蹊径，独有一番韵味。

这是一首委婉悠扬的抒情曲，先以"野草露珠"写景起兴，再对人物进行细致入微的肖像描写，最后抒情深入主题，一步一步由浅到深，衔接恰当，水到渠成。全诗共两章，每章六句，每句四言，其中夺人眼目的是诗中风光旖旎的大自然与人物的情感合二为一。诗以山野郊外作为背景，象征着一种对自由的向往，草肥露浓更意在描写情感的笃厚，达到了情景交融，浑然一体的完美境界。很多学者一直在斟酌此诗所述之事是否真实，但不论是作者的主观臆想，还是在那岁月静好的年代确有此事，这首诗都不失为一种明亮而澄澈的光芒，静静地照耀在古老而神秘的华夏沃土上。

齐 风

◎鸡鸣◎

鸡既鸣矣,朝既盈矣①。匪鸡则鸣②,苍蝇之声。
东方明矣,朝既昌矣③。匪东方则明,月出之光。
虫飞薨薨④,甘与子同梦。会且归矣⑤,无庶予子憎⑥。

【注释】

①朝、盈:上朝堂的官员已满。②匪:不是。③昌:盛,意味人多。④薨(hōng)薨:飞虫的振翅声。⑤会:会朝,上朝。⑥无庶予子憎:庶几予子憎,庶几没有因我恨你。

【赏析】

全诗共三章,每章四句,四言、五言掺杂而叙之,句式相互交错,有对话意味,有散文化的倾向。"鸡既鸣矣,朝既盈矣。匪鸡则鸣,苍蝇之声。"天色已亮,公鸡喔喔地叫唤,太阳也慢慢地爬上了山头。缕缕阳光投射到整间屋子里面,娇羞的女子推着身旁的男子告诉他外面天色已亮,公鸡已经开始报晓。群臣早朝人都到了。那男子睁开惺忪的眼睛向外看了一眼推脱道,那不是鸡鸣,是苍蝇嗡嗡地叫。

"东方明矣,朝既昌矣。"东方已经泛起了鱼肚似的白色,照亮整个屋子。群臣全都上朝堂。这一章无非也是对上一章内容的重复,然而换了描写的对象,不拘泥于一个对象。使全诗看起来形式多变,新颖活泼。"匪东方则明,月出之光。"面对女子的催促,那男子又使出了同样的招数,答道，那不是东方的光亮，明明是月亮放出的皎洁之光，天色还早呢，再休息一会儿吧。丈夫懒散地推脱，故意把天明说成是月光，惹人发笑，把这一片段理解成夫妻之间的缱绻生活，实在再贴切不过了。

"虫飞薨薨，甘与子同梦。会且归矣，无庶予子憎。"诗中的女主人公实在叫不醒那懒惰的男子，这时虫子从窗外飞来嗡嗡作响，男子借题发挥说道，虫子嗡嗡作响，咱们俩再睡一会儿吧。妻子无奈之下，只好说，你快起来吧，大家都各自忙开来了，你我在这磨蹭岂不是让人笑话和憎恶？丈夫贪恋衾被不起，妻子一番催促也是无可奈何。诗中语言朴素质朴，通俗而不庸俗，文中所述之事其实在日常生活中再常见不过，所以这正是真性情的流露，耐人寻味。

全诗独到之处还在于韵脚上的诸多技巧，全诗前两章都严格按照押韵进行，首章前两句都压"矣"字韵。后两句中的"鸣"与"声"紧紧压住韵脚。第二章与第一章的押韵状况是一致的，前两句同样压"矣"韵，后两句压的是同韵脚的"明"与"光"。而到了第三段一、二、四句同压一韵，唯留第三句，这有可能是语音在流传的过程中逐渐演变和发展，现代的读音与古代不一致，在古代应该是押韵的。

《毛诗序》认为这是一首表达"思贤妃"的诗歌，这一观点在古代一直影响深远，后世学者如宋代朱熹、清代方玉润都承袭此说，分别提出"赞美贤妃说"和"贤妇警夫早朝"说。然而这些解说都按着同一线路发展，未免给人一种牵强附会之感。直到现代著名学者钱钟书在其著作《管锥编》中提及的观点，才给人带来一种耳目一新的感觉，他认为《鸡鸣》是"作男女对答之词"，这一评价很客观，把范围划得很宽泛，让人欣然接受。

可以说，这部诗歌从头到尾都洋溢着一种浪漫。试想一下，一对平凡的夫妻每天过着按部就班的生活，时间一长就渐渐缺少了情趣，然而从这首诗当中不难看出"情调"二字。妻子叫丈夫起床时，丈夫非但没有埋怨和生气，而且幽默地打趣，这样的夫妻生活难道不是有滋有味的吗？婚姻是一本偌大而漫长的书，若没有情趣陪伴，再勤奋的人读的时间长了也会疲惫，所以要善于从生活中找到情趣，这样才能保持婚姻生活的新鲜。

◎ 还 ◎

子之还兮^①，遭我乎峱之间兮^②。并驱从两肩兮^③，揖我谓我儇兮^④。

子之茂兮^⑤，遭我乎峱之道兮。并驱从两牡兮^⑥，揖我谓我好兮。

子之昌兮^⑦，遭我乎峱之阳兮。并驱从两狼兮，揖我谓我臧兮^⑧。

【注释】

①还：轻捷之貌。②峱（náo）：齐国山名，在今山东淄博。③肩：三岁的兽。④儇（xuān）：轻快便捷。⑤茂：美，此处指善猎。⑥牡：公兽。⑦昌：指强有力。⑧臧：善，好。

【赏析】

《还》是一首关于两个初次见面的猎人协同打猎的山歌，短短数句，男人的直率、火热、友善、矫健，跃然于纸上。

这是一首叙事诗，猎人用简练的笔墨诉说了事情的来龙去脉，清楚而又生动。他外出打猎时遇上一个很出色的同行，两个人相互看重，并驱而行，协同猎取了两头狼，最后都为对方的能力所深深折服，相赞而归。回到家中，他激切地向家人夸耀那个猎人，开头就是赞扬"子之还兮"，表现出了其直率、风风火火。当然，在夸奖别人的同时，他也借别人的口吻夸耀了自己，"揖我谓我儇兮"，说对方作揖告别时夸赞自己能力超群，表现出了他的自信和可爱。

另一种说法是"子之还兮"为当面赞颂之词。作者去猎山打猎，偶遇一位壮实的猎人，外表不凡，动作敏捷娴熟，强壮有力，真诚而又直接的作者心生喜欢，脱口赞扬。而后，他们并力捕兽，收获颇丰，最终告别之际，或是二人又相互赞扬一番，或是对方为了回应当初的夸赞，作揖寒暄而归，表现出浓浓的人情味，反映出当时人际关系的融洽、无隔阂。

两种情景，大致相似，都生动传神地描绘出一种直率和火热，把读者带到了那个质朴而又纯真的狩猎时代：男人们并力向前，初次见面就能性命相托；男子的阳刚和强壮成为最有力的性征诠释，以力为美，反映出健康而又明确的审美标准；人们的心底直率坦诚，没想过以全部功劳自居，不会因为分功不均而反目成仇，崇尚分享合作后的劳动成果；对自己认为的美好，对自己崇尚、敬佩的人事，毫无顾忌，毫不隐瞒，大声喊出心底的赞扬。随着这首简单的诗歌，当时生机勃勃、和睦太平的社会风俗，得以慢慢地浮现在我们面前。

这种美好，不仅在于作者所建构建的情境，也流淌于诗作的字里行间。"子"是对那位同行的敬称。"遭"字表明他们并非事先约定，只是邂逅相遇。首句开篇赞誉，突兀有力，更显真诚，真实表达了诗人由衷的仰慕之情。次句点明他们相遇的地点，第三句说他们共同合作，奋力追杀两只公狼。最后一句是猎后合作者对诗人的称誉："揖我谓我儇（好、臧）兮。"诗人以"揖我"这一示敬的动作联系首句，表现两位壮士的情投意合、心意一致，这使得诗篇在结果上、情感上共同达到了圆满、欣喜的境地。

第三句中，诗人只是俭省地交代过程"并驱从两肩（牡、狼）兮"，而没有具体说出逐猎的结果，但是从他兴奋的叙述中，读者完全可以读出他们的成功。这样的写法颇有好处：只需说出目标，不强调结果，因为成功是必然的，无须多言，充分体现出作者的自信；进一步俭省笔墨，使诗歌简练不拖沓，着笔于主干，忽视次要细节的描写，敲碎故事情节的连贯性，使得叙事更有跳跃感，更能调动读者的阅读情绪，体味作者当时的心绪，产生身临其境之感；以动感的追逐过程代替静态的结果，使得诗歌充满动感，符合猎人风风火火的性格和旺盛的生命激情。这一细节的处理，是高度自信和巧妙艺术手法的结合，充分体现了作者的性格特征。

  诗作运用"赋"的手法，章节间回环复沓，仅易数字，相互补充，在简短的章节中极尽铺陈，以诉说的口吻，把作者所要表达的喜悦之情推向了高潮。方玉润《诗经原始》评论说："'子之还兮'，己誉人也；'谓我儇兮'，人誉己也；'并驱'，则人已皆与有能也。寥寥数语，自具分合变化之妙。猎固便捷，诗亦轻利，神乎技矣。"充分说明了其粗豪风格下的细腻质地，实为《诗经》中的佳作。

◎ 著 ◎

  俟我于著乎而①，充耳以素乎而②，尚之以琼华乎而③。
  俟我于庭乎而，充耳以青乎而，尚之以琼莹乎而。
  俟我于堂乎而，充耳以黄乎而，尚之以琼英乎而。

【注释】

  ①著：古代富贵人家正门内有屏风，正门与屏风之间叫著。乎而：语尾助词。②充耳：饰物，悬在冠之两侧。③尚：加上。琼：赤玉。华：与后文的"莹""英"一样，均形容玉的光彩，因协韵而换字。

【赏析】

  《著》是一首关于嫁娶方面的诗。该诗描绘了一个妇人回忆自己当年嫁入丈夫家时的场景。全诗共三章九个句子，写的都是新娘的眼中所见。诗人的描写非常的细致入微，从刚刚进入大门，到走到厅堂，非常富有层次感和画面感，体现出新娘对婚礼习俗的每一个细节都十分重视，一点一点，一步一步，观察得很仔细。

此诗虽然风格独特，但《诗经》中的《还》就与此诗风格相近。两首诗都是采用"赋"的手法，语句上六、七言相互交错，并且句与句之间十分押韵。二者不同的是：《还》的每一句是以"兮"字收尾，而本诗是以"乎而"两个字的双语气词收尾，在情感表达上，让人觉得更有韵味，新婚夫妻之间那种柔情蜜意的气息借着这两个语气词娓娓萦绕在耳畔，与全诗所营造的甜蜜气氛非常贴合。

这首诗还有一个闪光之处，全诗九句话没有一句描绘新娘所要叙述之人。这种手法十分独特，惟妙惟肖地表现出了新娘在嫁入丈夫家时，喜悦、兴奋，又带一点紧张的心理活动。

当诗写到新娘踏进婆家大门那一刻时，新娘面对热闹的场面、起哄的人群漠不关心，对一拥而上想一睹她芳容的左邻右舍视而不见。因为此时，在新娘的眼中只有屏风后面，正在等待她到来的夫婿。"俟我于著乎而""俟我于庭乎而""俟我于堂乎而"，这三个句子是新娘在自述新郎在等待她的到来，可是新娘因为羞涩，欲言又止，始终不肯说出那个"他"，从这儿很形象地表现出了少女初嫁的情怀。不过，虽然新娘没有点出那个"他"，可是从"俟我"之中，仍能体味出这对小夫妻之间的绵绵情意和幸福。

接下来的两句更为巧妙，新娘走到了新郎身边，这时她本可以睁大眼睛，全神贯注地把新郎官瞧个仔细，可是此刻周围都是宾客，众目睽睽之下她怎么好意思抬起头仔细地观察呢？新娘羞涩地低着头，稍稍抬起眼角，瞟了一眼新郎，可是没看清，只看到了夫婿戴在头上的充耳和上面发光的玉，所以新娘就借着这两样事物想象新郎的模样和人品，用充耳来形容新郎的容貌，用玉的精美光泽来形容新郎的道德水平。这种不写正面，侧面烘托的方法，放在一对新婚宴尔的身上，以及这种特殊时刻的特殊环境中，让人觉得非常有趣、回味无穷，像是一个精心编排过的情景小品，给人以丰富的联想，过目难忘。

《著》这首诗，还向今人展现了当年贵族子弟结婚的场景。如果想要了解几千年前的婚俗，还要参考一些古籍，像《仪礼·士昏礼》中就有记载：男方迎娶女方过门，等到新娘登上"婚车"之后，新郎要先亲自驾驶"婚车"，等到车轮子转满三圈之后，新郎才能将车交由车夫驾驶。这时，新郎也不能闲着，他要赶紧搭乘另一辆车，赶到自己家门口等候，等到新娘的婚车来了，新郎才可以按照当地的婚俗将新娘引入洞房。

本诗把一个古老婚礼写得非常有趣，惟妙惟肖。它从一个婚礼主角的角度出发，向我们重现了几千年前的婚礼场面，使读者没有了时间的跨度感，仿佛自己此刻已经置身于婚礼现场一般。

◎ 东方之日 ◎

东方之日兮，彼姝者子①，在我室兮。在我室兮，履我即兮②。

东方之月兮，彼姝者子，在我闼兮③。在我闼兮，履我发兮④。

【注释】

①姝：貌美。②履：蹑，放轻脚步。即：相就，接近。③闼：内门。④发：走去，指蹑步相随。

【赏析】

没有呆板礼教束缚的齐国，民风开放，在这里人们可以直接追求自己的幸福，即使是女子也可以主动追求心仪的男子，《东方之日》就是这样一首诗。在上古时代，社会风气并不拘谨，男女交往十分开通。齐女对爱情的执着正如"拼将一生休，尽君一日欢"，这种为爱奋不顾身的精神，感染了后世很多的人。

这首诗描写了一个和男子热恋的齐国女子，主动来到了男子的家中，整日与他亲热，两人形影不离，恩爱非常。诗中运用男子口吻来描述这段爱情，他说出了女子的热情和对爱恋的热切，言语中没有淫邪。在爱情中，男女双方都非常的幸福，男子受到女子的青睐，感到非常的高兴，他尊重女子的情感，不会因为女子主动投怀送抱而看轻她。他们正大光明地倾诉衷情，体现出了《诗经》"思无邪"的本质。

头两句是具有象征意义的起兴，诗人在早晨面对初升的旭日，晚间面对刚起的新月时，都会想到自己那美艳而温柔的情人，她既向朝阳一样艳丽而热烈，又像月光一样皎洁而恬静。他想到自己的情人是那样大胆热切地追求他，对他充满了柔情蜜意，为了他自荐枕席，和他在一起男欢女悦。所以每当日出东方时和月上梢头时，他心里一定会想起"彼姝者子"的形象。这时，他总是感到情意缱绻，朦朦胧胧，在他的心中，他的情人就是"在我室兮"。

二、三两句承接得非常自然。当男子对着朝阳和明月想着自己的情人，沉浸在甜蜜的回忆中时，他再也压抑不住自己的爱意，于是他将他们幽会的秘密脱口说了出来。他除了说出他的情人在他的卧室里，还描绘了他们相处的情景："履我即兮""履我发兮"。从这两句话中，能感受到男子的幸福，同时对于女子能够这样爱恋自己，他感到颇为得意。他的心被爱情撩拨得激烈跳荡，所以诗中有六句诗都用了"我"字，这些都表现了男子的矜喜之情。

诗中每节一、三、四、五句押韵，与八个"兮"字组成韵脚，称为"联章韵"。每节的第三句和第四句又都是重复的，这样的写法让全诗读起来极有流连咏叹的情味。

关于本诗的主旨，《毛诗序》说："《东方之日》，刺衰也。君臣失道，男女淫奔，不能以礼化也。"孔颖达在《正义》中指出本诗是"刺齐哀公也"。何楷在《诗经世本古义》中说本诗是刺齐襄公也，他们都赞同《毛诗序》的观点。

朱谋㙔在《诗故》中提出，这是一首"刺淫"的诗，他说："且而彼姝人室，日夕乃出，盖大夫妻出朝，而其君以无礼加之耳。"牟庭在《诗切》中提到，这是一首意在"刺不亲迎"的诗，他说："刺不亲迎者，言有美女光艳照人，不知何自而来，如东方初出之日也。"

虽然各家的见解各不相同，但他们的共同点就是，都认同本诗是一首关于男女情事的诗。诗中充满了与女子幽会的回忆，毫无疑问是一首情诗。

◎东方未明◎

东方未明，颠倒衣裳①。颠之倒之，自公召之。
东方未晞②，颠倒裳衣。倒之颠之，自公令之。
折柳樊圃③，狂夫瞿瞿④。不能辰夜⑤，不夙则莫⑥。

【注释】

①衣裳：古时上衣叫"衣"，下衣叫"裳"。②晞（xī）：破晓，天刚亮。③樊：篱笆。圃：菜园。④狂夫：狂妄无知的人。瞿（jù）瞿：瞪视貌。⑤辰：指白天。⑥夙（sù）：早。莫：晚。

【赏析】

《东方未明》是周代百姓广为传唱的一首民歌，产自齐国京都地区。它揭露了当时统治阶级的残暴，诉说了奴隶们受压榨的痛苦生活，反映了奴隶阶级的反抗心声。

全诗三章，诗人巧妙地抓住了奴隶生活的一瞬间，展现出了一副悲惨而苦涩的画面：天还未亮，劳累到虚脱的人们仍兀自安睡，监工的吆喝声如平地惊雷，突然响起，催促上工。寂静的安睡，一下子被打破，劳工们个个惊醒，黑暗中手忙脚乱，穿衣颠倒，洋相出尽，犹如惊弓之鸟。

奴隶们的身心，都受到残酷的奴役，日常稍不留意，就会遭到严厉处罚，饱受皮肉之苦，监工长久残酷压迫的结果，正是这种场面。诗人借这一典型时刻，突出"颠倒衣裳"的典型细节，以小见大，将奴隶们的痛苦生活描摹得纤毫毕见。清牛运震《诗志》赞说，这一描写"奇语入神，写忽乱光景宛然"，并起到了以少总多的艺术效果。

前两章结构上回环复沓，只换几字，如"未明"与"未晞""衣裳"与"裳衣"，"颠之倒之"与"倒之颠之"，"召之"与"令之"，反复咏唱，一再渲染。这是歌唱时的和声，使诗在吟唱时显得回复重叠，余音袅袅，提升了主人公的感情基调，强化了诗篇的内涵。到此，奴隶们已不单单有恐惧和慌乱，长期的奴役生活，诱发了他们对自身命运和整个社会的思索，在他们身上，痛恨和觉醒已初现端倪："自公召之""自公令之"。苦难的根源来自"公"——这些劳役者开始觉醒，发出了对当权者的不平之鸣。

这种明确而又愤激的指责，是作者直抒胸臆的呐喊，真实记录奴隶们的高呼和申诉，感情激越地表达了奴隶们的觉醒，也暗含了奴隶们势必抗争的决心，一定程度上真实再现了那个饱含压迫的时代。同时，这首诗抒发了下层阶级的愤懑，摹写出了一触即发的阶级矛盾，对统治阶级起到了强烈的揭露和批判作用，带有强烈的感情色彩，极易引起读者共鸣。

控诉虽已发出，但怨怒却没有就此终结，矛头直指当权者后，但作者还嫌不够，于是笔锋又回到现实，进一步摹写奴隶们的悲惨遭遇，使诗作的感情进一步郁结。第三章描写劳作的内容，半夜被驱赶起，砍柳枝编篱笆，"狂夫"瞪着大眼监视，令人反感和怨恨。"狂夫瞿瞿"，是个典型的细节描绘，把监工的凶恶嘴脸和盘托出，读来如在目前，有着很强的形象感。"不能辰夜，不夙则莫"，则指出劳役不但要起早晚睡，而且穷年累月莫不如是，使奴隶们生活境遇的悲惨凸显得无以复加。

这种生动的真实，跟作者高超的写作技巧密不可分。在具体行文过程中，作者只是选取了典型的场景，既没有铺叙劳动者的辛酸，也没有扩展具体的劳动场面，只以简单的笔墨，勾勒出集中而又概括的画面，把奴隶们的悲惨生活描摹得惟妙惟肖，使人们如临其境，也使诗作呈现出极高的文学价值。

全诗三章，皆为四言句，每句两个音拍。前两章运用回环复沓的艺术手法，渲染环境气氛，突出事物特征。且以工整的排列，朗朗上口的语言形式，尽情抒发心中的抑郁情感，增强了音乐效果。第三章则转变风格，避免通篇一致的枯燥感，显得起伏有致，使得诗作情感得以持续叠加。诗作的另一突出特点是通篇明白晓畅，语言通俗易懂，"未明""颠倒""狂夫""不能"等，都是人们常用的口头语言，以此入诗，质朴自然，充满无限的生命力。

对于此篇的诗旨，历来亦不乏异声，据《毛诗序》解释："《东方未明》，刺无节也。朝廷兴居无节，号令不时，挈壶氏不能掌其职焉。"把诗篇的矛头指向不称职的朝廷和官员。《郑笺》则说："挈壶氏失漏刻之节，东方未明而以为明，故群臣促遽，颠倒衣裳。"说是掌管更漏的官员失职，导致错误，群臣以为上朝迟了，慌乱起床，颠倒衣服。一直到南宋朱熹亦是如此评论，没能还诗作本真。这都是对诗作的牵强附会，力争把经典与政治扯上关系，委实错误。现如今，人们已立足实际，用文学的方法解读《诗经》，真正把经典贴近生活和真实，准确把握了作者的赋诗意图，归还了《东方未明》的主旨。

◎南山◎

南山崔崔[1]，雄狐绥绥[2]。鲁道有荡[3]，齐子由归[4]。既曰归止[5]，曷又怀止[6]？

葛屦五两[7]，冠緌双止[8]。鲁道有荡，齐子庸止[9]。既曰庸止，曷又从止[10]？

艺麻如之何[11]？衡从其亩[12]。取妻如之何[13]？必告父母。既曰告止，曷又鞫止[14]？

析薪如之何⑮？匪斧不克⑯。取妻如之何？匪媒不得。既曰得止，曷又极止⑰？

【注释】

①南山：齐国山名，又名牛山。崔崔：山势高峻状。②绥（suí）绥：求偶之貌。③有荡：即荡荡，平坦状。④齐子：齐国的女儿（古代不论对男女美称均可称子），此处指齐襄公同父异母的妹妹文姜。由归：从这儿出嫁。⑤止：语气词，无义。⑥怀：怀念。⑦葛屦：麻、葛等制成的单底鞋。五：并列。⑧绥（ruí）：帽带下垂的部分。帽带为丝绳所制，左右各一从耳边垂下，必要时可系在下巴上。⑨庸：用。⑩从：相从。⑪艺（yì）：种植。⑫衡从："横纵"之异体，东西曰横，南北曰纵。亩：田垄。⑬取：通"娶"。⑭鞫（jú）：放任无束。⑮析薪：砍柴。⑯匪：通"非"。克：能、成功。⑰极：（放纵到）极点。

【赏析】

赏析这首诗之前，必须要了解当时一段饱受非议的历史。春秋时期，齐国和鲁国联姻，齐襄公的同父异母妹妹文姜被嫁给了鲁桓公，但文姜不守妇道，与齐襄公有染，乱伦私通。齐国势大，鲁国势小，懦弱的鲁桓公敢怒不敢言。《左传》记载，公元前694年，鲁桓公要去齐国，夫人文姜要求同行，鲁桓公只得答应，文姜和齐襄公趁机相会。后来鲁桓公发觉，谴责了文姜，文姜便告诉了齐襄公，襄公便设宴款待桓公，趁机将桓公灌醉，然后让公子彭生在驾车送桓公回国的路上扼死了桓公。这件事暴露后，齐国百姓皆以为耻，这首诗便是在此情境下产生的。

对于这首诗主旨的评论，多依托于上述史料，《毛诗序》云："《南山》，刺襄公也。鸟兽之行，淫乎其妹。大夫遇是恶，作诗而去之。"意为襄公施禽兽行径，与其妹乱伦，大夫们痛心疾首，作诗刺之。不过，在这段历史背景中，不仅襄公可恨，鲁桓公的懦弱也同样可气。

古今学者大多认为这是一首讽刺齐襄公与鲁桓公的诗，诗分两部分，第一部分是一、二两章，讥讽荒淫的齐襄公，第二部分则是三、四两章，是对鲁恒公的"怒其不争"。历来评论相对较统一，异议很少。

作者开篇描写雄狐对伴侣的渴望，用意在于影射齐襄公对文姜的觊觎之心。作者以"南山"和"雄狐"起兴，展示出一种高远深邃的画面：山高树茂，急切的雄狐四处穿梭，叫声连连。不仅把诗的背景拉得极其宏大，让人感到诗作肯定包含丰富的所指，又将齐襄公渴切的思想状态描摹殆尽，让其丑恶嘴脸暴露无遗。章末，又用反问进行了讽刺："既然已经出嫁了，为什么还对那段私情念念不忘呢？"既是在问文姜，也是在问齐襄公，一箭双雕，意味深长。

第二章还是诉说前事，但在表达上更进一步。作者影射齐襄公和文姜乱伦的无耻行为时，从寻常事物入手，描述鞋子、帽带都必须搭配成双，借以说明世人都各有明确的配偶，所指明确而又表达隐晦，既达到讽刺对象的效果，又显得不露端倪。后半部分与第一章相似，使情感力度得到更深一步加强。

第三、四章转换角度，发表对鲁桓公的议论。作者成功运用"兴"的手法，以种麻前先整理田地、砍柴前要先准备刀斧这些日常劳动中的必然性，来说明娶妻必须有父母之命、媒妁之言。再进一层针砭实际，说明桓公既已明媒正娶了文姜，而又无法做文姜的主，放任她回娘家私通，父母之命、媒妁之言都被搁浅、践踏，显得庸弱无能，文姜的无视礼法、胡作非为也跃然于纸上。

本诗在表达涉及政治、国君的问题时，用隐晦曲折的笔墨来讽刺针砭，避免了直白显露，并且能做到所指鲜明，内在意义一索可得。陈震在《读诗识小录》中谓其："意紧局宽，布置入化，所谓不接形而接以神者。"说诗作主旨鲜明，但行文疏荡散致，布局合理，形散而神不散。陈继揆《读诗臆补》："令其难以置对，的是妙文。"说其所指非常明确，但却让人无法抓住把柄。这些评论都深得其意。

魏 风

◎园有桃◎

园有桃,其实之殽①。心之忧矣②,我歌且谣③。不我知者,谓我士也骄。彼人是哉④,子曰何其⑤,心之忧矣,其谁知之？其谁知之,盖亦勿思⑥。

园有棘⑦,其实之食。心之忧矣,聊以行国⑧。不我知者,谓我士也罔极⑨。彼人是哉,子曰何其？心之忧矣,其谁知之？其谁知之,盖亦勿思。

【注释】

①殽：同"肴",吃。"其实之肴",即"肴其实"。②忧：忧伤。③歌、谣：曲合乐曰歌,徒歌曰谣,此处皆作动词用。④是：对。⑤其：疑问语气词。⑥盖（hé）：通"盍",何不。⑦棘：通常指酸枣。此处特指枣。⑧聊：姑且。行国：离开城邑。"国"与"野"相对,指城邑。⑨罔极：无极,没有准则。

【赏析】

对本诗内涵的解读,首先依托于抒情主人公的界定,诗中"谓我士也骄"点明主人公是一位"士",他说别人称其为"士",自己又未更正,可见并无异议。但是,"士"的含义纷纭难辨,因此,应当联系诗作进行推断。通读此诗,加之想象,可以推断诗中所描绘的情景如下：主人公对国家担忧、不满,但没人理解他,还指责其高傲、反复无常,在忧愤无法排遣时，他只得长歌当哭，最后在无可奈何中，他"聊以行国"，置一切于不顾。因此，从诗的内容和情调判断，主人公当是士人阶层，但怀才不遇，不禁忧时伤己、作诗排遣。

诗作以"园有桃，其实之殽"起兴，引出下句"心之忧矣，我歌且谣"，如此开篇，可谓一箭多雕：桃子成熟在夏季，隐含了诗作的时令；桃子熟了当然要采摘下来食用，心中忧烦当然要吟咏宣泄，这样，作者开篇就讲出了自己牢骚有理，显得直率；诗人有感于桃子的果实味美又可饱腹，而自己却无所可用，因而心中郁愤不平，表现其"不得志"的窘境；另外，园内有桃，实熟待摘，比兴自己在等待人来摘取，可到现在还未曾有人，于是忧心忡忡。简单的一句，蕴含之多，可谓神奇。

"心之忧矣，我歌且谣。"他放声高歌以排遣内心苦闷，却反被认为是狷介骄纵，此即为"不我知者，谓我士也骄"。诗人的心态、思想、忧虑、行为，无不真实而又正确，但最终被视为"骄"，委屈却又无可奈何。"园有棘，其实之食。"时光流转，枣儿熟了，到了秋季，诗人越发烦躁，歌谣已不能尽其情，他决定离开这是非之地，"聊以行国"，换掉这个不愉快的生活环境。这一举动，却又被人指点："谓我士也罔极。"真的是走也不对，不走也不对。

此情此景，作者不禁问道："彼人是哉，子曰何其？"他们说得对吗？你说我该怎么办呢？难道大家是对的，而我错了？思维的混乱和迷茫展现出他内心的痛苦和矛盾。作者彻底不知所措了：面对残酷的现实，庸碌无为的统治者，国家和人民的出路在哪里呢？一个痛苦、矛盾而又极力"上下而求索"的"先忧者"形象，端立于字里行间。

最后四句："心之忧矣，其谁知之？其谁知之，盖亦勿思。"诗人认为自己是有识之士，然而世上竟无一知己，所以诗人才反复地说"其谁知之"。然而当他得知理解也是不可能时，他只得以不想来自我保护："其谁知之，盖亦勿思。"既然没有人是清醒的，自己为何要独守清明？不过自找烦恼罢了，还是忘掉这一切吧！

《园有桃》是较早的自由诗，描写不得志的士人之生活境遇和心理状态。他自得其是然而无人可诉，空怀报国之志却落为庸人笑柄，结尾"盖亦勿思"，道出了无可奈何、自欺欺人的消极避世态度，他最终蹉跎岁月，郁郁寡欢。诗中表现出的爱国感情和忧愤情绪与《离骚》是相同的，屈原对故国深深眷恋，日日担忧，最终难以承受"独醒"的艰难，选择了汨罗江，本诗作者则是勉力自持，努力忘却这无尽的烦恼，然而，诗人的忧愤之情却无穷无尽，难以排遣，只得自欺欺人、空言忘却。

　　本诗句式以充分表达愤慨情绪为先，不避讳参差错落。押韵方面，前六句在一、二、四、六句末，后六句韵脚转换，押在八、九、十、十一、十二句末，和谐中有跌宕和转折，避免了通篇一韵的单调，使得诗篇充满力度和层次之感。两章文字相似，前六句只有八个字不同，后六句完全重复，回环复沓，并且十、十一两句重复，显得哀思绵延，给人以"欲说还休"的惆怅，风格消沉悲痛。

◎伐檀◎

　　坎坎伐檀兮①，寘之河之干兮②。河水清且涟猗③。不稼不穑④，胡取禾三百廛兮⑤？不狩不猎⑥，胡瞻尔庭有县貆兮⑦？彼君子兮⑧，不素餐兮⑨！

　　坎坎伐辐兮⑩，寘之河之侧兮。河水清且直兮⑪。不稼不穑，胡取禾三百亿兮？不狩不猎，胡瞻尔庭有县特兮⑫？彼君子兮，不素食兮！

　　坎坎伐轮兮，寘之河之漘兮⑬。河水清且沦猗⑭。不稼不穑，胡取禾三百囷兮？不狩不猎，胡瞻尔庭有县鹑兮？彼君子兮，不素飧兮⑮！

【注释】

①坎坎：象声词，伐木声。②寘（zhì）：同"置"，放。干：河岸。③涟（lián）：水波纹。猗（yī）：义同"兮"，语气助词。④稼（jià）：播种。穑（sè）：收获。⑤禾：谷物。三百：极言其多，非实数。廛（chán）：捆。⑥狩：冬猎。猎：夜猎。此诗中皆泛指打猎。⑦瞻：向前或向上看。县：古"悬"字。貆（huán）：幼貉。⑧君子：此系反话，指有地位有权势者。⑨素餐：白吃饭，不劳而获。⑩辐：车轮上的辐条。⑪直：水流的直波。⑫特：三岁的兽。⑬漘（chún）：河岸。⑭沦：小波纹。⑮飧（sūn）：晚餐，此处泛指吃饭。

【赏析】

这是一首伐木者之歌，铿锵而悠扬的歌声传达了这样的情景：一群伐木者砍树造车时，联想到剥削者不劳而获，愤怒非常，发出了质问：为什么那些从不种田的人，家里谷物堆满了仓房？为什么那些从不打猎的人，飞禽走兽挂满了庭院？这种质问，反映了劳动者对现实的清醒认识，蕴藏着一种猛烈的反抗情绪。

《诗经》可以说是中国讽刺文学的源头，揭露和讽刺剥削阶级是《诗经》的主旨之一。在众多经典诗篇中，《伐檀》以独特的刚柔美，展现出非同一般的色彩和音响。

诗作每章首句都用同一个叠字，"坎坎"是伐木时发出的声音，因为檀树木质很硬，所以拿斧子砍起来铿然作响，以此入诗，尽显音律谐和悠扬，作者先声定式，给全诗抹上一丝叮咚舒卷之感，为强烈的讽刺和质问披上了温婉的外衣。另外，这一叠字也巧妙地深化了主题：古人以檀木造车，劳动强度很大，伐木工人生活的辛苦可见一斑。人们把树砍倒，然后堆放到河岸边，利用水力把其运走，简短数字，工人们的整个劳动过程展现在眼前，声情并茂。

伐木者把檀树运至河岸，放眼望去，水流清澈，微波荡漾，一幅优美的山水盛景展现在眼前,不禁对此美好景象赞叹不已,但他们身上肩负的沉重压迫与剥削,立即打破这暂时的轻松与欢愉,硬生生地把他们从如梦胜景拉回真实的人间地狱。他们看着能够自由自在流动的河水,联想到自己整日劳作,没有自由,不禁悲从心来,不得不一吐为快。

于是,他们向有权势者提出了尖锐的责问:"不稼不穑,胡取禾三百廛兮?不狩不猎,胡瞻尔庭有县貆兮?彼君子兮,不素餐兮!"伐木者们感情变得激越,不禁直接指责和怒骂:"这些'君子'们,你们不是在白吃饭吗?"

第二、三章文字上改易数字,反复咏唱,也在内容上做出补充,加深了所要表现的主题,"辐"是车轮中的直木,"漘"是指河岸边,各种做车配件的出现,暗示了伐木者们劳动的无休无止。"特"指三岁的野兽,各种猎物的描写,反映了剥削者的贪婪本性:无论猎物如何,一概据为己有。

《伐檀》句式整齐,结构对称,富有鲜明的节奏感和韵律性,三章反复咏叹,有力地表达伐木者的痛声疾呼和反抗情绪,使感情在叠唱中步步深化,增强了诗的抒情性和讽刺力量。

从表面看来,此诗用词清新、语调清婉,好似一首细腻的抒情诗,然实为柔中寓刚,充满了硬度和情感张力。它申诉时没有使用陈述句,而是选择反诘句,这样质问和讽刺,显得情感激越、笔力厚重。

"不稼不穑,胡取禾三百廛兮?不狩不猎,胡瞻尔庭有县貆兮?"连用反诘句,以不可阻挡的气势和一针见血的力度,直指剥削者。章末"彼君子兮,不素餐兮",用毋庸置疑的语调,毫不摇摆,一锤定音,揭示剥削者的本性和虚伪,增加了讽刺意味,深刻地揭示了主题。写作手法上,全诗以叙事为主,未加渲染但饱含愤怒,每章末用直抒胸臆的方式来控诉,增加了真实感与揭露的力度。

诗作的句式从四言、五言、六言、七言乃至八言,因而被有些学者称为杂言诗最早的典型。灵活多变的句式,使感情得以自由抒发,充分表现。

戴君恩《读诗臆评》评论道："忽而叙事，忽而推情，忽而断制，羚羊挂角，无迹可寻。"形容诗作的描摹起兴无端，艺术手法不可寻其踪迹。牛运震《诗志》曰："起落转折，浑脱傲岸，首尾结构，呼应灵紧，此长调之神品也。"同样对此诗的艺术性做出了很高的评价。

就此诗的主旨，同样有着诸多解法，最早《毛诗序》以为是"刺贪也。在位贪鄙，无功而受禄，君子不得进仕尔。"评论者依托政治，将矛头指向官员腐败，立意深刻但似显偏颇。还有学者称为"美君子隐居之志也"，或"魏国女闵伤怨旷而作"，或"父兄训勉子弟之词"，皆有卖弄学问或标新立异之嫌，都未能获其要理。

到了近代，一些学者认为这首诗是奴隶主贵族"站在井田所有制立场来攻击新兴的封建剥削"；或认为是"劳心者治人的赞歌，它所宣扬的是一种剥削有理、'素餐'合法的思想"。这些说法更加偏颇，不为多数人所取。

像一些比较中肯的评论者所说那样，《伐檀》的思想高度应该表现在主人公逐渐觉醒的认识水平上：他们虽意识不到不合理分配现象的社会根源何在，但已经清楚地看到，社会上存在着两大阵营，一个是生产者，一个是所有者，而非常怪异的是，生产者不是所有者，所有者不是生产者。这种评论是比较有价值的，既反映了诗作的内容，又将抽象的社会规律明了地融入其中。

唐 风

◎蟋蟀◎

蟋蟀在堂,岁聿其莫①。今我不乐,日月其除②。无已大康③,职思其居④。好乐无荒,良士瞿瞿⑤。

蟋蟀在堂,岁聿其逝。今我不乐,日月其迈⑥。无已大康,职思其外。好乐无荒,良士蹶蹶⑦。

蟋蟀在堂,役车其休⑧。今我不乐,日月其慆⑨。无已大康,职思其忧。好乐无荒,良士休休⑩。

【注释】

①聿(yù):语气助词。莫:古"暮"字。②除:过去。③已:甚。大康:同"泰康",过于享乐。④职:主要职务。居:处,指所处职位。⑤瞿(jù)瞿:警惕瞻顾之貌。⑥迈:时光流逝。⑦蹶(jué)蹶:动作勤敏的样子。⑧役车:一种装上方形箱子的车子,此处指服役的车子。⑨慆(tāo):逝去。⑩休休:安闲自得,乐而有节的样子。

【赏析】

劝勉人珍惜年华光景的《蟋蟀》出自《唐风》。全诗共三章,意义大致相同,每章的各别词句稍有变化,但都是由物及人,叹惋岁月易逝。

"蟋蟀在堂,岁聿其莫",诗人看到蟋蟀从野外迁移到屋子里,猛地意识到天气已经转凉,在不知不觉中,时间已是年末。《诗经·豳风·七月》就曾提到:"七月在野,八月在宇,九月在户,十月蟋蟀入我床下。"同样是以蟋蟀的习性来突出四季变化。

首句以蟋蟀起笔,这一写法是"赋"还是"兴"却引起了争议。如果将首句作为"兴"看,那么,它就是一种纯粹的起兴,不掺杂"比"的因素,因为它在意思上与下文并无联系,但从深层情绪和心理衍变来看,却有着密切的关联。所以这一句可以认为是直陈其事的"赋",也可认为是用以引起下文情感的"兴"。

三、四句直接由蟋蟀迁徙的现象开始述说心怀:"今我不乐,日月其除。"时至岁末,转眼一年又过去了,言外之义时光飞逝,岁不我待。诗人由"岁莫"引起对时光流逝的感慨,进而宣扬及时行乐的思想,但是这并非诗人本意,而是为了统领后面两句的过渡。

"职思其居""职思其外""职思其忧"是说:享乐不要过度,应当顾虑自己当下的职责所在;第二层更进一步,强调对分外的职务也不能不考虑;第三层告诫人们要有忧患意识,目光要长远。诗人说出这句话,是对他人的警醒,同时也是自我克制。

"好乐无荒,良士瞿瞿""好乐无荒,良士蹶蹶""好乐无荒,良士休休"这三章的末句是提醒后人:享乐要在不荒废事业的前提下进行,要学习贤士的勤奋向上,时刻提醒自己享乐的尺度。后四句基本上属于说教,但诗人拿捏得很有分寸,在劝戒的同时也肯定"好乐",但要求有节制,真挚的语气也容易让人接受。

《蟋蟀》是含有治国、处世和人生感悟的政治、教化诗,其惜时劝勉的积极意义十分可贵。而且,在让人们珍惜时光、恪守职责的基础上也没有忘记提倡享乐的精神,这种折中的态度在当时的社会环境下是难能可贵的,也为后人提供了一种处世态度。全诗"思"的态度是今人值得好好承继的精神,而"好乐无荒"的告诫,至今仍意义深远。

◎ 山有枢 ◎

山有枢①，隰有榆②。子有衣裳，弗曳弗娄③。子有车马，弗驰弗驱④。宛其死矣⑤，他人是愉⑥。

山有栲⑦，隰有杻⑧。子有廷内⑨，弗洒弗扫⑩。子有钟鼓，弗鼓弗考⑪。宛其死矣，他人是保⑫。

山有漆，隰有栗。子有酒食，何不日鼓瑟⑬？且以喜乐，且以永日。宛其死矣，他人入室。

【注释】

①枢（shū）：木名，刺榆。②隰：低湿之地。③曳：拖。娄：古代裳长拖地，需拖着或提着，娄指提。④驱：车马疾走。⑤宛：通"苑"，枯死之貌。⑥愉：快乐、享受。⑦栲（kǎo）：木名，即臭椿。⑧杻（niǔ）：树名。⑨廷：庭院。内：厅堂和内室。⑩洒：浇水。⑪考：敲击。⑫保：占有。⑬瑟：一种似琴的拨弦乐器，有二十五弦。

【赏析】

《山有枢》通篇口语，可以将这首诗理解为一位友人的热心劝勉，他看到自己的朋友拥有财富却不知享用，也许是因为节俭，或者是因为生性吝啬，抑或是因为忙于事务没有时间，无法过上悠游安闲的生活，无法真正地享受人生，因此，不禁怒从中来，出语激烈，严厉警醒，一片赤诚。

"山有……，隰有……"是起兴之语，与后文中所咏对象没有多少联系，只是即兴式的起兴。首章言友人有衣服车马，但没有用正确的方式使用，作者以为应该用"曳""娄""驱""驰"的方式，尽情享用它们，否则自己死去之后，只能留给别人。这里的"曳""娄"，是一种非同一般的穿衣打扮方式，不同于日常，"驱""驰"所指的也并不是寻常意义上的赶路,而是郊游等娱乐活动,代表一种安闲的生活方式。

第二章与第一章相似,只是把笔触转向房屋钟鼓,说它们需要"洒扫""鼓考"。可见主人并不是吝啬,而是节俭或太忙,因为越是吝啬的人,越会对自己的财物爱惜得无以复加,一定会把它们收拾得整齐干净,不会"弗洒弗扫"。再结合主人空有编钟大鼓,却从来都不敲不击,可以推测出主人真的是忙,虽然家资殷富,但没有享乐的时间和闲心。

这种生活方式,在作者看来是暴殄天物,作者尊敬友人的性格,但更愿意友人的生活变得更加美好,因此才有章末的出言相激:"宛其死矣,他人是保。" 直言其死,是两人关系亲近的表现,作者应该是一个性格直率的人,或者是当时因勉励劝言而感情激动。

第三章是整个诗篇的重点,关键四句为"子有酒食,何不日鼓瑟?且以喜乐,且以永日。"诗作三章都是口语,到这里突兀地出现了"喜乐"和"永日"两个内涵深远的词,显得不同寻常。关于"喜乐"的意思,有评论者提出是"诗意地栖居""诗意地生存","永日"为"延日"之义,即延长自己的生命,使生命变得美好而隽永。这两个词,将诗的意志和内涵提升到一个非常高的高度,使得通篇口语和直接言死的粗俗得到了一定程度的缓和。

这两个词应该是作者和其友人都非常熟稔的词,并且双方都知道对方知晓,两人必定讨论过,或者在书信中探讨过。此时作者看到友人的生活状态,非常不满,便将这两个词提出来用以责问:"你这种生活状态是喜乐吗?通过这种生活状态能达到永日吗?"作者主张享受人生,友人更愿活得忙碌充实,作者眼见劝服无望,情感变得激越,声音也逐渐提高,企图用气势压制友人,并且以死亡恐吓友人,使其同意自己的观点:"你不享受生活,还想喜乐永日,你等着,等你死了,别人就尽情享受你辛辛苦苦创造的价值!"

由此,整篇文章的脉络和内涵变得清晰:作者和友人都是贵族阶级,家资殷富,但他们的生活方式不尽相同,诗人的主张是,生命是短暂的,应该及时行乐，通过这种方式得到喜乐，达到永日。而那个侧面描写的友人，则主张努力工作，认真创造价值。这首诗作，就是在讨论什么样的生活方式更加健康、更加有价值，诗意深刻之处正在于此。

从诗中可以看出，从很久以前，人们就开始对生活方式进行深入细致的反思，并且真正把这种思考作用于日常生活，着实难得。在《诗经》以后，这种争论，历久弥多，并且仁智共见，到现在也没有得出统一的观点，但却给人们自我的思索选择，提供了素材和借鉴。这首诗，除了生活方式之争外，还有诗的主旨，自古以来，评论界还存在其他诸多说法。

有评论者主张它是在嘲讽一个守财奴式的贵族统治者，诗旨在于针砭，一章的衣裳、车马，二章的廷内、钟鼓，三章的酒食、鼓瑟，概括了贵族的生活起居，他热衷于聚敛财富，却舍不得耗费使用，是个"葛朗台"式的悭吝者、守财奴，所以诗人予以辛辣的讽刺。这种观点，充满着训诫意义，有利于警醒世人，自有其积极价值。

又有一说也是主张针砭，但其将对象明确化，直指晋昭公的腐朽统治，《毛诗序》认为此诗是讽刺晋昭公："不能修道以正其国，有财不能用，有钟鼓不能以自乐，有朝廷不能洒扫，政荒民散，将以危亡，四邻谋取其国家而不知，国人作诗以刺之也。"认为晋昭公没能很好地勤于政事、治理国家，导致国家秩序混乱、礼乐不存、百姓离散、外患四伏，而昏庸的晋昭公却丝毫不得而知，国人愤怒，作诗刺之。这种说法，把诗作主旨上升到政治层面，寓意变得极深，亦有可取之处，足以警告后世的统治者。

以上两者都是针砭丑恶，而朱熹《诗集传》另辟蹊径，从《诗经》中诗作的联系入手，认为此诗为答前篇《蟋蟀》之作，"盖以答前篇之义而解其忧，盖言不可不及时为乐。然其忧愈深而意愈蹙矣。"即这是《蟋蟀》的姊妹篇，承《蟋蟀》篇的主旨内涵，更深入具体地劝谕应怎样在礼乐的规范下享受生活。这种说法，旨在规劝和引导人们怎样生活，更加符合诗作本义，但其服务的对象，却因此囿于吃喝不愁的贵族，显示了其局限之处。

◎ 绸缪 ◎

绸缪束薪①，三星在天②。今夕何夕，见此良人③？子兮子兮，如此良人何？

绸缪束刍④，三星在隅⑤。今夕何夕，见此邂逅⑥？子兮子兮，如此邂逅何？

绸缪束楚⑦，三星在户。今夕何夕，见此粲者⑧？子兮子兮，如此粲者何？

【注释】

①绸缪（móu）：缠绕，捆束。②三星：即参星。③良人：丈夫，指新郎。④刍（chú）：喂牲口的青草。⑤隅：指东南角。⑥邂逅（xiè hòu）：不约而来的爱悦者。⑦楚：荆条。⑧粲者：漂亮的人，此处指新娘。

【赏析】

本诗的开头是"绸缪束薪"这四个字，"绸缪"的意思就是缠绕，也可以引申为缠绵，"束薪"两字原本的意思是扎起来的柴火，因为古代的娶嫁都是燎炬为烛的，所以"束薪"是一种比兴手法，暗示着娶亲。事实上，《诗经》里所有关于娶妻的诗，都是使用"束薪"来暗示的。

本诗共用三节，通过戏谑的口吻，描绘出了一幅贺新婚时闹新房的场面。诗中写出了新婚之夜的三个典型场景，通过这些场景表现出了新人的甜蜜和闹洞房的人们的欣喜。"绸缪束薪，三星在天"这两句告诉了我们婚礼举行的时间。春秋时的娶亲大多在傍晚进行，那是暮色未降，三星挂在天边，在柔和的光线下，新郎新娘期待着相见的时刻。

第一节是在戏谑新娘。婚礼刚刚结束，道贺的人们刚刚离开，这时星星三三两两升上了天空，准备闹洞房的人们将新娘团团围住，他们询问新娘子"今夜是个什么夜"，他们逼着沉浸在甜蜜的幸福之中的新娘子一定要说出答案,对于新娘来说,这天夜里显然是决定她终生命运的时刻,过了今天她就是人妇了。所以面对这样的问题,新娘感到非常羞涩,但是闹洞房的人们完全不打算放过新娘,他们继续询问着已经心跳脸红的新娘:"你如何碰见这么好的新郎?"这样的话语让新娘感到更加的害羞,也许她会把自己的恋爱经历告诉这些人,然后人们会感叹道:"有福气的你呀,把这个可心的新郎怎么办?"这是再让新娘子表态自己将来要怎样孝敬公婆和侍候丈夫。总之,他们一定要把新娘弄得面红耳赤才肯罢休。

第二节则是在考问新郎。"三星在隅"这一句告诉我们,现在屋子外面收拾桌椅板凳和锅碗瓢盆的那些大嫂们也已经离开了,那些星星已经升到了中天。刚刚那些闹过新娘的人们又开始戏谑新郎了。他们询问新郎:"今夜是个什么夜?"对于新郎来说,今夜同样是非常重要的一天。在面对幸福的婚礼的同时,人们也在提醒新郎幸福的背后还有着责任和义务,他们询问新郎:"你如何偶遇这么好的新娘?"对于这些闹洞房的人们来说,即使已经从新娘那儿知道他们恋爱的故事,但是他们还想通过新郎的角度来听听这段故事。他们想知道新郎是怎样夺得了姑娘的芳心。听完故事之后,他们同样会感叹:"有福气的你呀,把这个漂亮的新娘怎么办?"这里闹洞房的人们同样是期待着新郎表态,说出自己打算怎样呵护自己的新娘,将来一定会和她比翼齐飞,白头偕老。

第三节是人们对新人的祝福。这时夜已经深了,人们大都已经休息了,甚至已经可以听见进入睡梦中的人们的鼾声了,新婚的夫妇期盼着他们的洞房花烛夜,这时,星星已经对着窗户了。人们感叹道:"今夜是个什么夜?"今夜是一个幸福的夜,一对幸福的男女在月下老人的牵线之下,终于佳偶天成,人们赞叹新娘的美丽:"我们何时得见这么美丽的新人?"娇羞的新娘妩媚百态,看得满脸红光的新郎都沉醉了,闹洞房的人们不忍心再耽误新人的美好时光。他们询问新人:"有福气的你们呀,面对光彩美丽的对方怎么办?"其实答案大家都心照不宣,这些话语中充满着善意和祝福,本诗到这里也达到了一个高潮。

在人们闹洞房的过程中新郎的父母进来了很多次，他们通过给闹洞房的人们发放美食，来冲淡一下热烈的气氛，以此来给儿子与媳妇解围。最后闹洞房的人们带着未尽兴的遗憾，嘻嘻哈哈地各自回家了。然而也有些不死心的人会乘机钻入衣柜里或床底下，当然也有些人会躲在窗户根下偷听着新婚夫妇的悄悄话，这些都能够成为他们日后笑谈的材料。

诗中的语言活泼风趣，有极强的生活气息。这首诗描写了一场从黄昏一直持续到半夜的婚礼，通过夸张的语气，形象地刻画了闹洞房的人的形象，让人仿佛可以看到他们笑着和同伴眨眼睛，商量要如何难为新郎和新娘的情景。本诗并没有从正面描写新人，但是却通过闹洞房的人们的提问，让人看到了羞涩和窘迫的新郎和新娘，展示了他们的甜蜜与幸福。

◎杕杜◎

有杕之杜①，其叶湑湑②。独行踽踽③。岂无他人，不如我同父④。嗟行之人，胡不比焉⑤？人无兄弟，胡不佽焉⑥？

有杕之杜，其叶菁菁⑦。独行睘睘⑧。岂无他人，不如我同姓⑨。嗟行之人，胡不比焉？人无兄弟，胡不佽焉？

【注释】

①有杕（dì）：即"杕杕"，孤立生长之貌。杜：木名，赤棠。②湑（xǔ）：形容树叶茂盛。③踽（jǔ）：单身独行、孤独无依的样子。④同父：同祖父的族弟。⑤比：亲近。⑥佽（cì）：资助，帮助。⑦菁菁：树叶茂盛状。⑧睘（qióng）：孤独无依的样子。⑨同姓：同祖的昆弟。

【赏析】

诗作写了一个流落街头的流浪者，这位流浪者境遇窘迫，举目无亲，亦无人问津，显得凄惨无比，让人读罢倍感沉重。闻一多在《风诗类钞》中说："杕杜喻女之未嫁者。《说文》：'牡曰棠，牝曰杜。'"依《说文解字》记载，棠为雄性，杜为雌性，古代常用"杕杜"比喻未曾出嫁的女子，若以此解，这流浪者竟是一位年轻稚嫩的未婚女子，更显悲哀。

诗开篇以赤棠树起兴，对照孤单一人的流浪者，更添萧索。赤棠还有繁茂树叶，兀自葱郁，女主人公却孤苦无依、毫无慰藉，有种"人不如树"的凄凉感。年轻的女子总是心思细腻的，也最容易孤独寂寞。她流亡日久，心神俱疲，初经此地，看到这株写满伤感的孤树，不禁思及自身，驻足流连。也许是对孤树有种亲近感，她想从中找到一丝安慰；也许是压根毫无目的，不知下一步去往何处，她迟迟不肯离去，对着飘摇的树叶痴痴凝望，倍感心酸。

接下来"独行踽踽"四字独立成句，音节凝重，节奏独特，显得既厚实又余韵未歇，产生了极大的表现张力。它一并交代了事件过程、人物状态和整篇主旨，似简实丰。寥寥四字，给读者描绘出了一幅"寻寻觅觅，冷冷清清，凄凄惨惨戚戚"的画面：一位稚嫩清秀却枯瘦羸弱、尘土满身的女子，在一条坑洼曲折的乡间小道上独自踽行，单薄而沉重；道路两旁枯草遍野，偶有荒烟袅袅升腾，间或点缀着点点鸦鸣，浓重的压抑气息四处弥漫；人烟稀少，偶有一人也是匆匆擦过，不闻不问。此句未加铺叙，但以少驭多，给人以无限的想象空间。

其后，作者笔锋转移，由外到内，着力写了流浪女之思："岂无他人，不如我同父。"路上风尘仆仆的行人，都不是自己的亲人，径直走过，对自己不闻不问，令人顿感世态炎凉。流浪女不禁想到了自己的父母兄弟，他们才是无法比拟和替代的。亲情固然可贵，无奈他们却不在身边，或者本来就没有，或者半途离逝，正因如此，才造成了女子现在的举目无亲、孤立无援。古代的未婚女子，势单力薄，所能依靠的就只有父兄和社会上的热心人，现在，二者都将其置之不理，女子的境遇真正到了山穷水尽的地步。

面对此情此景，女子终于承受不住，发出了长长的叹息和怨诉："嗟行之人，胡不比焉？人无兄弟，胡不佽焉？"一"嗟"字，有无奈的叹息，也有质询的不甘，复唱四句，连问两声，直贯最末，显得情感悠长而激越。叹息的内容平实浅近："行人为什么不来亲近我？我没有兄弟在旁，为什么不来帮助我？"物质帮助固然重要，但更重要的是"比"，是亲近，温暖的笑脸、真心的安慰，在此刻最能抚平少女疲惫的身心。但可想而知，女子只是在兀自痴想，最终得到的只能是绝望。有谁会来，有谁能来？一声令人心寒的长叹中蕴藏着浓重的绝望和忧伤。

这首流浪者之歌，视角独特，通过一个稚嫩少女的命运，以点盖面，真切地反映出当时的世事面貌和百姓的疾苦生活，向后世展示了一幅真实的古代难民流亡图，给人强烈的震撼。

◎羔裘◎

羔裘豹祛①，自我人居居②。岂无他人，维子之故③。
羔裘豹褎④，自我人究究⑤。岂无他人，维子之好。

【注释】

①祛（qū）：袖子。②自我人：对我们。自，对；我人，我等人。居居：心怀恶意的样子。③维：只。子：你。故：指爱，或解释为故旧。④褎（xiù）：同"袖"。⑤究究：同"居居"。

【赏析】

《唐风·羔裘》全诗虽然只由两个章节组成，但是脉络极其清楚。每一章的前两句，诗人重点描写一个人服饰的威猛、华贵。从"羔裘豹祛""羔裘豹褎"来看，诗人所写的这个人正是当时的一位卿大夫，因为只有卿大夫这种身份地位的人，才可以穿袖口镶着豹皮的衣服。

卿大夫在西周、春秋时期是非常重要的官职，辅助国君进行统治，并且掌管着各个郡县的军政大权。《国语·鲁语下》就有描写卿大夫的语句："卿大夫朝考其职，昼讲其庶政，夕序其业，夜庀其家事而后即安。"一般来说，卿大夫都是良田千顷，金银无数。这首诗讽刺的就是一个志得意满、抛弃故旧的卿大夫。

本诗每章的前两句除了讲卿大夫的服饰，还描绘出了这名卿大夫对待故人恃权傲物、趾高气扬的态度。这引起了诗人的不满，特地作此诗讽刺他。诗的后两句则采用了自问自答的方式，表现诗人作为卿大夫的老朋友愤懑不平的情绪，但是诗人并没有用歇斯底里的语句发泄自己的不满，而是通过"怨而不怒"，体现了自己高尚的情操和温柔敦厚的性格，也反衬出讽刺之人浅薄的德行。

除了这种浓浓的讽刺意味，《唐风·羔裘》中还蕴含着古人良好的环保意识。这首诗谴责那些穿着"羔裘"的人，这与我们今天谴责那些穿着动物毛皮制品的人不是不谋而合吗？其实许多古人的著作都在号召人们要尊重自然、顺天而为，比如《易·坤》卦中的"不习无不利"，以及《国语·鲁语上》所说的："鸟兽孕，水虫成，兽虞于是乎禁罝罗，猎鱼鳖以为夏犒，助生阜也。鸟兽成，水虫孕，水虞于是禁罝䍡，设阱鄂，以实庙庖，畜功用也。"再到老子的《道德经》，都强调人类应与自然和睦相处。

《唐风·羔裘》作为一首谴责的山歌或是讽刺的山歌，采用赋的表现手法。诗人以衣服作为载体，从羊羔皮制成的官服的装饰、质地、材料，联想到此人为官的品德、才能、人性。这种以物喻人的手法极其自然，也十分高明。因为衣服是人们生活的必需品，每个人都要穿衣服，所以以衣喻人就再自然贴切不过了。

但就《唐风·羔裘》本身而言，只是运用了反复吟咏、循环往复的手法，此外，诗中所用的设问和作答的形式也并无新意，在《诗经》中时而可见。不过这种手法用在以物喻人的讽刺诗里，增强了整首诗的讽刺意味，对以后的讽刺诗发展产生了重要影响。

秦风

◎车邻◎

有车邻邻①,有马白颠②。未见君子③,寺人之令④。

阪有漆⑤,隰有栗⑥。既见君子,并坐鼓瑟。今者不乐,逝者其耋⑦。

阪有桑,隰有杨。既见君子,并坐鼓簧⑧。今者不乐,逝者其亡。

【注释】

①邻邻:同"辚辚",车行声。②颠:头额。③君子:对友人的尊称。④寺人:近侍,常指宦官。⑤阪:山坡。⑥隰:低湿的地方。⑦耋(dié):八十岁,此处泛指老人。⑧簧:原指笙吹管中的簧片,此处代指笙。

【赏析】

《车邻》是《诗经·秦风》的第一个篇章,主要讲述了贵族朋友之间相聚作乐,琴瑟甚欢的场景,并从中引出了诗人感叹人生匆匆,及时行乐的理念。第一章从诗人拜会朋友的途中说起。诗人坐着华丽的马车,在路上急速奔走,车声"邻邻"。在诗人心里,这声音犹如有人在演奏美妙的音乐一般,是那么的悦耳动听。其实,这是因为诗人此刻正怀着一颗喜悦的心情前往,所以嘈杂的马车声在他听来也如同美妙的音乐。

而后他特意形容了自己的马是"有马白颠"。这不是一匹普通的马,而是毛白如雪、十分名贵的白顶马。这里诗人特别点出白马的特征,着重写出它的名贵，就是为了通过马而从侧面烘托出自己身份的尊贵。

紧接着，诗人写自己到了朋友的家，下了马车之后，"未见君子，寺人之令"。显然，朋友家是一个贵族家庭，深宅大院，在见到主人之前，必须命门口的仆人前去向主禀报，可见诗人朋友身份的高贵，进而也在暗示诗人自己的身份也不是普通之人。

第一章的描述，诗人是"醉翁之义不在酒"，通过对看似与自己不相关的一些事物的描述，来暗示自己的高贵身份，而二三章，诗人则是没有遮掩地描绘自己见到朋友之后其乐融融的场景。但是这两章，诗人也并非全都是讲自己见到朋友之后是如何的兴高采烈。

"今者不乐，逝者其耋""今者不乐，逝者其亡"，这两句是诗人在慨叹，春去秋来，花谢花开，与朋友把酒言欢的日子在渐渐变少，人生一转眼就会消失殆尽，苍老会没有预兆地爬上我的面容，等到那时，只剩下数天等死的日子了。与其那样，不如及时行乐，此刻享受欢愉，这也是诗人作此诗所要表达的人生理念。

诗中所表现出来的及时行乐思想与东汉时期《古诗十九首》中所描述的"人生非金石，岂能长寿考""人生忽如寄，寿无金石固""为乐当及时，何能待来兹"的观点十分相似，它们之间或许有着一脉相承的关系。虽然本诗作者所述"今者不乐，逝者其耋""今者不乐，逝者其亡"两句有些消极的情绪，但是把它呈现在朋友间相聚作乐的场景中，作为朋友之间坦露襟怀、以诚相待的话语，不免又流露出叹息人生短促的伤感，让人产生了怜悯光阴的共鸣。

言至此，不得不说说此诗赞美之人——秦仲。秦仲是秦国初创时期的重要人物。丰坊《诗传》有云："襄公伐戎，初命秦伯，国人荣之。赋《车邻》。"《毛诗序》也有云："美秦仲也。秦仲始大，有车马礼乐侍御之好焉。"而在吴懋清《毛诗复古录》中更是提到了"秦穆公燕饮宾客及群臣，依西山之土音，作歌以侑之"的句子。

秦人原来生活在东夷地区，大约在3600年前西迁到西垂，也就是今天甘肃天水一带。在3000年前，聚集在以甘肃礼县为中心的秦人，依靠着高超的养马技艺和强大的作战技能，迈开了征战天下的步伐。

公元前827年，周王利用秦人抵御西北少数民族的祸患，任命非子的重孙秦仲为西垂大夫。秦仲生活在周厉王时期，当时的周厉王残暴异常，文武百官和老百姓都已经无法忍受，揭竿而起。西部少数民族也乘机作乱。周宣王即位后，任命秦仲为大夫，命他整治西部边患。因少数民族兵力强大，结果大败。周宣王命秦仲的五个儿子前去讨伐，并借给他们七千兵马，最终大获全胜。

此诗就是为了赞扬秦仲固守边陲，安定民生的壮举而作。同时又因当地遭受连年的战争，死伤无数，家破人亡，更反映出了及时行乐的重要所在，固以此诗来告诉人们要珍惜活着的每一天。

《车邻》在语境上也有很浓的地域特色，像诗中描绘的"阪有漆，隰有栗""阪有桑，隰有杨"，"漆、栗、桑、杨"都是产于西北陕甘地区的植物，一眼就能辨别该诗出自《诗经·秦风》，以此也就不难猜出为何《车邻》会作为《秦风》的第一篇。

◎驷驖◎

驷驖孔阜①，六辔在手②。公之媚子③，从公于狩④。
奉时辰牡⑤，辰牡孔硕⑥。公曰左之⑦，舍拔则获⑧。
游于北园⑨，四马既闲。䡾车鸾镳⑩，载猃歇骄⑪。

【注释】

①驷：四马。驖（tiě）：毛色似铁的好马。②辔：马缰。原本四匹马应有八条缰绳，但由于中间两匹马的内侧两条辔绳系在御者前面的车杠上，所以只有六辔在手。③媚子：亲信、宠爱的人。④狩：冬猎。古代帝王打猎，四季各有专称。《左传·隐公五年》："故春蒐、夏苗、秋狝、冬

狩。"⑤奉时：指为公爷赶兽。辰牡：牝鹿和牡鹿代祭祀皆用公兽。⑥硕：肥大。⑦左之：向左面射箭。⑧舍：放、发。拔：箭的尾部。⑨北园：秦君狩猎时休憩用的园子。⑩輶（yóu）：用于驱赶堵截野兽的轻便车。鸾：鸾铃。镳（biāo）：勒马用具，与衔（马嚼子）合用，衔在马口中，镳是两头露在外面的部分。⑪猃（xiǎn）：长嘴的猎狗。歇骄：短嘴的猎狗。

【赏析】

这是一首描写秦君田猎盛况的狩猎诗。

"驷驖孔阜，六辔在手。"诗人选取阵列的一角为切入点：通过对四匹健壮高大的马的描写，凸显出一种凝重之感。然后镜头转向控制缰绳的人，也就是赶车之人。这里的赶车人，只是一个宠臣，却在这阵仗中显得胸有成竹，可见其主人更不是一般角色。

"公之媚子，从公于狩"。诗人点出了主人的身份，即秦襄公，他在一大批随从的陪伴下共同出猎，阵容颇具规模，声势也十分浩大，这正是一个国家国力强盛的表现。这一章仅仅描写了队伍的一角，就显示出了队伍的纪律严明与君主的威严，反衬出了"公"是一位治国、治军有方的君主。

"奉时辰牡，辰牡孔硕"，狩猎在第二章正式开始。一声令下，狩猎官打开牢笼，将早已准备好的"猎物"放出。所谓"猎物"是专供皇家狩猎做靶子用的时令兽，而非山林中自然生长的野生猛兽。这样一场轰轰烈烈的皇家狩猎活动便开始了。读诗人会自然地在脑海中想象当时锣鼓喧天，猎物逃窜，众人追赶的壮观画面。

"公曰左之，舍拔则获。"公在众猎物中相中了靠左的一只，举起弓箭，单目瞄准，猎物不出所料地倒地，一位武艺不俗、治国有法的君主的形象似乎正慢慢清晰起来。

一反人们的期待，猎后没有丰盛的猎物，也没有推杯换盏等俗套的仪式。"游于北园，四马既闲。"人们没有忙于庆祝，而是继续去北园游玩，场景急速由狩猎场转换到了北园。地点转换的作用是突出王家苑囿之广大，国土之充实，紧张的氛围随即放松下来。

"辖车鸾镳，载猃歇骄。"此处又着眼于"驷骥"，心绪却不再是首章的紧张，而是轻松悠闲。此处"闲"字语意双关：马闲，人亦闲适。末句给了一个有趣的画面特写：打猎时奋勇追捕猎物的猎狗们此刻都乘在辖车上休息。镜头由人再次移至马的身上，可谓一处妙笔，从动物的紧张到松弛，从人的威武到闲适，画面张弛有度而不失质感。

《诗经》中写狩猎的名篇有二，即《大叔于田》与本篇，二者各有所长，前者反复铺张，翔实细致；本篇精要简约，惜墨如金。二者不能简单地分出伯仲，都具有不同的艺术魅力。

狩猎的规模在古代足可以证明一个国家的实力和一位帝王的才德，所以古代描写狩猎场面的作品不胜枚举。如司马相如《子虚赋》《上林赋》等，扬雄《长杨赋》："今年猎长杨，……罗千乘于林莽，列万骑于山嵎。"可窥见其规模之大。而《驷骥》却不像汉赋那样细致冗繁，它以简驭繁，以少胜多，仅三章已把狩猎全过程描写完毕，而不失大气与风度。这得力于高度浓缩的取景方式，典型场景和典型人物的塑造，富于表现力的瞬间和细节的捕捉，可见作者的写作功力不一般，艺术概括能力极强。

◎蒹葭◎

蒹葭苍苍①，白露为霜。所谓伊人②，在水一方。溯洄从之③，道阻且长。溯游从之，宛在水中央。

蒹葭萋萋，白露未晞④。所谓伊人，在水之湄⑤。溯洄从之，道阻且跻⑥。溯游从之，宛在水中坻⑦。

蒹葭采采，白露未已。所谓伊人，在水之涘⑧。溯洄从之，道阻且右⑨。溯游从之，宛在水中沚⑩。

【注释】

①蒹葭（jiān jiā）：芦苇。苍苍：鲜明、茂盛之貌。下文"萋萋""采采"意同。②伊人：那个人，指所思慕的对象。③溯洄：逆流而上。下文"溯游"指顺流而下。④晞（xī）：干。⑤湄：水和草交接的地方。⑥跻（jī）：登。⑦坻（chí）：水中高地。⑧涘（sì）：水边。⑨右：不直，绕弯。⑩沚（zhǐ）：水中的小沙洲。

【赏析】

《蒹葭》这首诗是写一个男人痴情苦恋的心理感受。

"蒹葭苍苍，白露为霜。"河畔的芦苇青郁葱葱，深秋的白露霜凝渐浓。作者以苇草苍苍、白露成霜的清凉景象起笔。

"所谓伊人，在水一方。"那位让我日夜想念的人，就在河水对岸的那一方。主人公是一名青年男子，有位让他一直神不守舍、魂牵梦绕的姑娘，在此秋景寂寂、秋水漫漫的境地里更让他痛苦地思念着她。他仿佛在微风吹拂的秋苇中望见对岸雾气笼罩中的她，心也随之飞到她的近前，缠绕在她身上。

"溯洄从之，道阻且长。"我想逆流而上去追寻她，可是道路艰难阻隔又怎赶得上。表面是说青年在追寻苦恋的姑娘的路上有艰难障碍追赶不上，但在青年心里，哪里真的是路难追不上，其实是她如水中仙女一样高贵难攀，但他又放不下这颗朝思暮想的心。

"溯游从之，宛在水中央。"我想顺流而下去寻找她，她宛然就在站立在水中与我相望。青年男子心中设想着从水中游向她的身边，这样也许能够得到她，可他尝试过，就是游不到她的近前。其实，他此时出现了幻想、幻觉，姑娘变成一个浮动的人影，扑朔迷离亦真亦幻，仿佛立在水中央向他招手，也仿佛对他轻蔑一望随之隐去身影。因而他在水边眺望对岸和水中，神魂不安，视觉模糊，出现向她游过去的幻象。他这是爱得太深以至失魂了。青年男人迷恋某人又求之不得时常会有这种失魂落魄的感觉，《蒹葭》即把这种心理感受描写得入木三分。

下面两章较第一章只换少许字词，叠唱的效应加深了诗的意旨，翻译过来就是：

河畔的芦苇青郁葱葱，清晨的露水未干天色朦胧。那位让我日夜想念的人，我想逆流而上去追寻不停，可是路有艰难阻隔又怎赶得上而去跟从。我想顺流而下去寻找她，她宛然就站立在水中与我心意相通。

河畔的芦苇更是繁盛，清晨的露水仍在晨色弥蒙。我那苦苦思念的人，就伫立在茫茫的对岸或水中。我想逆流而上去追寻她，可是路有艰难阻隔力不从。我想顺流而下去寻找她，她宛然就站立在水中与我心相通。

全诗反复咏唱"未晞""未已"，变换使用"湄""跻""涘""坻""右""沚"，绘出的是一幅白露横江、雾锁清河的迷蒙图景，描写的是求情难得、如隔深水、水中望月、镜中看花的惘然之味，演现了一种痴迷的情感，使整个诗篇都充满了迷茫而伤感的色调。

古罗马诗人桓吉尔有一句名诗："望对岸而伸手向往。"被后人理解为追求情人而不得才隔水伸手向往，仍是求之难得。德国古民歌描写追求女子不得也多称被深水阻隔。正所谓"隔河而笑，相去三步，如阻沧海"（但丁《神曲》）。人类恋爱的情感以及求之不得的失恋感受大概是相通的，不然古欧洲与古中国为何都以隔水向往来描述苦恋苦求的感受？

这首诗用水、芦苇、霜、露等自然事物烘托出一种清凉、朦胧的意境。秋晨淡雾，烟笼寒水，露凝霜结，烟水缥缈中一位少女隐现迷离，仿佛真的存在，又仿佛只是虚影。女人柔如水，诗中的水象征了女性的柔与美，但寒水是否又象征这女性的孤高难求将主人公苦苦折磨。女子一会儿在水边，一会儿在洲上，一会儿在水中，如魅影，如游仙，飘忽不定，让人牵人肠肚。再配以蒹葭、白露、秋浦，越发显得难以捉摸，变得神秘、眩惑、难舍，甚至令人痴狂。

"所谓伊人，在水一方"一句诗，不但把主人公折磨欲狂，也让多情的世人展开无限联想。"在水一方"，烟水笼罩的隔岸或水中，一定是那淡雅如水的美姿娇容，令人魂牵梦绕。怪不得"所谓伊人，在水一方"的吟唱会让人进入一种幻美境界，这恐怕就是《蒹葭》为我们营造的一种女人和水组合而成的朦胧美效应。

◎终南◎

终南何有[①]？有条有梅[②]。君子至止，锦衣狐裘[③]。颜如渥丹[④]，其君也哉！

终南何有？有纪有堂[⑤]。君子至止，黻衣绣裳[⑥]。佩玉将将[⑦]，寿考不忘[⑧]。

【注释】

①终南：终南山。②条：树名，即山楸。③锦衣狐裘：当时诸侯的礼服。④丹：赤石所制的红色颜料，今名朱砂。⑤纪：通"杞"，杞树。堂：通"棠"，指赤棠树。⑥黻（fú）衣：黑色青色花纹相间的上衣。绣裳：五彩绣成的下衣。⑦将将：同"锵锵"，象声词。⑧考：高寿。

【赏析】

《终南》一诗，是君主出行终南山时，臣子对其的赞美之歌。作者以其宏阔的笔法，充沛的感情，诠释出了其对君主的倾心皈依之情。诗中，对君主的描摹刻画占据了相当的篇幅，在这些精彩的措辞中，作者对君主高尚品质的赞扬清晰可现，下臣对君主的爱戴和祝福溢于言表。并且，作者还在字里行间，生动地描绘出了一幅生机勃勃的政治局面，表达了对于国家未来的信心。

诗作开端以终南山比兴，迎头问上一句"终南何有"，显得大气十足，然后作者自问自答，行文线索从容不迫，稳重而又热烈。第二句"有条有梅"，展现出一幅生机勃勃的图画：巍峨的终南山上，草木葱郁，山楸梅树纵横交错，一派欣欣向荣的景象。

开端两句，表现出作者宏阔的笔力，有一种指点江山的气势充盈其中，好像一望无际的大好河山，在作者笔下都可信手拈来，毫不费力，作者描摹刻画，如数家珍。当然，这两句也可以看作是君主和臣子的问答，君臣同乐，出游野外，指点江山，别有一番风情。

下一句"君子至止，锦衣狐裘"，作者的描摹镜头，从阔大的江山景色，聚焦于具体的"君子"身上。气宇轩昂的帝王，身着名贵的衣服，到终南山上游赏流连，发出阵阵嘹亮的笑声。可以推想，现在并非真的仅仅君主一人，所到之处，定然随从众多，冠盖云集，一派浩大场面。由此，作者寥寥数笔，展示出的却是一种恢宏气势：无数的文臣武将，车骑坐轿，在蜿蜒的山谷中左右游走，不时锣鼓喧天、马嘶盈空，惊起一群群五颜六色的鸟儿。它们慌乱地四处躲藏，有的甚至振翅高翔，向遥远的天际飞去，在湛蓝的空中渐行渐远。

从如此的场景和气势可以看出，作者并非仅仅在描写一座山川的秀美，它是一种象征，完全可以扩展成为整座江山的代名词。由此，诗作获得了广阔的写作空间和深刻的内涵：意气风发的君王，沐浴更衣之后，在自己的江山上纵横驰骋、随意浏览，多么的畅快！

"颜如渥丹，其君也哉"，是人们对君王的赞美，表现出下臣对君主的心之所向，并由此形成了一种和谐融洽的政治氛围。游历时久，但君主丝毫没有疲惫倦怠之态，只是脸上稍稍呈现出红色，反而显得愈加的童颜永驻，这令臣子们非常的安心。君主是一个国家的机要、命脉，其身体状况直接关联着朝廷的稳定运行和国家的兴盛气数，丝毫马虎不得。如今，众臣子看到君主有如此的体魄，暗自欣喜，对江山社稷的信心也陡然增加了几分。

"其君也哉"，是臣子发自内心的肯定：这就是我们的君主，他不仅心忧天下、爱民如子，在政治上励精图治、勤于朝政，并且还如此的气宇轩昂、身体强壮，一定能够长时期地处理国家的各种事务，不必担心体力不支、早年老暮，国家的兴旺指日可待！

　　第二章，作者运用回环复沓的艺术手法，反复地吐露自己对君主的赞美之词。"终南何有？有纪有堂。"终南山上不仅仅有山楸和梅花，还有杞柳和赤棠。同样，作者要说的赞美之词，也不仅仅只是第一章的内容，还有非常之多。君主的品德之美、人们的赞扬之词，就像这繁茂的终南山一样，各色植物充满其中，应有尽有。

　　接下来的"黻衣绣裳"，和第一章一样，也是用衣着的名贵和光鲜来衬托君主相貌、气质和品德的美好。在古代，尊卑制度非常鲜明，由于阶级的不同，君主是高高在上的，下臣直接描述其长相等特征，会显得非常不敬，因而，人们往往选择衣着，通过对衣着的描写，来代替对君王的描写。并且在古代，人们的穿着打扮，要受到阶级的严格限制，衣着的类型，即为地位身份的象征。因此，这一着笔点的选择，显得非常得体、正式。

　　"佩玉将将，寿考不忘"一句，是全诗的诗眼，反映了作者的写作意图。"佩玉将将"，从君主的佩玉入手，描写君主如玉一样的君子风格。古代以玉比人，是一种常用的写法，玉石的品质，对应着君子的"温良恭俭让"等诸多美好品格。佩玉的当当声，传达出玉石的质地优良，进而反映了所佩戴之人的品性高洁。这种以声入手，通过两次意义的转移来表现君王品质的手法，极为巧妙。

　　"寿考不忘"一句，则从臣子入手，传达了臣子对君主的爱戴和衷心，对其恩情没齿不忘，语气肯定而坚绝。"寿考"一词，也反映了作者对君主身体的关心，是作者对君主能够延年益寿的祝福。两句八字，字约义丰，表现力十足，展现出作者极高的艺术技巧。

◎黄鸟◎

交交黄鸟①，止于棘②。谁从穆公③？子车奄息④。维此奄息，百夫之特⑤。临其穴，惴惴其栗⑥。彼苍者天⑦，歼我良人⑧！如可赎兮，人百其身⑨。

　　交交黄鸟，止于桑⑩。谁从穆公？子车仲行。维此仲行，百夫之防⑪。临其穴，惴惴其栗。彼苍者天，歼我良人！如可赎兮，人百其身。

　　交交黄鸟，止于楚⑫。谁从穆公？子车𬭚虎。维此𬭚虎，百夫之御。临其穴，惴惴其栗。彼苍者天，歼我良人！如可赎兮，人百其身。

【注释】

①交交：鸟鸣声。②棘：酸枣树。棘之言"急"，双关语。③从：殉葬。④子车：复姓。奄息：人名。下文"子车仲行""子车𬭚（zhēn）虎"与此同。⑤特：杰出的。⑥"临其穴"二句：郑笺："谓秦人哀伤其死，临视其圹，皆为之悼栗。"⑦彼苍者天：悲哀至极的呼号，犹今语"老天爷哪"。⑧良人：好人。⑨人百其身：用一百人赎一条命。⑩桑：桑树。桑之言"丧"，双关语。⑪防：抵挡。⑫楚：荆树。楚之言"痛楚"，亦为双关。

【赏析】

　　殉葬这种制度在上古时期是非常常见的，它是奴隶社会的一种恶习。那时殉葬的人不单单只有奴隶，还有一些是统治者生前最亲近的人，像是本诗中所说的为秦穆公殉葬的"三良"（"子车奄息""子车仲行""子车𬭚虎"）。他们是《黄鸟》一诗主要哀悼的对象。

　　秦穆公，嬴姓名任好，是春秋时期秦国的一位国君，是春秋五霸之一。他于公元前659年即位，死于公元前621年，作为一名霸主他继位的当年就亲自带兵讨伐了茅津的戎人，由此展开了他的扩张疆土的事业。公元前647年，晋国攻打秦国，双方在韩原大战，秦军生俘晋惠公。公元前627年，"崤之战"，秦军三帅被晋俘获，"匹马只轮无返者。"公元前626年，与晋军再战，再次失败。公元前624年，秦穆公亲自率兵讨伐晋国，一雪崤战之耻。公元前623年，秦军出征西戎，"益国十二，开地千里，遂霸西戎"。公元前621年，秦穆公死。

作为一名骁勇善战的君王，他满怀着壮志未酬的遗憾，于是对军队有着深深依恋的他就决定让奄息、仲行、𬭚虎这三名能够以一当百的战将和一百七十余人为他殉葬。秦穆公的这个决定，让秦国上下所有人感到十分痛心。

本诗开篇二句通过"交交黄鸟，止于棘"起兴。有学者认为，"棘"与"急"，是语音相谐的双关语，这样的写法为本诗渲染出一种紧迫、悲哀、凄苦的氛围，这就给本诗奠定了一种哀伤的基调。

"谁从穆公？子车奄息。维此奄息，百夫之特。"点明奄息为穆公殉葬的事，这里的用意是指出当权者为了自己的私欲就让一位才智超群的"百夫之特"成为了牺牲品，表现了秦人的无比惋惜之情。后六句写秦人为奄息送殉时的情状。"惴惴其栗"这一句，充分地描写出了秦人目睹人被活埋的惨象时那种惊恐的情景。

人们看到这样的情景，先是惊恐，随即惋惜，最终感到愤怒，忍不住发出了呼号，他们质问着苍天为什么一定要"歼我良人"。人们甚至希望用百个人来代替"奄息"，来挽救他的性命，他们甘心情愿牺牲自己。秦人对"奄息"的悼惜之情由此可见一斑。

第二章主要是在哀悼仲行，第三章是在悼惜𬭚虎，这两章也是通过重章的叠句来表现人们的悲愤，这两章的结构和第一节是相同的。

优秀的人物成了殉葬品，枉然送掉了性命，这是一件很可惜、令人痛断肝肠的事情。人们"惴惴其栗"地走近殉葬者的墓穴，内心感到非常恐惧，他们战栗着，感叹上天为什么不让好人好好活着，他们愿意以身代替那些优秀的将领。

本诗一唱三叹，在三章中换了三个名字，哀悼了子车家族的三兄弟。虽然殉葬的人并不只是三个人，但诗人正是通过展现这三个声誉和知名度很高的人的悲惨结局，来表现诗人对古代殉葬制度的血泪控诉。

◎晨风◎

鴥彼晨风①，郁彼北林②。未见君子，忧心钦钦③。如何如何，忘我实多！

山有苞栎④，隰有六驳⑤。未见君子，忧心靡乐。如何如何，忘我实多！

山有苞棣⑥，隰有树檖⑦。未见君子，忧心如醉。如何如何，忘我实多！

【注释】

①鴥（yù）：鸟疾飞的样子。晨风：鸟名，即鹯（zhān）鸟，属于鹞鹰一类的猛禽。②郁：郁郁葱葱，形容茂密。③钦钦：忧而不忘之貌。④苞：丛生的样子。栎（lì）：树名，柞树。⑤隰（xí）：低洼湿地。六驳（bó）：木名，梓榆之属。⑥棣：唐棣，也叫郁李，果实是红色的，形状如梨。⑦檖（suì）：山梨。

【赏析】

关于《晨风》的主题见仁见智，有很多种解释，不必拘泥于一说。朱熹认为这是一首含有秦俗的诗，是写妇女担心外出的丈夫已将她遗忘和抛弃。而清代方玉润认为这首诗也可当成是在说君臣之情，这要看读诗的人的心境。今人高亨在其《诗经今注》则说："这是女子被男子抛弃后所作的诗。也可能是臣见弃于君，士见弃于友，因作这首诗。"可见，这首诗存在不同的主题。

从诗的本意来看，《晨风》是一首描述妻子思念丈夫的诗。本诗为我们展现了一个痴心女子盼望在外出门久不归家的丈夫能够早日回来的心情。她朝朝暮暮地等待着自己的丈夫，但是她的丈夫已经完全将她忘记了，始终都没有回到她的身边。可以说，本诗既表现出了女子的痴情，同时也揶揄嘲弄了女子丈夫的"二三其德"。

第一章"鴥彼晨风,郁彼北林",这两句话使用晨风鸟归林来起兴,描写小鸟飞倦还知道要飞回自己的窝里,但是人却已经忘记了自己的家,只想留在外面,不想回到自己的家。这两句话表现出了这位女子的情深意切,她焦急盼望,黯然神伤,诚心期盼丈夫回到自己的身边。

后四句"未见君子,忧心钦钦。如何如何,忘我实多"将人带入了女子的内心世界,将她的感情展现出来。天色已经到了暮色苍茫的黄昏时分,女子守望了一天,仍然没有看到她的丈夫,她心里感到非常忧伤苦涩。她对自己的丈夫用情至深,越想越怕,她猜想丈夫是不是已经将她给遗忘了。女子和自己的丈夫也许有着许许多多甜蜜的回忆,他们花前月下、山盟海誓,但是这些美好的回忆丈夫恐怕已经不记得,可见女子被丈夫辜负得有多深。

第二、第三章都是通过开头的复叠句"山有……隰有……"来起兴的,这是《诗经》中常出现的起兴句。第二章告诉我们,那一直盼望着丈夫回来的女子,她向四处张望,没有看到丈夫归来,却瞥见晨风鸟像箭一样掠过,然后飞入北林,然后映入她眼帘的就是山坡上茂密的栎树和洼地里树皮青白相间的梓榆。

第三章中,女子看到树换成了棠棣树和山梨树。诗人这样写一方面是为了换韵脚,另一方面是为了说明天下万物都能够各得其所,但是自己却无所适从,女子的凄凉不言而喻。第二章和第三章反复地吟咏女子的"忧心",虽然这两章只有两个字不同,但是这两层的意思却是层层递进的。从对往事和现实的欢乐,到郁闷难安,最后女子变得"如醉",也就是如醉如痴、精神恍惚,痛不欲生。最后女子几乎要精神崩溃了。

本诗的主线就是"忧心"两个字,忧心贯彻全诗的始终,主人公的心理路程,轨迹分明。诗歌的语言不事雕琢,质朴平实,感情真挚。

陈 风

◎宛丘◎

子之汤兮①,宛丘之上兮②。洵有情兮③,而无望兮。
坎其击鼓④,宛丘之下。无冬无夏,值其鹭羽⑤。
坎其击缶⑥,宛丘之道。无冬无夏,值其鹭翿⑦。

【注释】

①汤:通"荡"。②宛丘:四方高、中央低的土山。③洵:确实,实在是。④坎:击鼓声。⑤值:持。⑥缶(fǒu):瓦盆,一种打击乐器。⑦翿(dào):一种用鸟羽毛制作的伞形舞蹈道具。

【赏析】

陈地因为生产力发展水平较高,祭祀等活动尤为盛行。巫风在陈地有着久远的历史和良好的传承。

舞蹈作为巫风最主要的表演形式,在这首《宛丘》中体现了出来。因此,对于本篇的主旨,便有了"刺陈好巫风说""刺陈幽公说",等等。无论是第一种说法还是第二种说法,因是讽刺诗,而缺乏必要的文本支持而难以服众,因此学界有了第三种解释:"情诗恋歌说。"以后多数学者持此观点,认为《宛丘》一诗表达了诗人对一位巫女舞蹈家的爱慕之情。

男主人公在宛丘的游乐盛会上,爱上了一位能歌善舞的女子。两人佳期相会,在歌舞之中互相倾诉衷肠。全诗三章,着力描写女子"无冬无夏,值其鹭羽"的舞,击鼓,击缶等舞蹈动作,表现出男主人公对跳舞者的倾心。

诗中"宛丘之上""宛丘之下"和"宛丘之道"可以看作舞者跳舞地点变化的线索。古代"宛丘"的形状像倒扣的碗底；有防洪、军事等作用，古代都城基本上都建在丘上。

在这样的地点，诗的首章以浓烈的感情拉开了幕布。作者以欣赏舞蹈者的眼光写巫女优美的舞姿，不仅让作者沉醉其中，连读者也不由自主地沉浸到舞蹈的画面中。首句一个"汤"字，引起了许多学者对其负面的解释，但单这一字并不能得出舞者放荡的结论。实际上，荡是摇摆的意思，解释为舞者热情奔放的舞姿并不生硬。随着舞姿的变化，诗人的心情却发生了微妙的变化。两个"兮"字，看似寻常，实深具叹美之义，流露出诗人对舞蹈之女喜不自禁的爱恋之情。巫女自顾欢舞，哪里能察觉到那位观赏者心中涌动的情愫，一边单恋的诗人不禁心生惆怅，发出了"洵有情兮，而无望兮"的慨叹。

诗的第二、三章用白描手法描绘的巫舞场景，虽全是描写的语言，并无抒情的语句，但可见其中情意。"坎其击鼓，宛丘之下。"在欢腾热闹的鼓声、缶声中，巫女不断地跳着舞，从城里舞到城外，从寒冬舞到炎夏，时空变化了，她的舞蹈却仍是那么热烈奔放；同时，正是因为有诗人的一双眼睛始终深情地关注着她，记录着她的每一个舞步。所以读者读此诗时，不仅对诗人所流露的痴情印象深刻，更能体会到一种真正原始的活力与自然的魅力。

"值其鹭羽""值其鹭翿"说明诗中歌舞的女子是位领舞人，她用"鹭羽"来指挥全场，让众人的动作整齐划一。古代舞蹈与劳动关系密切，不可分割。在获得好的收成时，人们通常都会载歌载舞，用以庆贺。

陈地人民能歌善舞的特点，充分体现出他们对美好生活的向往。诗中舞蹈所表现出来的蓬勃生命力，令人心服。诗人对舞者的爱恋也自然而然，质朴清纯，《宛丘》似一口清泉为现代浮躁疲惫的心灵找到了律动的源头。

◎防有鹊巢◎

防有鹊巢[1]。邛有旨苕[2]。谁侜予美[3]？心焉忉忉[4]。
中唐有甓[5]，邛有旨鹝[6]。谁侜予美？心焉惕惕[7]。

【注释】

[1]防：水坝。一说堤岸。[2]邛（qióng）：山丘。苕（tiáo）：苕菜。[3]侜（zhōu）：谎言欺骗。[4]忉（dāo）忉：忧虑状。[5]唐：朝堂前和宗庙门内的大路，中唐泛指庭院中的主要道路。甓（pì）：砖。[6]鹝（yì）：绶草，一般生长在阴湿处。[7]惕惕：提心吊胆状。

【赏析】

这是一首抒发唯恐失去爱情的忧虑心情的诗歌。本诗描写了一名男子担忧自己和情人之间的关系被别人离间，而感到忧虑和恐慌的心理。朱熹说："此男女之有私，而忧或间之辞。"细细地品味诗文，就可以感受到诗中那种浓烈郁悒的心绪。

本诗的重点就是"予美"二字。"予美"的意思就是"我所爱慕的"。在《诗经》中，"美"通常指的是美人、丈夫或妻子，也可以是美丽、美好的意思。人们会因为钟爱，而觉得自己喜欢的人很美。一个"美"字表达出了诗人的感情。

诗人"予美"的对象，不一定是和他已经定情相恋的人，也可能是他暗暗相恋的人。综观全诗，可以知道诗中被爱的那个人并不十分清楚谁在暗中爱着自己。就在这样的时刻，第三者已经悄然而至。面对这样的情况，作者感到非常焦急，他害怕自己喜欢的人会被别人抢去。在他的心中，那个第三者和自己喜欢的人是不合适、不协调的，只有自己才和那个人是最完美的一对。

这一切都是暗暗发生的，诗人暗暗地爱着一个人，暗暗地担忧、害怕，暗暗地感叹、忧伤，所以这首诗便体现出了一种暗中的情愫，表现出主人公对爱情的真挚和执着。

全诗共两章，每章三句。第一句都是比喻，原本应建在树上的鹊巢却筑在了堤坝上，原本应生长在湿地上的苕草却生长在了山丘上。这种不协调的搭配方式是诗人用来比喻诳骗之言的。第二、三句主要写诗人的心理活动。诗人怀疑现在有人在暗中接近他的心上人，这个别有用心的人正在挑拨、破坏他们的关系。

在提出了这一连串的疑问之后，诗人说出了自己心中的郁闷。他感叹，到底是谁在诳骗他的心上人，原本他的心上人只和他要好，是他的最爱。但是现在他却要面临最爱的人可能会被人抢走的危险，因为他的心上人突然对他冷淡了下来，他知道这中间一定有什么变故，这一切都让他感到万分忧伤。

这些大都是诗人自己的猜测、推想和幻觉，未必真的发生了。诗人之所以会这样觉得，可以说是他不平常的心理活动的表现，这些都表达了诗人对心上人的爱慕之情。因为他爱之愈深，也就忧之愈切。诗人所用的比喻大都是一些自然现象，但又是一些在自然界中绝对不会发生的事情。因为喜鹊不可能把窝搭到河堤上；苕不可能长到高高的山坡上；砖不可能用来铺路；绶草也不可能生长在山坡上。这些违反常识的事物经诗人的组合之后，表明了一种不协调的感觉，同时也是在告诉世人，它们都是不会长久的。诗人虽然内心担忧，但是他在担忧的同时也相信真正的爱情是坚贞不移的，谁也不能横刀夺爱。

《防有鹊巢》一诗是通过将一些不协调的事物放在一起，来引起对危机的恐惧，以此表现诗的主旨。但是关于这个主旨，历代的诠释都是不尽相同的，由此也就引申出很多不同的观点。主要观点有两种，一种认为这首诗表现臣子担忧君主相信谗言，另一种则认为这是一首"男女之有私而忧或间（离间）之词"（朱熹《诗集传》），从诗文来看，这种说法比较贴合诗歌的情绪。

◎月出◎

月出皎兮①，佼人僚兮②。舒窈纠兮③，劳心悄兮④！
月出皓兮⑤，佼人懰兮⑥。舒忧受兮，劳心慅兮⑦！
月出照兮⑧，佼人燎兮⑨。舒夭绍兮，劳心惨兮⑩！

【注释】

①皎：月光洁白明亮。②佼：同"姣"，美好。僚：娇美。③舒：舒徐，舒缓，指从容娴雅。窈纠：与第二、三章的"忧受""夭绍"，皆形容女子行走时体态的曲线美。④劳心：忧心。悄：忧愁状。⑤皓：洁白明亮状。⑥懰：娇美。⑦慅（sāo）：心神不宁。⑧照：明亮之貌。⑨燎：明。⑩惨：当为"懆（cǎo）"，焦躁之貌。

【赏析】

月下的迷离，相思的惆怅，这一无数次出现在中国古典诗词中的意象，追根溯源，便是这一首《月出》。一位优雅而多情的诗人，心有所属，时刻不能忘怀，因而夜不能寐。他为排遣相思，披衣下床，步入小院中央，盘桓徘徊良久。月光如洗，澄澈无瑕，叫人心归纯净。朦胧间，月光照耀下，如琼如玉的远处，居然出现了那位女子的身影，体态匀称，身姿绰约，飘飘欲仙，不似凡俗。作者举步靠近，想一睹芳容，但幻影如雾，渐渐消散。作者方知自己思念之切，几近成痴，于是，便作了这首经典的《月出》。

自古以来，月光就是美好的象征，人们用它来代表美好的人物、事物、时刻、场景、愿望等，甚至为其编造出美好的神话故事，其皎洁、清明、澄澈，让无数的人心生向往。诗作的题目，交代了诗人活动的背景和时间，月光如水的夜晚，本身就有很大的魅力和诱惑力，容易使人生发出许多美好的联想。"月出"一词，突出了其"出"这一时刻，将这种美好，从无到有，全面而细致地展示给读者，不仅增添了其动感，还有一种神秘感和朦胧感潜藏其中，宛如幽幽现出真容的月儿，就是那位多情的美人。

诗作以对月色的描摹开端，"月出皎兮""月出皓兮""月出照兮"，反复的回环中，营造出一幅愈来愈明亮的画面。"皎"，突出月光的明净无瑕，"皓"，突出月光的明亮广阔，"照"则是重点凸显其光线充足，普照大地，把世间的一切都浸润在那一片柔美里。这一步一步的递进，展现出时间的逐渐流逝，月亮从刚升起时的白净柔弱，最终演变为当空普照，可以看出，作者的相思和幻想并非一小会儿，而是持续了整整一个晚上。这也反映了作者的相思程度，随着月光越来越亮，变得愈来愈深。

以月光作为背景，更加衬托出女子倩影的秀美。接下来，作者开始描绘那位意中女子，她的面容、身姿、体态，在月光下慢慢展现，构织出一幅别样的美景：月光朦胧下，一个线条优美的女子在缓缓起步，几分神秘，几分忧愁，月光和白衣共舞，清辉和素颜映衬，让人无限动容。这一如工笔画般的景象，渗透出无限的画意，与清雅而浓郁的诗情，水乳交融，共同达到写景抒情的极致境地。

中国传统的审美标准，自有其独特性和鲜明性。对于年轻的女子，外形上，以细长柔弱为最佳，无数描摹刻画美女的诗句，都能反映出这一标准的深入人心，如"窈窕淑女，君子好逑"等。而气质上，则以闲缓贤淑为最佳，"淑女"务必要动作轻缓，举止静穆，安静持理，这样才惹人爱惜。诗作中的女子，无疑达到了这一标准。作者在每章的开端描摹完撩人的月色之后，第二句直接写伊人的外部形态，"僚""懰""燎"，极尽反映出其美丽的容貌，婀娜的体态；第三句写伊人苗条的身段，娴雅的举止，"窈纠""忧受""夭绍"，三组连绵词，显现出其身材苗条、秀美，行步时摇曳生姿，从容不迫，雍容大方。这种舒缓安静的气质美，比外表更富有魅力。

最后一句的"劳心悄兮""劳心慅兮""劳心惨兮"，则是作者将笔触转向自身，因爱慕伊人，作者变得心神不安、焦虑愁苦、烦闷异常。诗人对女子可能是一见钟情，也可能是相知已久，但因为某些外在阻力，或单单是因为自卑，迟迟不敢对其表白心中所想，因而生发出无限的忧愁。诗人此时此刻的心情，正如《关雎》里所写的"求之不得，寤寐思服。悠哉悠哉，辗转反侧"一样。

他可能会进一步想象：她会不会真的在月下独自徘徊，与我望着同样的星光点点，感受着同样的夜风拂面？在她的脑海中盘旋的会是什么，有没有我的一寸空间？这纷乱如麻的心绪，体现出诗人爱得深沉。另外，诗人愈赞美其美好，就愈是阻碍了自己表白的可能，女子愈姣美，自己愈觉得难以攀比，这种由对照下产生的自卑，形成了严重的可望不可即的距离感，因而令他更加忧愁，也让人觉得其情感真挚，合乎逻辑和自然。

诗作各句以"兮"收尾，声调平和舒缓，一唱三叹，余韵无穷。月色的"皎""皓""照"，容貌的"僚""懰""燎"，体态的"窈纠""忧受""夭绍"，心情的"悄""慅""惨"，在古音中都属于相通的宵部和幽部，全诗一韵到底，和谐至极，再加上"窈纠""忧受""夭绍"都为叠韵词，更显舒缓缠绵。

受《月出》影响，后世出现了很多"望月"主题的诗。如张若虚的《春江花月夜》、杜甫的《闺中望月》等，皆是此类的佳作。

清代张潮说："楼上看山，城头看雪，灯前看花，舟中看霞，月下看美人，另是一番情景。"又说："山之光，水之声，月之色，花之香，文人之韵致，美人之姿态，皆无可名状，无可执着，真足以摄召魂梦、颠倒情思！""月下美人"这一意象，在中国古典审美中，逐渐成为了经典，而《月出》一诗，可谓这一经典的鼻祖，它使得《诗经》中的月亮，从一开始就染上了相思的色彩。

◎株林◎

胡为乎株林①?从夏南②。匪适株林?从夏南。
驾我乘马③,说于株野④。乘我乘驹⑤,朝食于株⑥。

【注释】

①胡为:为什么。株:陈国邑名。林:郊野。②从:跟,此处意思是找人。夏南:即夏姬之子夏徵舒。③乘马:四匹马。古以一车四马为一乘。④说:通"税",此处指停车解马。株野:株邑之郊野。⑤驹:马高五尺以上、六尺以下称"驹",大夫所乘;马高六尺以上称"马",诸侯国君所乘。⑥朝食:吃早饭。

【赏析】

据《左传·宣公九年》记载,陈灵公荒淫无道,他经常和大臣孔宁、仪行父一起与夏姬在朝廷里做苟且之事,这些丑闻天下人无不知晓。夏姬是当时国中的绝色美女,她有一个儿子叫夏徵舒,就是诗中提到的"夏南"。夏徵舒看到自己的母亲与君臣之间的苟且之事非常气愤,最让他忍受不了的是陈灵公经常拿夏徵舒作为戏谑的对象。有时,陈灵公会问仪行父夏徵舒长得像谁,仪行父带着淫笑说夏徵舒长得像陈灵公,陈灵公又反说长得像仪行父。这种戏谑让夏徵舒既羞愧又气愤,于是有一天,夏徵舒潜伏在了皇宫的马厩中,趁着陈灵公不备,一箭将他射死,从而引起了一场臭名昭著的内乱,夏徵舒最终也在这场内乱中搭上了性命。

《株林》一诗是《诗经》中难得的一首幽默讽刺诗,它对陈灵公一伙人与夏姬所行的淫乱之事的揭露,用了讽刺幽默的独特方式,给人们留下了深刻的印象。《毛诗序》在评论这首诗时也略带讽刺地说:"《株林》,刺灵公也。淫乎夏姬,驱驰而往,朝夕不休息焉。"可见,陈灵公做人做到这个地步,实在是悲哀至极!

统治者的生活对于一般百姓来说是神秘、封闭的，但是，如果某个国君的荒淫行为成为了街头巷尾议论、讽刺的话题，那么就可以想象这个国君已经昏庸淫乱到了何种地步。《株林》一诗中所描述的陈灵公就是这样一个昏庸无用的国君。

诗人在第一章以百姓的口吻来议论陈灵公的淫乱行为。当大家看到陈灵公大张旗鼓地驾着马车前去找夏姬幽会时，有的百姓就问："咱们的国君为何这么着急忙慌的，这是去哪里呀？"有人回答："去株林邑啊！"有的人则反驳说："咱的国君不是去株林邑，是去看望夏徵舒（实际上是去看夏姬）！"

其实百姓们都知道陈灵公是去株林邑，但是诗人偏偏要否定这个事实，用这种欲擒故纵的方式渲染出对陈灵公赶赴寻淫乱丑态的讽刺。陈灵公去哪里并不重要，重要的是他是去找夏姬寻欢作乐。那么，为何诗人又不直接说出陈灵公是去找夏姬，而是说去看望夏徵舒呢？

原来诗人在这里又用了一个故弄玄虚的小伎俩，对于这种龌龊之事，诗人不愿意直接提及，而是用一个与夏姬最为亲近的夏徵舒，将人们的思维引领到所要讽刺的事上。这也反映出诗人对陈灵公的所作所为的不屑，这种狡黠的文笔比那种直接表达自己观点的文字更能烘托出全诗的讽刺意味。

"驾我乘马，说于株野。"第二章中诗人把自己当成了陈灵公，一路上通过炫耀所乘的宝马，来抒发出自己已经抑制不住的喜悦之情。等到陈灵公到了株林邑，便不用再假借去探望夏徵舒的借口，也不用顾及周遭百姓的议论，因为他马上就要见到朝思暮想的夏姬了。于是陈灵公兴高采烈、眉飞色舞地大声说道："说于株野。"

接下来，诗人摇身一变，又以孔宁、仪行父的口吻说出："乘我乘驹，朝食于株。"这两个大臣对此时陈灵公的心情一定是深有体会，他们适时宜地奉承陈灵公赶快"朝食于株"。"朝食"的意思是吃早饭，古人常以比喻男女情欲之事。诗人此处提到"朝食于株"，这一句与前面"说于株野"相对应,并且一语双关,反映出陈灵王一伙人欲盖弥彰的丑事。更为巧妙的是,诗人在第二章一直用的是"参与者"的口吻,从这个角度讲,仿佛陈灵公一伙人自己在讽刺自己,再加上百姓的议论与君臣的扬扬自得形成鲜明的对比,一下子使全诗达到了绝佳的讽刺效果。

◎泽陂◎

彼泽之陂①,有蒲与荷②。有美一人,伤如之何③?寤寐无为,涕泗滂沱④。

彼泽之陂,有蒲与蕳⑤。有美一人,硕大且卷⑥。寤寐无为,中心悁悁⑦。

彼泽之陂,有蒲菡萏⑧。有美一人,硕大且俨。寤寐无为,辗转伏枕。

【注释】

①陂(bēi):堤岸。②蒲:香蒲,一种生在河滩上的植物。③伤:因思念而忧伤。④涕泗:眼泪和鼻涕。⑤蕳(jiān):兰草。⑥卷(quán):通"鬈",头发卷,形容鬓发很美。⑦悁悁:忧伤愁闷的样子。⑧菡萏(hàn dàn):荷花。

【赏析】

春秋战国时代,女性在生活、思想的各个方面,都还有着同男子相差无几的权利和自由。

当时,男女之间的相恋和欢会,都是非常自然的,特别在民间,男女相恋发而为歌,唱将出来,也都是极为普通的,并不像后世所说的违反伦理纲常。《泽陂》一诗所具有的独特气质,直至今日依然显得率直坦诚、大胆火热。《泽陂》是一首写女子相思之情的诗歌,场景是在水草依依、风荷高举的池塘边，对象是一位高大壮硕又英俊的男子，而女子的爱之切、情之深，则是"涕泗滂沱""辗转伏枕"。

诗作每章意思基本相同，采用回环复沓的艺术手法，将情感酝酿得浓烈而悠长。作者以所见的池塘起兴，寥寥数语，就将读者带进了一个青葱水嫩、如诗如画的艺术幻境：池塘边众草丛生、百卉争艳，高树与低蔓携手，葱绿与粉嫩辉映，蓬蓬勃勃、盈盈满满，生气蒸腾；池水轻漾，波光潋滟，明净如玉，游鱼青蛙一览无余，清风吹过，波面缓缓荡开，犹如初受碰触的心境。此种场景，很能够撩动相思之心。女子身处其中，不自觉地产生出爱恋的悸动，又想到了自己心仪的那位男子：他的强健高大、俊美优雅，像清风拂过水面一样，早已撩拨得那片心湖不再平静。

第二章，主人公仅易数字，依然矢志不渝地吟唱着自己的相思和爱慕。在这一章中，女子对心仪的男子热切地赞美："有美一人，硕大且卷。"那个健美的男儿，即身材高大，又容貌英俊。这是一种赞扬的口吻，女主人公的爱慕和自豪溢于笔端。想到男子的美好后，她丝毫不在意男子对她造成的伤害，也丝毫不顾及男子心中会不会有她，而是不顾一切地付出自己的痴心。章末的"中心悁悁"一句，体现出女子依然因相思郁郁不乐，但却不再像首章那样"涕泗滂沱"。然而，其原因不是自己得到满足和慰藉，而仅仅是因为想到了男子的美好，这种对心上人只要想想就能开心满怀的女子，显得单纯善良。

两章的歌唱仍不足以排遣心中的爱恋，女子在第三章中，又从不同角度赞美了男子的优秀，表现了自己的相思。"硕大且俨"，是从性格上对男子进行的描写，端庄谨严，是一个人有涵养的外在表现，也是最让人放心的品质之一，说明这位男子积极向上，丝毫不虚度光阴。他一定是在忙于事务，没有机会儿女情长。女子明白这些，因此才深深地把思念埋在心底，尽力忍受着相思之苦，不去打扰、影响男子的生活。"辗转伏枕"，是对女子相思之状的极尽描摹，夜晚翻来覆去、想睡又睡不着、睡不着又命令自己睡的形态，最能表现思念心上人时的煎熬。

桧 风

◎ 羔裘 ◎

羔裘逍遥①，狐裘以朝②。岂不尔思？劳心忉忉③。
羔裘翱翔，狐裘在堂。岂不尔思？我心忧伤。
羔裘如膏④，日出有曜⑤。岂不尔思？中心是悼。

【注释】

①逍遥：悠闲地走来走去。②朝：朝堂。③忉忉：忧愁状。④膏：油脂。⑤曜（yào）：闪闪发光。

【赏析】

《桧风·羔裘》被大多数人认为是一首讽喻之作是有根据的。一般来说，《诗经》中与君主相关的题材大多有这样几种方向：对君主贤能的赞美、对国家强大昌盛的歌颂以及对无贤之君的讽喻，等等。根据诗意推测，此诗应是桧国大臣因国君治国不力被迫离去后所作。忠诚的臣子与不务国事的君主也成为一种比衬，从这个方面来讲讽刺的态度也显得意味深长。

诗的首章直叙主题，没有用起兴手法。"羔裘逍遥，狐裘以朝"一句不单是对国君服饰单纯的描绘或赞美，更是流露出作为臣子的担心与忧思。大国之君身处盛世，尚须仪礼视朝、谨慎地以国事为务，何况当时桧国"国小而迫"，已经被周边的强国所觊觎，国家已经到了生死存亡的紧要关头，这种处境之下的国君却有心情锦衣玉食，有良知的臣子怎能不心焦如焚?

"岂不尔思?劳心忉忉",这是身处末世的臣子内心深处深深的痛楚,不能对君主言说,于是化为诗篇以哀悼即将逝去的家国。第二章在回环往复中语气更深重,痛心之感也愈发深切。重复的作用是反复强调主旨,让感情更加强烈。读者就是从这样层层深入的语气中,感受到诗作者对国之将亡的痛心,和对只知游玩宴乐、追求享乐的昏君的怨愤。诗的末章则用特写镜头,放大羔裘在日光照耀下的情景,使读者的视觉感更加开阔。

一般来说,当人们第一眼看到柔润而有光泽的羔裘时,第一直觉是赞叹它的雍容、华美、富贵,但在诗中,这种华丽给人的感觉不是美好而是一种负担,是另一种形式的"过目不忘"。难以忘记的不是华美服饰给人带来的美感,而是在这服饰背后对国君昏聩、国家危在旦夕的忧虑之情。

"岂不尔思?中心是悼"这一句,让上面的羔裘顿时黯然失色,读到这时,难免会联想作者看到这样的情境时会有什么样的选择,这就回到了开篇时对主旨探讨的问题:这样的君是奉还是弃?诗人心中也纠结万分,于是便自然有"劳心忉忉""我心忧伤""中心是悼"的情感流露。

在这样急切且繁杂的情感流露中,读者才真切地感受出诗作者的深切思虑。诗人的选材角度独特,笔下的国君并没有什么"大恶",只是通过小小的华丽服饰入手,这便是"见微知著"的手法的运用。从小处出发,从细节出发,一件小小的衣服竟然有大文章,国家不保之时君主尚思服饰,反衬出了不务国事的君主的大问题来。这位忧国忧民的大夫,从这些所谓"小事"看出大问题,国君又不听谏言,只能作诗讽刺,以明心迹,这是本诗的特色之一。

同时,这也证明作者"劳心忉忉""我心忧伤""中心是悼"并非是杞人忧天,三组伤感的情绪渐渐递进,心情愈加沉重,其中的忧国之情也愈加强烈。"岂不尔思"一句于三章中反复咏之,对国君的忧怨也暗含中间,从而获得强烈的感染力,取得了很好的艺术效果,这也是本诗的重要特点。

◎素冠◎

庶见素冠兮①，棘人栾栾兮②，劳心慱慱兮③。
庶见素衣兮，我心伤悲兮，聊与子同归兮。
庶见素韠兮④，我心蕴结兮⑤，聊与子如一兮。

【注释】

①庶：幸。②棘人：急于哀戚的人。栾（luán）栾：瘠瘦的样子。③慱慱（tuán）：忧苦不安。④韠（bì）：即蔽膝，古代官服装饰，革制，缝在腹下膝上。⑤蕴结：郁结。

【赏析】

对于《素冠》一诗所要表达的内容，历来是众说纷纭。有人说这是一首悼念亡者的丧葬诗，有人说这是一首对遵守传统礼乐之人的赞扬诗，也有人说这是诗人去监狱探视友人的探监诗。

之所以会出现这么多争议，主要还是因为不同的人对诗中"素衣素冠"和"棘人"理解的不同。把这首诗看作悼亡诗的人认为"素衣素冠"是家中有人过世时穿的丧服，"棘人"就是为先辈守孝服丧之人；把这首诗看作探监诗的人，则认为"素衣素冠"就是平时穿的普通衣服，"棘人"看成关押在监狱的有罪之人。真可谓"仁者见仁，智者见智"。

但是，古时候一些释评《诗经》的著作大都认为这是一首赞美孝子的诗。像《毛诗序》、朱熹所著的《诗经传》中都认为"素衣素冠"为凶服、孝服，强调的是晚周时期，人们已经开始不遵守传统礼乐制度，家中有人去世，作为子女大都不能守孝三年，而诗中所说的"素衣素冠"之人，是尽孝道、遵守传统礼乐的好榜样。

但是随着时间的递进，后人开始将"棘人"解释为囚犯、罪人。"棘"

在古代就被看作囚禁有罪之人的场所，相当于现在的监狱。所以有观点认为这是一首忠良之士在朝廷遭到奸臣陷害，被贬入狱的诗。诗的第一章着重描写一位遭受迫害的贤臣，他头戴"素冠"，身穿"素衣"，身体消瘦羸弱，弱不禁风。诗人从外在的容貌描写到内在的心理活动，将一个落魄之人的形象一步一步展现出来，颇有屈原在江畔行吟，形容枯槁，颜色憔悴的意味，带给读者一息悲剧的气氛。

二、三两章，诗人仍是从衣着写起，并以"素衣""素韠"作为托物喻人的引子，并且与第一章的"素冠"相呼应，自上而下地描绘出了这位受到迫害的贤臣的穿着。然而，不管哪一种衣服，诗人都在前面加了一个"素"字，究其用意，这个"素"字正是在暗含"棘人"高风亮节、清白如雪的形象。

到了第二章第二句，诗人以一句"我心伤悲"直接、明确地抒发了自己的情感，连同接下来的"我心蕴结""聊与子同归""聊与子如一"，一步一步，递进地阐明了诗人的意愿，使刚才"伤悲""蕴结"的思想感情得到了升华。

其实，这首诗还蕴含了诗人悲喜交加的情感变化。作为探监之人，诗人面对屈打成招、关在监狱里的贤臣感到既悲伤又悲愤。但是当他走进牢房，还能与"棘人"有幸相见，瞬间又感到了一丝欣喜，这种情感的变化，虽然可贵，但也实属无奈。

监狱是一个是关押罪恶的地方，凡是被关进里面的人，严刑拷打、受伤送命并不是什么新鲜的事情，但是送进监狱里的人难道全都是坏人吗？答案是否定的。君主专制时代，一个人的生命往往掌握在最高统治者的手里，有时无意的一句话就可能让君主产生怀疑，进而引火烧身。而那些只会给君主进谗言的奸臣，更是破坏贤良之士的罪魁祸首，所以在当时，好人因为遭受诬陷，蒙冤而死的事情数不胜数。

诗人探望的这位"棘人"就是蒙冤者之一。虽然诗中没有详细描述诗人探视的具体情节，对"棘人"究竟所犯何罪也不得而知，但是从侧面不难看出，身处当时的险恶环境，当一位贤臣遭到迫害之时，诗人仍然不顾危险，毫无避讳地到监牢中探望这位友人，表明自己愿与蒙冤的"棘人"同归的态度。可见，诗人也是一个重情重义的贞良之士，这种患难与共的精神实在难能可贵。

诗人在诗中勾勒出的人物形象十分鲜明，并且感情丰沛，每句的最后一个字都以语气词"兮"结尾，悲情的音调始终环绕在耳畔。

◎隰有苌楚◎

隰有苌楚①，猗傩其枝②。夭之沃沃③，乐子之无知！
隰有苌楚，猗傩其华④。夭之沃沃，乐子之无家⑤！
隰有苌楚，猗傩其实。夭之沃沃，乐子之无室！

【注释】

①隰：低湿的地方。苌（cháng）楚：藤科植物，也就是今天的阳桃、猕猴桃。②猗傩（nuó）：同"婀娜"，轻盈柔美的样子。③夭：少，此指幼嫩。沃沃：润泽的样子。④华：花。⑤无家：指无家庭拖累。

【赏析】

《隰有苌楚》主要表达的是人不如草木的情感。桧国的民歌《桧风》留存较少，仅有四篇被收入《诗经》。周代的诸侯国桧国，地处河南省密县一带地方，于春秋初年为郑武公所灭。由于周王朝和各诸侯国对其横征暴敛，劳动人民生活在水深火热之中，因此《桧风》大都表达人民的不满、怨愤和伤感情绪。

从这个角度来看，本诗的作者确是有感而发，或许是生活不如意而流露出羡慕草木的感情来。朱熹《诗集传》有论："政烦赋重，人不堪其苦，叹其不如草木之无知而无忧也。"就文本来说，诗人反复表达的是对苌楚无思家国的羡慕之情，于是发出"人不如草木"的感叹。

本诗中"人不如草木"之叹，对后来的文人影响很大，草木自此便经常用来与人尤其是不如意的人生相比较。如陶渊明《归去来兮辞》中就叹息："木欣欣以向荣，泉涓涓而始流。善万物之得时，感吾生之行休。"

得出"人不如草木"结论的诗人，想必人生中遭遇了诸多不幸，才会羡慕起摇曳的植物来。"苌楚"，是指野生的猕猴桃，到唐代它才第一次被植入庭院，之前，只是荒野群林中的拇指般大的小桃子。《隰有苌楚》以猕猴桃起兴，引发诗人内心的忧虑，诗中的人十分向往猕猴桃在风中伸展枝条的自由。全诗三章，重章叠咏，每章二、四句各换一字，重复诉说同一个意思，可见其感念之深。

全诗各章的首两句均为起兴，把"苌楚"的枝、花、实分解各属一章，这是《诗经》重叠形式之一种：即分别讲一事物的各个部分。诗人看到洼地上猕猴桃藤蔓蜿蜒，开花结果，生机蓬勃。其自由生长、生命力旺盛的样子使诗人对自己的遭际十分惆怅，小小的植物却活得如此旺盛，而诗人联想到自己的境遇难免愁苦起来。

诗人在不知不觉中就将猕猴桃与自己的生活状况联系到一起，视角自然而然地从植物切换到人身上。三、四句是描述，又好像是对自己处境的嘲讽。因为赞叹猕猴桃充满生机时，渗透了主观情感。第四句变换了人称，直呼猕猴桃为"子"，以物为人，人与物对话，人与物对比。诗人心中的苦闷在这里沉默地爆发了，究竟是怎样的处境让诗人不仅自叹不如草木，而且还与猕猴桃对起话来？"我活得还不如你啊"，不如之处就在"知"与"家"上。人比草木高级的地方就在于有"知"，人有家室能享受天伦之乐，这一点也是草木不能及的，而恰恰是这两点成为诗人认为不如草木之处，寥寥五个字中包含着诗人诸多痛苦与愤慨。

诗文先后赞美猕猴桃枝条柔美、花儿盛开、硕果累累，但是每一章的末句又分别说因为它无知觉、无思想，所以没有苦恼。《隰有苌楚》以写美好景象来为苦恼心情作反衬，达到利用气氛来反衬心境的艺术效果。

曹 风

◎蜉蝣◎

蜉蝣之羽，衣裳楚楚。心之忧矣，於我归处①？
蜉蝣之翼，采采衣服。心之忧矣，於我归息？
蜉蝣掘阅②，麻衣如雪③。心之忧矣，於我归说④？

【注释】

①於我归处：何处是我的归宿。②掘阅：通"掘穴"，即掘地而出。③麻衣：指古朝服。④说（shuì）：通"税"，歇息。

【赏析】

关于《蜉蝣》这首诗，《毛诗序》认为它是一首讽刺曹昭公奢侈的诗，对这种说法，后人看法不一。从当时的历史环境和本诗的诗意来看，用"蜉蝣"来讽刺国君的奢侈，其实有一些不伦不类。但是通过"蜉蝣"来表达贵族阶层的情绪这一观点，却是符合诗意的。

曹国是一个位于齐、晋之间的较小的诸侯国。曹国的曹共公（姬姓，伯爵，春秋时曹国第17位国君）和晋文公（公子重耳）是同时代的人。曹公（曹国君主谥号皆称公）的生活非常腐化，令当时曹国的百姓人民都感到悲观失望。之所以用"蜉蝣"来起兴，是因为曹国有很多湖泊，这样的环境非常适宜于蜉蝣生存，那里的人们对于这种生物十分熟悉。再加上当时曹国国力单薄，时常处在大国的威逼之下，这样的国情，也让曹国的士大夫们对人生产生了很多忧惧和伤感。

"蜉蝣"是一种十分漂亮的小虫。它的身体非常软弱，有一对相对其身体来说非常巨大的、完全透明的美丽翅膀，翅膀上还有两条长长的尾须，所以当它们在空中飞时，姿态就像在跳舞一样，显得纤巧动人。但是蜉蝣又是一种朝生暮死的渺小昆虫，它生长在水泽地带。蜉蝣的幼虫时期是比较长的，有些甚至可以活二三年。但是当它们长成成虫之后，就不饮不食，在空中飞舞交配，在完成繁衍物种延续后代的使命之后就结束生命，成年蜉蝣的生命一般只有一天。因此，古人常用"蜉蝣"来叹息人生易逝、生命短暂。

喜欢在日落时分成群飞舞的蜉蝣，在繁殖完成之后就会死去，然后坠落在地面上，不用一会儿，地上就会积成一层厚厚的蜉蝣尸体。即使是这种小生命的死，也会变得引人注目，甚至给人惊心动魄的感觉。但是蜉蝣"衣裳楚楚""采采衣服"的美丽，并不能掩盖它们生命短暂的事实。这首叹息人生短促、生命无常虚幻的诗，表达了曹国人民对于好景不长、年华易老、生命短促、人生不知何处是归宿的伤感悲叹。

本诗将人生和一种弱小的生物联系到一起，将人生比喻为朝生暮死的昆虫，这种比喻可以引起人们对人生意义和价值的思考。它让人开始思考和探索如何度过这短暂的一生，同时也开始思索自己的行为会对子孙后代产生什么影响。

蜉蝣的幼虫期是在水中度过的，它们的育化过程长达五六年。在这漫长的时间里，蜉蝣积蓄着力量，吸取着能量，壮大着自己，等到有朝一日它们化为成虫后，就将所有的力量爆发出来。它们披着美丽的外衣，用短暂的生命换来辉煌的一刻，我们不知道蜉蝣的心情，也就不能确认它们对这样的选择是否后悔。诗人借这朝生暮死的小虫写出了脆弱的人生在消亡前的短暂美丽，以及人们对于生命终要面临消亡的困惑。

这样简单的一首诗却有着很强的表现力。蜉蝣小小的翅膀在阳光下显得异常美丽，有一种不真实的艳光，朝生暮死的命运使这种小虫的一生带上了华丽的色彩，这种美丽让诗人深深感喟。他感叹美丽的事物总是会很快消亡，那种昙花一现、浮生如梦的感觉显得十分强烈。所以本诗的情调是消沉的，那种忧愁伤感几乎是深入骨髓的。

《蜉蝣》表达了当时曹国人民"生如朝露，命如蜉蝣"的悲观心态，诗中充斥着"朝生暮死心忧伤""我和蜉蝣的归宿其实都一样"的想法。人的生命，最终不过如一场烟花，绽放过，或绚烂，或黯淡，终化为天地间一粒小小尘埃。表面上鲜艳华丽但生命极其短促的蜉蝣，提醒人们要珍惜已有的幸福，不要虚度年华、留下遗恨。

◎候人◎

彼候人兮①，何戈与祋②。彼其之子③，三百赤芾④。
维鹈在梁⑤，不濡其翼⑥。彼其之子，不称其服⑦。
维鹈在梁，不濡其咮⑧。彼其之子，不遂其媾⑨。
荟兮蔚兮⑩，南山朝隮⑪。婉兮娈兮⑫，季女斯饥⑬。

【注释】

①候人：官名，是看守边境、迎送宾客和治理道路、掌管禁令的小官。②何：通"荷"，扛着。祋（duì）：武器，殳的一种，竹制，长一丈二尺，有棱而无刃。③彼：他。其：语气词。之子：那人，那些人。④赤芾（fú）：赤色的芾。芾是祭祀时穿的衣服，是一种用皮革制作的蔽膝，上窄下宽，上端固定在腰部衣上，按官品不同而有不同的颜色。⑤鹈（tí）：即鹈鹕，喙下有囊，食鱼为生。梁：伸向水中用于捕鱼的堤坝。⑥濡（rú）：沾湿。⑦称：相称，相配。服：官服。⑧咮（zhòu）：禽鸟的喙。⑨遂：终，久。媾：厚待，厚受。此处指厚禄。⑩荟（huì）、蔚：云层蔽日，天空阴暗昏沉的样子。⑪朝：早上。隮（jī）：升，登。⑫娈：貌美。⑬季女：少女。

【赏析】

对于《候人》所处的时代背景，《春秋左传》有记载："二十有八年春，晋侯侵曹，晋侯伐卫。三月丙午，晋侯入曹，执曹伯。曹伯襄复归于曹，遂会诸侯围许。侵曹伐卫。"曹共公亲小人，而远贤臣，最后当然是落得个亡国的下场。这样的时代背景，为本诗的对比写法提供了可能性。

《诗经》里的讽刺诗不在少数，《候人》位列其中。与其他诗歌不同的是，这首诗的讽刺对象不是某一个特定的人物，而是对好人沉下僚，庸才居高位的社会现实的讽刺。

《候人》这首诗无论内容与形式都有很好的艺术效果，赋比兴手法无一漏用，由表及里，对候人、季女等弱势一方的同情，对无才而贵的强势一方的批判都写得十分到位。陈震《读诗识小录》对本诗评论道："三章逐渐说来，如造七级之塔，下一章则其千丝铁网八宝流苏也。"现在看来，这样的评价并不为过。

诗的首章就将两种不同的人、两种不同的遭际进行了对比。前两句写"彼候人"扛着戈、扛着祋，其辛苦之状可见一斑，后两句写"彼其之子"即"那个（些）人"，或更轻蔑一些呼为"那些小子"。"三百赤芾"如作为三百副赤芾解，则极言其官位高、排场大。如真是有三百副"赤芾"的人，其身份之高可想而知，恐怕是统率大官的人，即国君。

两两对比之中，已将两方的差距言说清楚。虽然诗人没有直接对双方进行善恶评价，但爱憎之情还是可以体味出的："何戈与祋"，显示出"彼候人"官位之卑微、工作之辛苦，诗人对其寄寓了同情之心；而"三百赤芾"的"彼子"却无功受禄，谴责、不满之情已溢于言表。仅仅四句，就将本诗的主旨概括了出来，所以这章可以看作全篇的统领，其他章节在此基础上渐次展开，同情之心慢慢收拢，讽刺批判占据主要内容。

接下来诗人弃用赋说，改用"比"法：前两句比喻，后两句主体。"维鹈在梁，不濡其翼"，用了鹈鹕的一个生活中的细节来打比方。鹈鹕是一种水鸟，它们捕食的特点是不必下水更不必打湿翅膀，只需站在鱼梁上，颈一伸、喙一啄就可以吃到鱼,安然之态令人瞠目。由于地位的优势,近水鱼梁自然可以不劳而获。这样一说,读者自然会联想到诗人要比喻的对象是不劳而获的"彼子",于是接下来矛头直指"彼子",说其"不称其服"。"服"即其身份地位的象征。身份高的服高"百赤芾",特权也就多,无才无德也可加官受禄,显贵一生,这与站在鱼梁上低头吃鱼的鹈鹕并无二致。诗人的不满情绪到这里显然没有结束,于是便有了下面第三章的继续。

"维鹈在梁,不濡其咮",即鹈鹕不仅不沾湿翅膀,甚至连喙也可以不沾湿。这是因为鱼有时会跃出水面,有的则会跳到坝上。而站在坝上的鹈鹕就可连喙都不湿,轻易地吃到鱼。而后两句写到"彼子"也深一层,"彼其之子,不遂其媾":正如不劳而获的水鸟般,"彼子"也可无才受禄。

"彼子"描写完毕后,诗似乎要接近尾声,第四章前两句以写景起兴。"荟兮蔚兮,南山朝隮"为读者描绘了天色昏暗,云山雾绕的景色。这句起兴并非无缘无故,与后面的叙事有着某种氛围或情绪上的联系。"婉兮娈兮,季女斯饥",相貌婉娈的女子却在这样的环境中忍饥挨饿,艰难地生存,其惨象可想而知,阴沉的南山似乎预示着她的明天:希望渺茫,不见光明。"季女斯饥"与"荟兮蔚兮"正相映相衬。"婉""娈"都是美的褒赞,与"斯饥"形成强烈的反差,引起人们的同情。

诗至此戛然而止,没有结局的结局引人反思。"候人"是否依旧苦而无功,"彼子"是否依然无功受禄,诗人没有言明,其批判的意味跃然纸上,引人深思。对于这种人不称其职,不守其责,在其位不谋其事的社会现实,作为叙述者的诗人显得很无奈,除了作诗讽刺之外也无他法。

◎鸤鸠◎

鸤鸠在桑①,其子七兮。淑人君子②,其仪一兮③。其仪一兮，心如结兮④。

鸤鸠在桑，其子在梅。淑人君子，其带伊丝⑤。其带伊丝，其弁伊骐⑥。

鸤鸠在桑，其子在棘⑦。淑人君子，其仪不忒⑧。其仪不忒，正是四国⑨。

鸤鸠在桑，其子在榛⑩。淑人君子，正是国人。正是国人，胡不万年⑪？

【注释】

①鸤（shī）鸠：布谷鸟。②淑人：善人。③仪：仪表，仪态。④心如结：比喻用心专一。⑤其：他的。⑥弁（biàn）：皮帽。骐：青黑色的马。⑦棘：酸枣树。⑧忒（tè）：变。⑨正：法则。⑩榛：丛生的树，树丛。⑪胡：何。

【赏析】

本诗以鸤鸠起兴，是以鸟的优点对"淑人君子"进行颂扬。

"淑人君子，其仪一兮。"即所谓的君子良人始终如一地仪容端庄，这包括人格的独立，也包括对仪表的要求。在《诗集传》中，朱熹引"陈氏曰"解说得很好："君子动容貌斯远暴慢，正颜色斯近信，出辞气斯远鄙倍。其见于威仪动作之间者，有常度矣。"相由心生，庄严的外表也代表了一个人正义的内心，而始终如一的内里与外表才是真正的君子。这章毫不遮掩地赞美了"淑人君子"稳如磐石的品格。

次章"淑人君子，其带伊丝"，将"仪"所代表的内容具体化，形象化。丝带、缀满五彩珠玉的皮帽等饰物均可以看出一个人的品位与修养，因此这些东西常常可用来作为判断"仪"是否正确的标准，使"淑人君子"的华贵风采形成具体可感的形象。

三章起，开始从颂"仪"之体，转换为颂"仪"之用，即内修外美的"淑人君子"对于安邦治国、佑民睦邻的重要作用。"淑人君子，其仪不忒"是一句恰到好处的过渡之句，承上启下，意在说明君子佩戴飘扬的仪态，有如其德行遍布四方，这样的品德足以治理四方，这就是"仪"之用。

四章的"淑人君子，正是国人"，进一步强调君主贤德的作用。末句"胡不万年"，则是全篇赞颂的极致：这样表里如一、端庄贤能的君主怎能不万年被拥护呢？反问其实是坚定的承认，也是赞颂的终极目的，即人民所需的正是这样的君主。分析至此，说文章是讽刺的观点似乎就有些牵强了。但这并不是此诗的重点，《诗经》中有部分为君主歌功颂德之作，本篇的赞颂却非此目的，而是通过赞颂去为贤德的君主提供了一条可循的道路，赞美背后其实有着一颗期待贤德君主的心。

◎ 下泉 ◎

冽彼下泉①，浸彼苞稂②。忾我寤叹③，念彼周京④。
冽彼下泉，浸彼苞萧⑤。忾我寤叹，念彼京周。
冽彼下泉，浸彼苞蓍⑥。忾我寤叹，念彼京师。
芃芃黍苗⑦，阴雨膏之⑧。四国有王⑨，郇伯劳之⑩。

【注释】

①冽：寒冷。②苞：丛生。稂（láng）：童粱。一种野草。③忾（kài）：叹息。寤：醒。④周京：周朝的京都。与下文"京周""京师"同义。⑤萧：艾蒿。⑥蓍：一种用于占卦的草。⑦芃（péng）芃：茂盛而苗壮。⑧膏：滋润。⑨有王：有周天子。⑩郇（xún）：古国名。春秋时为晋地。在今山西临猗县南。劳：慰劳。

【赏析】

《下泉》大多数人认为是一首东周遗老怀念旧都的诗歌。之所以怀念旧都，是因为现状不如往昔，才会常常让人怀念过去。本诗可以分为两个层次，前三章为一层，最后一章自成一层。

诗的前三章以"冽彼下泉"起始继而转向对旧都的怀念，朱熹在《诗集传》中解释说："诗首章是比而兴也。王室陵夷，而小国困弊，故以寒泉下流，而苞稂见伤为比，遂兴其忾然，以念周京也。""下泉"的起兴是感叹现在的境遇进而怀念起从前来：从下面涌出的寒泉，浸泡了丛生的莠草，致使这些草木无法生长，我的境遇不正是这样吗？叹息是因为想起了从前的京师。这三章，是《诗经》中典型的重章叠句结构，各章仅第二句末字"稂""萧""蓍"不同，第四句末二字"周京""京周""京师"不同，句式一样，只是换了韵脚，使反复的咏唱不致过于单调，而三章的意思则是完全重复的，都只为了强调自己现在的境遇每况愈下，愈加怀念起旧都来。

诗至此似乎已经可以完结，但诗人又加上了与前三章句式内容都不尽相同的第四章，而且笔锋忽然一转，与上文的关联不是很明显，这一章出现的意义让人十分迷惑。因此古往今来，不乏对此特加注意的评论分析。有人对这样的写法大加赞赏，认为是作者自己从消极的情绪中走出来，转向激昂的畅想。但也有人表示疑惑，认为最后一章画蛇添足，甚至怀疑是编纂出现误差。

细味之，最后一章与前三章在内容上也是互有关联的。前三章复沓叠咏将诗人内心的凄凉与悲剧感加强到了最高点，悲伤得无以复加，末章由悲转向喜，在悲的极点给人以希望，这样的艺术效果也是有其独到之处的。

豳 风

◎七月◎

七月流火①,九月授衣②。一之日觱发③,二之日栗烈④。无衣无褐,何以卒岁?三之日于耜,四之日举趾。同我妇子,馌彼南亩⑤,田畯至喜⑥。

七月流火,九月授衣。春日载阳,有鸣仓庚⑦。女执懿筐⑧,遵彼微行⑨,爰求柔桑。春日迟迟,采蘩祁祁⑩。女心伤悲,殆及公子同归。

七月流火,八月萑苇⑪。蚕月条桑⑫,取彼斧斨⑬,以伐远扬⑭。猗彼女桑⑮。七月鸣鵙⑯,八月载绩。载玄载黄,我朱孔阳⑰,为公子裳。

四月秀葽⑱,五月鸣蜩⑲。八月其获,十月陨萚⑳。一之日于貉㉑,取彼狐狸,为公子裘。二之日其同,载缵武功㉒。言私其豵㉓,献豜于公㉔。

五月斯螽动股㉕,六月莎鸡振羽㉖。七月在野,八月在宇,九月在户,十月蟋蟀入我床下。穹窒熏鼠㉗,塞向墐户㉘。嗟我妇子,曰为改岁,入此室处。

六月食郁及薁,七月亨葵及菽。八月剥枣,十月获稻。为此春酒,以介眉寿。七月食瓜,八月断壶㉙。九月叔苴㉚,采荼薪樗㉛,食我农夫。

九月筑场圃,十月纳禾稼。黍稷重穋[32],禾麻菽麦。嗟我农夫,我稼既同[33],上入执宫功[34]。昼尔于茅,宵尔索绹[35]。亟其乘屋[36],其始播百谷。

二之日凿冰冲冲[37],三之日纳于凌阴[38]。四之日其蚤[39],献羔祭韭。九月肃霜[40],十月涤场。朋酒斯飨[41],曰杀羔羊。跻彼公堂,称彼兕觥[42],万寿无疆!

【注释】

①流火:大火星自南方高处向偏西方向下行。②授衣:裁制冬衣。③觱(bì)发:风吹过物体发出的声响。④栗烈:凛冽、寒冷。⑤馌(yè):送饭。⑥田畯(jùn):为领主监工的农官。⑦仓庚:黄莺。⑧懿筐:很深的筐。⑨微行:小路。⑩蘩:白蒿。祁祁:形容采蘩妇女众多。⑪萑(huán)苇:芦苇。⑫条桑:修整桑枝。⑬斨(qiāng):方孔的斧。⑭远扬:长得特别高或特别长的桑枝。⑮猗彼女桑:用绳子拉住柔桑。⑯鸣鵙(jú):伯劳鸟。⑰孔阳:色彩十分鲜明的样子。⑱秀:长穗。葽(yāo):即远志,一种药用植物。⑲蜩(tiáo):蝉。⑳陨箨(tuò):落叶。㉑于貉:猎貉。㉒缵:继续。㉓豵(zōng):小野猪。㉔豜(jiān):大野猪。㉕斯螽(zhōng):即螽斯,昆虫名。㉖莎鸡:纺织娘,昆虫名。㉗穹窒:堵住洞穴。㉘塞向:堵塞北窗。墐户:将泥涂在竹木所制的门上,堵住缝隙,抵御寒风。㉙壶:葫芦。㉚叔苴(jū):拾麻籽。㉛荼:苦菜。樗(chū):苦椿树。㉜重穋(lù):后熟曰重,先熟曰穋。㉝既同:已收齐。㉞上:同"尚"。功:事。㉟索绹(táo):搓草绳。㊱乘屋:覆盖屋顶。㊲冲冲:凿冰的声音。㊳凌阴:冰窖。㊴蚤:同"早",此指早朝,古代一种祭祀仪式。㊵肃霜:凝露成霜。㊶朋酒:两壶酒。㊷兕觥(sì gōng):铜制的犀牛状酒杯。

【赏析】

《豳风·七月》是一首信息量非常大的农事诗。全诗八章,每章各十一句,这首诗基本上按时序依次叙事,类似民歌中的四季调或十二月歌。

《七月》是一幅描绘农民四季活动的风情画。它反映了一个部落一年四季的劳动生活,涉及衣食住行各个方面。作者应当是部落中的成员,所以角度找得十分精准,对一年四季的农事也是如数家珍。

这首诗从七月开始写起,而并非我们现在所用的阳历的一月写起,因为诗中使用的是周历,周历以夏历(今之农历,一称阴历)的十一月为正月,七月、八月、九月、十月以及四月、五月、六月,皆与夏历相同。"一之日""二之日""三之日""四之日",即夏历的十一月、十二月、一月、二月。"蚕月",即夏历的三月。这些是理解此诗的前提,我国古代的历法在周朝就已经形成并稳定了。

首章直接把读者带进那个凄苦艰辛的岁月,奠定了文章辛劳艰苦的基调。朱熹《诗集传》云:"此章前段言衣之始,后段言食之始。二章至五章,终前段之义。六章至八章,终后段之义。"总分的写作方式是十分严谨的。

"七月流火,九月授衣":七月火星向下降行,八月将裁制冬衣的工作交给妇女们去做,准备过冬了。"一之日觱发,二之日栗烈"写出了冬日自然环境的恶劣:十一月天气寒冷,北风发出觱发的声响,十二月寒风"栗烈",是一年最冷的时刻。

"无衣无褐,何以卒岁"是下层人民发自内心的一句心酸呐喊:我们没有御寒的衣服,怎么挨过这寒冷的冬天?挨过了寒冬,正月里又要马不停蹄地修理农具。二月里下田耕种。男人在田里干着重活,女人和小孩们则承担着送饭的任务。"田畯至喜"一句的出现显得很不和谐,在这样艰苦的劳作过程中,还有人会面露喜色:原来是因为看着我们这样辛苦地劳动,那些农官感到很高兴。诗人在首章先勾勒出大体框架,呈现出当时农业生活的整体风貌,以后各章便从各个侧面进行细致刻画。

第二章是采桑图。"春日载阳，有鸣仓庚。女执懿筐，遵彼微行，爰求柔桑"，一幅美丽的春光图在眼前展开：春日渐暖，鸟儿争春。妇女们提着筐子，出去采摘养蚕用的桑叶。妇女们辛勤地工作了很久，采了很多的桑叶。

"女心伤悲，殆及公子同归"：她们看见了贵族公子，不由得感到害怕，担心自己被掳去而遭凌辱。"田畯至喜"点到了当时社会的阶级关系，这里便慢慢地加以展开。这里的"公子"，许多论者认为是指豳公之子。当时的豳公占有大批土地和农奴，权势浩大，他的儿子们自然也趾高气扬，且享有与农家美貌女子"同归"的特权。可见，妇女的生存状态在那时十分堪忧。

诗的第三章是纺织图。"蚕月条桑，取彼斧斨，以伐远扬。猗彼女桑"：蚕月即三月，三月时节，人们开始修剪桑枝，用刀锯和斧子，砍去高枝与长条，然后再采摘柔嫩的桑叶。

"我朱孔阳，为公子裳"：亲手纺织的布染成黑红色或黄色，最美的则是朱红色。可惜这些布不是为自己所织，而要用来给贵族公子做衣裳。正如宋人张俞的《蚕妇》诗："昨日入城市，归来泪满巾。遍身罗绮者，不是养蚕人。"可见劳动人们的疾苦都是相似的。

第四章是狩猎图。农事既毕，他们还要为统治者猎取野兽。"一之日于貉，取彼狐狸，为公子裘"：他们打下的大野猪，要贡献给豳公。阶级地位又一次显示出来：那些在底层劳作的人只能过最差的生活，而贵族们却过着不劳而获的寄生虫生活。

第五章是备冬图。五月里，蚱蜢齐鸣，六月里，纺织娘鼓翅发声。天愈来愈冷了。"穹窒熏鼠，塞向墐户。嗟我妇子，曰为改岁，入此室处"：用烟熏老鼠，把它赶出屋里；堵住北窗，用泥把门缝封上，以御严寒。一年辛苦忙碌，直到新年才能稍稍歇一会儿，其中心酸让读者动容。

第六章是副业图。除了以上的那些农事，农民仍要做一些副业，而享用其成果的仍不是自己，而是供统治者享用。七月里烹煮葵菜，八月里打枣，九月里拾取芝麻，十月里收稻。"食我农夫"，农奴食不果腹，并非因为田地里的作物少，而是因为都被奴隶主残酷地掠去，而农民们却只能煮些苦菜维生。

第七章是修屋图。农民不但要种地织布，还要为统治者修盖房屋。农民住的屋子如此破烂简陋，却要为贵族修缮住宅，其中鲜明的对比，不露自显。

第八章是祝寿图。尽管农民一年到头辛苦干活，上有剥削，下无余粮，却仍旧要举杯向剥削他们的贵族高呼"万寿无疆"。诗人笔调虽愉快，但其中复杂的情愫却可任由读者想象。

《七月》以叙事为主，以赋的手法为读者展开了一幅幅生动的农事图，敷陈其事，随物赋形，在图景中始终穿插着阶级关系，在叙事中写景抒情，感情流露自然，诗意浓郁。通过娓娓的叙述，真实地展示了当时的社会生活和劳动场面，在朴实的叙述中，暗藏着底层劳动人民的血与泪。诗中对这忙碌而一无所有的十二个月的描述，正是劳动人民对剥削者的无声控诉。

◎ 鸱鸮 ◎

鸱鸮鸱鸮①，既取我子②，无毁我室③。恩斯勤斯④，鬻子之闵斯⑤！

迨天之未阴雨⑥，彻彼桑土⑦，绸缪牖户⑧。今女下民⑨，或敢侮予⑩！

予手拮据⑪，予所捋荼⑫，予所蓄租⑬，予口卒瘏⑭，曰予未有室家⑮。

予羽谯谯⑯，予尾翛翛⑰，予室翘翘⑱，风雨所漂摇，予维音哓哓⑲！

【注释】

①鸱鸮（chī xiāo）：猫头鹰一类的鸟。②子：幼鸟。③室：鸟窝。④恩：通"殷"，言殷勤于幼子。斯：语气助词。⑤鬻（yù）：育，养育。闵：病。⑥迨（dài）：及。⑦彻：通"撤"，撤去。桑土：桑根。⑧牖（yǒu）户：窗门。⑨下民：下面的人。⑩侮：欺侮。⑪拮据：辛苦。⑫捋：一把一把地摘取。荼（tú）：茅草花。⑬蓄租：积蓄。⑭卒瘏（tú）：尽瘁。⑮室家：鸟窝。⑯谯（qiáo）谯：羽毛稀疏的样子。⑰翛（xiāo）翛：羽毛干枯无光泽的样子。⑱翘翘：危险不稳的状况。⑲哓（xiāo）哓：惊恐的叫声。

【赏析】

《鸱鸮》这首诗，《毛诗序》称它是"周公救乱"之作，方玉润在《诗经原始》、魏源在《诗古微》中认为它是"周公悔过以儆成王""周公戒成王"之作，朱熹认为此诗是："比也，为鸟言以自比也。"意思是，这首诗运用了比喻的手法，来告诉我们一些道理。所以可以将其理解为一首寓言诗，也可以将它视为一首弱者悲怆呼号的诗。

在诗中运用寓言的写作手法，是从战国的诸子百家开始的，在先秦时并不多见。寓言是一种通过讲故事来表现人生感慨或哲理的文学类别。寓言故事中的主角可以是现实中的人，也可以是神话、传说中才有的虚幻人物，但是被运用得更多的是自然界中的虫鱼鸟兽、花草木石。

本诗共有四节，以一只失去孩子的孤弱无助的母鸟为主角。

第一节中，母鸟第一次出现在读者眼前，当它出现时，正是它的雏鸟被恶鸟"鸱鸮"攫去之时。"鸱鸮鸱鸮，既取我子，无毁我室"：母鸟面对着刚刚被鸱鸮洗劫了的危巢，看着自己的雏鸟被得意盘旋的鸱鸮叼在嘴里，不由得发出了悲怆的呼号。它目睹了这场飞来横祸，因而感到极度惊恐和哀伤。母鸟悲叹着：可恶的鸱鸮，不但夺走了我的孩子，还捣毁我的巢，我含辛茹苦、小心翼翼养大的孩子，就这样失去了。

这句话中充满了母鸟的无奈和心酸。诗的开篇没有描述出一个场景，而是让读者听到了母鸟的哀号。但就是在这怆然的呼号中，读者看到了母鸟悲伤的姿态及其子去巢破的惨淡景状。

那只瞪大眼睛、仰对高天、发出凄厉呼号、哀怒交集的母鸟形象栩栩如生。但是面对强大的鸱鸮，孤弱的母鸟没有办法抵抗它。所以它只能看着鸱鸮渐渐远去的身影发出怆怒的呼号。

"恩斯勤斯，鬻子之闵斯"，这是母鸟发出的伤心呜咽。这短短的几个字表现出一种深切的悲伤，在风高巢危的树顶，母鸟的鸣叫声更显得凄凉。

第二节进入了母鸟的回忆和抗争。面对自己被毁坏的巢，母鸟想起了当初建巢的辛苦。它在阴雨时节还没有到来的时候开始建巢，四处寻觅建巢用的桑树根须，然后一点一点把它们叼回来，口衔着这些韧须紧紧地缠绑窠巢。但让母鸟无奈的是，现在那些恶人都已经欺负到它的身上来了。

接下来，诗作展示了母鸟筑巢的艰辛，表达了母鸟付出辛勤的劳作之后，依然无法把握自身命运的凄凄泣诉。母鸟用自己的嘴衔草，用自己的脚爪抓树根，四处去捋白色的茅草花，然后把这些茅草花一点一点地垫在巢底作为垫子。它为了这个小窝，付出了极大的代价。艰苦的劳作下，它的羽毛一根根疏落，尾巴一天天残破，最后自己都累病了，高高地挂在树枝上的家，依然岌岌可危。面对风吹雨打，它的内心会变得动荡不安，面对恶鸟，它也毫无抵抗之力。

"予手拮据""予口卒瘏""予羽谯谯""予尾翛翛"，这几句都是对母鸟建造自己巢窠的描述。面对天地间的烈风疾雨，母鸟无回天之力。诗的结尾句"予室翘翘，风雨所漂摇，予维音哓哓"，正是母鸟"哓哓"的叫声，这样的叫声穿透了天地的风雨，喊出了母鸟无助的哀伤。这首诗写出了母鸟失去雏鸟、巢窠被破坏的伤痛，同时也可以通过这只鸟看到那些备受欺凌、艰辛生存、不能把握自身命运的人们。

◎东山◎

　　我徂东山，慆慆不归①。我来自东，零雨其濛。我东曰归，我心西悲。制彼裳衣，勿士行枚②。蜎蜎者蠋③，烝在桑野④。敦彼独宿⑤，亦在车下。

　　我徂东山，慆慆不归。我来自东，零雨其濛。果臝之实⑥，亦施于宇⑦。伊威在室⑧，蠨蛸在户⑨。町畽鹿场⑩，熠耀宵行⑪。不可畏也，伊可怀也。

　　我徂东山，慆慆不归。我来自东，零雨其濛。鹳鸣于垤⑫，妇叹于室。洒扫穹窒，我征聿至⑬。有敦瓜苦⑭，烝在栗薪⑮。自我不见，于今三年。

　　我徂东山，慆慆不归。我来自东，零雨其濛。仓庚于飞，熠耀其羽。之子于归，皇驳其马⑯。亲结其缡⑰，九十其仪⑱。其新孔嘉，其旧如之何？

【注释】

　　①慆（tāo）慆：久。②士：通"事"。行枚：行军时衔在口中以防止出声的竹棍。③蜎（yuān）蜎：幼虫蜷曲的样子。蠋（zhú）：毛虫。④烝：乃。⑤敦：团状。⑥果臝（luǒ）：葫芦科植物。⑦宇：屋檐边。⑧伊威：一种小虫，俗称土虱。⑨蠨蛸（xiāo shāo）：一种蜘蛛。⑩町畽（tuǎn）：屋旁的空地，禽兽践踏的地方。⑪熠耀：光明貌。宵行：萤火虫。⑫垤（dié）：小土丘。⑬聿：将要。⑭瓜苦：瓜瓠，瓠瓜。一种葫芦。古时有一种习俗，在婚礼上剖瓠瓜成两张瓢，夫妇各执一瓢，装满酒用来漱口。⑮栗薪：束薪，即柴堆。⑯皇：指马的毛色黄白相杂。驳：指马的毛色不纯。⑰亲：此处是指女方的母亲。结、缡（lí）：将佩巾结在带子上，这是古代婚仪。⑱九十：形容很多。

【赏析】

从诗的内容上看,这是一首征人在解甲还乡途中所写的抒发思乡之情的诗。这首诗通过抒发返乡士卒复杂的内心世界,从客观上暴露出这样一种事实:战争只能给人民的生活带来灾难,给人带来心灵上的痛楚。诗中流露出从军士卒渴望和平安定的心情。

诗的每一节前四句文字相同,它们构成了全诗的主旋律。每节的后四句都是叙事性内容,它们大抵可分为前后两部分。前两节主要是写主人公在还乡途中悲喜交加的心情,这时他的喜悦已经远远高于悲伤。为了表现出这种心情,诗人首先描写着装的改变,可以说,就是这样一个小细节,让读者看出这是一个解甲归田的退役士兵。通过他的喜悦,可以看出人们结束战争、回归和平的渴望。接下来,诗人描写了自己在回家途中餐风露宿的样子,他夜住晓行,非常辛苦。

第二节描写归家的士兵看到家园荒芜、民生凋敝、杂草丛生、野兽昆虫出没的情景,这些都倍增了他的怀念之情。后两节主人公的脑中出现了妻子在家中忧思的情景,出现了新婚时的情景,也有对久别重逢的想象。诗中提到葫芦(瓜瓠),是因为古代有一种风俗,夫妇在合卺时须剖瓠为瓢,彼此各执一瓢,盛酒漱口以成礼。这些描写主要是为了表明诗人有自己重视、在意的人。

最后一节,诗人回忆了三年前自己举行婚礼时的情景,那时迎亲的车马、参加婚礼的人们全都洋溢喜气,丈母娘亲自为新娘子"亲结其缡,九十其仪",为她结上佩巾,要她安分做人。回忆中的欢乐与"妇叹于室"形成了鲜明的对比,联系主人公日后的遭际,可以看出他新婚即与妻子别离的悲痛与伤感。

这首诗的想象力十分丰富,几乎都是靠回忆、幻想、再现来支撑起诗的细节。本诗通过第一人称的口气,直截了当地喊出了主人公久征在外不得归的怨愤,表现出思念家乡与厌恶战争的情绪。

◎破斧◎

既破我斧，又缺我斨①。周公东征，四国是皇②。哀我人斯③，亦孔之将④。

既破我斧，又缺我锜⑤。周公东征，四国是吪⑥。哀我人斯，亦孔之嘉⑦。

既破我斧，又缺我銶⑧。周公东征，四国是遒⑨。哀我人斯，亦孔之休⑩。

【注释】

①斨（qiāng）：斧的一种。②皇：匡正。③斯：语气词，相当于"啊"。④孔：程度副词，可解释为很、甚、极。⑤锜（qí）：凿子。⑥吪（é）：教化。⑦嘉：善，美。⑧銶（qiú）：独头斧。⑨遒（qiú）：安定。⑩休：休整。

【赏析】

豳是周人先祖公刘的居住之地，"豳风"则是周人居豳时的音乐。那个时代处于诸国战争时期，局面动荡，民不聊生，对战争的憎恶与对和平的向往催生了这一时代赞歌的出现。

"既破我斧，又缺我斨"，意为家中从事生产劳动的工具不是破损就是残缺了。斧、斨均为生产工具，但是这些工具都被使用得过于频繁，导致残破不堪。之所以如此，是因为服劳役的时间太长，由此可见那个时代的战事之频，生活之艰。这是以小言大，以物代情的手法。在这样水深火热的生活中，终于来了一线生机：

"周公东征，四国是皇"，周公率兵东征了，四国将得到安匡。"哀我人斯，亦孔之将"一句，省略了主语周公，主要表达对周公哀怜体恤人民的感激之情，并将他出征的举动称为伟大之举，赞颂之义溢于言表。

诗的第二章描写其他四国的人民准备逃奔到周国来的举动。"锜"与第一章的"斨"意义相同,都是劳动生产的工具,这两句也与上文一样都是在"恶四国"。下四句同样是赞美周公。

"周公东征,四国是遒",使四国之民重新团聚,这无疑是对周公的赞美,那些流离失所的人民有了家园,人心牢固,是人民对统治者最好的肯定。"哀我人斯,亦孔之嘉",这两句也与上文相似,是对周公之举的嘉赞。诗的末章则是写四国即将覆灭,军民皆庆祝。末章与第二章的内容基本相同,写战事即休,直接赞美周公。

对周公的赞颂并不意味着对战争的肯定,而是人民对幸福安定的生活的渴望。全诗主要写的是周公东征平叛这一历史事件。虽然周公的正义之举受到人民的拥护,但这首诗也从另一个侧面提醒读者,无论战争正义与否,都是以牺牲人民的性命为代价的,国家之间的战争,受苦的只是那些血肉之躯的军人们,换来的仅仅是一方的利益,老百姓仍是战争中最大的受害者。

雅篇

小 雅

◎鹿鸣◎

呦呦鹿鸣①，食野之苹②。我有嘉宾，鼓瑟吹笙。吹笙鼓簧③，承筐是将④。人之好我，示我周行⑤。

呦呦鹿鸣，食野之蒿⑥。我有嘉宾，德音孔昭⑦。视民不恌⑧，君子是则是效⑨。我有旨酒⑩，嘉宾式燕以敖⑪。

呦呦鹿鸣，食野之芩⑫。我有嘉宾，鼓瑟鼓琴。鼓瑟鼓琴，和乐且湛⑬。我有旨酒，以宴乐嘉宾之心。

【注释】

①呦（yōu）呦：鹿的叫声。②苹：艾蒿。③簧：笙上的簧片。笙是用几根有簧片的竹管、一根吹气管装在斗子上做成的。④承：奉上。将：送，献。⑤周行：大道，引申为大道理。⑥蒿：又名青蒿、香蒿，是一种菊科植物。⑦德音：美好的品德声誉。孔：很。⑧视：同"示"。恌：同"佻"。⑨则：法则，楷模，此处作动词用。⑩旨：甘美。⑪式：语气助词。燕：同"宴"。敖：游乐。⑫芩（qín）：草名，蒿类植物。⑬湛（dān）：乐之久。

【赏析】

　　《鹿鸣》这首诗原来是君王在宴请群臣时唱的诗,后来在民间也逐渐得到了推广,在乡人的宴会上也经常可以听到人们唱这首歌。

　　"呦呦鹿鸣,食野之苹。我有嘉宾,鼓瑟吹笙",通过"鹿鸣"起兴,来表现君臣宴饮的氛围。东汉末年曹操作的《短歌行》中,就引用了这四句,来表示自己求贤若渴的心情。

　　通过这四句,读者仿佛可以看到一群麋鹿在原野上悠闲地吃草,它们不时发出呦呦的鸣叫声,叫声相互回应,让人觉得非常和谐悦耳。这样的画面,营造出一个美好、宁静、悠闲的氛围。可以想象,在君王宴请大臣的宴席上,要是也有这样的氛围,那会是多么的轻松愉快,拘谨和紧张的感觉都会消失,人们都会放松下来。在等级森严的社会中,君臣之间礼数太周到,就会变得有些生疏。所以君王会通过宴会来和群臣沟通感情,倾听群臣的心里话。

　　按照当时的礼仪,宴会上是一定要奏乐的。因此接下来,诗人便从"呦呦鹿鸣"的氛围转入"鼓瑟吹笙"的乐声中。当时在一场宴会上需要演唱三首诗歌,因为《鹿鸣》这首诗在歌唱时需要用笙乐来相配,所以诗中才会说"鼓瑟吹笙"。

　　虽然现在无从得知这首诗的旋律,但是分析全诗三节的内容,就会发现,它们都拥有非常欢快的节奏,所以可以判定,这首诗始终洋溢着欢快、愉悦的气氛。作为一首宴飨之乐,此诗是没有一点哀音的。

　　诗的第一节,君王和大臣们相互迎合着,气氛和乐,乐工们吹奏起了琴瑟笙箫。在音乐声中,君王安排小臣们"承筐是将",也就是捧着成筐的礼品币帛,将它们馈赠给前来赴宴的嘉宾们。在酒宴上馈赠礼品是古人的习惯,君主认为这些来赴宴的大臣都是尊重他、爱戴他,能够给他提出谏言的人。"人之好我,示我周行。"君主感谢他们帮助自己施行治国安邦之道,并希望将来能够继续和他们有良好的沟通。

　　第二节,君王进一步表示自己的祝词,对君主来说,这些大臣们都是品德崇高的人，他们在老百姓面前说话办事总是诚心敬意，从不耍花招、使奸计。君主觉得自己应该以他们为表率，向他们学习。君主之所以要这样说，一方面是为表示自己是一位虚心好学、能接受意见的君主，另一方面是为了要求自己的臣子成为清正廉明的好官，希望他们能够矫正民风。君王愿意和大臣们一起畅饮，纵情歌舞，上下同乐。

"宴乐嘉宾之心"这一句将诗的主题深化了。在最后一节中，诗中的欢乐气氛达到了最高潮。但君王这次宴请大臣并不是为了满足口腹需要，而是要做到"安乐其心"，达到沟通君臣关系，彰显君主的威仪和亲和，使参与宴会的群臣心甘情愿为君王和国家服务的目的。

◎常棣◎

常棣之华①，鄂不韡韡②。凡今之人，莫如兄弟。
死丧之威③，兄弟孔怀④。原隰裒矣⑤，兄弟求矣。
脊令在原⑥，兄弟急难。每有良朋⑦，况也永叹⑧。
兄弟阋于墙⑨，外御其务⑩。每有良朋，烝也无戎⑪。
丧乱既平，既安且宁。虽有兄弟，不如友生⑫。
傧尔笾豆⑬，饮酒之饫⑭。兄弟既具⑮，和乐且孺⑯。
妻子好合⑰，如鼓瑟琴。兄弟既翕⑱，和乐且湛⑲。
宜尔室家⑳，乐尔妻帑㉑。是究是图㉒，亶其然乎㉓。

【注释】

①常棣：亦作棠棣、唐棣，蔷薇科落叶灌木，果实比李小，可食。②鄂不：萼足。韡（wěi）：鲜明貌。③威：通"畏"。④孔怀：最为思念、关怀。孔：很，最。⑤裒（póu）：聚集。⑥脊令：通"鹡鸰"，一种水鸟。⑦每：虽。⑧永：长。⑨阋（xì）：争吵。⑩御：抵抗。务：通"侮"。⑪烝：通假作"曾"，乃。戎：帮助。⑫友生：友人。⑬傧

（bìn）：陈列。笾（biān）豆：祭祀或宴会时用来盛食物的器具。笾用竹制，豆用木制。⑭饫（yù）：满足。⑮具：同"俱"，聚集。⑯孺：相亲。⑰好合：相亲相爱。⑱翕（xī）：聚合。⑲湛：深厚。⑳宜：和顺。㉑帑（nú）：儿女。㉒究：深思。图：考虑。㉓亶（dǎn）：信、确实。然：如此。

【赏析】

西周初年的时候，曾经出现过周公的兄弟管叔和蔡叔的叛乱。根据这件事，《毛诗序》判定《常棣》是周公写的："《常棣》，宴兄弟也。闵管、蔡之失道，故作《常棣》。"西周末年，统治阶级骨肉相残、手足相害的事情发生得更多了。《左氏春秋》认为《常棣》是厉王时召穆公所作的，《左传·僖公二十四年》："召穆公思周德之不类，故纠合宗族于成周，而作诗曰：'常棣之华……'云云。"

其实，无论《常棣》的作者是周公抑或是召穆公，都没有足够的证据可以证明，因此，读者不妨将"常棣"当成一个文学意象。"凡今之人，莫如兄弟"这两句可视作《常棣》这首诗的主旨。它是一首在周人宴会上劝诫兄弟友爱的诗，既有叹惜，又有警世规劝的意思。

本诗所表达的内容通过四个层次表现出来，有"莫如兄弟"这样的歌唱；也有"不如友生"这样的感叹；还有"和乐且湛"这样的推崇和期望。第一层就是第一节，这一节用棠棣之花来起兴，"常棣之华，鄂不韡韡"，这两句通过赞叹常棣之花的鲜明娇艳来比喻兄弟之间的感情。"鄂不"这个词的意思是花萼和花蒂有所依托，两者紧密相依，这是花朵美丽的基础。由此引出"凡今之人，莫如兄弟"这两句，在全世界，只有兄弟之间的情义才是最坚固的。这一句既赞美了兄弟之间的亲情，同时也是对中华民族传统人伦观念的一种展现。

接下来的三节中，诗人描绘了三个典型情境，用这样的情景表现出"莫如兄弟"这句话的意义。

这一层首先描写兄弟之间的深厚感情：如果有一方遭遇了死丧，剩下的人一定会感到悲痛；若有一方被埋尸荒野，剩下的那个一定会不远万里带他回去。

第二部分写到兄弟之间如果有一方遇到了困难，另一方一定会去帮助。"脊令在原"这一句郑笺是这样解释的："雍渠水鸟，而今在原，失其常处，则飞则鸣，求其类，天性也。犹兄弟之于急难。"鹡鸰是一种被困处高原时就飞鸣寻求同类的鸟。这样的鸟正好符合兄弟急难时互相救助的情景。

第三部分是写兄弟之间如果有一方遭遇了外人的侮辱或者非难，那么他的兄弟一定会鼎力帮助他。就算亲兄弟之间也会因为一些琐事发生争执，但是当他们遭遇外敌之时，他们一定能做到一致对外。

这三节对兄弟之情的反复吟咏，加强突出了兄弟团结的重要意义。这一部分通过"死丧""急难"和"外御"这三个词，描写了兄弟之情的诚笃深厚。

前面两部分诗人是从正面来赞颂理想中的兄弟之情，而诗的第三层所描写的内容，从正面的理想回到了当时的现实；也就是理想中的"莫如兄弟"变成了现实中的"不如友生"。

"虽有兄弟，不如友生"，诗人叹息着：丧乱平息，安宁来临之后，虽然有兄弟，但是"不如友生"的情况也许就会发生了。虽然兄弟之间可以共御外敌，但是当没有外敌之后，兄弟之间就会发生内斗，这样的内斗会使得兄弟之间产生矛盾，这样一来，兄弟之间的相处就比不上朋友之间的和谐美好了。

接下来，诗人展示了兄弟和乐、骨肉相亲、夫妻和睦、全家团圆的场景。兄弟和乐融融，夫妻琴瑟和谐。第七节中"妻子"和"兄弟"的对照，表明兄弟之情是胜过夫妇之情的；因为只有兄弟和睦，才能室家安宁，也就是"兄弟既翕"，才能"宜尔室家，乐尔妻孥"，所以和睦的兄弟关系是家族和睦、家庭幸福的基础。

兄弟友爱，手足亲情，是永恒的文学主题。本诗用对比的方法，凸显了"凡今之人,莫如兄弟"这一主旨。诗中对于手足之情的描写,真挚感人,影响深远。

古人看重和强调兄弟亲情是有其特殊原因的,一方面是因为血缘;另一方面是父系社会的观念使然。男性是国家和家庭的主宰,也是传宗接代的主角,兄弟担任着双重的主角,其重要性不言而喻。

◎伐木◎

伐木丁丁①,鸟鸣嘤嘤②。出自幽谷,迁于乔木。嘤其鸣矣,求其友声。相彼鸟矣③,犹求友声。矧伊人矣④,不求友生。神之听之⑤,终和且平⑥。

伐木许许⑦,酾酒有藇⑧。既有肥羜⑨,以速诸父⑩。宁适不来⑪,微我弗顾⑫?於粲洒扫⑬,陈馈八簋⑭。既有肥牡⑮,以速诸舅⑯。宁适不来,微我有咎⑰。

伐木于阪,酾酒有衍⑱。笾豆有践⑲,兄弟无远。民之失德⑳,乾餱以愆㉑。有酒湑我㉒,无酒酤我㉓。坎坎鼓我㉔,蹲蹲舞我㉕。迨我暇矣㉖,饮此湑矣。

【注释】

①丁(zhēng)丁:砍树的声音。②嘤嘤:鸟叫的声音。③相:审视,端详。④矧(shěn):况且。伊:你。⑤听之:听到此事。⑥终……且……:既……又……。⑦许(hǔ)许:砍伐树木的声音。⑧酾(shī):过滤。有藇(xù):酒清澈透明的样子。⑨羜(zhù):小羊羔。⑩速:邀请。⑪宁适不来:难道有事不能来。⑫微:非。弗顾:不顾念。⑬於粲洒扫:清洁庭院忙打扫。⑭陈:陈列。簋(guǐ):盛放食物用的圆形器皿。⑮牡:雄畜。诗中特指公羊。⑯诸舅:异姓亲友。⑰咎:过错。⑱衍:美好的样子。⑲笾(biān)豆:盛放食物用的两种器皿。践:陈

列。⑳民：人。㉑乾餱（hóu）：干粮。愆：过错。㉒湑（xǔ）：滤酒。㉓酤：买酒。㉔坎坎：鼓声。㉕蹲蹲：舞姿。㉖迨：等待。

【赏析】

《伐木》是一首宴请亲朋故旧的诗歌。

本诗共有三节，后两节的内容都是集中笔墨来描写宴饮，这是因为在那个时代，宴饮是建立和维系友情的重要手段。在诗中，作者采用了一种先迂回后正面的表达方式。

第一节通过鸟鸣来比喻人不能没有亲友。本节的开篇用"丁丁"的伐木声和"嘤嘤"的鸟鸣声营造了一个伐木声和鸟鸣声交融在一起的空山清响的气氛。鸟儿被叮叮的伐木声惊醒，感到即将有一场灾难就要降临，于是它们发出了"嘤嘤"的啼鸣声。虽然感到十分恐慌，但是它们并没有忘记通知自己的同类赶紧搬家迁居。于是，林中到处都响起了鸟鸣声，群鸟听见这些报警之声立即行动了起来，从"幽谷"搬迁到了"乔木"，就这样，避免了一场灭顶之灾。

诗人认为帮助鸟儿及时脱离险境的因素就是友情，帮助鸟儿们继续过着安宁生活的还是友情。"相彼鸟矣，犹求友声。矧伊人矣，不求友生。"鸟儿都可以通过鸣叫声来示警和寻友，那么作为人，就更应该通过自己的努力来经营好友情，让亲朋好友都拥有和平安宁的生活。

人有时会被冷落、被抛弃，有时会因为各种缘故失去友情，生活中会发生许许多多矛盾和纷争，这些都是不珍惜友情所带来的。作者最后说"神之听之，终和且平"，从人情天理上来说，只要人们之间能够相亲相爱，那么这个世界也将会变得和平安宁。这既是对神的祈求，也是对神的宣誓。

诗人决定要用丰盛的酒肴，来热诚地款待亲友。他解释说，诸父诸舅"宁适不来"的原因应该是"微我有咎"。第二节描绘出筹办筵席的热闹场面，诗人决定用纯净的美酒、上好肥嫩的羔羊以及丰盛的美食来招待自己的亲友，同时又勤快地将院落打扫干净，这些都表明主人是诚心诚意要招待大家，他宴请的目的不只是出于礼仪，更多的是寻求友谊。

他所邀请的都是他的长辈，其中他有同姓的"诸父"，也有他异姓的"诸舅"。诗人希望他邀请的客人都能够光临，他害怕自己有所疏忽，而落下一个朋友，诗人顾虑着"怎能邀请了他们不肯来？千万莫要再见怪。"

倘若他的父兄朋友们因为各种原因没有来，那么也一定有他们的原因吧。但诗人还是满怀期待地等着他们的到来，希望愈大，诗人就愈怕落空，这种"患得患失"的感觉，写得很真实，字里行间都表明诗人诚恳寻找朋友的决心和对友情坚定不移的追求。

第三节的前四句，是第二节的延续和发展，简单地告诉读者，这次请的是同辈的朋友，酒菜也十分丰盛，诗人用周到的礼节招待他们，和招待长辈时一样尽心。诗人是为了告诉世人，无论长幼亲疏，都要做到互相友爱。

这一节体现了作者美好的愿望。宴会中酒杯已经斟满了，桌子上陈列着满满的美食，其实兄弟之间的距离并不遥远。作者希望普通人之间绝不"乾餱以愆"，而要做到以诚相待。亲友之间要"有酒湑我，无酒酤我"，相互理解、信任、和睦快乐地相处，这种团结友爱、皆大欢喜的气氛，寄托着诗人殷切的期望。

◎ 天保 ◎

天保定尔，亦孔之固①。俾尔单厚②，何福不除③？俾尔多益，以莫不庶④。

天保定尔，俾尔戬穀⑤。罄无不宜⑥，受天百禄。降尔遐福，维日不足⑦。

天保定尔，以莫不兴。如山如阜⑧，如冈如陵，如川之方至⑨，以莫不增。

吉蠲为饎⑩，是用孝享⑪。禴祠烝尝⑫，于公先王⑬。君曰卜尔⑭，万寿无疆。

神之吊矣⑮，诒尔多福⑯。民之质矣⑰，日用饮食。群黎百姓，遍为尔德⑱。

如月之恒⑲，如日之升。如南山之寿，不骞不崩⑳。如松柏之茂，无不尔或承。

【注释】

①亦孔之固：把稳固赐给你。②俾：使。尔：你。单厚：确实很多。③除：给予。④庶：众多。⑤戬榖（jiǎn gǔ）：福禄。⑥罄：所有。⑦维：通"惟"，惟恐。⑧阜（fù）：土山。⑨川之方至：河水涨潮。⑩吉：吉日。蠲（juān）：祭祀前沐浴斋戒使清洁。饎：祭祀用的酒食。⑪是用：即用是，用此。⑫禴（yuè）祠烝尝：一年四季在宗庙里举行的祭祀的名称。春祠，夏禴，秋尝，冬烝。⑬公：先公，周之远祖。⑭君：祭祀中扮演先公先王的神尸。⑮吊：降临。⑯诒（yí）：通"贻"，送给。⑰质：质朴。⑱为：通"化"，感化。⑲恒：指月到上弦。⑳骞（qiān）：亏损。

【赏析】

有学者认为，《天保》是"召公致政于宣王之时祝贺宣王亲政的诗"（赵逵夫《论西周末年杰出诗人召伯虎》）。召伯虎是宣王的抚养人、老师及臣子，在宣王登基之初，他对新王表达自己的鼓励和期望，希望新王登位后能励精图治。作为一个具有远见卓识的政治家，他在诗作中也表达了自己"敬天保民"的政治理想。

作者首先呈言，宣称新王受天命而即位，上天肯定会维护其统治，宣王治理下的国家定会稳固长久，口吻大气，充满了说服力和感染力。在此章后半段，作者又语重心长地鼓励："俾尔单厚，何福不除？俾尔多益，以莫不庶。"反复肯定上天降临给宣王各种各样、所有可能存在的福分，宣王只管放心就好。

第二章，作者还是从不同角度表明上天的厚爱，声称新王即位后，上天将竭尽所能，"罄无不宜"地保佑王室，使其安定繁荣、一切顺心。作者甚至夸张地写道：上天时时刻刻都在全力地降福，不担心福分太多，只担心他用来赐福的时间不够用。寥寥数语，以一种极端的方式展示出上天的福赐之厚、眷顾之周。

以上两章中，各种祝福都说尽了，所有角度也都用完了，但作者还嫌不够。在第三章中，他用反复譬喻的博喻方法，设譬连珠，精心描摹，极言上天对新王的佑护与偏爱：他的恩泽如巍峨的山峦、丰腴的土阜、平整的高岗、入云的山峰以及正值涨潮的河川，雄伟壮大，气势非凡。作者想到了一切大气、宏阔、厚重的意象，用来形容新主的福泽之厚，并预示今后国家的百业兴旺，使得诗作形象鲜明生动，气氛热烈而又典雅。

通过以上的言辞，对上天眷顾的描述已再难复加，诗作从第四章起，开始笔锋转向，诉说对祖先的祭祀，以期他们对新主的护佑。作者先写新王选择吉利的日子，举行了祭祀祖先的仪式，祖先们受祭而降临，给予新主福分，使得国泰民安、一派祥和繁盛。对于新主来说，上天的恩泽可能虚无缥缈一些，它仅存于自己的想象，毕竟每一位君王都宣称自己为天子，数目太多，结局各异，难证其实，而自己的祖先则显得更加实在，他们与新主互为亲人，有着血浓于水的亲情，新主更易信任、放心。

作为一国之主，单靠神灵护佑是不够的，他的统治还需要百姓的支持，第五章的后四句，开始表达国人对新王的拥戴。作者在此把这个问题提了出来，打消了新主的隐忧："民之质矣，日用饮食。群黎百姓，遍为尔德。"百姓们非常的质朴，而且很拥戴您的统治，因为质朴，所以容易管理，不易动乱；因为拥戴，所以易于驱遣，便于新主完成雄图伟业。

在新主悬着的心彻底放下来之后，作者又加上了一章，作为气势的帮衬，末章跟第三章一样，用了博喻的手法：您的统治一定会和月亮一样恒定，和初升的太阳一样蒸蒸日上，和南山一样长寿，和松柏一样茂盛。用世间最美好的事物作比，对年轻君王毫无保留地热情鼓励，让听者动容。想必现在的君王心中，一定会充满着无尽的信心、朝气和力量吧。

《天保》通过臣下对君主的祝颂，祈求苍天神灵赐福，较为集中地反映了周人敬天保民的思想意识。一、二、三章是"敬天"，体现出周人稳定而强烈的天命观，几乎与天平齐的，还有祖先及其神灵，诗的后半部分，重视祭祖祀神，反映出这一理念。其实，"天"和"祖"，代表的是君主自己，他们秉承上天旨意治理天下，其降生、继位乃至覆灭，都是上天意志的安排。先祖应天顺民但事业未竟，后来的君主若能继承先祖的德性，自然就会得到其庇护和万民的拥戴。由此，古代君主"敬天""敬祖"，实质上是在警诫自我，让自己有所依循和敬畏。

"保民"思想即"以德为政"，《礼记》云："殷人尊神，率民以事神。""周人尊礼尚施，事鬼敬神而远之。"周人此种"保民"思想，与殷商相比，有着极大的进步意义。三千年后的今天，顺应自然规律的"敬天"思想，和关注民生的"保民"思想，仍然没有过时，对国家的长治久安、繁荣兴旺依然有着极其重要的作用。

◎采薇◎

采薇采薇①，薇亦作止②。曰归曰归③，岁亦莫止④。靡室靡家⑤，猃狁之故⑥。不遑启居⑦，猃狁之故。

采薇采薇，薇亦柔止。曰归曰归，心亦忧止。忧心烈烈⑧，载饥载渴⑨。我戍未定⑩，靡使归聘⑪。

采薇采薇，薇亦刚止⑫。曰归曰归，岁亦阳止⑬。王事靡盬⑭，不遑启处。忧心孔疚⑮，我行不来⑯。

彼尔维何⑰？维常之华⑱。彼路斯何⑲？君子之车⑳。戎车既驾㉑，四牡业业㉒。岂敢定居？一月三捷。

　　驾彼四牡，四牡骙骙㉓。君子所依㉔，小人所腓㉕。四牡翼翼㉖，象弭鱼服㉗。岂不日戒㉘？狁孔棘㉙。

　　昔我往矣，杨柳依依㉚。今我来思㉛，雨雪霏霏㉜。行道迟迟，载渴载饥。我心伤悲，莫知我哀。

【注释】

①薇：豆科植物，可食用。②作：初生。止：语助词。③曰：说。④岁亦暮止：一年将尽之时。⑤靡：无。⑥狁（xiǎn yǔn）：北方少数民族。春秋时代称为狄，秦汉时称匈奴。⑦不遑：没空。启居：跪和坐，指安居。⑧烈烈：火势很大的样子，此处形容忧心如焚。⑨载：语气助词。⑩戍：驻守。定：安定。⑪使：传达消息的人。聘：探问。⑫刚：指薇菜由嫩而老，变得粗硬。⑬阳：阴历十月。⑭盬（gǔ）：休止。⑮孔疚：非常痛苦。⑯不来：不归。⑰尔："苃"的假借字，花盛开貌。维何：是什么。⑱常：常棣，棠棣。⑲路：高大的马车。⑳君子：指将帅。㉑戎车：兵车。㉒四牡：驾兵车的四匹雄马。业业：马高大貌。㉓骙（kuí）骙：马强壮貌。㉔依：依靠。㉕小人：指士卒。腓：隐蔽。㉖翼翼：行止整齐熟练貌。㉗象弭：象牙镶饰的弓。鱼服：鱼皮制成的箭袋。㉘日戒：每日警备。㉙棘：同"急"。㉚依依：柳枝随风飘拂之貌。㉛思：语气助词。㉜雨（yù）：作动词，下雪。霏霏：雪花纷飞之貌。

【赏析】

　　《采薇》是《诗经》里的名篇，诗的第一部分为前三章；第二部分为四、五章；最后一章为第三部分。作为归途中的回忆之作，诗以倒叙写起，由"采薇"开题，末尾以"莫知我哀"终结。

　　寒冬季节，淫雨霏霏，夹杂着乱雪，道路泥泞，景象苍凉，一名衣衫破旧的老兵独自行走在回返故乡的路上。身劳力疲之中往昔困苦危难的军旅生涯一幕幕回荡在他的心间，不禁百感交集，心酸欲泣，于是吟成这一喟叹悲凄之作。

"薇菜啊，薇菜啊，你发芽出生了，我们也该想回家！但有家难回，谁问这是因为啥？都是狎狁入侵；采薇时节又到了，枝叶鲜嫩长又大，这时应该回家了，可却还要去拼杀！薇菜长得叶老壮，这下可能回家！谁知王事还没有完，忧伤的悲泪无处洒！"这第一部分用忧伤的语调反复叙说着久别家室、凄苦盼归的心情。

从手法上，每章都以"采薇采薇"引起下文。军粮不济，只好不断地采集野薇菜来充饥，可见军中生活长期极端艰苦。诗的开端"采薇采薇，薇亦作止"，薇菜刚生出嫩芽儿，这是写春天；二章开头"采薇采薇，薇亦柔止"，薇菜的叶儿已长得肥大，是写夏天；三章又道"采薇采薇，薇亦刚止"，薇菜的叶茎将老，是到了秋天。从春到秋，薇菜逐渐由嫩变老，时光无情地离去，离人却日日空盼不能归家，凄苦之情可想而知。

接下来具体描写戍边生活。"那开放的花儿是什么？是棠棣的花儿在开放；那高车大马载的是谁？是将帅们驾着车马上路了；将帅们坐在高车上，士卒们只能在车旁，戍边不敢避危难，一月三捷要胜仗。面对的敌人凶又狂，狎狁的狡狯不卸甲，时时刻刻要警惕，丝丝毫毫不松懈。"

这一部分字面上找不出思归的笔触，然而苦涩的味道如一缕轻烟浸入文字之中。可怜的兵士们，当他们拖着疲惫的身体，跟跄于车马之后时，当他们以车子做掩护躲避敌箭时，当他们深夜警醒枕戈待旦时，怎能不加倍思念家乡和亲人呢！诗中显然泄露着对官兵苦乐大异的怨恨情绪。拉车的马"业业""骙骙"，可见喂养丰足，它们的主人吃的自然更不会差；将帅高居于战车上，衣饰华贵，威仪神气；而众士兵却长期以薇菜果腹，形消体弱，衣衫残破，整日跟在车后步履艰难……尽管字面上描写将帅车骑的威武、服饰的鲜明，但这并不是赞美，而是心存不平。

最后部分写的是归途的情景。一个雨淫雪纷的日子，戍卒终于踏上了归途。长久的戍边生活在他的内心留下了极重的创伤,只听他忧伤无限地呼吁:"昔我往矣,杨柳依依""今我来思,雨雪霏霏。"当年离家的时候,杨柳垂拂,春光烂漫;而今我回乡的路上,却是雨雪纷飞,寒气逼人。

诗以杨柳依依、春光流逝来渲染昔日上路时的无畏无忧之情,用雨雪纷飞来表现今日返家途中内心的悲苦。那一股深邃的、悲凉的情思,从画面里汩汩流出,意含深永。斯人必是青年离家而今老迈才归,少离老归途中倍觉惨淡,不然哪有如此直切肺腑的感受,如此悲情的呼告。其以"杨柳依依"的晴温反衬"雨雪霏霏"的衰寒。"依依""霏霏"两组叠词,不但把杨柳的婀娜、雨雪的冷冽描绘得十分真切,而且深邃地揭示了雪中归人的内心苦楚,给人以强烈的震撼。

清代王夫之《姜斋诗话》中评说这四句诗"以乐景写哀,以哀景写乐,以倍增其哀乐,"评鉴得再恰当不过。"行道迟迟,载渴载饥",是慨叹归途的饥渴导致行程拖泥带水。他挣扎于回乡之路,凄情地回忆往事,体味着情感的苦楚,舔舐着内心的伤痕,最终痛苦吟呼道:"我心伤悲,莫知我哀。"我的心悲苦已极,又能得到谁的怜悯啊!

读罢此诗,眼前仿佛展现出一幅画卷:一位垂老的戍卒,在寒冬雨雪中踏着泥路艰难地前行,留下孤独的背影,回旋一息幽怨的悲叹。他的家在前方,诱使他勉力走向雨雪浓重幽暗灰蒙的远方。

◎鸿雁◎

鸿雁于飞①,肃肃其羽②。之子于征③,劬劳于野④。爰及矜人⑤,哀此鳏寡⑥。

鸿雁于飞,集于中泽。之子于垣⑦,百堵皆作⑧。虽则劬劳,其究安宅⑨。

鸿雁于飞，哀鸣嗷嗷⑩。维此哲人⑪，谓我劬劳。维彼愚人，谓我宣骄⑫。

【注释】

①鸿雁：水鸟名，即大雁；或谓大者叫鸿，小者叫雁。②肃肃：鸟飞时扇动翅膀的声音。③之子于征：这个人服役。④劬（qú）劳：勤劳辛苦。⑤爰：语气助词。矜人：可怜人。⑥鳏（guān）：老而无妻者。寡：老而无夫者。⑦于垣：筑墙。⑧堵：长、高各一丈的墙叫一堵。⑨究：终。宅：居住。⑩嗷嗷：鸿雁的哀鸣声。⑪哲人：才智极高的人。⑫宣骄：骄奢。

【赏析】

《鸿雁》这首诗共有三节。在这三节中，每节都是用"鸿雁"两字起兴，在诗中作者通过鸿雁来进行自喻。按照朱熹的观点，这是一首"饥者歌其食，劳者歌其事"的现实主义诗作。

第一节描写流民都被迫去野外参加劳役的场景，此处反映受害的流民十分众多，揭露了统治者的冷血、无情和残酷，驱使劳力，连鳏寡之人也不放过。颠沛流离无处安身的流民看到天空展翅高飞的大雁，忍不住感伤起来，他们叹息着，这叹息中饱含着他们对自己不得不参加繁重徭役的哀怨。

第二节在内容上承接第一节，描绘服劳役的流民们筑墙的情景。这时天空中的鸿雁已经聚集到了水泽中去。漂泊迁徙的大雁，让流民们想到了自己。这里用大雁来象征集体劳作的流民们，他们努力筑起很多堵高墙，但是这些辛苦建成的围墙中，没有一处是他们的家园。没有安身之地的流民发出了"虽则劬劳，其究安宅"的疑问，饱含不平和愤慨。

最后一节述说流民们悲惨的命运，是流民的悲哀之歌。他们为了让贵族们生活得更好而辛苦工作，但是到头来却要忍受那些贵族的嘲弄和讥笑。大雁的声声哀鸣，一下子引起了流民们的共鸣，他们内心凄苦不堪，再也无法忍受之时，唱出了这首诗，以宣泄心中的愤恨。

本诗开篇的"鸿雁于飞"指代的是那些流离失所、无依无靠的流民，他们的生活十分困苦，特别是鳏寡孤独的人，日子过得更是悲惨。为了完成王的命令，为了尽快让这些人有住的地方，流民们不辞辛劳，筑墙盖房。

作为一种候鸟，鸿雁总是秋来南去，春来北迁，它们的这种习性和被迫在野外服劳役、四方奔走的流民十分相似，两者都过着居无定处的生活。在长途旅行中鸣叫的鸿雁，声音十分凄厉，让听到的人心生悲苦，流民们触景生情，增添了不少忧愁。

这首诗反映了当时无奈的社会现实，动荡的社会导致大量的人遭受到流离失所的痛苦。"鸿雁于飞"具有十分深刻的含义，它生动形象地说明了流民们的无限哀痛，后人因此将"哀鸿"这个词当作灾乱流民的代名词。

◎沔水◎

沔彼流水①，朝宗于海②。鴥彼飞隼③，载飞载止④。嗟我兄弟，邦人诸友⑤。莫肯念乱⑥，谁无父母。

沔彼流水，其流汤汤⑦。鴥彼飞隼，载飞载扬。念彼不迹⑧，载起载行。心之忧矣，不可弭忘⑨。

鴥彼飞隼，率彼中陵⑩。民之讹言⑪，宁莫之惩⑫。我友敬矣⑬，谗言其兴。

【注释】

①沔（miǎn）：流水满溢貌。②朝宗：归往。本意是指诸侯朝见天子，（《周礼·春官大宗伯》："春见曰朝，夏见曰宗。"），后来借指百川归海。③鴥（yù）：鸟疾飞貌。隼（sǔn）：一种猛禽。④载：句首语白已子助词。⑤邦人：国人。⑥念乱：止乱。⑦汤汤：义同"荡荡"，水大流急貌。⑧不迹：不循法度。⑨弭（mǐ）：止，消除。⑩率：沿。中陵：陵

中。⑪讹言：谣言。⑫宁莫之惩：怎么可以不惩凶。⑬敬：同"警"，警诫。

【赏析】

  《沔水》描写了当时国家动乱、政事日非、谣言四起的悲惨情境，作者在诗中表达了自己对国家的担忧、对百姓的同情和对友人的告诫。对于《沔水》一诗的主旨，《毛诗序》主张其为"规宣王"之作，但语焉不详，没有说出规劝的原因和内容。朱熹《诗集传》主张"此忧乱之诗"，结合诗作中可以感受到的作者忧乱畏谗的沉痛，这种观点当为中肯评价。今人高亨在其《诗经今注》评论道："这首诗似作于东周初年，平王东迁以后，王朝衰弱，诸侯不再拥护。镐京一带，危机四伏。作者忧之，因作此诗。"主张诗作描写的是周平王东迁后镐京一代的悲惨情形，被多数学者认同。

  诗中的比兴手法不同于一般篇什，连用两组比兴句。第一章开篇四句写流水朝宗于海，飞鸟一会儿飞翔，一会儿止息，但有安适的落脚处，以此反衬百姓的处境还不如流水和飞鸟，只得在战争的催逼下无家可归、四处流亡，过着妻离子散、家破人亡的悲惨生活。

  后四句写诗人对社会动乱的痛恨。"嗟我兄弟，邦人诸友""兄弟""邦人""诸友"，三个词概括了一切自己认识的亲人熟人，在正常情况下，这些人应该是作者生命的依靠和生活的寄托，而现在，他们却"莫肯念乱"，即都不肯制止社会的动乱，还要继续参与其中，成为一个个刽子手、阴谋家，作者不由地感到孤立无援、痛心疾首，他最终呼喊道："谁不是娘生父母养的生命，谁家没有老迈的双亲需要赡养？为什么还在不停地打打杀杀？生命可贵，和平可贵啊！"一颗拳拳之心可表日月。稍作推想便可想而知，战乱应最终归咎于高高在上的当权者，他们对动乱不加制止，还挑唆百姓加入其内，使得人们老无所终、少无所养，悲惨异常。

第二章前四句为比兴句，描写流水浩荡不休、奔涌回旋，飞鸟翱翔不止、毫不停歇，暗喻盗贼的数量繁多和惨案的接连不断、没有尽头，同时也衬托了诗人心情的极具烦乱，此刻作者的心境较之第一章变得更加忧心如焚、坐立不安。

后四句，作者看到不法之徒趁乱作恶、为非作歹，便"心之忧矣，不可弭忘"，心的忧伤不可停止，难以忘怀。战争是强者之间的游戏，参战方无论胜负，最终的苦难都要百姓承担。除了兵士，一些素质低下的人很容易沦为强盗，无恶不作，混乱的社会管制让他们有了可乘之机，挨饿受冻的悲惨现实让他们有了"不迹"的理由，因为他们直接深入百姓家中，其危害甚至比军队更甚。因为战争的频繁和盗贼的雪上加霜，平凡的弱者永远都处于最悲惨的境遇中，只得逆来顺受，凄苦度日。

前两章侧重于表现生命的无保障和生活的艰难，第三章作者转向了人的精神世界。此处本应该和前两章中的比兴相同，但四句只剩下了两句，可能在流传过程中遗漏或丢失，剩余两句"鴥彼飞隼，率彼中陵"写飞鸟沿丘陵高下飞翔，形容后文所提到的流言的忽起忽落，其速度之快，来势之猛，让人猝不及防。

当人们陷身于危难的境遇中时，最有价值的是对未来美好生活的憧憬和肯定，以及身边人的信任和相互依靠，它们能让人心有寄托，能给人活下去的力量。但现实的情况却是，四处铺天盖地的谣言并起，今天说马上就要亡国，明天说有军队又要袭来，弄得百姓人心惶惶，个个犹如惊弓之鸟，在冻饿之余还要承受惊吓和希望破灭的苦痛。正直的官员们饱受奸臣的诽谤，今天被奏谋反，明天被污通敌，无法受到皇上的信任和施用，一腔热血和满腹才华被迫弃置，只能眼看着奸臣牟利、国家倾覆、民不聊生。诗人对此心中愤慨不平，劝告友人应自警自持，防止为谗言所伤。

三章中的比兴虽然都是描述流水和飞鸟，用词也大同小异，但并不是简单重复，而是和所表达的主题巧妙地契合在一起，在文章起承转合中各自侧重，使诗作变得蕴藉深广。这样的手法也便于归顺行文脉络，引发读者思路的延伸，使本来离散的叙述变得连贯起来。

通过这些内涵深远的比兴和或激愤或低沉的控诉，诗人的形象鲜明地呈现在了字里行间：他生逢乱世，心中耿直仁慈，没有随波逐流，关心国事，具有强烈的忧患意识，爱憎分明，对百姓、亲人、友人以及其他的正直之士心存关怀怜悯，痛恨厌恶屠戮百姓的凶手，对作乱之徒充满了憎恶，希望能再造安定和平、和睦共荣的稳定局面，与"莫肯念乱"的当权者形成强烈的对比。

这是一首抒情诗，着重描摹一种不安和忧虑的心情，对祸乱的场面没有加以具体叙述，然而他的这种悲痛却能深刻地让读者感受到当时社会环境的惨状。此诗三章，皆从悲惨处着笔，描写的事由没有明显的连贯线索，笔端跳跃跌宕，无迹可寻，反映了作者因祸乱而心绪不宁的心理状态，做到了文章结构和情感的内在统一。

◎鹤鸣◎

鹤鸣于九皋①，声闻于野。鱼潜在渊，或在于渚②。乐彼之园，爰有树檀，其下维萚③。它山之石，可以为错④。

鹤鸣于九皋，声闻于天。鱼在于渚，或潜在渊。乐彼之园，爰有树檀，其下维榖⑤。它山之石，可以攻玉。

【注释】

①九皋：泽中水溢出称一折，九折指极远处。②渚：水中小洲，此处当指水滩。③萚（tuò）：枯落的枝叶。④错：砺石，可以打磨玉器。⑤榖（gǔ）：树木名，即楮树，其树皮可作为造纸原料。

【赏析】

　　生活在城市的人们总是忙忙碌碌的，每天对着钢筋混凝土堆建成的都市，很容易感到疲累和倦怠，这时很多人就会向往鸟语花香的田园生活。《鹤鸣》就描述了这样一幅迷人的世外桃源的景象：在广袤的原野上，仙鹤在云霄间鸣叫，鱼儿在深渊和滩头潜入、跃出。在这美丽的景象周围，矗立着堆满枯枝落叶的高大檀树的园林，园林的近旁，又有一座怪石嶙峋的山峰。这真是一幅美妙的自然美景。

　　《鹤鸣》一共有两个章节，每节皆有比喻。第一节的比喻分别是"鹤鸣于九皋，声闻于野""鱼潜在渊，或在于渚""爰有树檀，其下维萚""它山之石，可以为错"，第二节只改变几个字或改变语序，意义并无变化。朱熹曾将这四个比喻，转变了成了诚、理、爱、憎这四种思想。在朱熹的观点中，由这四种思想引申出来的，就是"天下最普遍的真理"。这其实就是朱熹程朱理学的观点，他用这样的观点来分析《鹤鸣》，显然窄化了这首诗的主题。

　　第二节的"它山之石，可以攻玉"是一句名句。北宋哲学家、易学家邵雍曾经这样解释过"它山之石，可以攻玉"：他把遇到的侵犯欺凌比作砺石，把品行高尚的人比作美玉。美玉只有在经过砺石的琢磨后才能绽放光彩。也就是说，君子要时刻自省，通过磨砺来完善自己。

　　其实，在读这首诗时，不需要去想那么多事情，只要把自己融入到这首诗所描绘的场景中，把它当成一首简单的即景抒情小诗就可以了。这是一幅漫游于荒野的图画，可以听到鹤鸣，看到鱼游，踩着落叶漫步在檀树林中，观赏怪石嶙峋的山峰。从听觉写到视觉，再到心中所感所思，一条清晰的脉络贯串全篇，有色有声，有情有景，充满了诗意，使人产生思古望今的情怀。

大 雅

◎文王◎

文王在上①，於昭于天②。周虽旧邦③，其命维新④。有周不显⑤，帝命不时⑥。文王陟降⑦，在帝左右⑧。

亹亹文王⑨，令闻不已⑩。陈锡哉周⑪，侯文王孙子⑫。文王孙子，本支百世⑬。凡周之士⑭，不显亦世⑮。

世之不显，厥犹翼翼⑯。思皇多士⑰，生此王国。王国克生⑱，维周之桢⑲。济济多士⑳，文王以宁。

穆穆文王㉑，於缉熙敬止㉒。假哉天命㉓，有商孙子㉔。商之孙子，其丽不亿㉕。上帝既命，侯于周服㉖。

侯服于周，天命靡常㉗。殷士肤敏㉘，裸将于京㉙。厥作裸将，常服黼冔㉚。王之荩臣㉛，无念尔祖㉜。

无念尔祖，聿修厥德㉝。永言配命㉞，自求多福。殷之未丧师㉟，克配上帝㊱。宜鉴于殷，骏命不易㊲。

命之不易，无遏尔躬㊳。宣昭义问㊴，有虞殷自天㊵。上天之载㊶，无声无臭㊷。仪刑文王㊸，万邦作孚㊹。

【注释】

①文王：周文王。②於（wū）：赞叹。昭：光明显耀。③旧邦：周在氏族社会本是姬姓部落，后与姜姓联合为部落联盟，在西北发展。周立国从尧舜时代的后稷算起。④命：天命，即天帝的意旨。⑤有周：周王

朝。不（pī）：同"丕"，大。⑥时：是。⑦陟降：上行曰陟，下行曰降。⑧左右：犹言身旁。⑨亹（wěi）亹：勤勉不倦貌。⑩令闻：美好的名声。不已：无尽。⑪陈锡：重赐，原赐。⑫侯：乃。孙子：子孙。⑬本支：以树木的本枝比喻子孙繁衍。⑭士：这里指统治周朝享受世禄的公侯卿士百官。⑮亦世：累世。⑯厥：其。犹：谋划。翼翼：恭谨勤勉之貌。⑰思：语首助词。皇：美、盛。⑱克：能。⑲桢：支柱、骨干。⑳济济：盛多。㉑穆穆：美好。㉒缉熙：光明。敬止：敬之，严肃诚敬。㉓假：大。㉔有：得有。㉕其丽不亿：其数极多。㉖周服：服周。㉗靡常：无常。㉘殷士肤敏：殷臣美好敏疾。㉙裸（guàn）：古代一种祭礼，把酒洒在地上以祭神。㉚常服：祭事规定的服装。黼（fǔ）：绣有白黑相间的斧形花纹衣服。冔（xǔ）：礼帽。㉛荩（jìn）臣：忠臣。㉜无念：念。㉝聿（yù）：发语助词。㉞永言：久长。配命：与天命相合。㉟丧师：指丧失民心。㊱克配上帝：可以与上帝之义相称。㊲骏命：大命，也即天命。㊳遏：止、绝。尔躬：你身。㊴宣昭：宣明传布。义问：美好的名声。㊵有虞殷自天：殷的喜悲从天命。㊶载：事。㊷臭（xiù）：味。㊸仪刑：效法。㊹孚：信服。

【赏析】

这是一首在大型宴会上唱的叙事雅歌，主要歌颂周文王姬昌。文王是备受周人崇敬的祖先，是周王朝的缔造者，深受人民的拥护。本诗将他称为天之子，他有着非凡的人格和智慧，是道德的楷模，天意的化身。除此之外，本诗还展现了文王深谋远虑、富有政治经验的一面，诗人希望可以通过向文王学习、借鉴殷商来使周王朝得到长治久安。

第一节主要说的是文王是得天命兴国，他建立新的王朝是天帝下的意旨。文王登上位之后，使得周这个小邦国的名誉得到了改变，他给人民带来了光明和希望。

第二节主要说文王兴国福泽了子孙宗亲，周氏的子孙百代都能够享受到这样的福禄荣耀。歌颂了文王勤勉，将显耀威名留给后代，让周国人无论在哪都会受到世人的敬重。

第三节主要是说周王朝有很多人才，这些人才都是文王培育出来的，因为有这些人才，王朝才得以世代继承。

第四节主要说文王能够使周王朝兴盛进而取代殷商，是因为他的德行高尚，他是天命所归的君主，人心所向。

第五节说明天命是无常的，当初坐拥天下的殷商贵族已成为周朝的服役者。

第六节告诉大家要以殷的例子为鉴，做到敬天修德，只要这样才能得天命，也是在告诫那些殷商的旧贵族，要自强自求，爱护人民，顺从天意。

第七节是说商汤虽然推翻夏桀，但是他的后代却没有守住天命，只有具有文王那样的德行和勤勉，才能够得到上天福佑，使得统治长治久安。最后本诗告诫人们要以文王为榜样，爱护人民，只有这样才能使国家稳定，长治久安。

到了周王朝时期，因为他推翻殷商的统治，为了巩固统治，周王朝也是借用天命，称自己是天命所归，但是因为他的政权是推翻了殷商而得到的，所以周王朝的观点是"天命靡常""唯德是从"。也就是说，天命其实是会改变的，上天会选择有德的人来统治天下，如果统治者失德，那么他将会失去天命，这时其他有德行的人将会代替他。这也就是文王兴周代殷的原因。

全诗动之以情，晓之以理，通过对文王功业和德行的歌颂，要求文王的子孙后代要时刻以殷为鉴，敬畏上天，像文王一样具有高尚的德行，以此来永保天命。这是本诗的中心思想。这种中心思想是从殷商继承下来、根据周朝的实际情况改造过的天命论思想。这种思想是殷商时期重要的政治哲学观点，也就是人们熟悉的"君权神授"的观点。

◎思齐◎

思齐大任①,文王之母。思媚周姜②,京室之妇③。大姒嗣徽音④,则百斯男⑤。

惠于宗公⑥,神罔时怨⑦,神罔时恫⑧。刑于寡妻⑨,至于兄弟,以御于家邦⑩。

雍雍在宫⑪,肃肃在庙⑫。不显亦临⑬,无射亦保⑭。

肆戎疾不殄⑮,烈假不瑕⑯。不闻亦式⑰,不谏亦入⑱。

肆成人有德,小子有造⑲。古之人无斁⑳,誉髦斯士㉑。

【注释】

①思:发语词,无义。齐(zhāi):端庄貌。大任:即太任,王季之妻,文王之母。②媚:爱慕。周姜:即太姜。古公亶父之妻,王季之母,文王之祖母。③京室:王室。④大姒:即太姒,文王之妻。嗣:继承。徽音:美誉。⑤百斯男:众多男儿。⑥惠:孝敬,顺从。宗公:宗庙里的先公,即祖先。⑦神:此处指祖先之神。罔:无。⑧恫(tōng):哀痛。⑨刑:同"型",典型,典范。寡妻:嫡妻。⑩御:治理。⑪雍(yōng)雍:和洽貌。⑫肃肃:恭敬貌。庙:宗庙。⑬不显:不明,幽隐之处。临:临视。⑭无射亦保:无射才人也保用。⑮肆:所以。戎疾:大病。殄:残害,灭绝。⑯烈:光。假:大。瑕:过。⑰式:采纳。⑱入:接受,采纳。⑲小子:年轻人。造:造就,培育。⑳古之人:指文王。无斁(yì):无厌,无倦。㉑誉:赞誉。髦:俊,优秀。

【赏析】

《思齐》是一首在大型宴会上唱的雅歌,《毛诗序》中解释说:"文王所以圣也。"欧阳修在《诗本义》中也说："文王所以圣者，世有贤妃之助。"所以他们认为本诗的主旨是赞美"文王所以圣"，也就是赞美周室三母。但综观整首诗，会发现只有第一节提到了周室三母，其余四节完全没有提到，本诗赞美的对象其实还是文王，是"文王之圣"，而不"文王之所以圣"。

本诗第一节的六句诗，是在赞美三位女性，也就是"周室三母"，她们分别是文王的祖母周姜（太姜）、文王的生母大任（太任）和文王的妻子大姒（太姒）。诗文中叙述顺序没有按照世系来进行，而是先说了文王的母亲，再说文王的祖母，最后说妻子。关于这样叙述的原因，孙矿是这样分析的："本重在太姒，却从太任发端，又逆推上及太姜，然后以'嗣徽音'实之，极有波折。若顺下，便味短。"虽然这一节的重点不一定是太姒，但他评价中的"极有波折"却十分贴切。这一节作为全诗的引子，赞美周室三母，说明文王的贤德和圣明是来源于他的祖先。

文王是一个孝敬祖先的人，所以神明对他没有怨恨，愿意保佑他。文王在妻子面前以身作则，他的高尚德行感动着妻子，使她也变得和文王一样具有道德；文王同时也在兄弟之间做出表率，他的兄弟也被他的德行感化；最后，文王的高尚道德一直推广到了家族和国家中。这三句话和我们熟悉的"修身、齐家、治国、平天下"有相同意味。

第三节诗人开始叙述文王的修身，前两句是承接上节，后三句说明文王在家庭和宗庙中处处以身作则，影响着亲族。第三节的后两句"不显亦临，无射亦保"则起到进一步深化主题的作用。对"不显亦临"这一句，《诗集传》是这样解释的："不显，幽隐之处也……（文王）虽居幽隐，亦常若有临之者。"这与后世儒家所提倡的"慎独"意思相近：文王即使一个人独处时，也克己复礼，小心谨慎，从不放纵自己，这就是心中有神明。

最后两节主要说的是文王治国。第四节的前两句"肆戎疾不殄，烈假不瑕"，是说文王是一个好善修德的人，使得天下太平，国家没有内忧外患。

第五节主要是讲文王勤于培养人才。这一节描述文王的贤德圣明已经在全国起作用了。

◎云汉◎

倬彼云汉①，昭回于天②。王曰於乎③，何辜今之人④！天降丧乱，饥馑荐臻⑤。靡神不举⑥，靡爱斯牲⑦。圭璧既卒⑧，宁莫我听⑨？

旱既大甚⑩，蕴隆虫虫⑪。不殄禋祀⑫，自郊徂宫⑬。上下奠瘗⑭，靡神不宗⑮。后稷不克，上帝不临。耗斁下土⑯，宁丁我躬⑰？

旱既大甚，则不可推。兢兢业业，如霆如雷。周余黎民⑱，靡有孑遗⑲。昊天上帝，则不我遗⑳。胡不相畏，先祖于摧㉑？

旱既大甚，则不可沮。赫赫炎炎，云我无所㉒。大命近止㉓，靡瞻靡顾。群公先正㉔，则不我助。父母先祖，胡宁忍予㉕？

旱既大甚，涤涤山川㉖。旱魃为虐㉗，如惔如焚㉘。我心惮暑㉙，忧心如熏㉚。群公先正，则不我闻㉛。昊天上帝，宁俾我遯㉜？

旱既大甚，黾勉畏去㉝。胡宁瘨我以旱㉞，憯不知其故㉟。祈年孔夙㊱，方社不莫㊲。昊天上帝，则不我虞㊳。敬恭明神，宜无悔怒。

旱既大甚，散无友纪㊴。鞫哉庶正㊵，疚哉冢宰㊶，趣马师氏㊷，膳夫左右㊸。靡人不周，无不能止。瞻卬昊天㊹，云如何里㊺？

瞻卬昊天，有嘒其星⁴⁶。大夫君子，昭假无赢⁴⁷。大命近止，无弃尔成⁴⁸。何求为我，以戾庶正⁴⁹。瞻卬昊天，曷惠其宁⁵⁰？

【注释】

①倬（zhuō）：大。云汉：银河。②昭：光。回：转。③於（wū）乎：即"呜呼"，叹词。④辜：罪。⑤荐：重，再。臻：至。⑥靡：无，不。举：祭祀。⑦爱：吝惜，舍不得。牲：祭祀用的牲口。⑧圭、璧：祭神用的玉器。⑨宁：乃。莫我听：即莫听我。⑩大：同"太"。⑪蕴隆：暑气郁盛。虫虫：热气熏蒸的样子。⑫殄（tiǎn）：断绝。禋（yīn）祀：祭天神的典礼。⑬宫：指宗庙。⑭奠：祭天。瘗（yì）：指把祭品埋在地下以祭地神。⑮宗：尊敬。⑯斁（dù）：败坏。⑰丁：当，遭逢。⑱黎民：百姓。⑲孑遗：遗留，剩余。⑳遗（wèi）：赠。㉑于摧：将灭。㉒云：遮蔽。㉓大命：国命。㉔群公：先世诸侯之神。先正：先世卿士之神。㉕忍：忍心。㉖涤涤：光秃秃的样子。㉗旱魃（bá）：古代传说中指能造成旱灾的鬼怪。㉘惔（tán）：火烧。㉙惮：畏。㉚熏：灼。㉛闻：恤问。㉜遯（dùn）：通"困"，受困。㉝黾（mǐn）勉：勉力为之，尽力事神，急于祷告祈求。㉞瘨（diān）：病。㉟憯（cǎn）：曾。㊱祈年：指"孟春祈谷于上帝，孟冬祈来年于天宗"之祭礼。孔夙（sù）：很早。㊲方：祭四方之神。社：祭土神。莫（mù）：古"暮"字，晚。㊳虞：忖度。㊴友：通"有"。纪：纪纲，法度。㊵鞠（jū）：穷困。庶正：众官之长。㊶疚：忧苦。冢宰：周代官名，相当于后世的宰相。㊷趣马：官名，职责是掌管国王马匹。师氏：官名，主管教导国王和贵族的子弟。㊸膳夫：主管国王、后妃饮食的官。㊹卬（yǎng）：通"仰"。㊺里：通"悝"，忧伤。㊻嘒（huì）：微光。㊼昭假：祭祀。无赢：即无爽，无差错。㊽成：功。㊾戾：定。㊿曷：何，何时。惠：赐。

【赏析】

　　首句"倬彼云汉,昭回于天",描写银河高远、星光闪闪的景象。"王曰於乎"一句,点出观景之人。王在夜间仰头观望星象,看到辽远高阔、清澈晴朗的夜空,不禁连声叹息:"何辜今之人!"

　　诗人并未开门见山地写出大旱之时的情形,而是从周宣王夜观天象的举动,以及由此而生的叹息入手,刻画出一个忧心天下民生的君主形象,也为全诗奠定了一种焦虑哀伤的基调。"倬彼云汉,昭回于天"这一意象,若独立来看,不失为一幅美妙的夜景图,然而,放在此诗起首,却有"乐景写哀"之功用。

　　周人敬天畏神,逢此大旱,自然首先怀疑自己是否对神不敬。但"靡神不举,靡爱斯牲",明明没有神灵不曾供奉,也没有吝惜祭品,却依然"天降丧乱,饥馑荐臻",老天仍旧不断降下灾难。双重否定句式的运用,表现出宣王的困惑、焦灼、畏惧交织的复杂心情。

　　第二章至第七章,诗人连用六句"旱既大甚",既点明旱灾的现状和形势,也营造出了一种紧张、焦急的阅读效果,使读者对周宣王为旱灾所苦的心情感同身受。这六章一方面写宣王眼中所见旱情,另一方面摹写宣王的心理状态。诗人对灾情的描写多用夸张手法,将情与景巧妙地进行融合。如"周余黎民,靡有孑遗"一句,表现旱灾波及之处,赤地千里,民不聊生的景状。"周地之民所剩无几"的夸大说辞中,蕴含着宣王深深的痛苦和忧虑。再如"旱魃为虐,如惔如焚"一句,写旱魔在原本丰饶的大地上肆虐横行,导致山河枯槁,像被一场大火烧过一般。将旱灾遍地的情景想象成大火燎原,十分准确贴切,而且以大地赤火比宣王的忧心如焚,情景交融,相得益彰。

　　触目所见,举国上下一片焦渴,宣王由此面向上天接二连三发出呼号:"父母先祖,胡宁忍予!""昊天上帝,宁俾我遯!""瞻卬昊天,云如何里!"——先祖们,神灵们,苍天啊,为何你们忍心见我们受苦?难道想要将我们赶出此地,断绝我们的生路?如何才能止住这场干旱,让我们不再忧伤？

　　这种发自肺腑的呼号，字字句句皆为血泪。它是先民在面对灾难时的无助、无力和无奈心情最直接、最忠实的体现。尽管宣王将这场灾难看作是上天"如霆如雷"的惩罚，并带领百官和民众"不殄禋祀，自郊徂宫。上下奠瘗，靡神不宗"，不断地举行祭祀，拜祭上天和诸神，甚至"趣马师氏，膳夫左右"，让管理马匹的官员、教导自己的老师，负责王室膳食的官员都来助祭，却"无不能止"，旱情仍然持续着。夜观星象，"瞻卬昊天，有嘒其星"，天空仍然星辰无数，一望无垠。

　　无论怎样向上天呼告，表达自己的忧愤与失望，宣王唯一能做的事也仍是祈祷。他还劝告"大夫君子"，祈祷要虔诚，不能出差错。诗中两次提及"大命近止"，一方面写出旱灾的可怕：它好像一片死亡的阴云，悬浮在人们头顶，随时可能落下来，置人于死地；另一方面，描绘出人们大难临头时的惶恐与绝望。宣王为安定民心，只能"无弃尔成"，存着一线希望，坚持不懈地祷告下去，期望上天终有一天会听见。

　　经过前文的铺垫，此时的祭祀和祷告仪式已染上了深深的悲凉和哀伤。"何求为我，以戾庶正"一句，鲜明地表达出宣王的心情：这场祈雨的仪式并非为了自己，而是为了安抚百官之心。周宣王在臣子和百姓面前，保持着一个君王的威仪，给人带来了安稳和信心，但面对上天时，他却发出忧苦的叹息："曷惠其宁？"——苍天神灵，你们何时才会赐予我安宁？

颂篇

周 颂

◎ 清庙 ◎

於穆清庙①，肃雍显相②！济济多士③，秉文之德④，对越在天⑤，骏奔走在庙⑥，不显不承⑦，无射于人斯⑧！

【注释】

①於（wū）：赞叹词，犹如今天的"啊"。穆：庄严、壮美。清庙：祭文王的宗庙。②肃雍（yōng）：庄重而和顺的样子。显：高贵显赫。相：助祭的人，此指助祭的公卿诸侯。③济济：众多。多士：指祭祀时承担各种职事的官吏。④秉：秉承，操持。文之德：周文王的德行。⑤对越：犹"对扬"，对是报答，扬是颂扬。在天：指周文王的在天之灵。⑥骏：敏捷、迅速。⑦不（pī）：通"丕"，大。承：继承。⑧射（yì）：借为"斁"，厌弃。斯：语气词。

【赏析】

《清庙》是《周颂》的第一篇，"颂"是宗庙之音，《周颂》就是周王朝用于宗庙祭祀的乐歌。

《毛诗序》云："《清庙》，祀文王也。"文王是周王朝的第一位奠基者，《清庙》作为《周颂》之首自然要先赞颂文王。周文王姬昌在商纣王时期为西伯，他在世时，周人还没有完成灭商立周、统一中原的大业，但他奠定了周部族攻取天下的基础。文王在位期间，广招贤士，吕尚、鬻熊、辛甲等人纷纷来归；又先后伐犬戎、密须、黎国、邗及崇侯虎，迁都丰邑。正是由于文王治理有方，周部族才有了灭商立周的雄厚基础。周人将文王与武王看成周朝建立的两大开国贤君，赞颂之词无数。

本诗并不直接赞美文王，而是先向人展示文王庙的气氛："於穆清庙，肃雍显相。"庙宇庄严静穆，助祭者都是高贵显赫的王侯公卿，他们的神情也无比庄重而恭敬。

"济济多士，秉文之德"说明众多祭祀者正在祭祀的对象是周文王。庙中祭祀的人济济一堂，排列整齐有序，个个态度恭谨严肃，这是因为他们继承了文王的美好德行。"秉文之德"一方面是对参与祭祀的众人精神面貌的展示，另一方面也暗含对文王之德的赞颂。

"对越在天，骏奔走在庙"描写的是祭祀者的行动：他们对着文王的在天之灵虔诚祷告，为了祭祀活动而不停地来往奔走于庙中。他们之所以心甘情愿地奔走忙碌，是因为他们由衷地崇敬受祭的文王。

文王之德既然如此美好，就理应得到继承，最后两句"不显不承，无射于人斯"表达的就是祭祀者将把文王之德发扬光大的决心。

诗颂文王，却将笔墨集中于参与祭祀的众人身上，可谓匠心独运。称赞文王的言辞不计其数，人们对于文王的事迹已经十分清楚，因此无须多言。本诗的高明之处就在于，作者并不正面叙述文王的功德，而是重点描写助祭者和祭祀者恭敬严肃的态度，以此侧面烘托文王之德的光明伟大。

◎维清◎

维清缉熙①，文王之典②。肇禋③，迄用有成④，维周之祯⑤。

【注释】

①维：语助词。②典：法。③肇：开始。禋（yīn）：祭天。④迄：至。⑤祯：吉祥。

【赏析】

《维清》全文只有十八个字，是《诗经》中最短的一首诗。朱熹甚至怀疑此诗有所缺漏，但全诗条理清晰，内容完整，应该没有漏文。《毛诗序》云："《维清》，奏《象舞》也。"清陈奂《诗毛氏传疏》考证说："《象》，文王乐，象文王之武功曰《象》，象武王之武功曰《武》。《象》有舞，故云《象舞》。"《象舞》是模仿文王征战姿态的舞蹈，通过取象文王的击刺征伐之法来表现内在的武烈精神。《维清》就是配合《象舞》的歌词。

诗开篇直接称赞文王："维清缉熙，文王之典。"有人认为这两句的意思是文王之典光辉清明，"维清缉熙"就是直接形容"文王之典"的。但还有观点认为，"维清缉熙"感叹的是当时天下的清平光明，将此二句理解为"天下清平光明，这是因为有文王法典的缘故"。这两种解释都有道理。且无论哪种解释，都说明"文王之典"是光明美好的。

"肇禋，迄用有成，维周之祯。""肇禋"的字面意思是"开始祭祀"，郑玄认为具体指的是文王始创出师祭天之典；因而"迄用有成"这句是说，周人继承这一征伐之法，"至今用之而有成功"（郑笺）。"祯"为吉祥之义，"维周之祯"赞叹周室天下的祥和安宁，再次强调大周天下的吉祥得益于文王的征伐之法。末句"维周之祯"与首句"维清缉熙"相互呼应，形成回环吞吐的巧妙结构，给这首十八字的短诗增添了天然妙趣。

清代学者李光地认为《清庙》《维天之命》和《维清》是相连的三首诗，《清庙》是开始祭祀时的颂歌，《维天之命》是祭而得福之歌，《维清》是祭礼结束时的送神之作。而《维清》这首诗极为精简,"辞弥少而意旨极深远"(戴震《诗经补注》),读起来确实有些尾声的味道。李光地的说法也许不完全正确,但为读者理解这几首诗提供了新的角度,不妨作为一种参考。

◎烈文◎

烈文辟公①,锡兹祉福②。惠我无疆,子孙保之。无封靡于尔邦③,维王其崇之④。念兹戎功⑤,继序其皇之⑥。无竞维人⑦,四方其训之⑧。不显维德⑨,百辟其刑之⑩。於乎前王不忘⑪。

【注释】

①烈文:功烈文德。辟公:君公。文王起初不称王。②锡:同"赐"。兹:此。祉(zhǐ):福。③封:通"丰",大。靡:累,罪恶。④崇:尊重。⑤戎:大。⑥序:弘扬。皇:美。⑦无竞维人:最强的只有得贤人。⑧四方其训之:四方来归顺。⑨不(pī):通"丕",大。⑩百辟:众诸侯。刑:通"型",效法。⑪前王:指周文王、周武王。

【赏析】

此诗共十三句,依内容可分为两部分。前八句为成王敕诫诸侯之词;后五句成王既敕诫诸侯,又自我告诫。

诗歌开头四句说:"烈文辟公,锡兹祉福。惠我无疆,子孙保之。"这是成王对助祭诸侯的赞扬:各位功德无量的诸侯公,你们赐予了周王朝福祉,又带给我无穷无尽的恩惠,诸公的恩惠我要让周室子孙永远保存下去。这是对助祭诸侯至高的赞扬,肯定了他们为灭商立周大业做出的功劳,他们的功绩不仅赐予周王福祉,而且惠及周王室子孙各代。诸侯被邀来助祭本身就是一种荣耀，在宗庙里又得到天子的赞颂，更是无上光荣之事。当然，成王的用意不在褒扬，而在敕诫。周王的赞颂可以使诸侯产生感激之情，而在他们心怀感激时进行训诫更容易收到效果。

成王告诫助祭诸侯说："无封靡于尔邦，维王其崇之。念兹戎功，继序其皇之。"诸侯国是周朝疆土的组成部分，其兴衰治乱与整个周王朝的命运有莫大的关系。所以周王要求诸侯在封国内勤勉执政，不要做出有损封国之事。只有这样，周王才会尊崇他们，并心念他们的功劳，让诸侯的子孙在其封地内代代继承下去，光大各位诸侯的基业。这四句看似语气平和，其实透射出周王的雄威。"无"意为"不要"，是具有强烈命令色彩的祈使词。"无封靡于尔邦"实际上是周王对助祭诸侯的威令，言下之义，如果诸侯在封国内作出损害国家之事，周王室将收回曾经的恩赐，并给予无情的惩罚。

接下来是诗的第二部分。前半部分成王告诫诸侯不要做损国之事，那么究竟什么样的作为是不损国家的呢？成王指出"无竞维人，四方其训之。不显维德，百辟其刑之。於乎前王不忘！"管理者的好坏决定邦国的强盛与否，因此要想封国昌盛，诸侯须修养品德，同时任用贤人。周王希望大显先王之德，并希望诸侯以先王之德为效仿对象，永记前王遗德。由于参与助祭的诸侯多是文王和武王时期的功臣，"前王不忘"一句不只是告诫他们不要遗忘先王之德，也是提醒诸侯勿忘先王曾经消灭纣王的赫赫战功，用周王室强大的实力震慑诸侯。

◎天作◎

天作高山①，大王荒之②。彼作矣③，文王康之④。彼徂矣⑤，岐有夷之行⑥，子孙保之。

【注释】

①高山：指岐山。②大王：即太王古公亶父，周文王的祖父。荒：扩大，治理。③彼：指大王。作：治理。④康：安。⑤彼：指文王。徂：往。⑥夷：平坦易通。行：道路。

【赏析】

《毛诗序》说："《天作》，祀先王、先公也。"朱熹认为这是"祭大王之诗"，姚际恒则认为这是祭祀岐山的诗。从诗的内容来看，《天作》更像是通过祭祀岐山而追怀先祖功业的诗。

"天作高山，大王荒之。""高山"就是岐山，之所以不直呼其名，大概是为了显示对岐山的尊崇，正如子孙避祖先名讳一样；"大王"即太王，为文王之祖古公亶父。这两句的意思是：上天造就了岐山这块圣地，大王将它开垦治理。史书记载，周人本居于豳地，到古公亶父时期，由于不堪熏育、戎狄的骚扰，才迁至岐山。古公亶父率领周族人在岐山开荒种地，营建城郭屋室，周人得以安居乐业。

岐山是周族人兴盛的起点，而古公亶父作为这个起点的开创者，自然受到周人的万世敬仰。为表示对古公亶父的崇敬，后人将他追尊为大王。上天是岐山的创造者，而古公亶父是它的开辟者，是上天和大王共同成就了岐山圣地。"天作高山，大王荒之"将天与大王对举，正是暗示古公亶父的德行堪与昊天相匹。

文王是古公亶父少子季历之子，他在大王打下的基础上进一步发展了周族的势力。"彼作矣，文王康之""彼"就是大王。在岐山九世周主中，大王、文王可谓最杰出的代表。伐纣灭商虽然完成于武王，但周代商的必然历史趋势却早在文王时就已显示出来。

经过文王的苦心经营，岐山圣地已成为武王灭商的雄厚实力基地，它提供的不仅是征战所需的物资，还有成就霸业所需的济济人才。文王虽死，却给周族人留下了一条通向成功的平坦大道，这就是"彼徂矣，岐有夷之行"的含义。原本艰险难行的岐山在大王、文王等人的不懈努力下,出现了坦荡的道路,周人也从最初的弱势部族最终发展成为拥有天下的强盛民族。可以说,古老的岐山是周人崛起的见证者。

岐山是周人的兴盛之地,凝聚着周族几代先王的艰辛。诗末一句"子孙保之"便是后人缅怀圣地和先祖之余许下的誓言。保守先人留下的基业是子孙给予先辈的最好回报。

《天作》一诗围绕一座神圣的岐山展开叙述,带领读者回顾了周族的发展历程,虽然是歌功颂德之词,但不显枯燥寡味,保持了质朴无华的品质。

◎昊天有成命◎

昊天有成命①,二后受之②。成王不敢康③,夙夜基命宥密④。於缉熙⑤,单厥心⑥,肆其靖之⑦。

【注释】

①昊天:苍天。成命:既定的天命。②二后:二王,指周文王与周武王。③康:安乐,安宁。④夙夜:日夜,朝夕。基命:王者始承的天命。宥(yòu)密:宽仁宁静。⑤於(wū):叹词,有赞美之义。缉熙:光明。⑥单:忠厚。厥:其,指成王。⑦靖:安定。

【赏析】

《毛诗序》认为本诗的目的是祭祀天地,但多数人不同意《毛诗序》的说法,认为此乃祭祀成王的诗。从诗的内容来看,除了一二两句,余下五句都是直接叙述成王之德的,说成祭天地确实不妥。

首二句是全诗的引子,先从高高在上的"昊天"起笔,指出上天有成命,文王和武王受命于天,灭殷商,建西周。祭祀成王却不从成王下笔,先言上天,次言文、武二王。这是因为,成王受文王和武王之命,而文、武二王又受天之命,开篇如此写法正可表示成王与文、武二王一脉相承,顺承天意。

而且，上古社会中，天地、祖先是人们的精神支柱，人间的祸福都被看成上天和祖先的意志作用的结果。歌颂成王的功德时自然不能忘记"昊天"和"二后"，这也是饮水思源、敬天尊祖之义。

之后五句是诗的主体，赞颂成王之德。"成王不敢康，夙夜基命宥密"是说成王即位后，不敢贪图安逸，日夜为保国安民而深谋远虑。

成王是武王之子，康王之父，西周第二代天子。文王和武王缔造了西周王朝，成王是这个王朝的巩固者。武王在西周江山刚刚开始稳固时驾崩，把巩固江山的大业留给了年幼的成王。创业艰难，守业也非易事，攻取江山后却没能坐稳江山的王朝历史上并不少见。成王深谙此理，所以他"不敢康"，在治理国家、巩固基业上毫不懈怠。

在两句平实的叙述后，诗人突然发出一声"於缉熙"的赞叹，情感顿时扬起。"缉熙"为连绵词，作光明解。成王在位期间励精图治，使得国家安定富强，成功继承了文、武二王的光明功绩，因此后人发出"於缉熙"的赞叹，肯定了成王的光明之道。

赞叹之后诗人马上又回归了到平实的叙述："单厥心，肆其靖之"，刚刚上扬的情感也回到之前的沉着、静穆。成王尽其一生为治国安天下而不懈奋斗，可谓耗尽心力。他的努力没有白费，"单厥心"的结果是"肆其靖之"，西周在他的治理下最终得以江山稳固、国家太平。

成王之后，康王继续精心治国，西周在成、康统治期间达到鼎盛时期，史称"成康之治"。《史记·周本纪》记载："成、康之际，天下安宁，刑措四十余年不用。"成王之所以谥号为"成"，也正是因为他是西周的守成之君。诗以简洁的语言概括了成王巩固江山、安定天下的功绩，朴素而不失庄重。短短七句颂词充分表达了对成王的赞美之义，同时，当西周臣民闻此颂诗，回想先王创业守业的过程时，崇敬之余必当受到鼓舞，从而更加奋发治国。

鲁　颂

◎驷◎

驷驷牡马①，在坰之野②。薄言驷者③，有骄有皇④，有骊有黄⑤，以车彭彭⑥。思无疆，思马斯臧⑦。

驷驷牡马，在坰之野。薄言驷者，有骓有骀⑧，有骍有骐⑨，以车伓伓⑩。思无期，思马斯才。

驷驷牡马，在坰之野。薄言驷者，有驒有骆⑪，有骝有雒⑫，以车绎绎⑬。思无斁⑭，思马斯作。

驷驷牡马，在坰之野。薄言驷者，有骃有騢⑮，有驔有鱼⑯，以车祛祛⑰。思无邪，思马斯徂。

【注释】

①驷（jiōng）：驷马健壮之貌。②坰（jiōng）：郊外。③薄言：语助词。④骄（yù）：黑身白胯的马。皇：黄白杂色的马。⑤骊（lí）：纯黑色的马。黄：黄赤色的马。⑥以车：用马驾车。彭彭：强壮有力的样子。⑦思：语助词。臧：好。⑧骓（zhuī）：苍白杂色的马。⑨骍（xīn）：赤黄色的马。骐：青黑色相间的马。⑩伓（pī）伓：有力的样子。⑪驒（tuó）：青色而有鳞状斑纹的马。骆：黑身白鬃的马。⑫骝（liú）：赤身黑鬣的马。雒（luò）：黑身白鬣的马。⑬绎绎：跑得很快的样子。⑭斁（yì）：厌倦。⑮骃（yīn）：浅黑间杂白色的马。騢（xiá）：赤白杂色的马。⑯驔（diàn）：黑身黄脊的马。鱼：两眼长两圈白毛的马。⑰祛（qū）祛：强健的样子。

【赏析】

《毛诗序》说："《驷》，颂僖公也。僖公能遵伯禽之法，俭以足用，宽以爱民，务农重谷，牧于坰野，鲁人尊之。于是季孙行父请命于周，而史克作是颂。"《驷》为鲁僖公之颂当无疑，只不过全诗并无直接颂扬僖公之词，而是以写马表现鲁国对马政的重视，在对骏马的赞美中流露出对僖公的赞扬之义。

诗凡四章，每章八句，前三句同语重复，后几句则有所变换，是《诗经》常用的叠咏章法。"驷驷牡马，在坰之野"，开头这两句总写牧马的场景，给人一个完整的初步印象。"驷驷"重叠，强调马匹身躯的肥壮。而这些膘肥体壮的骏马活动的背景是"坰之野"，在辽远广阔的原野上，有成群的骏马或食或饮，或踏或卧，或奔或跃。有"在坰之野"这样一个阔大背景的烘托，愈加凸显出骏马的雄健与活力。

"驷驷牡马，在坰之野"大笔勾勒群马在野之场景，可谓气势沛然，宏阔远大。之后诗人一变高声壮语为低声细语，以"薄言驷者"发端，进入对马的具体描绘。"薄、言"均为语助词，有延缓语气的作用。一句话里若有多个语气词，往往显得情感低回，"薄言驷者"一句，似乎是作者在独自欣赏，暗自点头赞叹马匹的繁盛和俊美。诗人如数家珍，用"有……有……"的句式点出各种骏马的名称："有骊有皇，有骊有黄""有骓有䭹，有骍有骐""有䮾有骆，有骊有雒""有骃有騢，有驔有鱼"。

这些名称都是根据马匹不同的毛色命名的。诗人介绍了十几种马，每一种马其实就是一道艳丽的色彩。试想这么多颜色各异的马奔走在郊野上，该是多么壮观。

好马固然赏心悦目，但其真正价值却不在于此。古代多战事，战争是每个国家朝堂之上的一项永久议题。而马匹既是将士们驰骋沙场必不可少的工具，又可用于运输粮草，对战争的重要性不言而喻。西周时期，马在战争中的地位很高。车战是这一时期的主要作战形式，一辆兵车驾四匹马，配以甲士三名和步卒七十二名。驾车之马若驯良而劲健有力，则有大半胜算；不然，车马一乱，队伍便溃不成军。所以，马的优劣关键还在于能否驾好战车。诗人细数完马的名称后，就赞扬马"以车彭彭""以车伾伾""以车绎绎""以车祛祛"。这里的"车"无疑当为战车，而"彭彭、伾伾、绎绎、祛祛"都是形容马迅猛有力的词，也就是说这些"驷驷"骏马都是善驾之马。

经过对骏马的具体描绘，末二句又归到概括性的赞美上。"思无疆，思马斯臧""思无期，思马斯才""思无斁，思马斯作""思无邪，思马斯徂"，这几句意思互补，都是赞美马儿矫健善走，令人喜爱。

◎ 有駜 ◎

有駜有駜①，駜彼乘黄②。夙夜在公③，在公明明④。振振鹭⑤，鹭于下。鼓咽咽⑥，醉言舞。于胥乐兮⑦！

有駜有駜，駜彼乘牡⑧。夙夜在公，在公饮酒。振振鹭，鹭于飞。鼓咽咽，醉言归。于胥乐兮！

有駜有駜，駜彼乘駽⑨。夙夜在公，在公载燕⑩。自今以始，岁其有⑪。君子有穀⑫，诒孙子⑬。于胥乐兮！

【注释】

①駜（bì）：马肥壮貌。②乘（shèng）黄：四匹黄马。古者一车四马曰乘。③公：公家。④明明：通"勉勉"，努力貌。⑤振振：群飞貌。鹭：白鹭鸟。⑥咽咽：不停的鼓声。⑦于：通"吁"，感叹词。胥乐：都快乐。⑧牡：公马。⑨駽（xuān）：青黑色的马。⑩燕：通"宴"。⑪岁其有：指年年丰收。⑫穀：善。⑬诒：留。

【赏析】

《有駜》是一首颂扬鲁僖公和群臣宴饮的诗。鲁国自庆父之难以后，外有强齐睥睨，大有袭取并吞之势。国内多有饥荒，国势江河日下。至鲁僖公继位，采取了一系列措施来振兴国势：内修武备，安抚臣民；外结盟国，巩固政权，才使鲁国转危为安。由于克服了天灾人祸，使鲁国获得了丰收。这首《有驷》正是在鲁国国运昌隆之时所作的。

此诗第一章就极力渲染了鲁国强盛的国力和奋发昂扬的精神。首句写马的强健肥壮，四匹良马拉起兵车气势轩昂，以此来显示今日的鲁国已是何等的强盛，可谓兵强马壮。鲁国的强大不仅体现在军事武备上，也体现在鲁国的文治政事上。鲁国的官吏，忠于职守，兢兢业业，"夙夜在公"，为国家大事鞠躬尽瘁，可谓"位卑未敢忘忧国"。官吏的奋发向上精神，折射出鲁国政治的清明廉洁，吏治的朴实敬业。这也从侧面反映了鲁国之所以能取得如此辉煌事业的根本原因，那就是君臣齐心，全民奋斗的凝聚力。

接着，诗中描写了群臣宴饮的场面。大臣们在公事之余与国君一同宴饮。宴饮中，歌舞自是不可缺少的。一时间鼓乐齐发，在一片鼓乐声中，美人们手拿鹭羽翩翩起舞，舞姿轻盈，宛如成群的白鹭飞过。难怪舞者陶醉，酒者狂醉，直到酩酊大醉之时才归家。如此盛宴，君臣同乐，上下欢笑，构成一幅太平盛世的君臣宴饮图。

全诗通过对宴饮场面绘声绘色的描写，体现了鲁国的和睦、强盛。诗的第二章和第三章的前半部分，是对第一章内容的重复，只是个别字有所变化。一方面运用重言叠词的手法一唱三叹，感染读者；另一方面，步步加深，使原有画面产生变化，形成一幅动态图。

宴饮欢歌之时，于觥筹交错中，观舞者仿白鹭之形。一会儿于浅滩溪流中翩翩起舞，一会儿又振翅冲向云天。鼓声咽咽，整齐而有节奏。第三章指出郊祀之事。群臣的欢乐来自于君主的恩赐，因而说"在公载燕"。在庆贺丰收的酒宴上，人们高兴之余，自然要想到年年有余、岁岁丰收的问题。于是君臣们祝愿、祈祷"自今以始，岁其有"。鲁国的臣民们希望这种盛世之势能永久保持，福禄荫庇后世的子子孙孙。

这首诗是从一个为人臣子的视角来写的。他们因为遇上明君而奋发向上全心致力于国事,与君宴饮中的快乐,来自身处太平盛世而感受到的喜悦。在他们的眼里,"君子有穀"便是一国兴盛最大的梦想。鲁国的强大中兴让人们对作为人君的鲁僖公满含期待与颂扬。这首诗恰如其分地显示了鲁国君民期望国运昌隆、盛世永驻的美好心愿。

◎泮水◎

思乐泮水①,薄采其芹②。鲁侯戾止③,言观其旂④。其旂茷茷⑤,鸾声哕哕⑥。无小无大,从公于迈⑦。

思乐泮水,薄采其藻⑧。鲁侯戾止,其马蹻蹻⑨。其马蹻蹻,其音昭昭⑩。载色载笑⑪,匪怒伊教⑫。

思乐泮水,薄采其茆⑬。鲁侯戾止,在泮饮酒。既饮旨酒⑭,永锡难老⑮。顺彼长道⑯,屈此群丑⑰。

穆穆鲁侯⑱,敬明其德⑲。敬慎威仪,维民之则。允文允武,昭假烈祖⑳。靡有不孝㉑,自求伊祜㉒。

明明鲁侯㉓,克明其德。既作泮宫,淮夷攸服㉔。矫矫虎臣㉕,在泮献馘㉖。淑问如皋陶㉗,在泮献囚。

济济多士,克广德心。桓桓于征㉘,狄彼东南㉙。烝烝皇皇㉚,不吴不扬㉛。不告于訩㉜,在泮献功。

角弓其觩㉝。束矢其搜㉞。戎车孔博㉟,徒御无斁㊱。既克淮夷,孔淑不逆㊲。式固尔犹㊳,淮夷卒获㊴。

翩彼飞鸮㊵,集于泮林。食我桑黮,怀我好音㊶。憬彼淮夷㊷,来献其琛㊸。元龟象齿㊹,大赂南金㊺。

【注释】

①泮水：泮宫（诸侯国的学宫）前的半月形水池。②芹：水中的一种植物，即水芹菜。③戾：临。止：语尾助词。④言：我。旂（qí）：绘有龙形图案的旗帜。⑤茷（pèi）茷：飘扬貌。⑥鸾：古代的车铃。哕（huì）哕：铃和鸣声。⑦公：僖公。迈：行走。⑧藻：水中植物名。⑨蹻（jiǎo）蹻：马强壮貌。⑩昭昭：指声音洪亮。⑪色：指容颜和蔼。⑫伊：语助词，无义。⑬茆（mǎo）：即今言莼菜。⑭旨酒：美酒。⑮锡：同"赐"。⑯道：指礼仪制度等。⑰丑：对敌人的蔑称，指淮夷。⑱穆穆：举止庄重貌。⑲敬：恭敬。⑳昭：明。假：通"格"，至也。烈祖：有功业的祖先。㉑孝：同"效"，效法。㉒祜（hù）：福。㉓明明：同"勉勉"。㉔淮夷：淮水流域不受周王室控制的民族。攸：乃。㉕矫矫：勇武貌。㉖馘（guó）：古代为计算杀敌人数以论功行赏而割下的敌尸左耳。㉗淑：善。皋陶：舜时善于断狱的法官。㉘桓桓：威武貌。㉙狄：扫除。㉚烝烝皇皇：众多盛大貌。㉛吴：喧哗。扬：高声。㉜讻：讼，指因争功而产生的互诉。㉝角弓：两端镶有兽角的弓。觩（qiú）：弯曲貌。㉞束矢：五十支一捆的箭。搜：形容发箭声。㉟孔：很。博：宽大。㊱徒：徒步行走，指步兵。御：驾驭马车，指战车上的武士。斁（yì）：厌倦。㊲淑：顺。逆：违。㊳式：语助词。无义。固：坚定。犹：计谋。㊴淮夷卒获：淮夷终究得服从。㊵鸮（xiāo）：鸟名，即猫头鹰，古人认为是恶鸟。㊶怀：馈，送。㊷憬（jǐng）：觉悟。㊸琛（chēn）：珍宝。㊹元龟：大龟。象齿：象牙。㊺南金：产自南方的黄金。

【赏析】

《鲁颂》被誉为"庙堂文学"，分有宗庙的祭歌及臣下对国君的歌颂溢美两部分。综观本诗，《泮水》当属后者，全诗充满了对鲁僖公的颂赞之词，表达出仰慕之情。但据历史记载，鲁僖公虽然多次出兵平淮，但是并未取得赫赫战果，因此，此诗威武及繁盛的描述有言过其实的痕迹。

颂诗以"赋"为基本表现手法，构成了全诗的骨骼。从鲁僖公率众来到泮宫，面带微笑，随行阵容威武雄壮，举行祝颂之事开始，逐渐写出鲁僖公文治武功，以德服人，在泮宫接受战争的胜利。同时不忘对部下的夸赞，写出贤才济济，能征善战。最终，鲁僖公击败淮夷，平天下。诗中插入了战争的相关场景和事迹，但没有给人松散凌乱之感，而是紧凑有力，简洁明快。

此诗开篇就开始运用回环复沓的表现形式，前三章开头句子"思乐泮水，薄采其芹""思乐泮水，薄采其藻""思乐泮水，薄采其茆"赋其事以起兴，同时形成回环复沓的形式。回环复沓的表现形式形成整饬的章法，突出强调，增强了艺术效果。

当然，本诗"比兴"手法也颇具特色，增强了诗歌的抒情性和感染力。诗歌前三章都是先言他物，以引起所言之事。泮水边的盛会，鲁僖公的形象，出征淮夷的战争，都写得直观且铺陈精彩，加之其精当的描述，文学价值和史料价值兼备。

《泮水》严格遵守《诗经》中最常见的四字句格式，全诗只有第五章"淑问如皋陶"一句是五字，一章至三章起始之笔都运用了反复吟咏的手法，仅用"芹""藻""茆"几个字就区分了不同的活动场所，点出不同地点，用词精炼之极。全诗在用词上颇为讲究，多处运用复词，用"穆穆"写鲁公的威严，"桓桓"写三军的雄壮，点睛之笔让诗歌的色彩增添不少。

《泮水》作为《诗经》中的长篇诗作，以赋的基本写法，灵活运用比兴、回环复沓、排比等手法，描写了鲁公到泮宫的盛大场面，比较细致全面地刻画了人物。"泮水之宴、三军出战"，都写得轰轰烈烈。对鲁僖公的描绘，更是极尽溢美之词，描绘成一个神人般的人物，起到了突出表现的效果。

◎閟宫◎

閟宫有侐①,实实枚枚②。赫赫姜嫄③,其德不回④。上帝是依⑤,无灾无害,弥月不迟⑥。是生后稷⑦,降之百福⑧。黍稷重穋⑨,稙稺菽麦⑩。奄有下国⑪,俾民稼穑⑫。有稷有黍,有稻有秬⑬。奄有下土,缵禹之绪⑭。

后稷之孙,实维大王⑮。居岐之阳⑯,实始翦商⑰。至于文武⑱,缵大王之绪,致天之届⑲,于牧之野⑳。无贰无虞㉑,上帝临女㉒。敦商之旅㉓,克咸厥功㉔。王曰叔父㉕,建尔元子㉖,俾侯于鲁,大启尔宇㉗,为周室辅。

乃命鲁公,俾侯于东。锡之山川㉘,土田附庸㉙。周公之孙,庄公之子㉚。龙旂承祀㉛,六辔耳耳㉜。春秋匪解㉝,享祀不忒㉞。皇皇后帝,皇祖后稷。享以骍牺㉟,是飨是宜㊱。降福既多,周公皇祖㊲,亦其福女。

秋而载尝㊳,夏而楅衡㊴,白牡骍刚㊵。牺尊将将,毛炰胾羹㊶。笾豆大房㊷,万舞洋洋㊸。孝孙有庆,俾尔炽而昌,俾尔寿而臧㊹。保彼东方,鲁邦是常㊺。不亏不崩,不震不腾。三寿作朋㊻,如冈如陵。

公车千乘,朱英绿縢㊼,二矛重弓㊽。公徒三万㊾,贝胄朱綅㊿。烝徒增增(51),戎狄是膺(52),荆舒是惩(53),则莫我敢承(54)。俾尔昌而炽,俾尔寿而富。黄发台背(55),寿胥与试(56)。俾尔昌而大,俾尔耆而艾(57)。万有千岁(58),眉寿无有害(59)。

泰山岩岩(60),鲁邦所詹(61)。奄有龟蒙(62),遂荒大东(63)。

至于海邦，淮夷来同㉚。莫不率从，鲁侯之功。

保有凫绎㉕，遂荒徐宅㉖，至于海邦，淮夷蛮貊㉗，及彼南夷㉘，莫不率从。莫敢不诺㉙，鲁侯是若㉚。

天锡公纯嘏㉛，眉寿保鲁。居常与许㉜，复周公之宇。鲁侯燕喜㉝，令妻寿母㉞，宜大夫庶士㉟。邦国是有，既多受祉㊱，黄发儿齿㊲。

徂徕之松㊳，新甫之柏㊴，是断是度㊵，是寻是尺。松桷有舄㊶，路寝孔硕。新庙奕奕，奚斯所作；孔曼且硕，万民是若。

【注释】

①閟（bì）宫：神秘的宫殿，指祭祀后稷母亲姜嫄的庙。侐（xù）：清静貌。②实实：广大貌。枚枚：细密貌。③姜嫄：周始祖后稷之母。④回：邪僻。⑤依：依靠。⑥弥月：满月，指怀胎十月。⑦后稷：周之始祖，名弃。⑧百：言其多。⑨重穋（lù）：两种谷物，先种后熟曰"重"，后种先熟曰"穋"。⑩稙稺（zhí zhì）：两种谷物，早种者曰"稙"，晚种者曰"稺"。菽：豆类作物。⑪奄有：全有。⑫俾：使。稼穑：指务农。⑬秬（jù）：黑谷子。⑭缵（zuǎn）：继承。绪：业绩。⑮大王：太王，周之远祖古公亶父。⑯岐：山名，在今陕西。阳：山南水北。⑰翦：灭。⑱文武：周文王、周武王。⑲届：诛讨。⑳牧：地名，在今河南淇县西南。㉑贰：二心。虞：疑虑。㉒临：监临。㉓敦：治服。旅：军队。㉔咸：都，共同。㉕叔父：指周公旦，周公为武王之弟，成王叔父。王，指成王，武王之子。㉖元子：长子。㉗启：开辟。㉘锡：同"赐"。㉙附庸：指诸侯国的附属小国。㉚庄公之子：指鲁僖公。㉛承祀：主持祭祀。㉜辔：御马的嚼子和缰绳。㉝解：通"懈"。㉞享：祭献。忒：差错。㉟骍（xīn）：赤色。牺：纯色牺牲。㊱飨：享用祭品。㊲周公皇祖：即皇祖周公。㊳尝：秋季祭祀之名。㊴楅（bì）衡：防止牛抵触用的横木，此指修理牛棚。㊵牡、刚：

红色公牛。㊶毛炰（páo）：带毛涂泥燔烧熟的肉。胾（zì）：切块的肉。㊷笾（biān）：竹制的献祭容器。豆：木制的献祭容器。大房：大的盛肉容器。㊸万舞：舞名，常用于祭祀活动。洋洋：盛大貌。㊹臧：善。㊺常：长。㊻三寿作朋：古代常用的祝寿语。㊼朱英：矛上用以装饰的红缨。绿縢：将两张弓捆扎在一起的绿绳。㊽二矛：古代每辆兵车上有两支矛，一长一短，用于不同距离的交锋。重弓：古代每辆兵车上有两张弓，一张常用，一张备用。㊾徒：步兵。㊿贝：贝壳，用于装饰头盔。胄：头盔。綅（qīn）：线，用于编缀固定贝壳。(51)烝：众。增增：多貌。(52)戎狄：指西方和北方在周王室控制以外的两个民族。膺：击。(53)荆：楚国的别名。舒：国名，在今安徽庐江。(54)承：抵抗。(55)黄发台背：皆高寿的象征。人老则白发变黄，故曰黄发。台，同“鲐”，鲐鱼背有黑纹，老人背有老人斑，如鲐鱼之纹，故云。(56)寿胥与试：老来相与进言事。(57)耆：指年老。艾：指年轻。(58)有：通“又”。(59)眉寿：指高寿。(60)岩岩：山高貌。(61)詹：仰望。(62)龟、蒙：二山名。(63)荒：扩大，推广。大东：指最东的地方。(64)淮夷：淮水流域不受周王室控制的民族。同：会盟。(65)保：安。凫、绎：二山名，凫山在今山东邹县西南，绎山在今山东邹县东南。(66)徐：国名。宅：居处。(67)蛮貊（mò）：泛指北方一些周王室控制外的民族。(68)南夷：泛指南方一些周王室控制外的民族。(69)诺：应诺。(70)若：顺从。(71)公：鲁公。纯：大。嘏：福。(72)常、许：鲁国二地名。(73)燕：通“宴”。(74)令：善。(75)宜：适宜。(76)祉：福。(77)儿齿：高寿的象征。老人牙落后又生新牙，谓之儿齿。(78)徂徕：山名，在今山东泰安东南。(79)新甫：山名，在今山东新甫县西北。(80)是断是度：是砍下是剖开。(81)桷（jué）：方椽。舄（xì）：大貌。

【赏析】

《閟宫》应该是《诗经》中篇幅较长的一首诗。相比于鲁国历代君王，鲁僖公应该是比较有作为的一位。他平淮夷，复失地，使鲁国恢复了周公时代的版图。因此，很多人都把他视为能够复兴祖先功业，弘扬国家声威，实现国富民强的一位君主。此诗即是鲁臣为了歌颂鲁僖公的功绩和祭祀祖先而写。

开篇采用追溯的写法，追述祖德。"閟宫有侐，实实枚枚"，首句写出姜嫄庙高大寂静、庄严肃穆的景象，慢慢由起兴转入赋比，以时间为轴，按顺序陈述祖先功德。接着写出了后稷善于稼穑，勤劳聪慧，得到人民的拥护。然后从"后稷之孙"的太王、文王、武王，抓住他们从事灭殷的事业一路写来。最后，写到了成王感谢周公辅佐的功劳，称王封侯以致鲁国诞生。犹如史诗一样，写出了周民族的发展历程，所写的每一位先祖，都是抓其重点着笔，剪裁得当，详略有致，自然顺畅。

在对先祖的发展历程进行追述后，诗人转入现实，开始颂美鲁僖公，这种主题成为诗歌的重点，从第三节一直延续到最后一节。借助祭祀祝祷的场景，历数鲁僖公继承王业以来的丰功伟绩：内修政治、外修文武、平淮夷、复失地、拿捏得当，文笔起伏灵动。第三节一开始四句就承上启下，直接点到鲁僖公勤于祭祀，周公所赐的福祉也因此连绵不断。诗人于此处宕开一笔，在第四节写出了精心准备的过程，"夏而楅衡，白牡骍刚"。然后顺承上节，写出了祭祀场面的盛大，祭祀场景的庄重，鲁僖公的虔诚以及祈求神灵的目的——长寿安康，国家永固。如何能够使鲁国江上永固呢？诗人认为必须遏制强敌，收复失地，树立国威，使四夷宾服。诗人写出了鲁僖公不仅仅达到了保卫国土的目的，还能够开疆拓土，文治武功，四夷臣服。神灵保佑，大功告成。所以，"鲁侯燕喜"，举国欢腾。洋洋洒洒，连篇累牍，赞美僖公可谓是铺写详尽，淋漓酣畅。最后一节呼应开篇，写出了鲁国富强，大兴土木，建造新庙，顺应民心，人人爱戴，顺便提出作诗目的，使得诗歌结构完整缜密。

总而言之，《閟宫》作为《诗经》中的鸿篇巨著，既渗透着诗歌的抒情性，又融入了民族史诗的历史性，在艺术表现上，诗人精心结撰，表现效果也不同凡响。尽心尽致地铺叙，赋、比、兴的融合，夸张、比喻的运用，使得诗歌具有较高的艺术价值。

商 颂

◎那◎

猗与那与①,置我鞉鼓②。奏鼓简简③,衎我烈祖④。汤孙奏假⑤,绥我思成⑥。鞉鼓渊渊⑦,嘒嘒管声⑧。既和且平,依我磬声⑨。於赫汤孙⑩,穆穆厥声⑪。庸鼓有斁⑫,万舞有奕⑬。我有嘉客,亦不夷怿⑭?自古在昔,先民有作⑮。温恭朝夕,执事有恪⑯,顾予烝尝⑰,汤孙之将⑱。

【注释】

①猗(jī):盛大貌。与:同"欤",叹词。那:指武功繁多。②置:竖立。鞉(táo)鼓:一种立鼓。③简简:象声词,鼓声。④衎(kàn):欢乐。烈祖:有功业的祖先。⑤汤孙:商汤之孙。奏假:奏报。⑥绥:安定。思:语助词。成:平,指汤取得太平。⑦渊渊:象声词,鼓声。⑧嘒(huì)嘒:象声词,吹管的乐声。管:一种竹制吹奏乐器。⑨磬:一种玉制打击乐器。⑩於(wū):叹词。赫:显赫。⑪穆穆:和美庄肃。⑫庸:同"镛",大钟。有斁(yì):乐声盛大之貌。⑬万舞:舞名。有奕:即"奕奕",舞蹈场面盛大之貌。⑭亦不夷怿(yì):意为不亦夷怿,即不是很快乐吗?⑮作:指行止。⑯执事:行事。有恪(kè):即"恪恪",恭敬诚笃貌。⑰顾:顾念。烝尝:冬祭为烝,秋祭为尝。⑱将:佑助。

【赏析】

　　《那》是《商颂》的首篇，为祭祀商王成汤的乐歌。全诗一章二十二句，首六句写用鼓乐迎先祖之灵，祈求赐福。"猗与那与，置我鞉鼓"描写摆开乐鼓，即将奏乐的阵势，"猗与那与"表现出对这种宏大气势的赞美和惊叹。乐器摆放停妥后，"简简"的鼓声奏响了，先祖之灵被美妙的乐舞所吸引而降临人间。于是作为商汤后人的祭祀者向先祖祷告，祈求赐予福禄，也就是"绥我思成"。

　　接下来的十句着重表现乐舞的盛美："鞉鼓渊渊，嘒嘒管声。既和且平，依我磬声。於赫汤孙，穆穆厥声。庸鼓有斁，万舞有奕。我有嘉客，亦不夷怿。"此段又可分为三层，前六句写乐声的和谐悦耳，鼓声咚咚，管乐悠扬，配合着清越的磬音，构成这场祭祀乐舞震撼人心的宏大声音。下面两句"庸鼓有斁，万舞有奕"为第二层，描写钟鼓齐鸣时，众人起舞的盛况。此处"万舞"为一种舞蹈的名称，舞分"文舞"和"武舞""万舞"是指文舞、武舞同时表演。"我有嘉客，亦不夷怿"两句从观者的角度侧面描写了乐舞之盛美，正因为音乐舞蹈宏大壮美，嘉客才会陶醉其中。

　　在庄严谐和的乐舞中，祭祀者追述起祖先的功德："自古在昔，先民有作。温恭朝夕，执事有恪。"这诚然是祭祀者对于先民美好德行的赞颂，也是以先民之德行自我勉励。最后，祭祀者祈求先祖享受祭品，并特别指出这些祭品是您成汤的子孙献上的。"顾予烝尝，汤孙之将"既是结束语，也进一步加强了祭祀的神秘气氛和宗教意味。读罢此诗，读者的最深印象恐怕是鼓、管、磬、钟等乐器和充盈于耳的乐声了，如此盛大的音乐彰显的是商汤显赫的德行。

◎烈祖◎

　　嗟嗟烈祖[①]！有秩斯祜[②]，申锡无疆[③]，及尔斯所[④]。既载清酤[⑤]，赉我思成[⑥]。亦有和羹，既戒既平[⑦]。鬷假无言[⑧]，时靡有争，绥我眉寿[⑨]，黄耇无疆[⑩]。约軝错衡⑪，八鸾鸧鸧⑫。以假以享⑬，我受命溥将⑭。自天降康，丰年穰穰。来假来飨，降福无疆。顾予烝尝⑮，汤孙之将⑯。

【注释】

①烈祖：功业显赫的祖先，此指商朝开国的君王成汤。②有秩斯祜：形容福之大貌。③申：再三。锡：同"赐"。④及尔斯所：直到你所在处所。⑤清酤：清酒。⑥赉（lài）：赐予。思：语助词。⑦戒：齐备。⑧鬷（zōng）假：集合大众祈祷。⑨绥：安抚。眉寿：高寿。⑩黄耇（gǒu）：义同"眉寿"。⑪约軝（qí）错衡：用皮革缠绕车毂两端并涂上红色，车辕前端的横木用金涂装饰。⑫鸾：一种饰于马车上的铃。鸧（qiāng）鸧：同"锵锵"，象声词。⑬假（gé）：同"格"，至也。享：享用。⑭溥（pǔ）：大。将：长。⑮烝尝：冬祭叫"烝"。秋祭叫"尝"。⑯汤孙：指商汤王的后代子孙。将：佑助。

【赏析】

全诗二十二句，层次分明，逐渐深入铺写祭祀烈祖盛况。"嗟嗟烈祖"以叠字叹词开篇，一叹再叹，祭祀者对先祖崇拜得五体投地的情形如在眼前，无限的溢美之词中透露出深深的崇敬之情，点明了祭祀的缘由——烈祖洪福齐天，给子孙"申锡无疆"。直呼式的呼告修辞，感情的直接表达，毫无掩饰，单刀直入，饱含深情地对先祖进行颂扬，活泼生动的语调减少了几分刻板和呆滞，呈现出了生活的真实情感，抓住了读者的猎奇心，增添了艺术效果。成汤带给子孙的大福，次数无比之多，时间无比之长，范围无比之广，后代子孙无限的感激之情表露无遗。

祭祀者并未满足于成汤赏赐给子孙们的福禄，而是继续祈求先祖永远赐予祥瑞大福。接踵而至的便是下面结构并列、内容交错的祭祀乐词。备好了清酒，献上调和均匀的美味羹，心里默默地祷告，请求先祖佑我成功。供品丰盛、讲究，言及酒馔，祈求长寿。再看看那祝祷的景象，众人默然肃穆，没有喧哗，没有纷争，心平气和，可谓百礼具备，渲染出热烈却又严肃的氛围。在如此盛大而庄严肃穆的礼仪之中，祭祀者虔诚，以求精诚所至的精神令神明感动，使得先祖降下福佑，让"汤孙"获得万寿无疆的长眉大寿。

"约𫐉错衡，八鸾锵锵"，红皮的车毂，饰金的车衡，贵宾光临，四马八铃响声锵锵，多么动听。写车马的整饬在于突出助祭的贵宾，写助祭贵宾的高贵又在于烘托出主人的身份和迎神的场面。贵宾前来助祭场景的描写，表现出了商朝的强盛，烘托出了场面的热烈，也因此将全诗祈求获福的祭祀场面再次推向高潮。

◎ 玄鸟 ◎

天命玄鸟①，降而生商，宅殷土芒芒②。古帝命武汤③，正域彼四方④。方命厥后⑤，奄有九有⑥。商之先后⑦，受命不殆⑧，在武丁孙子⑨。武丁孙子，武王靡不胜⑩。龙旂十乘⑪，大糦是承⑫。邦畿千里⑬，维民所止⑭。肇域彼四海⑮，四海来假⑯，来假祁祁⑰，景员维河⑱。殷受命咸宜⑲，百禄是何⑳。

【注释】

①玄鸟：燕子。②宅：居住。芒芒：同"茫茫"。③古：从前。帝：天帝，上帝。武汤：即成汤，汤号曰武。④正域：征服疆域。⑤方：遍，普。后：此指各部落的酋长首领。⑥奄：全部。九有：九州。⑦先后：先王。⑧命：天命。殆：通"怠"，懈怠。⑨武丁：即殷高宗，汤的后代。⑩武王：即武汤，成汤。胜：胜任。⑪旂（qí）：古时一种旗帜，上画龙形，竿头系铜铃。乘（shèng）：四马一车为乘。⑫大糦（chì）：大祭。⑬邦畿：国都附近。⑭维民所止：人民所居紧相连。⑮肇域彼四海：始拥有四海之疆域。⑯假

（gé）：通"格"，到。⑰祁祁：纷杂众多之貌。⑱景员：通"广运"，东西曰广，南北曰运。指大的国界。⑲咸宜：人们都认为适宜。⑳何：通"荷"，承担。

【赏析】

　　《玄鸟》一诗二十二句，按照时间顺序，如同记载历史一样，大致可以分为四层。

　　"天命玄鸟，降而生商"，开篇追叙武丁以前殷商的历史，借神话传说从始祖写起，着重于突出商的起源。"芒芒"广大的土地，上帝命令成汤治理四方。第一层借"吞卵而生契"的故事着意写出商朝的统治上承天命，而国泰民安的重任得由汤的后代子孙武丁来承当。以武功立国，征服四方，广施号令，据九州为王。立国、治国，两重意思，蝉联而下，为下文的武丁出场慢慢蓄势。

　　"商之先后，受命不殆，在武丁孙子"，商朝的再次复兴，武丁功不可没。三句顺承而来，既说明成汤上承天命，使得商朝天下不断延续，同时又在分析"不殆"的原因中自然地点出中兴之主武丁的功劳。武丁外伐鬼方、大彭，内修德政，从而使得成汤事业无往不胜。含蓄中表现出武丁中兴的丰功伟绩，自豪之情油然而生，敬佩之情翩然而至。

　　颂歌的重点在于歌颂祖德，表现祭祀的场景。紧接而来的是"龙旂十乘，大糦是承"的情形，如果不是武丁中兴，周王朝声威大震，就不会有诸侯十年插龙旗，满载粮食来助祭的热烈场景了。诗歌在对整体的概述描写之后，笔锋一转，着重于助祭的热烈场面，突出武丁的声威。

　　第四层描写"四海来假，来假祁祁"的场景。四海部族纷纷前来朝拜，旌旗之盛，人数之多，从侧面烘托出商王朝的繁荣强大。末尾二句与"天命玄鸟""古帝命武汤""受命不殆"相联系，以"天命"贯穿始终来结束全诗，既表现出商朝统治的合理性，也表现出商朝统治的绵延性。不仅如此，它同时也是祭祀者对天神的虔诚，祈盼能继续得到庇佑，使得商朝的统治昌盛、久长。

离 骚

　　帝高阳之苗裔兮①，朕皇考曰伯庸②。摄提贞于孟陬兮③，惟庚寅吾以降④。

【注释】
　　①高阳：古代帝王颛顼的别号。颛顼是楚国的远祖，他的后人有熊绎，被周成王封于楚国。春秋时期楚武王有个儿子叫瑕，受封于屈邑，因此子孙都以屈为氏，屈原是屈瑕的后人，所以说自己是古帝王高阳氏的后代。苗裔：后代。②朕：我。秦以前是贵贱通用的第一人称代词，秦以后则成为封建帝王自称的专用词。皇考：皇，光明；考，对已故父亲的美称。伯庸：为屈原父亲的字或名，或化名，今已不可考。③摄提：摄提格的简称。古人把天宫由东向西划为子、丑、寅、卯、辰、巳、午、未、申、酉、戌、亥十二个等分，叫作十二宫。依照岁星（木星）在空中运转所指向的方位来纪年，岁星指向寅宫，则此年为寅年，摄提格，就是寅年的别名。贞：当，指向。孟：开端，始也。陬：夏历正月的别名，又称寅月。④惟：语助词，先秦时期习惯用法。庚寅：指庚寅这一天。古人以天干地支相配来纪日，庚寅是其中的一天。此处是指屈原吉祥的生日。据研究，楚人以寅日为吉利的日子。降：降生，出生。

　　皇览揆余初度兮①，肇锡余以嘉名②。名余曰正则兮③，字余曰灵均④。

【注释】
　　①皇：即上文皇考的省称，指他已故的父亲。览：观察。揆：测度，衡

量。余：我，此处是屈原自指。初度：指初降生时的器宇。②肇：开始，指初降生时。锡：古同"赐"，送给，给予。以：用，把。嘉名：美好的名字。③名：动词，命名的意思。正则：正，意为平；则，意为法，言其平正而有法则，解释出屈原名平的意思。④字：表字，这里用为动词，起个表字。灵均：灵，意为善；均，意为平地；灵均，很好的平地，就是"原"字的含义。

纷吾既有此内美兮①，又重之以修能②。扈江离与辟芷兮③，纫秋兰以为佩④。汩余若将不及兮⑤，恐年岁之不吾与⑥。朝搴阰之木兰兮⑦，夕揽洲之宿莽⑧。日月忽其不淹兮⑨，春与秋其代序⑩。惟草木之零落兮⑪，恐美人之迟暮⑫。不抚壮而弃秽兮⑬，何不改乎此度⑭？

【注释】

①纷：多，繁盛。形容后面的"内美"二字。吾：屈原自指。既：已经。内美：内在的美好品质。②重：加上。修能：修，意为美好；能，意为通态，容貌。修能，指下文佩戴香草等，实际上是讲自己的德能。③扈：披在身上。辟芷：辟，通"僻"，偏僻的地方。芷，白芷，香草名，因生于幽僻之处所以叫辟芷。④纫：本义是绳索，此用作动词，穿结、联缀。秋兰：香草名，秋天开花且香。以为：以之为。佩：佩戴，装饰，象征自己的德行。⑤汩：水疾流的样子，此处用以形容时光飞逝。余：我，屈原自指。若将不及：好像跟不上时光的流逝了。⑥恐：担心。不吾与：即"不与吾"的倒文，意谓不等待我。与，意为待。⑦朝：早晨。搴：同"撷"，拔取。阰：平顶小山或山坡，楚地方言。木兰：香木的一种，花状像莲，又称辛夷，今通称紫玉兰。⑧揽：采摘。宿莽：草名。经冬不死，又名紫苏，楚语称作莽。所以有象征年华、生命的意味。木兰去皮不死，宿莽拔心不死，两者都有贞固的性格，故诗人用来作修身之物。⑨忽：迅疾的样子。淹：停留。

⑩代序：代，意为更；序，意为次。代序即次第相代，指不断更迭。⑪惟：思虑。零落：凋零。⑫美人：《楚辞》是美人芳草皆有托。诗人有时用来比喻国君，有时用来比喻美好的人，有时用以自比。这里是指楚怀王，规劝怀王不要错过大好时机。迟暮：衰老。⑬抚：持，犹如现在所说的趁。壮：指壮盛年华。秽：草荒曰秽，这里用以比喻楚国的秽政。⑭此度：指现行的政治法度。

乘骐骥以驰骋兮①，来吾道夫先路②！

【注释】

①骐骥：骏马。此句比喻应任用有才能的人治理国家。②道：通"导"，引导。夫，语气词。先路：走在路之先，即为王前驱的意思。

昔三后之纯粹兮①，固众芳之所在②。杂申椒与菌桂兮③，岂维纫夫蕙茝④！彼尧舜之耿介兮⑤，既遵道而得路⑥。何桀纣之昌披兮⑦，夫唯捷径以窘步⑧。惟夫党人之偷乐兮⑨，路幽昧以险隘⑩。岂余身之惮殃兮⑪，恐皇舆之败绩⑫！忽奔走以先后兮⑬，及前王之踵武⑭。荃不察余之中情兮⑮，反信谗而齌怒⑯。余固知謇謇之为患兮⑰，忍而不能舍也⑱。指九天以为正兮⑲，夫唯灵修之故也⑳。曰黄昏以为期兮，羌中道而改路㉑。初既与余成言兮㉒，后悔遁而有他㉓。余既不难夫离别兮㉔，伤灵修之数化㉕。

【注释】

①昔：从前。三后：后，君主。旧说不一，一说指楚国三位开国的先王：熊绎、若敖、蚡冒；一说即三皇，指黄帝、颛顼、帝喾。纯粹："色不杂曰纯，米不杂曰粹，米至细曰精"，这里用来形容三后的德行粹美完善。②固：固然，本来。众芳：众多的香草，用以比喻众多贤能的人。

在：汇集。③杂：兼有。椒：香木名，就是现在的花椒。菌桂：即箘桂，桂的一种，香木名，白花黄蕊。④岂：难道，表示反向的语助词。维：当作"唯"，意为独。纫：联缀。蕙：香草名，生长在湿地处，麻叶，方茎红花，黑实。茝：同"芷"，白芷，也是香草名。申椒、菌桂、蕙、茝，都是用来比喻有才能的贤人，即上文所说的"众芳"。此处说三君杂用众贤才，国家因此而富强，并非独取蕙茝，只任用少数贤人。⑤彼：那。尧舜：传说中上古时代的两位贤君。耿介：耿，光明；介，正大。耿介即光明正大。⑥既：皆，尽。遵道：遵循正途。而：因而。路：大道。⑦何：何等，多么。桀纣：指夏桀和商纣王，是夏朝和商朝的末代之君，他们历来被作为暴君的代表。昌披：一作"猖披"。猖，狂妄；披，"陂"的假借字，偏邪的意思。⑧夫：发语词。唯：只是。捷径：斜出的小路，比喻不走正途。窘步：困窘失足。⑨惟：思。党人：古代的党人指朝廷中为私利而结成帮派的人。偷乐：苟且享乐。⑩路：指政治道路，楚国的前途。幽昧：黑暗。以：而。险隘：危险而狭窄。⑪岂：哪里。余身：我自身。惮：畏惧、惧怕。殃：灾祸。⑫皇舆：本指帝王所乘的车子，这里比喻国家政权。败绩：古代使用战车作战，车辙大乱，是溃不成军的表现。这里喻指君国之倾危。⑬忽：急匆匆的样子，根据下文，这里形容奔跑速度很快。奔走：奔跑。先后：指在君王的身边。奔走先后就是效力左右的意思，乃是从"皇舆"一语生发而来的。⑭及：赶上，追及，这里有"继承"之义。踵：脚跟；武：足迹。"踵武"连文为义，指前王的业绩。⑮荃：或说荪，石菖蒲一类的香草，叶形似剑，古人认为可以避邪。指称尊贵者，也以喻君，此为当时之俗。余：屈原自指。中情：忠心之情。⑯信谗：听信谗言。齌怒：盛怒、暴怒。⑰謇謇：謇，楚语，指发言之难，因口吃而说话艰难的样子。謇謇，此处形容忠贞直言的样子。为患：招致祸患。⑱舍：放弃的意思。⑲九天：九重天。正：通证。⑳灵修：楚人称神灵为灵修，此处代指楚君怀王。㉑"曰黄昏"二句是衍文，为《九章·抽思》语。期：约定。羌：楚语，表转折的意思，犹如今语的"却"。㉒初：当初,应指诗人受到楚怀王信任之时。成言:指彼此的话。此指屈原受重用时,共同制定的治国大策。㉓悔遁:遁,逃跑;悔遁在此是背弃成言之义。他:其他,另有打算。㉔既:本来。离别:分别,此指诗人被楚怀王疏远、放逐。㉕伤:悲伤、哀伤。数化:屡次变化。数,屡次之义。

余既滋兰之九畹兮①,又树蕙之百亩②。畦留夷与揭车兮③,杂杜衡与芳芷④。冀枝叶之峻茂兮⑤,愿俟时乎吾将刈⑥。虽萎绝其亦何伤兮⑦,哀众芳之芜秽⑧。众皆竞进以贪婪兮⑨,凭不厌乎求索⑩。羌内恕己以量人兮⑪,各兴心而嫉妒⑫。忽驰骛以追逐兮⑬,非余心之所急⑭。老冉冉其将至兮⑮,恐修名之不立⑯。

【注释】

①余:屈原自指。滋:栽培,培植。兰:香草名。畹:三十亩田为一畹,一说十二亩为一畹。②树:种植。蕙:香草名。树蕙:屈原曾为楚三闾大夫,负责贵族子弟的教育,树蕙指的是对贵族子弟的培育。③畦:四周有浅沟分隔的小块田地,这里用为动词。留夷、揭车:香草名,都是楚地所产。④杂:间种。杜衡:状与葵相似的一种香草,又称马蹄香。⑤冀:期待。峻:长大,高大。峻茂:高大而茂盛的样子。⑥俟:等待。俟时,即等到成熟的时候。刈:收割。这两句比喻把贤才培养好了,用他们治理国家。⑦虽:纵使。萎:枯萎。绝:凋落。何伤:何妨,有什么关系。⑧哀:痛惜。众芳:指前所培植的众香草——兰、蕙、留夷、揭车等,喻指"平日所栽培荐拔与己同志者"。芜秽:指众芳的变质。这两句用以比喻自己所培养的人才不但不为国家出力,反而改变节操,与"党人"同流合污。⑨众:指朋比为奸的贵族们。竞进:争逐权位,求进。贪婪:贪求财物。⑩凭:楚方言,满之义,此处用作状语,"满不在乎"之满,形容党人不厌求索。不厌:不满足。求索:索取。⑪羌:楚国方言,发语词,义近"乃"。恕:揣

度。量：衡量。恕己以量人：意谓用自己的心去估量别人。⑫兴心：起心，打主意，即产生了嫉妒之心。此二句意谓"党人贪婪竞进，而又以为贤者亦复如此，故嫉妒之也"。⑬忽：急急忙忙，疾速。骛：形容马乱跑的样子。追逐：与"驰骛"同义连用，意谓钻营，追求自己的私利。⑭所急：急，指迫切需要。所急，指急于要做的事。⑮冉冉：渐渐，岁月流逝之义。⑯修名：美好的名声。立：树立。

　　朝饮木兰之坠露兮①，夕餐秋菊之落英②。苟余情其信姱以练要兮③，长颔颔亦何伤④。揽木根以结茝兮⑤，贯薜荔之落蕊⑥。矫菌桂以纫蕙兮⑦，索胡绳之缅缅⑧。謇吾法夫前修兮⑨，非世俗之所服⑩。虽不周于今之人兮⑪，愿依彭咸之遗则⑫。长太息以掩涕兮⑬，哀民生之多艰⑭。余虽好修姱以鞿羁兮⑮，謇朝谇而夕替⑯。既替余以蕙纕兮⑰，又申之以揽茝⑱。亦余心之所善兮⑲，虽九死其犹未悔⑳！

【注释】

　　①朝：早晨。坠露：坠落的露水，指从木兰花瓣上坠落下的露水。木兰花晚春开花，这句既指朝，又指春。②餐：吞食。落英：初开的花朵。木兰开于春，菊花发于秋。这句既指夕，又指秋。春与秋合起来说四时。此二句以"饮露餐英"喻自己长期服食美洁，修洁自身。③苟：只要，如果。余情：指内心。信姱：信，真实；姱，美好。信姱，诚然美好，言内美也。练要：精粹，犹言精练要约，指精练于要道。④颔颔：因饥饿而面色憔悴。何伤：何妨。⑤揽：持取，拿着。木根：指木兰之根。结：意为编结。⑥贯：贯穿，串联起。薜荔：一种蔓生的香草名。蕊：花心。⑦矫：高举，举起。犹言"取用"。菌桂：一种香木，即前"杂申椒与菌桂"的菌桂。⑧索：本义是绳索，这里用作动词，搓绳。胡绳：香草，

茎叶可做绳索。纚纚：串联起来，长而下垂，编织得整齐美好的样子。⑨謇：发语词，楚国方言。此与前文"余固知謇謇之为患兮"之"謇"意义不同。法：取法，效法。夫：助词，彼。前修：前代的贤人。⑩世俗：指楚国政界庸俗之人。服：用。⑪虽：纵然。不周：不合，不能委曲周旋世故之义。⑫依：依照。彭咸：是屈原心目中所敬仰的人。殷商时期的贤人，据说他上谏国君不听，投水自杀而死。屈原此处言彭咸，表明自己将沉渊自杀。⑬太息：叹息。掩涕：擦眼泪。⑭民生：有多种解释，一说民生即人生，指诗人自己。艰：艰难。"民生之多艰"，此处指屈子所见到、所体验到的楚人的遭遇，当然也包括自身在内。⑮好：喜好。修姱：修饰美好的品德。修，修饰，含修养之义；姱，指美好的品德。靰：指马缰绳。羁：指马络头。羁在此作动词，比喻自身约束自己。⑯谇：进谏。替：废除，撤职。⑰既：已经。以，助词，调整音节。蕙纕：用蕙草编缀成的带子。纕，本义指佩带。⑱申：申斥。揽：择取。⑲亦：语助词，若是。善：用作动词，认为善。⑳虽：即使。"九死其犹未悔"：指不管遭受到多少次多么重大的打击也不会屈服。犹，还。

怨灵修之浩荡兮①，终不察夫民心②。众女嫉余之蛾眉兮③，谣诼谓余以善淫④。固时俗之工巧兮⑤，偭规矩而改错⑥。背绳墨以追曲兮⑦，竞周容以为度⑧。忳郁邑余侘傺兮⑨，吾独穷困乎此时也⑩。宁溘死以流亡兮⑪，余不忍为此态也⑫。

【注释】
①灵修：指楚怀王。浩荡：本义为大水横流的样子，此处喻指君王糊涂荒唐，恣意妄为而无定准。②终：始终。察：体察。民心：人的内心。③众女：喻指朝中围绕于楚怀王周围的逸佞、群小。嫉：嫉妒。余：诗人自指。蛾眉：蛾指蚕蛾，蚕蛾之眉（实指须），细长而曲，指眉毛像蚕蛾触须般齐

整,所以常用来比喻女人眉毛长得很美。此处是屈原喻指自己美好的品质。④谣诼:造谣诽谤。淫:邪乱。⑤固:本来。工巧:善于取巧。⑥偭:违背。规矩:本是木工的工具,量圆用的为规,量方用的为矩,引申为规则法度。改错:"错"通"措",改错即改变措施。⑦绳墨:木工引绳弹墨,用以打直线,这里指法度。追曲:追,随;曲,邪曲。比喻贵妃宠臣违背正直之道而追求邪曲之行。⑧竞:争相。周容:无原则地取容,指奉迎苟合,讨好别人。以为:作为。度:法则,常法。⑨忳:烦闷,副词,作"郁邑"的状语。郁邑:忧虑烦恼。三个形容词连用,是《楚辞》的特有语法。侘傺:失意的样子,形容失志之人茫茫然无所适从。⑩穷困:指孤立无援的状况。⑪宁:宁愿。溘死:忽然死去。流亡:随水漂流而去。⑫余:我,屈原自指。此态:指"固容以为度",即苟合取容之态。

鸷鸟之不群兮①,自前世而固然②。何方圆之能周兮③,夫孰异道而相安④?

【注释】

①鸷鸟:指鹰鹯一类品行刚烈、不肯与凡鸟同群的猛禽。不群:即指不与众鸟同群。诗人以此表明自己不与凡庸为伍。②前世:古代。固然:本来如此。③何方圆之能周:方的榫头和圆孔怎能相合。周,合。④异道:不同的道路,此处喻指不同的政治主张。

屈心而抑志兮①,忍尤而攘诟②。伏清白以死直兮③,固前圣之所厚④。悔相道之不察兮⑤,延伫乎吾将反⑥。回朕车以复路兮⑦,及行迷之未远⑧。步余马于兰皋兮⑨,驰椒丘且焉止息⑩。进不入以离尤兮⑪,退将复修吾初服⑫。

【注释】

①屈心：与"抑志"同义，均指按捺自己的心志。屈：委屈。抑：抑制。②忍尤：与"攘诟"同义，意思是能容忍外来的耻辱。攘，容忍。诟，耻辱。此为忍耻含辱之义。③伏：通"服"，保持，坚守。死直：死于正道、正义。④固：本来。前圣：指前代之圣贤，如尧、舜、禹、汤、文王。厚：赞许、嘉许。⑤悔：恨。相道：看，观看。察：看清楚。⑥延：引颈。伫：久立。延伫，意思是引颈怅望，低徊迟疑。反：同"返"，即指下文"退将复修吾初服。"⑦回：这里意指调转。复路：回归过去的道路。⑧及：趁着。行迷：指迷途。以上四句是屈原在政治上被排挤打击之后，产生了要退出政治舞台的消极想法。⑨步：解开架车的马使之自在游走。兰皋：长满兰草的河岸。皋，河岸边。⑩驰：指马的奔跑。椒丘：长满椒木的土丘。且：暂且。焉：于此、在此。止息：休息一下。⑪进：仕进，指进身于君前，即受重用。不入：指不被君王所采纳。离：同"罹"，遭受。尤：罪过。⑫退：退隐。复：再，重新。初服：当初的服装，实指当初的初衷、夙志，即篇首所云之"内美""修能"。修吾初服：指修身洁行。

制芰荷以为衣兮①，集芙蓉以为裳②。不吾知其亦已兮③，苟余情其信芳④。高余冠之岌岌兮⑤，长余佩之陆离⑥。芳与泽其杂糅兮⑦，唯昭质其犹未亏⑧。忽反顾以游目兮⑨，将往观乎四荒⑩。佩缤纷其繁饰兮⑪，芳菲菲其弥章⑫。民生各有所乐兮⑬，余独好修以为常⑭。虽体解吾犹未变兮⑮，岂余心之可惩⑯！

【注释】

①制：裁制。芰：楚人称菱为芰。衣：上身所穿的叫衣。②集：合，积聚。芙蓉：荷花。裳：下身所穿的叫裳。③不吾知：即"不知吾"的倒装，意指不了解我。已：止，算了罢。④苟：如果。余情：我之情实。信：诚然。芳：香洁。⑤高：高峻，此处用为动词，加高的意思。岌岌：本指高

耸的样子，此处指帽高。⑥长：修长，这里用为动词。陆离：修长而美好的样子。⑦芳：指芬芳之物。泽：说法不一，一指腐臭之物，或说为润泽的意思。杂糅：掺杂在一起。芳泽杂糅，比喻自己和群小共处一朝。⑧唯：只有。昭质：指清白纯洁的本质。亏：亏损。⑨反顾：回顾，回头看。游目：纵目瞭望之义。⑩往观：前去观望。四荒：指四方荒远之地。这里是指重新寻找道路以实现自己的理想。⑪佩：佩戴，具体可以指香囊、玉佩。缤纷：盛，极言多。繁饰：饰物繁多。⑫菲菲：勃勃，形容香气浓郁。弥章：更加明显。⑬民生：人生。乐：爱好。⑭好修：好为修饰，即自我修洁的意思。常：恒常之法。⑮体解：肢解，古代把人的四肢分割下来的一种酷刑。犹：尚且。未变：不改变，指决不改变初衷。⑯岂：怎能。惩：指恐惧，解为"怨艾"亦通。

女媭之婵媛兮①，申申其詈予②。曰："鲧婞直以亡身兮③，终然殀乎羽之野④。汝何博謇而好修兮⑤，纷独有此姱节⑥？薋菉葹以盈室兮⑦，判独离而不服⑧。众不可户说兮⑨，孰云察余之中情⑩？世并举而好朋兮⑪，夫何茕独而不予听⑫？"

【注释】

①女媭：历来解说不一。一说是女人名，一说是女伴，一说是姐。当以侍妾说为是。婵媛：联绵词，眷恋。②申申：反反复复。詈：责骂，苦苦相劝。③鲧：神话传说中上古时期的治水人物，禹的父亲。婞直：倔犟刚直。亡身：即忘身，意谓忘记对自身的危害不顾生命的意思。④终然：终于。殀：殀折，死于非命。羽之野：羽，羽山，传说在今山东蓬莱市东南。羽之野，指羽山的郊野。⑤汝：你，指屈原。何：为何。博謇：意谓过于刚直。博，过甚。⑥纷：纷纷然，众多之义。独：唯独你。姱节：美好的节操。⑦薋、菉、葹：都是恶草名。此处用来比喻谗佞盈满于君王身边的

人。盈室：满屋。⑧判：判然，区别。离：舍弃。服：使用，佩戴。⑨众：众人。户说：挨家挨户去解说。⑩孰：谁。云：助词，无词义。察：体察。余：这里指我们，实指屈原。中情：指内心。⑪世：当今，指世俗之人。并举：相互抬举。好朋：喜欢结为朋党。⑫夫：犹汝也。茕独：孤独。不予听：即"不听予"，不听我的劝告。予：我，女媭自称，以上写女媭劝他妥协。

依前圣以节中兮①，喟凭心而历兹②。济沅、湘以南征兮③，就重华而陈词④：

【注释】
①依：循。前圣：前代圣贤。节中：节操，中正。②喟：叹息声。凭心：愤懑发于心。历兹：经历到如今。意谓经历到如今这样的打击。③济：渡过。沅、湘：水名，沅水与湘水都在今湖南省境内。南征：南行。④就：靠近。重华：舜的号。传说舜死在苍梧之野，苍梧山在今湖南省宁远县境内。要向重华陈词，就必须渡沅、湘二水向南进发。以下为向舜陈词的内容。

"启《九辩》与《九歌》兮①，夏康娱以自纵②。不顾难以图后兮③，五子用失乎家巷④。

【注释】
①启：夏启，禹的儿子，继禹之后做了国君。《九辩》《九歌》：古代乐曲名。传说《九辩》《九歌》是天帝的乐曲，被夏启从天上偷下来带到了人间。②夏康：太康，启的儿子。以：而。自纵：自我放纵。太康用《九辩》《九歌》娱乐自己，任情放纵。③顾：环顾考虑。难：患难。不顾难，即不考虑祸难而为未来打算。图：谋，打算。④五子：太康的五个儿子。用失乎："失"可能是"夫"的误写。"乎"是"夫"误写后加上的。"用乎"之文，与用夫、用之同。用，因也；用乎，因此的意思。家巷：家族

内部斗争。据记载五观作乱，启派兵讨平。

羿淫游以佚畋兮①，又好射夫封狐②。固乱流其鲜终兮③，浞又贪夫厥家④。浇身被服强圉兮⑤，纵欲而不忍⑥。日康娱而自忘兮⑦，厥首用夫颠陨⑧。夏桀之常违兮⑨，乃遂焉而逢殃⑩。后辛之菹醢兮⑪，殷宗用而不长⑫。汤、禹俨而祗敬兮⑬，周论道而莫差⑭。举贤而授能兮⑮，循绳墨而不颇⑯。皇天无私阿兮⑰，览民德焉错辅⑱。夫维圣哲之茂行兮⑲，苟得用此下土⑳。瞻前而顾后兮㉑，相观民之计极㉒。夫孰非义而可用兮㉓，孰非善而可服㉔？阽余身而危死兮㉕，览余初其犹未悔㉖。不量凿而正枘兮㉗，固前修以菹醢㉘。"曾歔欷余郁邑兮㉙，哀朕时之不当㉚。揽茹蕙以掩涕兮㉛，沾余襟之浪浪㉜。

【注释】

①羿：古代传说中的善射者。淫游：过度地游乐。佚畋：放纵而无节制地打猎。佚，放荡纵恣。②封：大也。封狐，大狐狸。③固：本来。乱流：意谓逆行篡乱之流。鲜终：很少有好的结果。④浞：寒浞，羿的相。据《左传》记载，羿做国君后，逸乐无度，不理国政，寒浞令他的家臣逢蒙射杀了羿，抢夺了羿的妻子。贪：贪恋，此可作"霸占"解。厥：同"其"。家：指妻室。⑤浇：寒浞与羿妻生的儿子。被服：犹言"披服"，抢夺，依仗。强圉：有极大的力量。传说他能在陆地行船。⑥纵欲：放纵自身的欲望。不忍：不止，不能加以克制。⑦日：天天。康娱：安于娱乐，指沉浸在娱乐中。自忘：指忘掉自身的安危。⑧厥首：他的脑袋。用夫：因此。颠陨：坠落。⑨夏桀：夏朝末代的国君。常违：违，邪僻。常违，即"违常"，违背常道，行为邪僻。⑩乃：竟。遂：经究。焉：于是，指桀之违背常道之事。逢殃：遭到祸患，指为汤所放逐。⑪后辛：即商纣王，名辛，又

称帝辛，商朝末代国君。菹醢：指把人剁成肉酱，古代的一种酷刑。⑫殷宗：指殷朝的祖祀。宗，宗族统治，即指殷代的统治。用而：因而。不长：指被周武王所灭。⑬汤、禹：商汤、夏禹，指古代贤君。俨：庄严，敬畏。⑭周：此指周文王、武王。论道：选择、讲求治国的道理。莫差：没有丝毫的差错。⑮举贤而授能：选拔任用有德有才的人。举，选用。授，任用。⑯循：遵照，遵守。绳墨：木工画直线用的工具，喻指规矩、法度。不颇：颇，偏。不颇即无偏颇，与上文"莫差"义近。⑰皇天：上天。阿：偏袒、庇护。⑱览：察。民德：人之品德，实指君德。焉：于是。错：通"措"，安置。辅：辅助。⑲夫：发语词。维：同"惟"，独。圣哲：即有高智慧的圣贤。茂行：美好的德行。⑳苟得：才能够。用：享有。下土：天下。"用此下土"，即享有天下。㉑瞻前而顾后：即观察古往今来之成败。㉒相观：观察。此为动词连用，相、观，均为看、察之义。计极：即极计，指最终的法则和标准。计，策之义。㉓夫：发语词。孰：哪。非义：不行仁义。用：服用。这句是说哪有不义的国君能长久统治国家？㉔非善：不行善事。㉕阽：临近险境。危死：危亡几近于死。㉖览：反观。初：初心，本心。㉗量：度。凿：榫头的孔。枘：榫头。这句话的意思是说，枘要插进凿中，如不度量凿的方圆大小，就无法合榫。比喻臣子如不度量国君的贤愚就直言进谏，一定会招致灾祸。㉘固：应为"故"。前修：前贤，指被纣剁成肉酱的比干、梅伯等贤臣。以：因此。向重华的陈词到此结束。㉙曾：屡次，不断地。歔欷：气咽而抽泣的声音。郁邑：忧伤的样子。㉚时之不当：生不逢时之义。当，遇。㉛揽：取。茹：柔软。掩涕：擦眼泪。涕，眼泪。㉜沾：浸湿。浪浪：泪流不止的样子。以上通过向重华陈词，屈原明确人生真谛，决定直面现实，我行我素，虽死而不后悔。

  跪敷衽以陈辞兮①，耿吾既得此中正②。驷玉虬以桀鹥兮③，溘埃风余上征④。朝发轫于苍梧兮⑤，夕余至乎县圃⑥。欲少留此灵琐兮⑦，日忽忽其将暮⑧。吾令羲和弭节兮⑨,望崦嵫而勿迫⑩。路曼曼其修远兮⑪,吾将上下而求索⑫。

【注释】
①敷衽:敷,铺开;衽,衣襟。即指铺开衣襟。陈辞:指以上向重华述说的话。②耿:光明。既:已经。中正:正直而不偏邪的品德,此处指治国之道。诗人在重华面前陈词后,感觉他已经在神灵面前印记了中正的治国之道。③驷:本义是四匹马拉的车,这里是动词,指驾车。玉虬:白色无角的龙,玉在此表示颜色。鹥:凤鸟一类。④溘:掩,压着。埃风:卷有尘土的大风。上征:上天远行。⑤朝:清晨。发轫:出发的意思。轫,挡住车轮转动的横木。发轫,就是拿开挡车轮的横木,使车轮转动。苍梧:山名,据说舜葬此地。因刚刚向舜陈述完,所以从苍梧山出发。⑥至乎:到达。乎,于。县圃:又称"玄圃",神话中昆仑山上的仙山名,据说在昆仑山顶,为神灵所居。⑦少留:稍微停留一会儿。灵琐:神灵所居的门,实指县圃。琐,本指门上刻画的环形花纹,以此代门。⑧忽忽:匆匆,很快的样子。⑨令:命令。羲和:神话中的太阳神,给太阳驾车。弭节:指停车。弭,停止。节,马鞭。⑩崦嵫:神话中山名,太阳所入处。迫:近。⑪曼曼:同"漫漫",路遥远的样子。修远:长远。修,长。⑫上下:犹云登降。上到天国,下到人间到处寻求,象征追求同心同德者。上下求索,体现了诗人追求实现理想的一种韧性精神。

饮余马于咸池兮①,总余辔乎扶桑②。折若木以拂日兮③,聊逍遥以相羊④。

【注释】
①咸池:神话中的池名,太阳出来洗澡的地方。②总:结,系。辔:马缰绳。扶桑:神话中的树名,太阳从它下面出来。③折:攀折。若木:神话中的树名,在昆仑山的极西,太阳所入之处。④聊:暂且。逍遥:自由自在

的样子。相羊：徘徊，盘桓。

前望舒使先驱兮①，后飞廉使奔属②。鸾皇为余先戒兮③，雷师告余以未具④。吾令凤鸟飞腾兮⑤，继之以日夜⑥。飘风屯其相离兮⑦，帅云霓而来御⑧。纷总总其离合兮⑨，斑陆离其上下⑩。

【注释】
①前：在前面。望舒：月神的驭手。先驱：指在前面开路。②后：在后面。飞廉：风伯，风神。奔属：奔跑追随。③鸾：指凤鸟一类。皇：指雌凤一类。先戒：在前面警戒。④雷师：雷神丰隆。具：备，指车驾。⑤飞腾：腾空而飞。腾，飞之速也。⑥日夜：指日夜兼程。⑦飘风：旋风。屯：聚集。离：同"丽"，依附。⑧帅：率领。云霓：彩云，云虹。御：同"迓"，迎接。⑨纷总总：形容很多东西聚集在一起。离合：忽散忽聚。⑩班：文采杂乱，五彩缤纷。陆离：形容光彩斑斓，参差错综。此二句既可看作是想象中的境况，又可看作诗人的心境描写。

吾令帝阍开关兮①，倚阊阖而望予②。时暧暧其将罢兮③，结幽兰而延伫④。世溷浊而不分兮⑤，好蔽美而嫉妒⑥。

【注释】
①帝阍：天帝的守门人。关：门。②倚：靠着。阊阖：天门。望：冷漠地看着，拒绝开门。上天求女象征着企求楚王的理解，帝阍不开门表示这一理想的破灭。③时：时光，此指日光。暧暧：昏暗的样子，光线渐渐微弱。④结：编结。延伫：徘徊迟缓。⑤溷浊：混乱污浊。不分：没有区别。⑥蔽：遮蔽，掩盖。蔽美：遮盖美好的东西。以上四句，承上言见帝之受阻，诗人感慨万千。

朝吾将济于白水兮①，登阆风而绁马②。忽反顾以流涕兮③，哀高丘之无女④。

【注释】
①朝：清晨。济：渡。白水：神话中水名，发源于昆仑山。②登：攀登上。阆风：神话中的山名，在昆仑山上。绁：拴，系。这两句写心里的想法。③忽：突然间。反顾：回头望。④哀：痛惜。高丘：高山，似即指阆风，借指楚国。女：神女。屈原表面上是哀阆风的无神女，实际是哀楚王没有好的嫔妃。

溘吾游此春宫兮①，折琼枝以继佩②。及荣华之未落兮③，相下女之可诒④。

【注释】
①溘：形容快。春宫：神话中东方青帝所住的仙宫。②琼枝：玉树的花枝。继：继续，补充。佩：佩戴。③及：趁着。荣华：花朵。荣，草本植物开的花。未落：尚未凋谢，指琼枝言。④相：察看。下女：宓妃诸人，对高丘而言，所以说下。可诒：可以赠送。诒，一本作"贻"。

吾令丰隆乘云兮①，求宓妃之所在②。解佩纕以结言兮③，吾令蹇修以为理④。纷总总其离合兮⑤，忽纬繣其难迁⑥。夕归次于穷石兮⑦，朝濯发乎洧盘⑧。保厥美以骄傲兮⑨，日康娱以淫游⑩。虽信美而无礼兮⑪，来违弃而改求⑫。

【注释】
①丰隆：云神。②求：寻求。宓妃：神话中古帝伏羲氏的女儿。溺死在洛水，后成为洛水女神。③佩纕：佩戴的香囊。结言：约好之言，以香

囊为信物，此指定盟约。④蹇修：人名。旧说是伏羲的臣，不可信。理：提亲人。⑤纷总总：来去无定的样子，形容提亲人多次往返，费了不少口舌。离合：言辞未定。⑥纬𬘘：乖戾，不相投合。⑦次：住宿。穷石：神话中山名，传说是后羿居住的地方。⑧濯发：洗头发。洧盘：神话中的水名，出崦嵫山。这两句暗示宓妃与后羿有暧昧关系。⑨保：持，依仗。厥美：她的美貌。厥，其，此处指宓妃。骄傲：傲慢无礼。⑩日：成天。康娱：娱乐享受。淫游：过分的游乐。⑪虽：诚然。信美：确信美好。无礼：指生活放荡，不合理法。⑫来：乃，呼语。违弃：抛弃，放弃。改求：另外寻求。

　　览相观于四极兮①，周流乎天余乃下②。望瑶台之偃蹇兮③，见有娀之佚女④。吾令鸩为媒兮⑤，鸩告余以不好⑥。雄鸠之鸣逝兮⑦，余犹恶其佻巧⑧。心犹豫而狐疑兮⑨，欲自适而不可⑩。凤凰既受诒兮⑪，恐高辛之先我⑫。欲远集而无所止兮⑬，聊浮游以逍遥⑭。及少康之未家兮⑮，留有虞之二姚⑯。理弱而媒拙兮⑰，恐导言之不固⑱。世溷浊而嫉贤兮⑲，好蔽美而称恶⑳。闺中既以邃远兮㉑，哲王又不寤㉒。怀朕情而不发兮㉓，余焉能忍而与此终古㉔？

【注释】
　　①览相观：同义动词连用，都是"看"的意思，指细细观察。四极：东西南北极远的地方。②周流：周游，到处游览。③瑶台：用美玉砌成的台。偃蹇：高耸的样子。④有娀：有娀国，传说中的上古国名。此处即指简狄。⑤鸩：鸟名，传说把它的羽毛浸在酒中，喝其酒能毒死人。⑥不好：即以不好告我。⑦雄鸠：雄性鸠鸟。鸣逝：边叫边飞，意思是嘴巧腿勤。⑧犹：尚。恶：嫌弃，厌恶。佻巧：行为轻佻巧诈，言语巧辩。⑨犹豫：拿不定主意。⑩自适：亲自去。不可：因为不合当时礼法，所以不可以亲自去。

⑪凤凰：凤鸟，即传说中的"玄鸟"。受诒：即"致诒"，指完成送聘礼之事。⑫高辛：五帝之一的帝喾称号。传说，帝喾曾令玄鸟给简狄送礼，成婚后生子契。⑬远集：远止。集：止，停留。所止：停留的地方。⑭浮游：漫游，遍游。⑮及：趁着。少康：夏代的中兴之王，夏启的曾孙。未家：未成家。⑯有虞：传说中上古国名。姚姓。二姚：指有虞国的两个女儿。有虞国君把两个女儿嫁给了少康。后来少康消灭了浞和浇，恢复了夏朝的统治。⑰理弱：指媒人软弱。拙：笨拙。⑱导言：媒人撮合的言辞。⑲嫉贤：嫉妒贤能。⑳称恶：称赞邪恶。称，举。此句意谓推举邪恶之人。以上二句点明人间求女的象征意义。㉑闺中：女子居住的内室，指以上所求诸女的居室。以：助词，没有意义。㉒哲王：明智的君王，指楚怀王。不寤：不醒悟。前文帝阍不肯开天门，表明楚怀王不醒悟。㉓怀：怀抱。情：指忠情。不发：不能抒发。㉔焉能：安能，怎能。忍：忍受。此：这，指上三句中所说的这种情况。终古：永久。

索藑茅以筳篿兮①，命灵氛为余占之②。曰："两美其必合兮③，孰信修而慕之④？思九州之博大兮⑤，岂惟是其有女⑥？"曰："勉远逝而无狐疑兮⑦，孰求美而释女⑧？何所独无芳草兮⑨，尔何怀乎故宇⑩？"世幽昧以眩曜兮⑪，孰云察余之善恶⑫？民好恶其不同兮⑬，惟此党人其独异⑭！户服艾以盈要兮⑮，谓幽兰其不可佩⑯。览察草木其犹未得兮⑰，岂珵美之能当⑱？苏粪壤以充帏兮⑲，谓申椒其不芳⑳。

【注释】

①索：取。藑茅：香茅之类，古代用茅草来占卜。以：与。筳篿：古代卜卦用的竹棍。②灵氛：传说中的上古神巫。巫是古代以接事鬼神为职业的人，或歌舞降神，或为人推断吉凶，或为人治病。③曰：此指神巫说。以下

四句是灵氛的话。两美其必合：两个品德、外貌、举止美好的人必定能够结合，借以比喻良臣必遇明君。④孰：谁。信修：诚然美好。慕：爱慕。之：代"信修"的人。⑤思：想。九州：古代将中国分为九个州，九州即指整个中国。⑥是：这，指楚国。女：美女。⑦曰：此亦为灵氛所说，灵氛见屈原沉默不语，接着又说了以下四句劝导的话。勉：努力。远逝：指勉力远去。⑧释：放开、舍弃。⑨何所：何处。芳草：比喻理想的美人。⑩尔：你，指屈原。怀：怀恋。乎：彼也。故宇：故国，指楚国。灵氛劝行的话到此结束。以下是诗人自己的考虑。⑪世：当今之世。幽昧：幽深黑暗。以：而且。眩曜：惑乱混浊。⑫云：语中助词，能。余：我，代指屈原。察：明辨。⑬民：指天下众人。好恶：喜好和厌恶，或曰是非标准。其：借为"岂"，难道。⑭惟：通"唯"，只有。党人：朋党之人。独异：特别，与一般人不同。⑮户：指党人家家户户，言其多。服：佩用。艾：艾蒿。这种草有特殊气味，被作者看作是恶草。盈：满，动词。要：同"腰"。⑯谓：说。此处指众人说。其：指代幽兰。⑰览察：察看，这里是通过察看加以辨别的意思。其：尚且。犹：还。未得：不能够。⑱岂：难道。瑾美：即"美瑾"，美玉。当：恰当。⑲苏：取。粪壤：粪土。充：塞满，装满。帏：佩在身上的香囊。⑳申椒：申地之椒。

欲从灵氛之吉占兮，心犹豫而狐疑。巫咸将夕降兮①，怀椒糈而要之②。百神翳其备降兮③，九疑缤其并迎④。皇剡剡其扬灵兮⑤，告余以吉故⑥。

【注释】

①巫咸：古代的神巫，名咸。巫咸也是作品里的假想人物。夕降：傍晚从天而降。古人把巫看成是人神之间的中介，巫请神下降，向神申述人的请求，并把神的指示传达给人。②怀：馈。椒糈：指椒浆和祭神用的精米。要：邀请，迎候。③百神：指天上的众神。翳其：翳然，遮蔽（天空），

形容神遮天盖地而来。备降：全来。④九疑：九嶷山，指九嶷山上的神灵。缤其：纷纷，形容盛多的样子。并迎：一起来迎接。这里说到九嶷山的众神迎接天上百神。⑤皇：同"煌"，光明。剡剡：发光的样子。皇剡剡：光闪闪。灵：灵光。⑥吉故：明君遇贤臣的吉祥的故事。

曰：勉升降以上下兮①，求榘矱之所同②。汤、禹严而求合兮③，挚、咎繇而能调④。苟中情其好修兮⑤，又何必用夫行媒⑥？说操筑于傅岩兮⑦，武丁用而不疑⑧。

【注释】

①曰：指巫咸传达天神的指示。勉：努力。升降以上下：意指俯仰浮沉到处求访。②求：寻求。榘矱：榘，通"矩"，是画方形的工具，矱是量长短的工具，此处指法度。③汤、禹：指商汤和夏禹。严：恭敬。合：志同道合的人。④挚：商汤贤相伊尹的名。咎繇：皋陶，夏禹的贤臣。调：协调。⑤苟：如果。中情：指内心。⑥用：凭借。夫：彼的意思。行媒：指往来传话的媒人。⑦说：指傅说，殷高宗的贤相，他原来是在傅岩地方从事建筑的奴隶，后被殷高宗重用。操：持，拿。筑：即杵，筑土墙用的木杆。⑧武丁：殷高宗名。用：重用。疑：嫌恶。这句话说武丁不因傅说是干贱活的奴隶而嫌恶他。

吕望之鼓刀兮①，遭周文而得举②。宁戚之讴歌兮③，齐桓闻以该辅④。

【注释】

①吕望：即吕尚。本姓姜，吕是他先人的封地，以封地为氏。相传他曾在殷都朝歌做过屠夫，后被周文王重用。鼓刀：屠宰牲畜时摆弄刀具，发出声响。②遭：遇。周文：周文王姬昌。举：选用，举用。③宁戚：春秋时卫国人，相传他曾经做过小商贩，在都东门外，边喂牛边敲牛角唱歌，齐

桓公听后，得知其为贤人，便启用他为客卿。④齐桓：齐桓公，齐国国君姜小白，春秋五霸之一。该：周详，完备。该辅，备为辅佐，用为大臣。

及年岁之未晏兮①，时亦犹其未央②。恐鹈鴂之先鸣兮③，使夫百草为之不芳④。"何琼佩之偃蹇兮⑤，众薆然而蔽之⑥。惟此党人之不谅兮⑦，恐嫉妒而折之⑧。时缤纷其变易兮⑨，又何可以淹留？兰芷变而不芳兮，荃蕙化而为茅⑩。何昔日之芳草兮，今直为此萧艾也⑪？岂其有他故兮⑫，莫好修之害也⑬！余以兰为可恃兮⑭，羌无实而容长⑮。委厥美以从俗兮⑯，苟得列乎众芳⑰。椒专佞以慢慆兮⑱，樧又欲充夫佩帏⑲。既干进而务入兮⑳，又何芳之能祇㉑？固时俗之从流兮，又孰能无变化？览椒兰其若兹兮，又况揭车与江离㉒？惟兹佩之可贵兮㉓，委厥美而历兹㉔。芳菲菲而难亏兮㉕，芬至今犹未沫㉖。

【注释】

①及：趁着。晏：晚。②时：时光。犹其：尚且。未央：未尽。这句意思是说建功立业之时犹未过去，尚可有为。③鹈鴂：杜鹃，或曰子规、伯劳，初秋鸣叫，故有下文的百草不芳。④夫：助词。为之：因此。不芳：比喻错过时机而无所作为。巫咸劝行的话到此结束。下面是诗人自己的考虑。⑤何：何等。琼佩：用玉树花枝缀成的佩带。偃蹇：盛多美丽的样子，此乃形容琼佩之盛。⑥众：指楚国朝廷结党营私的一帮人，即下句中的"党人"。薆：遮蔽。⑦惟：思。谅：信。不谅，意指险诈不可信。⑧折：摧毁。之：指代琼佩。⑨时：时世。缤纷：纷乱。变易：变化。⑩茅：茅草，比喻已经蜕化变质的佞人之人。⑪直：竟然、居然。萧艾：萧，即蒿，贱草。⑫他故：别故，指的是其他的理由。⑬莫：不。害：弊端。⑭兰：兰草，即前文："余既滋兰之九畹兮"的"兰"，是屈原苦心

培养的人才之一，此处可能是影射楚怀王幼子令尹子兰。⑮无实：不结果实。容长：以容貌美好见长，意思是指徒有美好外表。⑯委：丢弃、抛弃。厥：他的，指代兰。从俗：追随世俗。⑰苟：在此表疑问，如何之义。得：得以，能够。这句是说他们如何可以得到众芳。⑱椒：花椒，亦指变质之贤者。一说是影射大夫子椒。专佞：专横谄佞。慢慆：傲慢放肆。⑲榝：茱萸一类的草，形状似椒而不香。椒本芳烈之物，茱萸似椒而非，比喻楚国官场的一批小人。⑳干进：求进。干，指求登高位。务入：指钻营。㉑祗：恭敬。此句说又有什么品质美好的人能够庄敬自重呢？㉒揭车、江离：两种香草名，香味不如椒兰，比喻自己培育的一般人才。㉓惟：通"唯"，唯有。兹佩：指上文"琼佩"，喻指屈原之内在美与追求。㉔委：弃。这里是"被抛弃"的意思。厥美：它的美，指琼佩之美。历兹：即到如今这一地步。㉕菲菲：香喷喷，指香气浓郁。亏：减，损。㉖沫：消失。

  和调度以自娱兮①，**聊浮游而求女**②。**及余饰之方壮兮**③，**周流观乎上下**④。**灵氛既告余以吉占兮**⑤，**历吉日乎吾将行**⑥。**折琼枝以为羞兮**⑦，**精琼靡以为粻**⑧。

【注释】
  ①和调度：三个字同意，为并列结构，指调节自己的心态，缓和自己的心情。人生各有所乐，屈原独以好修为常。自娱：自乐。②聊：姑且。浮游：飘游，漫游。求女：寻求志同道合之人。③方：正。壮：盛。本句"方壮"指"饰"，比喻年事尚不过高。④周流：周游。上下：上下四方，到处。⑤吉占：指两美必合而言。⑥历：选择。⑦琼枝：琼树的枝条。羞：美味。⑧精：动词，使精细。靡：细屑。粻：粮。

  为余驾飞龙兮①，**杂瑶象以为车**②。**何离心之可同兮**③，**吾将远逝以自疏**④。**邅吾道夫昆仑兮**⑤，**路修远以**

周流⑥。扬云霓之晻蔼兮⑦，鸣玉鸾之啾啾⑧。朝发轫于天津兮⑨，夕余至乎西极⑩。凤凰翼其承旂兮⑪，高翱翔之翼翼⑫。忽吾行此流沙兮⑬，遵赤水而容与⑭。麾蛟龙以梁津兮⑮，诏西皇使涉予⑯。路修远以多艰兮⑰，腾众车使径待。路不周以左转兮，指西海以为期。

【注释】

①为余：为我，替我。飞龙：长翅膀的龙，用来驾车。②杂：间杂配合。瑶：美玉。象：象牙。这句说杂用象牙、美玉来装饰车子。③离心：异志，心志不同。④远逝：远去。自疏：主动疏远他们。⑤邅：楚国方言，转向。楚人名转为邅。道：用为动词，有取道之义。昆仑：神话中西部神山名。⑥周流：周游。⑦扬：飘扬。云霓：即虹，此处指以云霓为旌旗。晻蔼：旌旗（蔽天）日光暗淡的样子。⑧鸣：响起。玉鸾：用玉雕刻成的鸾形的车铃。啾啾：象声词，玉铃发出的声音。⑨发轫：出发。天津：指天河的渡口。⑩西极：西方的尽头。⑪翼：多。承：举接。旂：旗帜的通称。⑫翼翼：飞翔时的样子。⑬忽：匆匆。流沙：西方的沙漠因沙流动而得名。⑭遵：循着，沿着。赤水：神话中水名，发源于昆仑山。容与：从容徘徊而不前。⑮麾：指挥。蛟：龙的一种，能兴风作浪。梁：桥，此处用为动词，架桥的意思。津：渡口。⑯诏：告令。西皇：古帝少皞氏，西方的尊神。涉予：涉，渡。把我渡过河去。⑰艰：指路途艰险。

屯余车其千乘兮①，齐玉轪而并驰②。驾八龙之蜿蜿兮③，载云旗之委蛇④。抑志而弭节兮⑤，神高驰之邈邈⑥。奏《九歌》而舞《韶》兮⑦，聊假日以媮乐⑧。

【注释】

①屯：聚集。千乘：指千辆车，极言其多。②齐：整齐，这里用为动

词，排列整齐。玉轪：古称车轮为轪，玉轪即玉饰的车轮。并驰：并驾齐驱。③八龙：为余驾车的八条神龙。蜿蜿：在前进时蜿蜒曲折的样子。④委蛇：旗帜飘扬舒卷的样子。⑤抑志：志，通"帜"，即将旗帜下垂。弭节：放下赶车的马鞭，使车停止。⑥神：神思，指人的精神。邈邈：浩邈无际的样子。⑦舞《韶》：以《韶》乐伴奏的舞蹈。《韶》即《九韶》，夏启的舞乐。⑧媮：通"愉"，与乐同义。

陟升皇之赫戏兮^①，忽临睨夫旧乡^②。仆夫悲余马怀兮^③，蜷局顾而不行^④。

【注释】
①陟升：两字同义，都是升高的意思。皇：天。赫戏：形容光明。②忽：突然之间。临：指由上而下观看。睨：斜着眼睛看。旧乡：指楚国。③仆夫：车御也，驾车的人。怀：思念。④蜷局：蜷曲不伸展。顾：回头看。

乱曰^①：已矣哉^②！国无人莫我知兮^③，又何怀乎故都^④！既莫足与为美政兮^⑤，吾将从彭咸之所居^⑥！

【注释】
①乱：古代音乐的最后一章为乱，后来辞赋最后总括全篇要旨的一段也叫作"乱"。②已矣哉：算了吧。为绝望时的哀叹。③国无人：国家无人。人，指贤人。莫我知：就是"莫知我"，即没有人了解我。④怀：念。⑤足：足以。与：跟、和。为：实行，实施。美政：诗人追求的美好理想的政治。⑥从：随从。居：住所，这里是指一生所选择的道路和归宿。

【译文】
我原本是上古帝王高阳氏的后裔啊，我那已经死去的父亲名叫伯庸。

正当寅年又是寅月啊，就在庚寅之日我降生。父亲看了我初生的器宇啊，依卦兆赐予我佳名。给我取的大名就叫作正则，给我取的表字叫灵均。我本来就拥有那么多美好的禀赋啊，又加上自己美好的德能。披上芬芳的江离和幽香的白芷啊，戴上编制的兰草作为饰佩。时光如流我总是追赶不上啊，唯恐年岁匆匆流逝不再将我等。清晨里我拔取了山南那去皮不死的木兰啊，傍晚时分我揽取沙洲经冬不枯的宿莽。日月飞驰从未久留啊，春去秋来亘古不变。想到草木难免凋谢零落啊，担心美人终归也会迟暮。何不趁年壮抛弃污秽啊，何不改变如此陈旧的法度？乘上骏马迅速疾驰啊，来吧！我会在前面给你引路！

　　过往的三代里君德皆纯美无瑕啊，本来就有群芳的环绕辅佐。三代圣君杂用众贤才，并非独取"蕙茝"。那唐尧虞舜的光明正直啊，遵循正道就步入坦途。夏桀商纣何等狂乱放纵啊，因误入歧途而寸步难行。结党的小人苟且偷生贪求安乐啊，国家的前途暗淡而就要倾覆了。我哪里是害怕自己遭到祸殃啊，我所担心的是国家就要倾覆。匆匆奔走在君王的前后啊，就是想使您跟上前代圣君的脚步。君王您不体察我的苦心啊，相反听信了那些谗言而对我暴怒。我诚然明白耿直进言会招来祸患啊，纵使心中想忍却也一定要说。上指苍天来做证啊，那是为了君主的缘故。当初以黄昏作为约期啊，可是中途就改变了主意。那时候与我有过真诚的约定啊，到后来却反悔有了其他的企图。原本我并不怕与你离别啊，可是我痛惜君王你反复无常意志不坚。

　　我已经种植了兰花九畹啊，又培育了蕙草百亩。分垄栽种了留夷和揭车啊，还间杂种植着杜衡与芳芷。多么希望它们叶茂而枝盛，等到成熟的季节我就收割。纵然是枯萎凋零又何必悲伤啊，伤心的是众芬芳污秽变质。众人都竞相钻营贪求财物啊，贪得无厌地追逐从不满足。为什么总是用自己卑鄙的心理去估量别人啊，各怀鬼胎相互嫉妒。匆匆奔走追名逐利啊，那不是我心志追求所急。衰老渐渐地就要来临啊，担心的是高洁的美名无法得到确立。清晨啜木兰花上欲坠的香露啊，傍晚采食秋菊初绽的花瓣。

只要我的内心诚然美好专一啊，纵使吃不饱而肌瘦憔悴又有什么关系？采撷木兰根来编结白芷啊，再穿结上香草薜荔落下的花房。举起香木菌桂来缀上蕙草啊，胡绳编结的绳索美好且又整齐。我一心效法前代的修洁圣贤啊，这不是世俗之人认可的衣冠。虽与当今之人做人的口味不相符合，我顺从于彭咸留下的典范。长叹息，擦干洒下的热泪啊，哀伤人生的道路是这样的艰险。我虽然喜好修洁却被其连累啊，早晨进谏晚上就遭贬。我虽把蕙草的香囊抛弃啊，我又揽取芳芷当作我的佩帏。只要我的内心是美善的啊，就是为这死上九回也肯定不后悔。我责怨君王荒唐糊涂啊，终究不能省察我的善良心肠。朝中那些围绕于楚怀王身边的谗佞群小嫉妒我的美好德性，造谣诋毁说我过于淫荡。世俗本来就是善于投机取巧啊，违背规矩而改变举措。背叛规矩法度追随邪路啊，竞相苟合取容奉为做人的准则。我是那样忧愤而又心神不宁啊，只有我在这个时代困顿难行。就算猝然死去顺水漂流啊，我也不肯做出同样邪恶之态。雄鹰一类的猛鸟决不与凡鸟为伍啊，这样的事情从来就是如此。怎么可以让方的榫头和圆孔吻合在一起啊，谁又志趣不同而相安无事？可以委屈心意压抑志向啊，容忍强加的罪名和耻辱。伏身于清白之志和死于正直啊，这都是前代圣贤所提倡和赞许的。

悔恨观察道路不够审慎啊，踌躇不前我要回返。掉转我的车乘折回原路啊，趁着迷路尚还不算太远。骑马漫步在长满兰草的水边啊，奔驰到长满椒木的小山上暂且在此休息。在君前效命，政见不被接纳反而招致罪名啊，退隐后再修饰我当初的"旧服"。裁制荷叶做成上衣啊，采集荷花做成下裳。不被了解也就算了吧，只要我的内心诚然芬芳。把我的切云冠高高上耸，把我的玉佩打造得长长。芬芳和污浊杂糅在一起啊，唯独那洁白的本质不会损伤。忽然回首放眼眺望啊，将去观览遥远的四方。我的佩带缤纷而饰物繁多啊，芳香馥郁更加昭彰。人生的追求和志向各不相同啊，只有我喜好修洁习以为常。就算是把我的身体肢解也不会改变啊，怎能使我的心思受到挫伤。

我的密友女媭缠绵不舍啊，三番五次地把我斥责："伯鲧刚直而总忘记自身的危险啊，最终惨死在羽山的郊野。你何必过于忠直又好修洁啊，偏偏赋有如此的美好节操？恶草薋菉葹堆满了屋子啊，为什么你偏要与众不同不肯佩戴？众人那么多怎能一个个地说明啊，谁能体察我们心之衷情？世上喜好互相吹捧和结党啊，你为何坚守孤独我相劝也不听？"依照前代圣贤的教诲坚持己理啊，长长叹息愤懑在胸直到如今遭到这样的打击。渡过沅湘之水再向南行啊，走近帝舜之灵表白我的情衷："夏启从上天那里偷来了乐章啊，太康过分地追求安逸自我放纵。不顾灾难也不做长远打算啊，五子叛乱最终失去家园。羿过分迷恋于田猎啊，又喜好射杀肥大的狐狸。本来淫逸没有好下场啊，寒浞霸占了羿的妻室做了丈夫。寒浞之子浇依仗力大无穷啊，放纵情欲不能克制。每天都沉浸在淫乐中忘乎所以啊，他的头颅被少康所取。夏桀违背做君王的正道啊，最终遭到了灭国的祸殃。纣王无道乱用酷刑啊，殷代的宗祀因此断绝不能久长。汤、禹畏天而又尊重人才啊，周之文武讲论治国之道丝毫不错。推举而又授权给贤良啊，遵循法度走上坦途而没有偏颇。上天公正不讲偏爱私情啊，观察人的品德做出立君的裁决。只有那深具美德的圣贤啊，才能够获得养民天下的权力。细察往昔环视将来的成败啊，审视人们对是非成败思考的准则。哪有不义的国君能长久享国的啊，哪有不做善事的国君可以长久统治国家的？即使身处险境濒临死亡啊，回顾初衷我也毫不后悔。不量一下斧孔就要插进斧柄（喻指人臣不度量国君的贤愚而直言进谏）啊，这是前代贤人遭难的原因。"不断抽泣我抑郁又惆怅啊，痛哀自己没有遇到好时光。拿起柔软的蕙草揩拭热泪啊，泪水簌簌打湿了我的衣裳。

向大舜铺开前襟长跪陈词啊，我得此中正之道而心中光明。驾着玉龙乘上彩凤啊，忽然风起我向天上飞腾。清晨从苍梧山起程啊，傍晚就到达昆仑山上的县圃。本想在仙门前稍作停留啊，可惜时光匆匆天色将暮。我让羲和停车慢行啊，望着崦嵫山我担心日落。前途漫漫又遥远啊，我将上天入地去追寻求索。让我和马在咸池饮足了水啊，把缰绳拴在神树扶桑。

折下若木一枝揩拭日光啊（不让太阳落山），姑且在这里徘徊徜徉。派望舒为我引导啊，还有风神飞廉在后面奔跑追随。凤鸟为我在前面戒备开道啊，雷师丰隆却告诉我还没有准备好。我又叫凤鸟展翅高飞啊，开辟前路日夜兼程。旋风突起忽聚忽离啊，率领虹霞前来相迎。纷纭飘忽时聚时散啊，色彩斑斓乍离乍合。我让帝宫的门卫打开天门啊，他却倚着天门望着我发愣。日光渐渐暗了一天就要过去啊，编结着幽兰在这里久等。世道如此混浊善恶不分啊，总是嗜好压制贤能心生妒忌。清晨我将渡过神泉白水啊，登上阆风来拴马。猛然回头潸然泪下啊，哀叹高丘之上没有神女。忽然漫步到青帝的春宫啊，攀折玉树的花枝补续佩饰。趁着摘取的琼花尚未凋落啊，察看高丘下的女子可馈赠给谁。我让雷师丰隆乘云周行啊，寻找神女宓妃的住处。解下香佩作为信物订下盟约啊，又令贤人謇修前去说媒。宓妃态度暧昧忽即忽离啊，乖戾的脾气难以迁就。夜晚回到穷石止宿啊，清晨又沐浴在洧盘。自恃美貌又如此傲慢啊，成天寻欢作乐自恣戏游。诚然貌美但却骄傲无礼啊，决意放弃她另寻追求。纵目远眺遥远的四方啊，遍游上天我又回到大地。远望美玉垒成高耸的瑶台啊，看见有娀氏美女简狄。我要鸩鸟为我做媒人啊，归来却欺骗我说她不好。雄鸠呱呱乱叫飞去替我说媒啊，我又厌恶它多言失于轻佻。心里犹豫疑惑无法决断啊，想亲自前往又与礼法不合。凤鸟已经带着聘礼准备前去啊，恐怕帝喾迎娶简狄比我领先。想远走高飞又不知去哪里啊，聊且逍遥漫游。趁着少康还没有成家啊，还留下有虞氏两位阿娇。媒人们无能又笨拙啊，担心传达我的话很难奏效。世上如此混浊又嫉妒贤才啊，偏好遮蔽美善而称赞邪恶。宫中之门很深远啊，本来明智的君王又不省悟。满怀忠情不得抒发啊，我如何才能隐忍了却此生？

　　索取灵草和竹片啊，请灵氛为我占卜推算。灵氛说："两美相遇必然结合啊，哪有诚然修美之人不被人思念？想天下如此宽阔广博啊，难道只有楚国才有娇娥？"他又说："自勉远逝不要犹豫啊，寻求美才的谁会把你放弃？什么地方没有芬芳的香草啊，你何必如此怀恋故里？"当今之世黑暗混乱啊，谁能考察我是善是恶？世人的好恶各不相同啊，只有那群党人特别古怪。个个把臭艾挂满腰带啊，反说幽兰恶臭不可佩戴。识别草木的香臭尚且做不到啊，辨别美玉的重任怎能担当？取来粪土充满了香囊啊，硬说芬芳的申椒毫不芬芳。想要听从灵氛的吉祥占卜啊，可心中还是犹豫迟疑。巫咸傍晚将要降临下界啊，怀抱香椒精米把他迎接。众神飞临遮天蔽日一起下降啊，九嶷山的众神也纷纷迎接天神。皇天扬灵光芒四射啊，把前代明君遇贤臣的佳话告诉我。说："俯仰沉浮以求自勉啊，追求法度相似才能志同道合。商汤和夏禹敬承天道求其匹合啊，因而能得到伊尹、皋陶的辅佐。如果内心确实追求修好啊，又何必再请媒人说合？傅说曾是傅岩的泥瓦匠啊，殷武丁重用他却毫不迟疑。姜尚本是朝歌的屠夫啊，遇到文王就得到推举。宁戚喂牛而叩角高歌啊，齐桓一闻就准备召用。趁着年华尚未衰老啊，趁着时光尚且还未完尽。担心子规过早地啼鸣啊，使百草芬芳丧尽而凋零。"这玉佩是何等的美盛非凡啊，众小人纷纷把它遮掩。想到那些党人险诈毫无诚信啊，恐怕出于忌妒而要损毁它。时世纷乱变化无常啊，我又怎么可以留？兰和芷都变质而不再芬芳啊，荃与蕙也变成了茅草。为什么从前芳香的花草啊，如今竟然成了艾草白蒿？难道说还有其他什么缘故吗？都因为不好修洁不要德行啊！我本以为兰是可靠的啊，可惜它却华而不实徒有外表。放弃它内在的美德顺从流俗啊，侥幸地挤进众芳来过市招摇。椒专横谗佞而又傲慢啊，榝却挤进香囊徒似香草。一味追求私利钻营攀援啊，又有什么品质美好的人能够庄敬自重呢？世俗本来就是随波逐流啊，又有哪一个能够不变化？眼见椒木幽兰尚且如此啊，又何况那揭车和江离？唯有这一玉佩最为可贵啊，可它的美德被抛弃直到如今。香气浓郁毫不亏损啊，散发着芬芳至今犹存。调节心态执守忠贞自我宽娱啊，暂且徐徐漫游寻找志同道合者。趁着我的佩饰还鲜艳，年事尚不高，走遍四方上下去周游以寻求贤君。

灵氛已把占卜告诉我啊，选定吉日良辰我将要远航。折下玉树枝作为我的佳肴啊，碾成琼玉的玉屑做干粮。飞龙为我把车驾啊，美玉象牙装点我的行车。与志不同道不合的人怎能共处啊，我将远游自疏不再复合。转道我去往昆仑山啊，道路漫长四处游历。升起云旗遮蔽天日都暗淡啊，响起鸾铃啾啾大队车马都出发。清晨我从天河的渡口出发啊，傍晚我就到达西极之天涯。凤鸟纷飞举着龙虎大旗啊，高高翱翔在太空舒展着羽翼。我匆匆路过无尽的流沙之地啊，沿着昆仑东南的赤水徘徊犹豫。指挥蛟龙用它的身躯搭桥渡河啊，命令西皇少暐帝接我渡去。道路漫长遥远充满艰辛啊，飞腾的众车乘都来侍卫。路过不周山再向左转啊，约定西海在那里驻足。屯集车辆有一千乘啊，排列整齐将并驾向前行。乘上八龙驾的车逶迤行进啊，飘动的空中云旗随风卷起。垂下旌旗缓缓徐行啊，神气却高飘远去莫能抑。奏起《九歌》跳起《韶》舞啊，暂借这闲暇时光消忧欢娱。朝阳升起灿烂辉煌啊，刹那间俯视人寰看见了我的故乡。车夫悲痛我的马也思恋啊，卧身蜷曲回顾再不能向前。

算了吧！国中没有贤人了解我啊，我又何必怀念那故国呢？既然无人能与我共行美政啊，我将追随彭咸精神而长存！

九 歌

◎东皇太一◎

吉日兮辰良①，穆将愉兮上皇②。抚长剑兮玉珥③，璆锵鸣兮琳琅④。瑶席兮玉瑱⑤，盍将把兮琼芳⑥。蕙肴蒸兮兰藉⑦，奠桂酒兮椒浆⑧。扬枹兮拊鼓⑨，疏缓节兮安歌⑩。陈竽瑟兮浩倡⑪。灵偃蹇兮姣服⑫，芳菲菲兮满堂⑬。五音纷兮繁会⑭，君欣欣兮乐康⑮。

【注释】

①吉日：吉利日子。辰良："良辰"的倒装。古代以甲乙等十干纪日，以子丑等十二支纪时辰，所以说"吉日良辰"。②穆：温和静敬之义。将：要。愉：喜悦。上皇：指东皇太一。③抚：持，按。长剑：主祭者之剑，即灵巫所持之剑。珥：剑环，剑柄和剑身相接处两旁的突出部分，即剑鼻。玉珥，指用玉装饰而成的珥，实际指剑柄。④璆锵：佩玉撞击发出的声响。璆，美玉名。琳琅：美玉名，谓佩玉也。⑤瑶席：瑶，指美玉，瑶席指华美如瑶的坐席。瑱：读如"镇"。玉瑱，以玉压席。这里是指以玉制的器具来压住坐席。⑥盍：集合之义，指将花扎在一起。将把：奉持。琼芳：色如美玉的芳草鲜花。⑦蕙：香草。肴蒸：肴为切成块的肉，蒸是指把块肉放在祭器上。蕙肴蒸，即用香草蕙来包裹祭肉。兰：兰草。藉：用……衬垫。⑧奠：祭献。桂酒：玉桂泡的酒。椒：花椒。浆：淡酒。以上蕙、兰、桂、椒四者皆取其芬芳以飨神。⑨扬枹：举起鼓槌。枹：鼓槌。拊：敲。⑩疏缓：疏疏缓缓。节：指音乐的节拍节奏。安歌：徐徐缓缓地轻歌。

⑪陈：陈列，摆列。竽：簧管乐器，形似笙而较大，管数也较多。瑟：弹拨乐器，类似筝，二十五弦。陈竽瑟，意谓吹竽弹瑟。浩倡：高声歌唱，倡，通"唱"。⑫灵：神灵，此指所祭之神东皇太一。一说指降神的巫师。偃蹇：徘徊不进的样子。姣服：华丽的服饰。姣：美好。⑬菲菲：香气馥郁。⑭五音：指古代五声上的五个音级，即宫、商、角、徵、羽。纷：犹"纷纷"，众多的样子。繁会：错杂，指众乐一起演奏。⑮君：谓神，指东皇太一。欣欣：喜悦的样子。康：平和、安乐。

【译文】

在这吉日的美好时光，将要恭敬地祭太一上皇。手握长剑玉饰剑柄，佩玉琳琅锵锵作响。华美洁白的铺席玉镇边，献上如玉鲜花郁郁芬芳。蕙草包裹祭肉兰草衬垫，进上桂花酒和椒浆。高举鼓槌击起鼓，节奏疏缓轻歌飞扬，吹竽弹瑟放声歌唱。神灵华服徘徊云端，香气浓郁飘满厅堂。五音纷纷相交响，上皇喜乐又安康。

◎云中君◎

浴兰汤兮沐芳①，华采衣兮若英②。灵连蜷兮既留③，烂昭昭兮未央④。蹇将憺兮寿宫⑤，与日月兮齐光⑥。龙驾兮帝服⑦，聊翱游兮周章⑧。灵皇皇兮既降⑨，猋远举兮云中⑩。览冀州兮有余⑪，横四海兮焉穷⑫。思夫君兮太息⑬，极劳心兮忡忡⑭。

【注释】

①浴：洗澡。汤：热水。兰汤，用兰草泡的热水。沐：洗头。芳：芳香，指兰汤。这里写的是古人在祭神前的斋戒沐浴等程序。②华采：华丽的色彩。若英：像花一样生动、美丽。指神女巫的穿着打扮。③灵：神灵，指所祭神云中君。连蜷：连绵婉曲，形容姿态柔美。既：其（表推测）。

留：指留在天上，尚未降临。这句是说女巫降神时，神灵附体。模拟云神的姿态。④烂昭昭：光明。烂，发光。昭昭，明亮的样子。未央：央，尽。未央即没有穷尽，不停地发光。⑤蹇：楚国方言，发语词。将：暂且。憺：安。寿宫：上寿之宫，指云中君天上所居的宫殿，一说为供神处。⑥齐光：指与日月同其光明。齐，同。⑦龙驾：龙驾的车。帝：天帝。服：指王畿以外的地方。⑧聊：暂且。翱游：到处翱翔。周章：周游浏览。⑨灵：指云神。皇皇：同"煌煌"，光彩盛大的样子。既降：已下。⑩猋：指犬奔跑的样子，引申为迅速敏捷。远举：指高飞。这两句话叙写云神"一降而即去，不肯暂留"。⑪览：看。冀州：古有九州之说，冀、兖、青、徐、扬、荆、豫、梁、雍九州。冀州居九州之中，古代帝都多在冀州，所以有中土之称。有余：还要多。⑫横：横越。四海：古时中国四境有大海环绕，于是就以四海来代表古时中国以外的地域。焉：哪里，何。穷：尽。这里是说，云神广览四海，无不穷极。⑬夫君：指云中君。夫，指示词，这、那。太息：大声地叹息。"太"，通"大"。⑭极：非常、极度。劳心：苦苦思念。忡忡：忧愁不安的样子。

【译文】

沐浴着兰草做成的香汤，身着如鲜花般绚烂的衣裳。灵巫妖娇曼舞徘徊天上，神光灿烂啊永远辉煌。流连安详在云神宫殿，和日月一同焕发光芒。神龙驾车身披天帝的服装，姑且遨游在天地四方。灵光煌煌已从天降，又迅捷高飞向天上。遍览九州啊余光依然明亮，宽广的四海啊无边无疆。思念起云神啊我长声叹息，满怀忧思啊心神惶惶。

◎湘君◎

君不行兮夷犹①，蹇谁留兮中洲②？美要眇兮宜修③，沛吾乘兮桂舟④。令沅、湘兮无波⑤，使江水兮安流⑥。望夫君兮未来⑦，吹参差兮谁思⑧？驾飞龙兮北征⑨，邅吾道兮洞庭⑩。薜荔柏兮蕙绸⑪，荪桡兮兰旌⑫。望涔阳兮极浦⑬，横大江兮扬灵⑭。扬灵兮未极⑮，女婵媛兮为余太息⑯！横流涕兮潺湲⑰，隐思君兮陫侧⑱。桂棹兮兰枻⑲，斲冰兮积雪⑳。采薜荔兮水中，搴芙蓉兮木末㉑。心不同兮媒劳㉒，恩不甚兮轻绝㉓。石濑兮浅浅㉔，飞龙兮翩翩㉕。交不忠兮怨长㉖，期不信兮告余以不闲㉗。朝骋骛兮江皋㉘，夕弭节兮北渚㉙。鸟次兮屋上㉚，水周兮堂下㉛。捐余玦兮江中㉜，遗余佩兮澧浦㉝。采芳洲兮杜若，将以遗兮下女㉞。时不可兮再得㉟，聊逍遥兮容与㊱。

【注释】

①君：湘君，指湘水男神。不行：不来。夷犹：迟疑不前的样子。②蹇：通"謇"，楚国方言，发语词。谁留：为谁停。中洲：即洲中，水中的陆地。此句是说为谁留在洲中而不肯前行？③要眇：好貌，指美好的容貌。宜修：善修饰，恰到好处。宜：善。④沛：水急流的样子，这里是指桂舟顺流而下飞速的样子。吾：女神湘夫人自称。桂舟：用桂木做的船。⑤沅、湘：指沅水和湘水，都在今湖南境内，流入洞庭湖。溯湘江及其支流潇水而上，可到九嶷山。⑥江：指长江。流经湖南北部，与洞庭湖相接。安流：平稳地流淌。⑦夫：语气词。⑧参差：古乐器，即"参差"，排箫名。谁思：思谁。⑨飞龙：龙舟，湘君所驾的快船。北征：向北航行。征，行。以下即湘水女神想象中湘君乘船而来，并与之相会。⑩邅：楚方言，转弯、转道。洞庭：洞庭湖，在今岳阳。会合沅、湘诸水，北入长江。⑪薜荔：一种常绿藤本蔓生植物。柏：通"箔"，帘子。蕙：香草名。绸：通"帱"，帐子之义。⑫荪：香草名。桡：船桨。一说是旗杆上的曲柄。旌：旗杆上的装饰。此二句写行船装饰得漂亮高洁。

⑬涔阳：地名，在涔水的北岸，具体地点不详。古人称河水北岸为阳。极浦：遥远的水岸。浦，水滨。⑭横：横渡，指横渡大江。扬灵：飞速前行。灵，同"舲"，有屋的船。⑮极：终止。以下叙写湘夫人不见湘君的到来而感到哀怨。⑯女：指湘夫人的侍女。婵媛：眷恋而关切的样子。余：指女神湘夫人。太息：大声叹息。⑰横流涕：形容眼泪纵横。横，横溢。潺湲：泪流不止的样子。⑱隐：将思念之情藏在心底，一说指痛。陫侧：即"悱恻"，形容内心悲苦。⑲櫂：长桨。枻：短桨。⑳斲冰兮积雪：江水结冰，上面有雪，所以用桂櫂兰枻把冰斲开，把雪堆起，为船开路。形容行进艰难，表示心情沉重。㉑搴：采摘拔取。木末：树梢。以上二句，薜荔，又名木莲，而要采之水中；芙蓉，荷花，而要采之于树上，比喻所求必不可得。㉒心不同：指男女间的感情相悖，心意不同。劳：徒劳。㉓恩：恩爱。甚：深。轻绝：轻易弃绝。㉔石濑：山石间的急流。濑，湍水。浅浅：水流疾速的样子。㉕飞龙：即指上文"驾飞龙兮北征"之飞龙，指湘君所乘的船。翩翩：疾飞的样子，这里形容船行驶得很快。这两句是说，如果湘君守约前来的话，早该到了。㉖交不忠：指相交而不真诚。交，友。忠，诚心。怨长：怨深。㉗期：约会。不信：不守信用。不闲：不得空。㉘骋骛：疾驰乱跑。骋，直驰；骛，乱驰。江皋：江岸，江中，这里的江指湘江。㉙弭节：弭，指停止；节，车行的节奏。这里是停船的意思。北渚：洞庭湖北部水中的一个小洲。这里大概是湘君和湘夫人约定见面后一同去的地方，湘夫人等不到湘君，失望而归，在途中忽然想起，也许湘君已经去了北渚了，所以和侍女赶到这里。㉚次：停留，止宿。㉛周：环绕，指流水环绕堂下，哗哗地流淌着。"鸟次""水周"两句表示时已黄昏，寂静无人。㉜捐：舍弃。玦：玉器，环形有缺口。㉝遗：弃，丢掉。佩：玉佩。澧浦：澧水之滨。澧，水名，在今湖南西部，流入洞庭湖。㉞遗：赠送。下女：侍女，一说指湘君侍女，以寄情对湘君的爱恋。一说即指上文"女婵媛兮为余太息"之女。㉟时：时光。再得：再回，表示对时光流逝无可奈何的悲痛之情。㊱聊：姑且。逍遥：悠

游自得的样子,因无可奈何,只好自我宽慰。容与:徘徊等待之义。

【译文】

　　湘君你犹豫迟迟不动,为谁停留在水中沙洲?我美好容貌又善打扮,顺水疾行啊乘着桂舟。让沅水湘水不起波涛,叫滚滚长江平稳缓流。(湘君)不来我望穿秋水,吹起悠悠排箫把谁候?驾着快舟啊向北方行,改变了航向转道洞庭。薜荔为帷芳蕙做帐,香荪饰桨兰草饰旗旄。眺望涔水遥远的水岸,横渡大江啊扬帆前行。扬帆前行啊飞速不停,侍女惋惜为我叹息!涕泪俱下滚滚流淌,思念湘君悲伤又失意。桂木做桨,兰做船舷,分开积雪啊冲破层冰,水里采薜荔,树梢折芙蓉。情感相悖媒人徒劳,恩爱不深轻易绝情。石滩上湍水疾流匆匆,龙船疾驰如飞前行。相交不诚怨恨深,相约失信却说没空。清晨驾车直驰江边,傍晚停船在北边沙渚。只见鸟儿栖息在屋檐上,还有流水环绕堂阶哗哗流淌。抛弃我的玉玦向那江中,扔掉我的玉佩澧水岸边。我在那芳洲采集杜若,还想寄情馈赠给你的侍女。相会的美好时光不可再得,姑且逍遥宽心等待徘徊。

◎湘夫人◎

　　帝子降兮北渚①,目眇眇兮愁予②。袅袅兮秋风③,洞庭波兮木叶下④。登白薠兮骋望⑤,与佳期兮夕张⑥。鸟何萃兮蘋中⑦?罾何为兮木上⑧?沅有芷兮澧有兰⑨,思公子兮未敢言⑩。荒忽兮远望⑪,观流水兮潺湲⑫。麋何食兮庭中⑬?蛟何为兮水裔⑭?朝驰余马兮江皋⑮,夕济兮西澨⑯。闻佳人兮召予⑰,将腾驾兮偕逝⑱。筑室兮水中⑲,葺之兮荷盖⑳。荪壁兮紫坛㉑,播芳椒兮成堂㉒。桂栋兮兰橑㉓,辛夷楣兮药房㉔。罔薜荔兮为帷㉕,擗蕙櫋兮既张㉖。白玉兮为镇㉗,疏石兰兮为芳㉘。芷葺兮荷屋㉙，缭之兮杜衡㉚。合百草兮实庭㉛，建芳馨兮庑门㉜。九嶷缤兮并迎㉝，灵之来兮如云㉞。捐余袂兮江中㉟，遗余褋兮澧浦㊱。搴汀洲兮杜若㊲，将以遗兮远者㊳。时不可兮骤得㊴，聊逍遥兮容与。

【注释】

①帝子：谓湘夫人，传说她是帝尧的女儿。女儿古代也可以称为"子"。降：下。北渚：即《湘君》"夕弭节兮北渚"之"北渚"。②眇眇：眯着眼睛远视的样子。愁予：使我发愁；予：我，湘夫人自称。③袅袅：微风吹拂的样子。④波：用作动词，指泛起波浪。木：指洞庭湖畔的树木。下：指树叶脱落下来。⑤登：踏上。白薠：一种秋生草。薠草，有青白两种，青薠草似香附，生于楚北平地，白薠草似鹿草，生于楚南湖滨。骋望：纵目远望。⑥佳：指佳人，即指湘夫人。期：期会。夕：傍晚。张：陈设，准备。⑦萃：聚集。蘋：水草，根茎匍匐泥中，常见于水田、池塘中。这两句和《湘君》"采薜荔兮水中，搴芙蓉兮木末"两句意思相同。⑧罾：渔网。⑨沅：沅水。芷：即白芷，香草名。澧：澧水。兰：兰草。⑩公子：此处指湘夫人，古代人亦有称女子为公子。本篇"帝子""公子""佳人"，均指湘夫人。未敢言：指不知道如何来表达自己的思念感情，表现出了思念之切。⑪荒忽：通"恍惚"，隐约而不清楚的样子。⑫潺湲：水流缓慢的样子。⑬麋：兽名，麋鹿。庭：庭院。⑭蛟：蛟龙，常潜于深渊。水裔：指水边。这两句是说麋鹿本来生活于深山中，现在却跑到庭院中来；本来生活在深水中的蛟龙，现在却出现在浅水之中，比喻等待湘夫人没有结果。⑮江皋：江边低湿之地。⑯济：渡。澨：水边。⑰佳人：指湘夫人。召予：即召唤我。这又是湘君的幻觉。予，湘君自称。⑱腾驾：使马车飞驰，使船快航。偕逝：一同前往。⑲水中：指北渚之水。⑳葺：盖，指用茅草盖房屋。荷盖：荷叶。㉑荪：香草名。荪壁，指用香草荪来装饰墙壁。紫坛：以水中的宝物紫贝来铺修中

庭的地面。紫，紫贝。㉒播：布，指涂抹。芳椒：芬芳的花椒。成：盈、满。堂：厅堂。㉓桂栋：用桂木做新屋的正梁。兰橑：以木兰做屋椽。㉔辛夷：香木。楣：门户上横木。药：白芷，香草。房：内室。㉕罔：同"网"，此作动词用，编结的意思。帷：指帷帐。㉖擗：通"擘"，剖开，分开。櫋：屋檐板。张：张开，陈设。㉗镇：压坐席的东西。㉘疏：分布，散陈。石兰：此为香草。芳：芬芳的陈列品。㉙芷葺：用白芷把屋顶加厚，指在原有的荷叶屋顶上加盖一层白芷。荷屋：以荷为屋。㉚缭：缠绕。之：代词，指屋。杜衡：香草名，或称马蹄香，其叶似葵而有香味。㉛合：集合。百草：各式各样的花草，极言其多。实：动词，充满。庭：庭院。㉜建：树。芳馨：芳香。庑：堂外周围的廊屋。门：指大门。㉝九嶷：九嶷山，此处指九嶷山的众神。传说舜死于九嶷山，葬于九嶷山。该山在今湖南省宁远县南。缤纷：纷纷然，言其众多。并迎：一起来迎接。㉞灵：指众神。上文设想了湘夫人降临，建构出美好环境都成了空虚的幻想，所以才有了下文。㉟捐：弃。袂：衣袖。㊱褋：单衣。"袂"和"褋"大概都是湘夫人赠送给湘君的。㊲搴：拔取。汀：水中或水边平地。杜若：香草名。㊳远者：远方的人。㊴时：相会的机会。骤得：屡次得到。

【译文】

帝尧的女儿降临在北渚，眺望不见啊我心中忧伤。阵阵秋风轻轻吹，吹皱洞庭湖水黄叶飘飞。踏着白薠极目远望，和佳人约会傍晚张设帷帐。鸟为何聚集在薠草之上？渔网为何投在树梢上？沅水有白芷澧水有兰，暗恋着公主我不敢言。迷迷茫茫远处眺望，只见长长流水缓缓淌。麋鹿为何觅食于庭院？蛟龙为何在浅水边？清晨我驾车驰骋在江畔，傍晚我渡河到西边水涯。听说佳人在将我召唤，将由你带路啊我飞腾的车驾。我要在北渚水中筑起宫殿，用芬芳荷叶覆盖住屋顶。用荪草做墙，紫贝铺堂，以椒泥涂墙散发幽幽清香。桂木做栋，木兰做椽，辛夷为梁，白芷妆房。编结薜荔香草织成帷帐，分结蕙草做一张高堂。白玉做那席上镇压之物，石兰的幽香在屋中荡漾。香芷涂在屋顶荷叶搭盖房屋，缭绕于屋子的是杜衡芳香。汇集的各种香草满庭芳，飘香远闻郁结门廊。九嶷山的众神纷纷来迎，诸神来临有如漫天的云。向那江水中抛弃我的衣袖，把我的单衣扔在澧水之滨。我采取沙洲里那杜若，寄情馈赠愈走愈远的人。相会的美好时光不会再有，姑且自我宽心等待徘徊。

◎大司命◎

广开兮天门①，纷吾乘兮玄云②。令飘风兮先驱③，使冻雨兮洒尘④。君回翔兮以下⑤，逾空桑兮从女⑥。纷总总兮九州⑦，何寿夭兮在予⑧！高飞兮安翔⑨，乘清气兮御阴阳⑩。吾与君兮斋速⑪，导帝之兮九坑⑫。灵衣兮被被⑬，玉佩兮陆离⑭。一阴兮一阳⑮，众莫知兮余所为⑯。折疏麻兮瑶华⑰，将以遗兮离居⑱。老冉冉兮既极⑲，不寖近兮愈疏⑳。乘龙兮辚辚㉑，高驰兮冲天㉒。结桂枝兮延伫㉓，羌愈思兮愁人㉔。愁人兮奈何！愿若今兮无亏㉕。固人命兮有当㉖，孰离合兮可为㉗？

【注释】

①广：大。天门：天帝所居宫殿之门。②纷：盛多的样子，形容"玄云"的浓密。吾：我，大司命自称。乘：犹驾。玄云：黑云。在古代文学作品中，"玄云"可跟"清露""惠风"并举，属于自然界的奇丽之物。③飘风：暴风。先驱：指在前面开路。④冻雨：暴雨。洒尘：洗尘。洒，洗涤。以上四句是大司命自述。⑤君：指大司命。以下：来下。从这句起是迎神的女巫所唱。⑥逾：越过。空桑：神话中山名。从女：意谓跟随你。女，读"汝"。⑦总总：众多的样子。九州：指九州的人。此句起为大司命自述。⑧寿：长寿。夭：早死，短命。予：我，大司命自称。⑨安

翔：指安稳地翱翔。此句起为迎神女巫所唱。⑩清气：冲和之气，即阴阳之气，自然之气。御：控制，驾驭。阴阳：阴阳二气。阴主杀，阳主生。⑪吾：主祭者自称。君：指大司命。斋速：洪兴祖《补注》："斋速者，斋戒以自敕者。"虔诚的样子。⑫导：引导。帝：天帝。之：往。九坑：即九冈，指九州之山脊，即指九州。一说指九岗山，在楚国境内。坑，与"冈"同。⑬灵衣：当作"云衣"，云霓衣裳。被被：通"披披"，飘动的样子。此句起为大司命所唱。⑭陆离：光彩闪耀的样子，指玉佩。⑮一阴兮一阳：乍阴乍阳，或生或死。⑯众：指人间大众。莫知：不知道。余：大司命自称。⑰折：折断。疏麻：一种神麻，麻花香，花白如瑶，服之可以长寿。瑶华：白玉的鲜花。此句开始又为迎神女巫所唱。⑱将：拿。遗：赠送。离居：谓离群索居之人，即忽而隔离之神，指大司命。⑲老：衰老之年。冉冉：渐渐。极：到，至。⑳寖近：逐渐亲近。寖，渐之义。愈疏：愈来愈疏远。㉑辚辚：车行走时发出的声音。㉒冲天：一直上飞。这两句是说大司命高驰而去，不复停留。㉓结桂枝：束结桂枝。古人有以桂枝来结佩物赠给对方，以表达情意的习俗。延伫：久立。㉔羌：将，语气词。愁人：使人（迎神者）愁。这两句意思是主祭者见神高驰而去，于是采结桂枝，牵延伫立愈益思念，而使人发愁。㉕无亏：没有亏损。㉖固：本来。当：执掌，主持。㉗孰：谁。离合：指离异或聚合；或指生死。为：指人的行为。

【译文】

　　敞开天宫的大门，我驾车行在浓密的玄云之上。命令旋风在前面为我开路，让暴雨洗涤浊世的灰尘。神灵空中盘旋飞翔从天而降，越过空桑山我紧跟其翱翔。林林总总的九州众生，你们的生死总在我掌中！神灵你高飞徐徐翱翔，乘着冲和清气驾驭阴阳。我追随神灵虔诚不二，引导天帝往观九岗山脊。我披的云衣长长飘逸，身佩的宝玉璀璨熠熠。千变万化的是阴阳二气，谁也不理解我做的事情。折下神麻那如玉仙花，我将送给那远离的神灵。衰老之年渐渐就要到来，若不及时和神灵亲近，一旦死期来临，就会愈益疏远了。神乘坐龙车声隆隆，高高地飞驰猛腾空。采结桂枝长久地等待，思念越深越使人愁。愁心绵绵又能如何？希望像今天这般永无亏损。人的寿命既然有一定限度，与神离别亲近又有何紧要？

◎少司命◎

秋兰兮麋芜①，罗生兮堂下②。绿叶兮素枝③，芳菲菲兮袭予④。夫人自有兮美子⑤，荪何以兮愁苦⑥？秋兰兮青青⑦，绿叶兮紫茎。满堂兮美人⑧，忽独与余兮目成⑨。入不言兮出不辞⑩，乘回风兮载云旗⑪。悲莫悲兮生别离⑫，乐莫乐兮新相知⑬。荷衣兮蕙带⑭，儵而来兮忽而逝⑮。夕宿兮帝郊⑯，君谁须兮云之际⑰？与女沐兮咸池⑱，晞女发兮阳之阿⑲。望美人兮未来⑳，临风怳兮浩歌㉑。孔盖兮翠旍㉒，登九天兮抚彗星㉓。竦长剑兮拥幼艾㉔，荪独宜兮为民正㉕。

【注释】

①秋兰：即兰草，绿叶紫茎，秋天开淡紫色的小花，是一种香草。麋芜：香草名。叶丛茂密，秋天开白花，根可入药。②罗生：围绕而生。堂：指神堂，供神之室。③素枝：应为"素华"，白花。绿叶兮素枝，指秋兰。④菲菲：香气浓郁的样子。袭：侵袭，形容香气袭人。予：迎神者自称。⑤夫：发语词。人：人们，凡人。自：各自。美子：美好的孩子。少司命主管生育和保护儿童，所以这句写到祈子的内容。⑥荪：香草，这里喻指少司命。愁苦：意谓使我（指迎神者）愁苦。⑦青青：借为"菁菁"，草木茂盛的样子。以下为少司命所唱。⑧美人：指参加祭神者。⑨余：指迎神者自称，即上文"使我愁苦"之"余"。目成：以目相视传

情，表示两心相悦。⑩人：指少司命降临时。出：指离去。辞：告辞。以下为迎神者所唱。⑪回风：旋风。云旗：以云为旗。此句是说，以风云为车旗。⑫生别离：生生地别离。⑬新相知：相交，指刚刚相交的知己。⑭荷衣：以荷叶为上衣。蕙带：以蕙草为衣带。荷衣、衣带都是神的服饰。⑮倏：忽然，疾速。忽：迅速。"倏而""忽而"，犹"悠然""忽然"。逝：往、去。⑯帝郊：天国的郊外，犹天界。⑰君：指少司命。须：待。"谁须"，即"须谁"，等待谁。云之际：指云端。⑱女：读作"汝"，你，指迎神女巫。咸池：神话传说中的太阳洗澡的地方称为咸池。以下几句为少司命所唱。⑲晞：晒干。阳之阿：大概指传说中的旸谷；阳，太阳；阿，山陵凹曲处。⑳美人：指少司命。㉑临风：面对着疾风。怳：同"恍"，失意的样子。浩歌：放声歌唱。㉒孔盖：以孔雀尾装饰车盖。孔，孔雀。翠旍：以翠鸟的羽毛为旌旗。翠：翡翠鸟。以下为迎神者所唱。㉓九天：古代传说中天有九层，这里指高空。抚：扫除。彗星：俗称"扫帚星"，古人以为是"妖星"，在此以喻"凶秽"，扫除古恶、污秽。㉔竦：通"悚"，挺举、高举。拥：护卫。幼艾：婴儿幼童。㉕荪：谓少司命。宜：适合。民正：犹言"人主"，百姓之主。正：古人称官长为正，主宰的意思。

【译文】

秋天的兰草芬芳的蘪芜，罗列而生繁茂堂前。绿绿的叶子素白的花，飘飘的幽香沁人心脾。世上的人自有美好的儿女，您又何必使我愁闷？秋天的兰草郁郁葱葱，绿色的叶子紫色的茎。满厅堂都是美丽的人，偏偏只与我眉目传情。来时不言语离去不辞别，乘着旋风高飞载着云旗。悲莫悲过于活生生的别离，乐莫乐过于新相交的知己。荷叶的上衣蕙草的腰带，你匆匆来到又匆匆离去。夜晚你歇息在天国的郊外，你在云端把谁等待？愿与你沐浴在天上咸池，晒干你的头发在旭日东升时。盼望你却总不到来，面对着狂风失意放歌。孔雀羽做车盖，翡翠鸟羽做旗，登上九天去扫除凶秽灾星。高举着宝剑怀抱着幼童，您最适合主宰万民的生命。

◎东君◎

暾将出兮东方①，照吾槛兮扶桑②。抚余马兮安驱③，夜皎皎兮既明④。驾龙辀兮乘雷⑤，载云旗兮委蛇⑥。长太息兮将上⑦，心低徊兮顾怀⑧。羌声色兮娱人⑨，观者憺兮忘归⑩。緪瑟兮交鼓⑪，箫钟兮瑶簴⑫。鸣篪兮吹竽⑬，思灵保兮贤姱⑭。翾飞兮翠曾⑮，展诗兮会舞⑯。应律兮合节⑰，灵之来兮蔽日⑱。青云衣兮白霓裳⑲，举长矢兮射天狼⑳。操余弧兮反沦降㉑，援北斗兮酌桂浆㉒。撰余辔兮高驰翔㉓，杳冥冥兮以东行㉔。

【注释】

①暾：旭日初升之时光明温暖的样子，这里指初升的太阳。②吾：东君自称，即日神。槛：栏杆。扶桑：神树，神话中生长在日出处。这句是说东君用扶桑树做宫殿的栏杆。③抚：通"拊"，轻轻拍打。余：日神自称。马：指神话中为太阳神驾车的六龙。④皎皎：明亮的样子，指夜间天色明亮。既明：指即将黎明。⑤龙辀：即龙车，指神话中为日神驾驭的龙车，辀，车辕。乘雷：龙车起行时，响声如雷，所以说"乘雷"。⑥载：插着。委蛇：同"逶迤"，指云旗舒展飘扬的样子。⑦太息：叹息。⑧低徊：徘徊不前，迟疑不决的样子。顾怀：怀念眷恋。这两句写日神眷恋故居的心情，拟人的写法。⑨羌：楚国方言，发语词。声色：指祭神的乐舞。娱人：使人娱乐。⑩观者：指观赏祭典的人。憺：安然，有沉浸之义。⑪緪：绷紧。意思是把瑟弦绷紧。交鼓：古人把鼓放在木架上，多二人对击，所以说交鼓。本句开始为迎神女巫所唱。⑫箫：通"擈"，敲击。瑶簴：摇动钟磬的木架。瑶，借"摇"；簴，悬钟磬之木架。⑬鸣：此处指奏响。篪：古代一种竹制吹奏乐器，似笛子。竽：古代簧管乐器。⑭灵保：指神巫，此处指扮日神的男巫。贤姱：美善，指德操与

容貌之美。⑮翾：轻飞的样子。翠：翡翠鸟。曾：通"翻"，展翅高飞。⑯展诗：一首接一首地吟唱诗歌。展，陈。会舞：众人一起起舞。⑰应律：应和音乐的旋律。合节：跟随节奏。⑱灵：神灵，跟随东君来飨祭的众神。⑲青云衣：以青云为上衣。白霓裳：以白霓为裙，以日落时的晚霞比喻东君的服饰。⑳矢：箭。"矢"和下句的"弧"（弓）合为"弧矢"，星名，共九颗，形状像弓箭，又名天弓。天狼：星宿名。㉑操：持。反：回身。沦降：降落。沦，没；降，下。实指日西沉。㉒援：引。北斗：星名，由七颗星组成，形似舀汤的勺。酌：斟酒。桂浆：桂花泡的酒。㉓撰：抓住。辔：马缰绳。㉔杳：幽深，深远。冥冥：黑暗。东行：向东走。我国古代神话中说日神由东向西运行，日暮时进入虞渊后，在地底又由西向东运行，这里正写的此种情况。

【译文】
　　旭日就要升起在东方，照耀我的栏杆木扶桑。拍着我的马缓缓前行，夜色皎皎东方泛起亮。驾着龙车滚滚轰鸣，树起的云旗高高飘扬。长叹一声将要上天去，心中踌躇眷恋那故乡。升腾中的声色多么令人醉，瞻望的人群迷恋忘了归回。调好瑟弦擂起鼓，敲响的钟声让座架摇晃。吹起了篪儿奏起了竽，心中不忘神巫的美善从容。迎神女巫舞姿翩翩像翠鸟展翅飞翔，唱诵起诗歌同随舞。应着旋律和节拍，神灵降临遮蔽了日光。青云上衣白霓裙裳，举起长箭射杀天狼。手持天弓回身降落，举起北斗斟满桂花酒浆。抓紧马的缰绳高高飞驰，穿过幽深昏暗奔向东方。

◎河伯◎

　　与女游兮九河①，冲风起兮横波②。乘水车兮荷盖③，驾两龙兮骖螭④。登昆仑兮四望⑤，心飞扬兮浩荡⑥。日将暮兮怅忘归⑦，惟极浦兮寤怀⑧。鱼鳞屋兮龙堂⑨，紫贝阙兮朱宫⑩。灵何为兮水中⑪？乘白鼋兮逐文鱼⑫，与女游兮河之渚⑬，流澌纷兮将来下⑭。子交手兮东行⑮，送美人兮南浦⑯。波滔滔兮来迎⑰，鱼邻邻兮媵予⑱。

【注释】

①女：通"汝"，指河伯。九河：黄河的总称。相传大禹治黄河时，除干线外分出八条支流，合称九河。②冲风：猛烈之风，暴风，一说旋风。横波：大的波浪。一作"扬波"。此句写受到阻碍不能前进，于是逆流而上。③水车：以水为车。荷盖：以荷叶为车盖。④骖：古时四匹马驾车，中间的两匹马叫作服。辕外边侧的马称骖。此处用为动词，即把螭作为骖马。螭：传说中一种无角的龙。⑤昆仑：昆仑山，古人以为昆仑山是黄河的发源地。⑥浩荡：广大，形容心胸开阔。⑦怅：惆怅，心里不安。⑧惟：思。极浦：指遥远的黄河之滨。寤怀：时时刻刻怀念。以上叙写迎接河伯，而不得其所在，眷顾怀恋，为想象之词。⑨鱼鳞屋：以鱼鳞装饰的房屋。龙堂：有雕龙装饰的厅堂。⑩紫贝：紫色带花纹的贝壳。阙：宫门。朱宫：即珠宫，以珍珠装饰的房间。⑪灵：神灵，指河伯。何为：为什么。⑫鼋：一种大鳖。逐：追随。文鱼：有斑彩的鱼。⑬女：通"汝"，你，指河伯。渚：水中的小块陆地。⑭流澌：即流水。澌，解冻时流动的水。纷兮：纷纷，形容水流急骤。⑮子：你，指河伯。交手：谓拱手。东行：顺流而向东。⑯美人：指河伯。南浦：指河的南岸。⑰滔滔：水流不绝的样子。来迎：相迎。⑱邻邻：形容众多。媵：原义指陪嫁的人，这里是"相送"的意思。

【译文】

要与河神一同游九河，暴风掀起了层层浪波。以水做车，以荷叶为车盖，两龙驾辕啊螭龙奔跑在两侧。攀登上昆仑我放眼四望，任心神飞扬好不舒畅。日将西沉，忘却归去心惆怅。遥远的河边让我顾恋感伤。鱼鳞饰屋，雕龙嵌堂，紫贝搭阙门，明珠镶卧房。神灵你为何久居在水乡？乘坐白鼋追逐游鱼，和你同游在那河渚，融解的流水急骤直下。你拱手辞别往东行，送别美人啊直到南岸口。波浪滔滔都来迎接我，成群的游鱼为我送行。

◎山鬼◎

若有人兮山之阿①，被薜荔兮带女罗②。既含睇兮又宜笑③，子慕予兮善窈窕④。乘赤豹兮从文狸⑤，辛夷车兮结桂旗⑥。被石兰兮带杜衡⑦，折芳馨兮遗所思⑧。余处幽篁兮终不见天⑨，路险难兮独后来⑩。表独立兮山之上⑪，云容容兮而在下⑫。杳冥冥兮羌昼晦⑬，东风飘兮神灵雨⑭。留灵修兮憺忘归⑮，岁既晏兮孰华予⑯？采三秀兮於山间⑰，石磊磊兮葛蔓蔓⑱。怨公子兮怅忘归⑲，君思我兮不得闲⑳。山中人兮芳杜若㉑，饮石泉兮荫松柏㉒，君思我兮然疑作㉓。雷填填兮雨冥冥㉔，猿啾啾兮又夜鸣㉕。风飒飒兮木萧萧㉖，思公子兮徒离忧㉗。

【注释】

①若有人：谓山鬼。若，好像，仿佛。阿：山坳，指深山角落。这句说山鬼常居之地。此句开始为迎神男巫所唱。②被：通"披"。薜荔：又名木莲，蔓生，常绿灌木植物。带：指衣带，用为动词。女罗：即"女萝"，又名"兔丝"，一种蔓生植物。这句言山鬼常服之物。③睇：斜视。含睇，脉脉含情，指以目传情。宜笑：指善于笑，笑得自然。含睇又宜笑，指山鬼的表情。④子：指山鬼。慕：爱慕、羡慕。予：迎神男巫的自称。善：善于。窈窕：美好的样子。⑤乘：驾。从：随行。文狸：有花纹的狸猫，毛黄黑间杂。此句开始为扮山鬼的女巫所唱。⑥辛夷：香木。辛夷车，以辛夷香木做成的车。结：拴结。"结桂旗"，拴结桂枝

编成旌旗。⑦被：通"披"。石兰、杜衡：皆为香草名。⑧芳馨：泛指兰衡等香草。遗：赠送。所思：所思念之人。⑨余：山鬼自称。处：居。幽篁：幽深昏暗的竹林。篁，竹子的一种，引申为竹林。终：终日，整天。不见天：指见不到天日。⑩后来：指来迟。以上二句写山鬼与所思之人相约而不得相会，是自责之词。⑪表：特出，屹然独立的样子。以下为迎神男巫所唱。⑫容容：通"溶溶"，水盛，这里形容云盛的样子。下：山下。⑬杳：遥远的样子。冥冥：不明、黑暗。羌：将。昼晦：意谓白天昏暗得像黑夜一样。昼，白天；晦，暗。⑭飘：风。神灵雨：指雨神下雨。⑮留：挽留，等待。灵修：指山鬼所思念的人。憺：安然。⑯岁：年华，年纪。晏：迟晚。岁、晏，年纪老了。孰：谁。华：古"花"字。予：迎神男巫自称。孰华予，意谓谁还能视我年轻如鲜花呢？⑰三秀：灵芝草的别名。於山：即巫山。此句开始为扮山鬼的女巫所唱。⑱磊磊：乱石堆积的样子。葛：葛藤。蔓蔓：蔓延的样子。⑲公子：山鬼所思念的人。怅：惆怅失望。⑳君：山鬼称恋人。我：山鬼自称。闲：空闲。此句意谓：对方并非不思念我，因为没有空闲所以不能来赴约。㉑山中人：山鬼自指。杜若：香草名。㉒石泉：从山石中流出的泉水。荫：动词，遮荫。㉓然：如此，肯定语气。疑：怀疑。作：产生。㉔填填：雷声。冥冥：昏暗不明的样子。㉕啾啾：猿猴鸣叫之声。又，一作"狖"，黑色长尾猿猴。㉖飒飒：风声。萧萧：风吹叶落发出的声响。㉗徒：徒然，白白地。离：通"罹"，遭受。

【译文】

　　山鬼忽隐忽现在山坳，木莲披身腰系着女罗。脉脉含情的眼嫣然一笑，爱慕我美好的样子。乘坐着赤豹身后文狸随行，辛夷香木为车桂枝为旗。披着石兰杜衡饰带飘然而垂，折下芬草送给心爱的人。我身在幽深竹林终日不见天，道路险阻难行来得晚。孤独立在那高山上，飘荡的云气就在脚下翻。光线幽暗白天似黑夜，阵阵东风雨神降甘露。安然地等待你使我忘记了归去,时光已逝谁能给我好光华?采集灵芝在那巫山间,只见乱石累累藤葛蔓蔓。埋怨公子怅然忘记归去,你如果想我,心中怎会有空闲?山中的我芬芳似杜若,饮用清泉流水松柏遮荫,你的思念让人真是疑惑。雷声隆隆大雨绵绵,猿声凄厉哀鸣啾啾。山风呼啸山木飒飒,思念公子徒然忧愁。

天 问

曰①：遂古之初，谁传道之②？上下未形，何由考之③？冥昭瞢暗，谁能极之④？冯翼惟像，何以识之⑤？明明暗暗，惟时何为⑥？阴阳三合，何本何化⑦？圜则九重，孰营度之⑧？惟兹何功，孰初作之⑨？斡维焉系？天极焉加⑩？八柱何当？东南何亏⑪？九天之际，安放安属⑫？隅隈多有，谁知其数⑬？天何所沓？十二焉分⑭？日月安属？列星安陈⑮？出于汤谷，次于蒙汜⑯。自明及晦，所行几里⑰？夜光何德，死则又育⑱？厥利维何，而顾菟在腹⑲？

【注释】

①曰：发问之词。②遂古：远古。遂，通"邃"，悠远。初：始。传道：传说。③上下：指天地。未形：未形成，指天地未分，宇宙一片混沌之时。何由：根据什么。考：考记，考究。④冥昭：昏暗。冥，昏暗；昭，明亮。冥昭，偏指冥。极：穷究。⑤冯翼：大气盛满无形无状的样子。惟：应是"未"字之误。未像，无形。识：辨认。⑥明：指白天。暗：指黑夜。何为：为什么。⑦阴阳：哲学范畴的名词。古代人把它看成是自然界两种相互对立和消长的物质势力。三合：相互作用，三者结合，指阴阳与天结合。本：本体，本源。化：变化。⑧圜：同"圆"，指天。则：乃，是。九重：九层。古人认为天是圆的而且有九层。孰：谁。营度：环绕进行测量。营，通"环"，围绕，环绕；度，测量。⑨惟：思。兹：此，指九重天。功：功绩。初作：是说九重天的营造。⑩斡：车毂孔内插轴之处。维：指绳子。斡维，即指拴斡之绳，实指天体旋转得以维系的地方。焉：何。系：拴。天极：指天的

南北二极。加：架。⑪八柱：八根柱子。古代传说有八座大山作为支柱，支撑起天空。当：在，坐落。亏：缺陷，缺损。古人认为，水向东流，因此"地不满东南"，有所亏损。⑫九天：指天的中央和八方，又称九野。际：边际。安：哪里。放：依傍。属：连接。⑬隅隈：角落弯曲的地方。多有：有几多也。⑭沓："踏"之假借字，践踏，这里指延伸。十二：指十二辰。辰指日月交汇点，一年之中，日与月会交合十二次。以子、丑、寅、卯、辰、巳、午、未、申、酉、戌、亥称之，曰十二辰。分：划分。⑮属：依附，附托。列星：众星。陈：陈列。⑯汤谷：古代神话中太阳升起的地方。次：止息。蒙汜：古代神话中太阳休息的处所。⑰及：到。晦：指天黑。⑱夜光：月亮。德：质性。死：指月亏之时。则：而。育：出。⑲厥：其，它的，指代月亮。利：好处。而，连词。顾：眷顾，顾惜，这里是"抚育"的意思。

女岐无合，夫焉取九子①？

【注释】

①女岐：本来是尾星名，《史记·天官书》："尾有九子。"所以又叫九子星。后来衍变成九子母的神话。合：配偶。取：有。

伯强何处？惠气安在①？

【注释】

①伯强：即隅强，风神。原指二十八宿之箕宿，古人认为箕星主风，后来演变出风神故事，出现伯强的名字。亦作禺京、禺强。《山海经·大荒东经》道："东海之渚中有神，人面鸟身，珥两黄蛇，践两黄蛇，名曰禺䝞。黄帝生禺䝞，禺䝞生禺京，禺京处北海，禺䝞处东海，是为海神。"渚，岛；珥，郭璞注："以蛇贯耳。"践，踏；禺京，郭璞注："即禺强也。"是为海神，郭璞注："言分治一海而为神也。"袁珂道："禺京既海神而兼风神，则其父禺䝞亦必海神而兼风神，观其人面鸟身之形，与子同

状,可知也矣。"惠:有寒凉之义。

何阖而晦?何开而明[①]**?角宿未旦,曜灵安藏**[②]**?**

【注释】

①阖:关闭。晦:暗。②角宿:二十八宿之一,东方苍龙七宿中的第一宿,共有两颗亮星,传说这两颗星其间为天门,黄道通过这里。旦:天明。曜灵:太阳。安藏:藏于何处。

不任汩鸿,师何以尚之[①]**?佥曰"何忧",何不课而行之**[②]**?鸱龟曳衔,鲧何听焉**[③]**?顺欲成功,帝何刑焉**[④]**?永遏在羽山,夫何三年不施**[⑤]**?伯禹腹鲧,夫何以变化**[⑥]**?纂就前绪,遂成考功**[⑦]**。何续初继业,而厥谋不同**[⑧]**?洪泉极深,何以填之**[⑨]**?地方九则,何以坟之**[⑩]**?

【注释】

①任:胜任。汩:治理。鸿:通"洪",指大水。师:众人,一说百官。尚:崇尚,此处为"推举"之义。之:指代鲧。②佥:都。课:考核,试验。行:用。此句是说众官推荐鲧治水的故事。③鸱龟:形似鸱鸮的大龟。曳:拉牵。衔:相衔接。听:听从,听任。④顺欲:指顺从众人的愿望。帝:指帝尧。刑:惩罚。焉:之,指代鲧。⑤永:长期。遏:囚禁,禁锢。羽山:神话中山名。夫:发语词。施:释放。⑥伯禹:鲧的儿子,即禹,称帝前封为夏伯,所以称伯禹。腹鲧:意谓禹从鲧的腹中生出来。传说鲧死于羽山郊野,尸体三年不腐烂,舜派人用吴刀剖开他的肚子,禹从中跳了出来。变化:指与鲧的智性不同。⑦纂就:继续。就:从事。前绪:从前的事业。绪,本指丝端,引申为余事,此处指鲧未完成的治水之事。遂:因此。成:完成。考:父死曰考,此处指鲧。功:事。⑧初:指当初鲧的治水

之职。厥：其，指禹。谋：指治水的方略。古籍记载，鲧与禹的治水方法不同，鲧主张堵，禹主张导。⑨洪泉：指洪水的源泉。一说泉通"渊"。传说禹治水时先堵塞了九个洪水的源头。何以：以何，用什么（办法）。填：填塞。⑩地：大地。方：分。九则：九州，一说九等。坟：土堆，引申为堆积，用为动词。

河海应龙？何尽何厉①？鲧何所营？禹何所成②？

【注释】

①河海，指疏通的或新开的江河流入大海。应龙：长有羽翼能飞的一种龙。传说禹治洪水时，有应龙用尾巴画地，帮助疏导。厉：指流经。②营：经营、营建。成：成就。

康回冯怒，地何故以东南倾①？九州安错？川谷何洿②？东流不溢，孰知其故③？东西南北，其修孰多④？南北顺橢，其衍几何⑤？昆仑县圃，其尻安在⑥？增城九重，其高几里⑦？四方之门，其谁从焉⑧？西北辟启，何气通焉⑨？

【注释】

①康回：即共工，古代部族的首领，传说他与颛顼争帝位失败，怒触不周山，使天柱折断了，所以天向西北倾斜，地向东南倾斜，所以河流都向东流，在东南形成了大海。冯怒：大怒，盛怒。②错：借为"措"，安置。洿：低洼，深陷。一说为开掘。③东流：指百川向东流入海。溢：满。此句指百川归海，大海也不溢满。④东西：指大地从东至西的长度。南北：指大地从南至北的长度。修：长。孰：哪个。孰多：哪个长。⑤橢：狭长。一说椭圆。衍：余，多出。几何：多少。古代人认为，大地的南北长度要比东西的短，所以，此是问南北比东西短，那么差距是多少呢？⑥昆仑：昆仑山。县

圃：即"玄圃"，传说中昆仑山上的神山，山顶是与天的相通之处，上不连天，下不连地，故称。尻：古"居"字，坐落。安在：何在。⑦增城：神话中地名，传说在昆仑山县圃之上，城有九层，每层相离万里。⑧四方：指昆仑山神山的四个门，一说天的四方的四个天门。其谁：有谁。从：指进出。⑨辟启：开启，敞开。气：指风。通：通过。

日安不到？烛龙何照①？羲和之未扬，若华何光②？何所冬暖？何所夏寒③？

【注释】

①安：代词，表示疑问，相当于"什么"或者"什么地方"。烛龙：神话中的神龙名，传说是住在日月都照不到的西北方的神。②羲和：神话中替太阳驾车的神。扬：指扬鞭起程。若华：若木花。若木是神话中的树名，开红花，散发出光。③所：处所。

焉有石林？何兽能言①？

【注释】

①焉有：哪里有。石林：像树木一样耸立的群石。兽能言：指会说话的兽。一说即看守昆仑的大门的"开明兽"。

焉有虬龙，负熊以游①？

【注释】

①虬：传说中无角的龙。负：背负。

雄虺九首，倏忽焉在①？

【注释】

①雄：大。虺：一种毒蛇。九首：九个头。倏忽：迅疾的样子。

何所不死？长人何守①？靡萍九衢，枲华安居②？

【注释】

①不死：长寿不死。长人：巨人。指防风氏。传说他身长三丈，死后一节骨头就装满了一车。守：守卫。传说禹令防风氏守封、嵎之山。②靡萍：又叫淋萍，木中异草。九衢：靡萍分九个杈。枲：麻的别名。华：古"花"字。分杈的靡萍和开花的枲麻都是不常见的奇异景象。

一蛇吞象，厥大何如①？

【注释】

①一蛇吞象：一本作"灵蛇吞象"，指传说中的"巴蛇吞象"。厥：其，此处指一蛇。

黑水、玄趾，三危安在①？延年不死，寿何所止②？鲮鱼何所？鬿堆焉处③？

【注释】

①黑水：传说中的水名，出昆仑山。玄趾：神话中山名。一说为黑水中岛名。三危：山名。传说中这一水二山同在西北方，乃不死之国，长寿之乡。②延年：指延长寿命。何所止：指寿命无期。③鲮鱼：即陵鱼，古时传说的怪鱼。鬿堆：即鬿雀，一种怪鸟。

羿焉彃日？乌焉解羽①？

【注释】

①羿：古代传说中的善射者。彈：射。乌：神话传说中太阳里有三只脚的乌鸦。古人根据这一说法，称太阳为金乌。焉：哪里。解羽：指翅膀附落下来。羽，翅。

禹之力献功，降省下土方①。焉得彼涂山女，而通之于台桑②？闵妃匹合，厥身是继③。胡为嗜不同味，而快朝饱④？启代益作后，卒然离孽⑤。何启惟忧，而能拘是达⑥？皆归躬鞠，而无害厥躬⑦。何后益作革，而禹播降⑧？启棘宾商，《九辩》《九歌》⑨。何勤子屠母，而死分竟地⑩？

【注释】

①之：用。献功：献上功绩。降：从天上下来，这里是把禹看成神话人物，指他从天上下降到人间来治水。省：察。下土方：即下土，指天下。②涂山：古国名。传说禹在治水的过程中娶涂山氏之女为妻。③闵：忧。妃：配偶。匹合：配合。指"通之于台桑"。厥身：其身，指禹。继：继续，延续。④胡为：为何。嗜：嗜好，爱好。不同味：这里是说与众不同的爱好。快：快意，满足。朝饱：与"朝食""朝饥"同义，似指男女结合的隐语。据古籍记载，禹刚刚新婚第四天就离开家出去治水了，诗人据此而发问：大禹为什么有与众不同的嗜好，使他不把男欢女爱当作快事？⑤启：禹之子，夏代开国之君。代：取代。益：夏禹贤臣，相传禹曾把君位禅让给他，史称"后益"，后来被启杀死并夺去君位。作后：当国君。作，为之义。卒然：仓促之间。离：通"罹"，遭受。孽：灾难、忧患。⑥惟：通"罹"，遭受。拘：囚禁。达：同"达"，意逃脱。以上四句是说，夏启想取代后益做国君，仓促间被囚禁起来。为什么夏启有了灾难，却能够从囚禁中逃离出来？⑦皆：指益与启。归：归于。躬鞠：《广雅》释为"谨

敬"。无害厥躬：他们本身没有恶劣的行为。⑧作：国运，指统治权。革：改，指益之君位被启所替代。播：借为"番"。降：借为"隆"。播降，即"番隆"，番衍兴旺。这里是问伯益为什么国运不长，而启独能复禹之祚，番衍兴旺呢？⑨棘：通"亟"，急迫。宾：宾客。商：可能是"帝"的误写。《九辩》《九歌》：乐曲名。一说启所作乐；一说天帝乐。⑩勤：这里作"爱惜"之义。子：儿子，此指启。屠：裂。母：指涂山氏女。屠母：分裂母亲，指涂山媛，石破裂后生出启。死：通"屍"，现简写作"尸"。分：分裂。竟：满。竟地：不复活。

　　帝降夷羿，革孽夏民①。胡射夫河伯，而妻彼雒嫔②？冯珧利决，封豨是射③。何献蒸肉之膏，而后帝不若④？浞娶纯狐，眩妻爰谋⑤。何羿之射革，而交吞揆之⑥？

【注释】

　　①帝：指天帝。降：派遣。夷羿：夏时东夷族有穷国的首领，后取代夏后相帝位，自立为君，后又被寒浞所杀。因羿属东夷族，所以称夷羿。革：除。孽：灾祸。这两句的意思是说，天帝派遣夷羿，为了革除夏民的忧患。②胡：何。夫：助词，彼。河伯：黄河神。妻：用作动词，以……为妻。彼：那个。雒嫔：即"洛嫔"，洛水女神，即指宓妃。雒，同"洛"；嫔，古代妇女的美称。这两句是说，可是夷羿为何射杀了河伯，还娶了洛水女神为妻？③冯：依靠、恃。珧：弓名。利：用，这里有便利的意思。决：套在大拇指上的扳指圈，通常用玉石或兽骨做成。利决，很利索地运用扳指，说明善于射箭。封豨：大野猪。封，大。④蒸肉：冬祭用的肉。蒸，通"烝"，指冬祭。膏：肥肉。后帝：指天帝。若：顺，指心情舒畅。⑤浞：寒浞。相传寒浞很善于谄媚讨巧，取得羿的信任，任其为相，后来寒浞与羿之妻纯狐氏之女合谋，乘羿打猎之机将羿杀死，并娶她为妻。眩：迷

惑。爰：借为"援"。谋：谋划。⑥射革：射穿皮革，相传羿能射穿七层皮革。交：合力。吞：灭。揆：计谋。此二句意思是羿能射穿七层皮革，为什么让人们合力计谋而吞灭他呢？相传羿被杀后，让其家众烹而食之。

　　阻穷西征，岩何越焉①？化为黄熊，巫何活焉②？咸播秬黍，莆藋是营③。何由并投，而鲧疾修盈④？

【注释】

　　①阻穷：形容道路的阻隔困难。阻，阻挡，指有岩挡着。穷，尽，指没有路。西征：自西而东行。岩：险峰峻岭。越：过。②化为黄熊：传说中尧杀鲧于羽山，鲧变成黄熊，跳进羽山旁边的一个深渊。羽渊在羽山西边，所以上句问西行没有路，鲧是怎么走过羽山的。巫：指古代神职人员。活：复活。③咸：皆，都。秬黍：泛指五谷。秬，黑黍子，皮黑米白。黍：黍子，去皮后叫黄米。莆藋：泛指杂草。莆：一种水草。营：耕作、经营。此二句是说，禹治洪水成功后，率领民众都种上了五谷，连杂草丛生的地方也被除草成了良田，大家过上了好日子。④何由：因何。并：通"屏"，这里有"放逐"的意思。投：弃置。疾：罪恶。修盈：是说鲧的罪恶名声多而久远。修，意为长；盈，意为满。

　　白蜺婴茀，胡为此堂①？安得夫良药，不能固臧②？天式从横，阳离爰死③。大鸟何鸣，夫焉丧厥体④？

【注释】

　　①白蜺：蜺，同"霓"，指霓裳。此处似指嫦娥白色衣裙。婴：缠绕。茀：逶迤曲折的云。胡为：何为，做什么？堂：厅堂。②良药：指不死之药。固：牢固安稳。臧：借为"藏"字。③天式：犹言天道，自然法则。天，自然；式，法式。从横：同"纵横"，指阴阳二气结合。阳：阳气，也指人的灵魂。爰：乃就。④大鸟：似指羿死后化成的大鸟。丧：失去。厥

体：羿的尸体。厥，他的。

萍号起雨，何以兴之^①？撰体协胁，鹿何膺之^②？鳌戴山抃，何以安之^③？释舟陵行，何以迁之^④？

【注释】

①萍：即萍翳，为雨神。号：大声叫。起雨：下雨。兴：发动起。②撰：柔顺。协：合、柔。胁：身体两侧有肋骨的部位。这两句是说，风神飞廉的性情那样柔顺，又是如何响应雨师的呢？③鳌：传说中海里的大龟。戴：背负，载。抃：拍手，这里是指鳌的四条腿舞动。安之：使之安稳。此二句似说的是渤海之东的巨龟背负大山的神话。传说有个极大的龟背负着蓬莱，在海里舞动着四条腿嬉戏。④释：舍，放。舟：船，这里借指水。陵：大土山，这里指陆地。迁：移动。

惟浇在户，何求于嫂^①？何少康逐犬，而颠陨厥首^②？女岐缝裳，而馆同爰止^③。何颠易厥首，而亲以逢殆^④？

【注释】

①浇：传说中的寒浞之子，能在陆地行舟。户：门。嫂：指浇的寡嫂，即下文的女岐。②少康：传说中夏代的中兴之主，夏后相之子，他杀死了浇，恢复了夏朝。逐犬：指打猎，意指放逐猎犬以追逐野兽。传说少康最终利用打猎的机会，放出猎犬杀死了浇。颠陨：掉下落地。厥首：指浇的头。③女岐：即上文所说浇之嫂。馆：读为"奸"。同：犹"通"也。馆同，即"奸同"，私通。爰：于焉的合音，于此的意思。止：宿，停息。④易：换，这里是错换的意思。厥首：指女岐的脑袋。亲：亲身，这里是指浇。逢殆：遭殃，指后来浇的被杀。一说此二句是说，少康派女艾暗中侦察浇的行动。浇与女岐私通之时，女艾夜里去杀

浇，结果错杀了女岐。后来乘浇出猎时，才杀了浇。

汤谋易旅，何以厚之①？复舟斟𬩽，何道取之②？

【注释】

①汤：疑是"康"字的误字，一指少康。②复舟斟𬩽：指浇消灭斟灌、斟𬩽事。二斟为夏同姓诸侯国。夏后相失国，依于二斟，后被浇所灭。何道取之：少康取浇之事。何道，何种办法。以上四句的句意是：少康佯装打猎而实际要动用武力杀浇，他是如何得到人心的？浇使二斟并夏后相有灭顶之灾，少康用什么办法取得了浇的脑袋呢？

桀伐蒙山，何所得焉①？妹嬉何肆，汤何殛焉②？

【注释】

①桀：夏朝末代君主。伐：讨伐。蒙山：即岷山，古国名。②何：不。肆：放肆。汤：商汤。殛：惩罚，诛杀。

舜闵在家，父何以鳏①？尧不姚告，二女何亲②？厥萌在初，何所亿焉③？璜台十成，谁所极焉④？

【注释】

①舜：古帝名。尧死后禅让帝位给他，号有虞氏，世称"虞舜"。父：应是"夫"的错字。鳏：指男子成年未婚。②尧：古帝名，号陶唐氏，世称"唐尧"。姚：舜的姓，这里是指舜父瞽叟。二女：指尧的两个女儿娥皇、女英。尧将两个女儿嫁给了舜，事先没有告诉舜的父亲，怕遭到反对。亲：亲近。③厥萌：其萌，指事物的初始状态。萌，萌芽，开始发生。初：始也。亿：通"臆"，猜测，预测。④璜台：用玉石砌成的高石。十成：即十重，十层。极：竭尽。

登立为帝，孰道尚之①？女娲有体，孰制匠之②？

【注释】

①登立：登位。立：通"位"，这一句指女娲登位为帝。帝：帝王。孰道：何由，根据什么。尚：上，推崇的意思。②女娲：传说中上古女帝名，姓风，人头蛇耳，品德高尚，智能超凡。曾造人补天。

舜服厥弟，终然为害①。何肆犬体，而厥身不危败②？

【注释】

①服：服从。厥弟：其弟，指舜的弟弟象。终然：终于。为害：被谋害。此处指舜弟象与其父母合谋陷害舜之事。②肆：放肆。犬体：狗心，指像狗一样的恶毒之心。厥身：这里指舜的弟弟象。危败：毁灭败亡。后来，舜继尧为君，不仅不惩罚象，相反把象封到有庳做官。

吴获迄古，南岳是止①。孰期去斯，得两男子②？

【注释】

①吴：古吴国。在今天的江苏、浙江一带。获：得。迄古：终古，指时间悠久。南岳：泛指南方大山，此处指南方。止：居。②期：预料。去：当是"夫"的错字，于。斯：此，指吴地。得：得益于。两男子：指太伯、仲雍。此二句意谓谁能料想到在那吴国，会得益于两位贤德的男子呢？

缘鹄饰玉，后帝是飨①。何承谋夏桀，终以灭丧②？帝乃降观，下逢伊挚③。何条放致罚，而黎服大说④？

【注释】

①缘：沿着边装饰。鹄：天鹅，这里指装饰有天鹅图案用以烹煮的鼎。

饰玉：指鼎上的玉饰。②承：接受，担当。谋：图谋。传说中商汤派伊尹做夏桀的大臣，他勾结桀的元妃妹嬉与汤里应外合，灭掉了夏朝。灭丧：灭亡。③帝：指商汤。降观：意思是深入民间观察民情。逢：遇。伊挚：即伊尹，名挚。④条：指鸣条，地名，传说是商汤打败夏桀或流放夏桀的地方。放：流放。致：给予。黎服：黎民，即"菔"，是楚地对农民的称谓。说：通"悦"。

简狄在台，喾何宜①？玄鸟致贻，女何喜②，

【注释】

①简狄：帝喾次妃，传说有娀氏的美女，生商代始祖契。台：坛。喾：帝喾，号高辛氏。宜：祭天求福。②玄鸟：燕子。致：授送。贻：赠送，这里指赠送的礼物，即指《吕氏春秋》中所说的"遗卵"，据说简狄吞食此卵而生契。女：指简狄。

该秉季德，厥父是臧①。

【注释】

①该：即王亥，殷人远祖，契六世孙。秉：通"禀"，继承。季：王亥的父亲。传说他做过夏朝的水官，勤于官事，后被水淹死。厥父：其父，即指王亥父亲。臧：善，这里用作动词，以之为善的意思。

胡终弊于有扈，牧夫牛羊①？

【注释】

①弊：通"毙"，死亡。有扈：应当是"有易"。古国名，在今河北北部一带。

干协时舞，何以怀之①？

【注释】

①干协：盾牌，又称胁盾。协即胁，古人操盾牌时将其顶在胁部故称。时：是也。怀之：使之怀恋。这两句说王亥以歌舞诱惑有易女事，王亥跳起干盾之舞，怎么就让她有了怀念之情呢？

平胁曼肤，何以肥之①？

【注释】

①平胁：丰满的胸部。曼：柔曼。曼肤，指细嫩光泽的皮肤。此是说有易女容态丰腴。肥：即"妃"，匹配。

有扈牧竖，云何而逢①？击床先出，其命何从②？

【注释】

①有扈：当为"有易"。牧竖：即牧人。竖，贱称，这里指王亥。逢：指与有易女相逢。②击床：指有易之君绵臣想在王亥与其妻私通时，将其杀死在床上。先出：指王亥事先走出，暂免一死。命：性命，指王亥。何从：由何而出。此二句意思是击杀王亥在床笫之上，他是从何处逃脱性命的呢？

恒秉季德，焉得夫朴牛①？何往营班禄，不但还来②？

【注释】

①恒：殷王恒，王亥的弟弟。秉：继承，秉承。季：王季（冥），王亥、王恒的父亲。朴牛：即"服牛"，拉车的牛。②往营：指外出谋求。往，出；营，谋求。班：指官位的等级；禄：指食邑的多寡。不但：不得。还来：归来。这两句是说恒外出去谋求爵禄，但最终不得而回。

昏微遵迹，有狄不宁①。何繁鸟萃棘，负子肆情②？

【注释】

①昏微：即王亥之子上甲微。遵迹：遵循轨迹，继承先人的事业，继承祖德。有狄：狄，通"易"，即"有易"。宁：安宁。②萃棘：丛集。萃，聚焦。肆：放纵。

眩弟并淫，危害厥兄①。何变化以作诈，后嗣而逢长②？

【注释】

①眩弟：惑乱的弟弟。眩，本指目视昏花，此指昏乱迷惑。兄：指上甲微。②作诈：行奸诈之事。逢长：犹言长久。

成汤东巡，有莘爰极①。何乞彼小臣，而吉妃是得②？水滨之木，得彼小子③。夫何恶之，媵有莘之妇④？汤出重泉，夫何罪尤⑤？不胜心伐帝，夫谁使挑之⑥？会朝争盟，何践吾期⑦？

【注释】

①成汤：即商汤。商开国国君，"成"是谥号。有莘：古国名，在今河南中北部。爰：乃。极：至，到达的意思。此言商汤东巡，到达有莘国。②乞：求。小臣：奴隶，指伊尹。吉妃：良配。传说中汤听说伊尹的才能，向有莘氏索要，不给。于是汤请求娶有莘氏的女儿，有莘氏很高兴，就把伊尹作为陪嫁送给商汤了。③水滨：水边。木：指空心桑树。小子：婴儿，指伊尹。此二句说伊尹奇特降生。据《吕氏春秋·本味篇》载，有莘国的一位采桑女，在一棵空桑树中捡到一婴儿，把他交给了国君，国君就让厨师抚养他，这就是伊尹。据说伊尹的母亲住在伊水边，怀孕时曾梦见神告诉她石臼中出水就赶紧往东跑，不要回头。第二天确实看见石臼出水，告诉了邻居，向东跑十里远后还是回头看了，发现整个地方都被淹了，她自己

也变成一棵空心桑树,这空心桑树就是伊尹母亲的化身。④恶:用为动词,厌恶。媵:陪嫁。有莘之妇:指有莘国君的女儿。这两句是说,有莘国君为什么讨厌伊尹,让他做了女儿陪嫁的奴隶呢?⑤汤:商汤。出:被释放。重泉:地名,夏桀囚汤的地方。⑥不胜:不可忍受。不胜心,即指无法忍受内心,含有情不自禁的意思。伐:讨伐。帝:指夏桀。使挑:唆使挑动。⑦会:会合。朝:指甲子日。争:争相。盟:指盟誓。践:遵守,实践。吾:代武王言。期:约定的日期。据《史记·周本纪》《吕氏春秋》记载,武王起兵伐纣,八百诸侯响应,并约定"以甲子至殷郊",果然在这一天,武王与各路诸侯会师于殷都朝歌附近的牧野。

苍鸟群飞,孰使萃之①?列击纣躬,叔旦不嘉②。何亲揆发足,周之命以咨嗟③?授殷天下,其位安施④?反成乃亡,其罪伊何⑤?争遣伐器,何以行之⑥?并驱击翼,何以将之⑦?

【注释】

①苍鸟:苍鹰,喻指武士、将士勇猛。萃:聚焦。这里描述了勇士攻打殷都的情形。这句话上接前一句话说,各路诸侯如约会合在甲日并争相盟誓,他们是如何遵守武王规定的日期来到的呢?勇猛的武士如同搏击天空的群鹰一样,是谁使他们聚集在朝歌呢?②列击:分解砍断。纣躬:指纣王的躯体。叔旦:即武王弟弟周公旦。不嘉:不赞许。《史记·周本纪》载:殷都被武王攻占后,纣王自杀。武王又用轻剑击刺其尸体,并用大斧砍断纣王的头,挂在大白旗上。③亲:亲自,指周公。揆:度量,引申为"谋划"。发足:启行。周之命:指天命周期的国运,即上天给予周的政权。咨嗟:叹息、赞美。这句是问,周公既亲自出谋划策,定了国家的天下,为何还发出叹息之声?④授:给予。其位:殷之王位。施:通"移",改易。⑤反:一作"及",意为等到。意思是从殷王朝的建成到最终又让它灭亡。伊何:是

什么。⑥争：争相。遣：派遣。伐器：作战的武器，此指手持武器的军队。何以：为何。行：动员。⑦并驱：并驾齐驱，指周军的进攻。击翼：出击两侧的军队。将：统率，率领。以上两句写武王克商之事。

昭后成游，南土爰底①。厥利惟何，逢彼白雉②？

【注释】

①昭后：周昭王，西周第四代君主。成：通"盛"，指率军出游规模盛大。南土：南方，此指楚国。底：至，到。②厥利：其利，它的好处。惟何：为何，是什么。逢：迎，迎取。白雉：白色的野鸡。

穆王巧梅，夫何为周流①？环理天下，夫何索求②？妖夫曳衒，何号于市③？周幽谁诛，焉得夫褒姒④？

【注释】

①穆王：周穆王，昭王的儿子。巧：巧于，善于。梅：通"枚"，指马鞭。周流：即周游同行。②环理：周游。理，通"履"，行。索：取。③妖夫：妖人，不祥之人。指传说中叫卖山桑弓打糜、箕木袋（箕服）的那对夫妇。曳：前后牵引拉扶。衒：指夸耀所卖货物的好处。号：喊叫，指叫卖声。④周幽：周幽王，西周末代君主。诛：责罚。谁诛，被谁诛杀？褒姒：周幽王的王后。周幽王的太子叫宜臼，其母是申侯的女儿。后来幽王宠爱褒姒，废申后与太子宜臼，而立褒姒为后，褒姒子伯服为太子。以上四句意谓：那对妖人夫妇一前一后，边走边叫卖，在街上呼喊着什么？周幽王是被谁诛杀的，又怎么得到那位褒姒呢？

天命反侧，何罚何佑①？齐桓九会，卒然身杀②。

【注释】

①反侧：反复无常。何罚何佑：惩罚什么？保佑什么？②齐桓：齐桓公，齐国国君，春秋五霸之一。九会：指多次召集诸侯会盟，说明其依靠管仲之力，不用兵革就在诸侯中争得霸主的地位。卒然：终于。身杀：自身被杀害。

  彼王纣之躬，孰使乱惑①？何恶辅弼，谗谄是服②？比干何逆，而抑沈之③？雷开何顺，而赐封之④？何圣人之一德，卒其异方⑤？梅伯受醢，箕子详狂⑥？

【注释】

①王纣：殷纣王。躬：自身。乱：昏乱。惑：迷惑。②恶：讨厌。辅弼：辅佐，这里指辅佐君王的贤臣。谗：毁谤奉承。这里指进谗言的小人。谄：指讨好奉承的小人。服：用。③比干：纣王的叔父，被纣王剖心而死。逆：违背。"何逆"，指什么违背了纣的心意？抑沈：压制。沈，同"沉"。④雷开：纣王身边的谗佞之臣。何顺：如何顺从奉承。赐封：赏赐封爵。⑤圣人：指下文的梅伯与箕子。一德：相同品德。卒：最终。异方：指不同的结局。⑥梅伯：纣王时的诸侯，因直谏被杀。醢：指古时一种酷刑，把人剁成肉酱。箕子：纣王的叔父，见比干被杀，披发装疯，以免被害。详狂：即"佯狂"，装疯。详，通"佯"。

  稷维元子，帝何竺之①？投之于冰上，鸟何燠之②？何冯弓挟矢，殊能将之③？既惊帝切激，何逢长之④？伯昌号衰，秉鞭作牧⑤。何令彻彼岐社，命有殷国⑥？迁藏就岐，何能依⑦？殷有惑妇，何所讥⑧？受赐兹醢，西伯上告⑨。何亲就上帝罚，殷之命以不救⑩？

【注释】

①稷：后稷，名弃。传说，帝喾的元妃姜嫄，踩到上天的脚印而怀孕，生稷，出生时胎儿形体异常，认为不祥而弃之冰上，又有大鸟飞来用羽翅温暖保护他。后稷少而聪慧，精于农事，教民稼穑，成为周人的始祖。维：是。元子：指嫡长子，后稷是帝喾的元子。帝：指帝喾。竺：通"毒"，憎恶的意思。②投：指抛弃。之：指稷。燠：暖。③冯：挟。挟：带着。殊能：奇异的才能。将之：帮助了他（稷）。④惊帝：使天帝震惊，一说指帝喾。切激：激烈。逢长：兴旺久长。以上四句意谓：为什么后稷长大成人手持强弓携带箭矢，上天给他的奇异的才能帮助了他？既然他的降生让上天惊恐万分，还为什么使他的后代兴旺久长？⑤伯昌：周文王，姬姓名昌。号：动词，意谓发号令。衰：指殷衰微之时。秉：执，拿。鞭：马鞭，指权柄。秉鞭，指执政。牧：地方长官。⑥何：谁。彻：彻法，周朝的一种赋税法。岐：地名，在今陕西岐山县界。周族史上，文王的祖父太王古公亶父，曾由豳地迁至岐山脚下，奠定了周朝兴旺的根基。社：当为土，声误。彻彼岐社，即在岐的土地上推行彻法。有殷国：指取代殷朝。⑦藏：指财产。就：到。何能依：即何能为民所依。⑧殷：指纣王。惑妇：迷惑人的女子，此指纣宠妃妲己。⑨受：纣王的名。兹：子的假借字。醢：肉酱。上告：向上天报告。《吕氏春秋》等说纣王把梅伯剁成肉酱分赐诸侯。民间传说，剁的赐的都是文王长子伯邑考的肉（这本是一种厌胜巫术），所以西伯（文王）上告于天。⑩亲：指纣王亲自。上帝罚：接受上天的惩罚。命：国运，指殷朝的统治。

师望在肆，昌何识①？鼓刀扬声，后何喜②？武发杀殷，何所悒③？载尸集战，何所急④？

【注释】

①师：太师。望：吕望（姜尚），即姜太公。肆：店铺。昌：姬昌，即周文王。识：知。相传吕望曾在殷都朝歌肉店中鼓刀卖肉，文王遇到他，

识得他的才，大喜，载以俱归。②鼓刀扬声：宰杀牲畜时摆弄刀子发出的声响。后：君，指文王。③武发：指周武王姬发。杀：攻伐。殷：指纣王。悒：愤恨。④载尸：载灵牌于兵车上。尸，这里指木主，即灵牌。集战：会战。

伯林雉经，维其何故^①？何感天抑地，夫谁畏惧^②？

【注释】

①伯：当为"燔"。林：薪火。伯林，似指殷纣王。雉经：自缢。雉，即绳索，以绳缢为经。维：是。其：乃。②感天抑地：感动天地。谁畏惧：即畏惧谁？

皇天集命，惟何戒之^①？受礼天下，又使至代之^②？初汤臣挚，后兹承辅^③。何卒官汤，尊食宗绪^④？

【注释】

①皇天：对天的尊称。皇：大，美好。集命：降命。惟：又。戒之：告诫他。②受：同"授"，授予。礼：借为"理"，治。至：来，此指后来者。③初：当初。臣挚：以挚为臣，指当初成汤东巡，伊尹（挚）作为陪嫁的奴隶来到汤身边。后：后来。兹：连词，乃。承辅：辅佐。④卒：终于。官汤：做汤的相。宗绪：世世代代。此二句言伊尹辅弼汤之功，足配享于汤之太庙。

勋阖、梦生，少离散亡^①。何壮武厉，能流厥严^②？

【注释】

①勋：功勋。阖：指吴王阖庐，春秋五霸之一。梦：寿梦，吴王阖庐的祖父。生：同"姓"，指子孙。少：少时。离：同"罹"，遭遇。散亡：家破人亡。②壮：壮年。武：英武勇猛。厉：勤奋。流：显露。严：应作

"庄"，这里有威武的意思。

彭铿斟雉，帝何飨①？受寿永多，夫何久长②？

【注释】

①彭铿：即彭祖，传说是颛顼的后裔，活了八百岁。斟雉：用野鸡调制的肉汤。传说中彭铿善于烹调。帝：指尧。飨：享用。②受：同"授"，意为给予。永：长。这里是说，上天给彭祖享寿之长到八百岁那是为什么？

中央共牧，后何怒①？蜂蛾微命，力何固②？

【注释】

①中央：意为中国。牧：治。②蛾：古"蚁"字。蜂蛾，即蜜蜂与蚂蚁等微小的昆虫。此处指反抗厉王的百姓。

惊女采薇，鹿何佑①？北至回水，萃何喜②？

【注释】

①薇：一种野菜。佑：帮助。传说伯夷、叔齐绝食后，山里的百鹿曾给他们喂奶。②回水：河水的弯曲处，即河曲，指首阳山所在。萃：止，停留的意思。以上四句意思是问夷、齐采薇，惊闻女子之言，甘心饿死，可为什么鹿以乳相喂前来保佑？夷、齐向北走到回水边，兄弟双双饿死可为什么感到高兴？

兄有噬犬，弟何欲①？易之以百两，卒无禄②？

【注释】

①兄：指春秋时秦国的国君秦景公。噬犬：猛犬。弟：指景公之弟。②易：交换。两：同"辆"，指车数。卒：最终。禄：爵禄。

薄暮雷电，归何忧①？厥严不奉，帝何求②？伏匿穴处，爰何云③？荆勋作师，夫何长④？悟过改更，我又何言⑤？吴光争国，久余是胜⑥？何环穿自闾社丘陵，爰出子文⑦？吾告堵敖以不长⑧。何试上自予，忠名弥彰⑨？

【注释】

　　①薄暮：傍晚。雷电：雷电交加。归：回去，归去。②厥：其，指楚怀王，亦指楚国。严：威严。不奉：不得保持。奉，持。帝：指上天。求：求助。③匿：隐藏。穴处：本指山洞，这里指作者自己被流放，住在荒野山林。"伏匿穴处"，指诗人被流放之事。爰：助词，起补充音节的作用。何云：说什么。④荆：楚国的旧称。勋：动的错字。作师：兴兵。何长：有什么好的办法。⑤悟过：对自己的过错有所醒悟。悟：知晓。更：改变。⑥吴光：即吴国公子阖庐。争国：吴与楚相争伐。久余是胜：意谓"久胜余"，即常战胜楚国。⑦环穿：环绕穿过。闾、社：古代最小的行政单位，如后来的村落。闾社丘陵，乃指幽会淫荡之处。爰：乃，原来是。出：生。子文：楚成王时令尹。⑧吾：疑为"悟"的错字，即"忤"。告：说。堵敖：熊艰，楚文王子，成王熊恽兄。文王十二年，文王卒，子熊艰立。⑨何：岂也，怎能。试：弑。上：指堵敖。予：疑为"干"的错字。自予：自干君位。弥：更加。彰：显著。

【译文】

　　请问：往古初年的情况，是谁把它传述了下来？天地混沌一片，根据什么来考察确定？昼夜未分混沌昏暗，根据什么来穷究看透？大气弥漫无形又无像，又是凭借什么来识辨？白昼黑夜相交替，那是为什么？阴阳相合化生万物，什么是本体，什么是衍生体？浑圆的天体有九层，是谁围绕测量知晓的？这功绩如此的浩大，可最初由谁来开创？天体如车盖系在哪里？天枢北斗又是架在何处？撑天的八柱坐落在何方？东南的天柱为何缺损不一般长？九野之间的边际，又如何安放如何连接？九天有许多弯曲角落，谁能知道它的数目？天与地相会在何处？子丑寅卯十二辰又怎样划分？日月怎样挂在天体上？群星又如何陈列在太空上？太阳从东方汤谷出发，夜晚歇息在蒙水边。从早晨一直到黄昏，一共走了多少里路？月亮具有什么本领，居然能够死而复生？把兔子抚养在腹中，这样对它有何好处？女岐从未有配偶，如何生出九个儿子？风神隅强住在何处？寒凉的风又是从哪里生成？为什么天门关闭就天黑？为什么天门打开就天亮？当东方还没发亮，太阳如何隐藏自己那万丈光芒？

鲧不胜治水重任，众人为何还将他推举？都对尧说"不必太过担忧"，为何不试一试再任用？鸱龟拖土衔泥，鲧为何对它们言听计从？鲧顺从众人愿望欲立治水之功，帝尧为何对鲧加刑？长期把鲧幽禁在东海羽山，为何多年也未赦免？大禹从鲧的腹中出生，与鲧治水的方略因何不同？继续先前治水的工程，父辈的事业终于成功。为什么大禹子承父业，而大禹的措施截然不同？洪水的源泉深不见底，他用什么办法来填平？广袤的大地被分为九州，又如何使它高于水面？应龙是如何以尾画地的？河流是流经何处入海的？鲧在治水时采取了哪些办法？禹在治水中有哪些成就？共工怒撞天柱不周山，可大地为何都向东南斜倾？大地九州如何安置？山川谷地都有多深？百川归海，大海不会满溢，有谁知道它的缘故？从东至西从南到北，它的长度相比哪个更长？如果南北狭长，又比东西短多少？昆仑山顶上的玄圃，到底在哪个地方？昆仑山上又九重增城，它的高度有多少里？昆仑四面的山门，有谁从这里进进出出？当西北方的大门开启，是什么风从那里流通？太阳何处普照不到，为何还要烛龙照亮？羲和尚未扬鞭起程，若木为何放射光芒？什么地方冬天温暖？什么地方酷夏寒凉？哪里有石头的树林？什么兽类能讲人言？哪里有无角的虬龙，背负大熊四处荡游？长着九个脑袋的毒蛇雄虺迅疾往来去了哪里？什么地方是不死之国？巨人守卫着什么？水中异草居然长出九个枝丫，枲麻又开花在何处？一条巴蛇可以吞掉大象，它的身子该有多么庞大？黑水、玄趾和三危，这些地方都在哪里？哪里的人长生不死，生命究竟到何时？兴风作浪的鲮鱼生活在哪里？虎爪鼠足的魃雀居住在何处？后羿在哪里射下九个太阳？日中金乌于何处坠翅丧生？大禹努力贡献全部力量，从天而降巡视下界四方。在何处遇到那位涂山女子，而又和她结成夫妇在台桑？

　　大禹忧虑没有配偶而在路途结婚，自己身后有人继承。为什么嗜好与众不同，不贪图男欢女爱的情欲？启取代益做了国君，猝然间遭到囚禁的灾殃。为何夏启遭受灾难，却能从拘禁的祸难中逃离？益和禹都以谨敬为指归，他们没有恶劣的行为。为何益的国运不长，而夏启的统治昌盛兴旺？启多次献女给天帝，带回帝乐《九辩》与《九歌》。为什么这么贤德的儿子却屠母而生，意使他母亲尸体分裂，委弃于地？上天降下善射的夷羿，为的是革除忧患拯救夏民。可为什么他要射杀河伯，强娶了他的妻子洛水女神？拉开大弓扣动扳指，把巨大的野猪杀死。给天帝献上肉，上天为什么不顺畅领情？寒浞得到羿妻纯狐，两人合谋把后羿害死。为什么能射穿透七层皮革的羿，却被阴谋勾结所算计？鲧被放逐羽山自西而东艰难险阻，如何越过那高山峻岭？深渊中伯鲧化身为黄熊，神巫怎样使他起死复生？禹平治洪水率民种五谷，除去杂草变成良田。为什么一样被流放，而鲧的坏名声是又多又长？为什么祠堂中画着曲折的云彩缠绕着白蜺？羿从哪里得来不死之药，却为何不能妥善保藏？自然之道不可阻挡，阳气消散就会死亡。羿死后化为大鸟飞鸣而去，他原来的躯体消逝在何方？雨师萍翳兴云布雨，大雨倾盆如何发动？风神飞廉的性情那样柔顺，可他又是如何呼应雨师的呢？大鳖背负仙山起舞，仙山为何还能安稳？浇能撑船在陆地行走，怎么让船就能移动？浇来到嫂嫂女岐的门口，对嫂嫂有何相求？为何少康放逐猎犬，而被砍落在地的却是浇的头？女岐为浇缝制衣裳，两人淫乱同宿共眠。为什么少康斩错了脑袋，女岐自己遭殃身亡？少康谋划治一旅之众，用什么方法厚待他们呢？浇能使二斟覆亡，少康用什么计谋砍下浇的脑袋？夏桀出征讨伐蒙山，他这样做究竟有何收获？妺嬉若不放荡，商汤为何把她诛杀？虞舜在家忧愁不堪，父亲瞽叟为何不给他娶妻？唐尧嫁二女不告知舜的父母，否则娥皇、女英怎么和舜成亲？舜当初是一介平民，又是怎样预料成为尊贵？殷纣王修玉台共有十层，谁又能想象到后果？女娲登基称帝，是由谁来引导？女娲那奇异变幻的形体，又由谁来制造的？舜以仁爱之心厚待的弟弟，却始终被弟弟加害。为何舜放任象作恶，自己却能不受伤？吴国从太伯始获有悠久历史，立国于横山一带大江以南。谁能料到这开启的土地，会得益于两贤人？用雕有天鹅饰玉的鼎烹饪美味，帝王商汤高兴地享用佳肴。伊尹如何做了内应，终于把夏灭亡？商汤到民间巡视四方，正好遇奴隶出身的伊尹。夏桀被流放鸣条受惩，为何黎民百姓那样欢欣？

简狄、帝喾在坛上祈求什么福？燕子遗卵送来礼物，简狄吃后为何怀孕？王亥秉承王季的德业，和他父亲一样善良。其为有易氏放牧牛羊，为何终于被害？王亥跳起干盾之舞，如何让有易女子深深爱恋？王亥为什么与有易女私通？那个女子胸部丰满皮肤细嫩。身为有易普通的牧人，如何与有易女相逢？击杀床笫之上王亥已逃，他从何处逃脱？王恒也继承王季的德行，哪里得到哥哥丢失的服牛？为何恒外出谋求爵禄，但最终不得而回？昏庸的上甲微遵循父亲的事业，打得有易国不得安宁。为何他终日畋猎鸟兽，荒淫无道？昏惑的弟弟共同淫佚长嫂，以致害死她的长兄。为什么有人诡计多端，他们的后代却兴旺绵延？商汤去往东方巡视，到达有莘之国才停止。本来要寻求小臣伊尹，却得到一位美丽的贤妃？水边空心的桑树中，捡到了婴儿伊尹。有莘国君为什么讨厌他，让他做女儿的陪嫁？汤走出被囚禁的重泉，他究竟犯下了什么罪过？忍无可忍商汤才去讨伐桀，自食恶果还用挑唆？诸侯朝会争相发誓，为何都遵守前定的日期？军队前进勇如雄鹰，是谁让他们聚集在一起？分解砍断殷纣王的尸体，周公姬旦并不赞许。可是他亲自辅佐武王，周得天命他却又为何叹息？上天把天下授予商，是由于商施行了什么德政？从它建成最终又灭亡，它的罪过是什么？诸侯争相派遣着军队，武王是怎样动员他们的？齐头并进出击两翼，如何统率进攻的？周昭王去南方巡游，一直到达荆楚土地。他那样有什么好处？难道是为了迎取白色的野鸡？周穆王图谋很宏大，为什么满世界地去周游？环游治理天下，到底有何索取贪求？那对妖人夫妇拖着货物，为何叫卖于市井？周幽王到底被谁诛杀，又如何得到褒姒？

　　天命真是反复无常，惩罚什么又保佑什么？齐桓九合诸侯而称霸天下，最终却被人害死。殷纣王的所作所为，是谁使他那样昏乱迷惑？为什么厌恶辅佐的忠臣，专门任用谗佞的小人？比干什么事违背他的心意，不被重用最后还剖了心？雷开怎样顺从逢迎，让纣王对他那样加封？为什么圣人美德相同，结局却大不相同？梅伯直谏被杀受酷刑，箕子无奈披发装疯？后稷本是帝喾的长子，可帝喾为什么对他那样憎恶？把出生的婴儿抛弃在冰面上，鸟为何用羽翅温暖他？他如何挟持着弓矢，有异能把诸侯一统？既然他的降生让上天惊恐，为什么还让他子孙繁衍昌盛？商朝衰落西伯姬昌发号令，执政在雍州之牧。周如何在岐的土地上推行彻法，从而受命取代殷朝？太王带着财产迁往岐山，是什么让民众相依从？殷纣有了宠妃妲己，有什么可讽谏的？纣赐诸侯梅伯被烹的肉羹，西伯姬昌将此事向上天控告。为何纣王接受上天的惩罚，殷朝的国运仍无法挽回？姜尚曾在朝歌肉店舞着刀，西伯姬昌为何赏识他？宰割牛羊发出的声响，文王听后为何如此高兴？武王姬发讨伐殷纣，为什么如此愤恨？载着文王灵位就去会战，他为什么这样着急？殷纣王被悬尸，这究竟是什么缘故？武王既要伐纣，何必感动天地，坦然行义有谁使他畏惧？上天既然降命给殷商，又是如何告诫他的？既然授命予他治理天下，为何又让周人代替他？当初伊尹只是媵臣，后来就担当王朝的宰相。为什么伊尹最终追随商汤，死后能在商王的宗庙里配享？功勋卓著的阖庐是寿梦的长孙，年少时遭受排挤而坎坷流荡。为何壮年孔武勇猛，威武声名能够远扬？彭祖调和野鸡肉羹，帝尧为何享用？上天赐给他的寿命长久是为什么？共伯和行天子事，厉王降灾作祟为何事？百姓渺小若蜂蚁，云集响应不可摧。伯夷、叔齐采薇充饥听了讥讽而绝食，白鹿何以乳汁相保佑？伯夷、叔齐采薇向北而行到回水，双双饿死可为什么还很高兴？秦景公有条猛犬，他的弟弟为何非要得到？用一百辆车交换那只狗，最终失去爵位还遭哥哥放逐？

　　天近黄昏电闪雷鸣，上天还有什么忧愁可说？国与君的尊严都得不到保持，对上天还有什么要求？我隐居在这荒山野林，忧愤填胸还能说什么？楚君好大喜功屡战屡败，国家还能撑多久？对自己的过错如能幡然改悔，我还能说什么话？吴王阖庐与楚交战，长期以来就战胜我国。门伯比环绕闾阎，穿越丘陵，和邧女私通，怎么能生出有令尹之才的子文呢？成王和堵敖相牾逆，堵敖因此不长久。为什么熊恽杀君并夺取君位，反而获得显著的忠名？

九 章

◎惜诵◎

惜诵以致愍兮①,发愤以抒情②。所作忠而言之兮③,指苍天以为正④。令五帝使折中兮⑤,戒六神与向服⑥。俾山川以备御兮⑦,命咎繇使听直⑧。竭忠诚而事君兮⑨,反离群而赘疣⑩。忘儇媚以背众兮⑪,待明君其知之⑫。言与行其可迹兮⑬,情与貌其不变⑭。故相臣莫若君兮,所以证之不远。吾谊先君而后身兮⑮,羌众人之所仇。专惟君而无他兮,又众兆之所雠⑯。壹心而不豫兮,羌不可保也。疾亲君而无他兮⑰,有招祸之道也。

【注释】

①惜:爱好。诵:进谏。致:招致。愍:忧病,此处指内心的忧苦。②抒情:抒发情怀。③所:可作"假设"解,如果。古人往往在誓词前冠一"所"字。作忠:出自心意。④苍天:上天。苍,指天的颜色,正:同"证",证明。⑤五帝:谓五方之神。东方为太皞,南方为炎帝,西方为少昊,北方为颛顼,中央为黄帝。折中:意指对某件事情做出公平的判断。⑥戒:通"诫",告诉,命令。六神:上下四方之神。一说为日、月、星、水、旱、四时、寒暑六神。向:对。服:事。"向服"即对证事实。⑦俾:使。山川:这里指山川之神。备:陪。御:侍。"备御",犹言备立陪审。⑧咎繇:即皋陶,舜时掌管刑法的大臣,传说是法制和监狱的建立者。听:

听讼。直：指案情的曲直。"听直"，意为断案，判定是非。⑨竭：竭尽。⑩离群：远离，指受了排挤。赘疣：本指肉瘤，在此比喻多余无用的东西。⑪偯：巧佞。媚：取好于人。⑫待：期待。明君：贤明的君主。之：代词，代指"忠心"。⑬迹：脚印，这里用为动词。"言与行其可迹"意思是言行一致，有实际的行动可以考察。⑭情：指内情。貌：指外表。"情与貌其不变"，意指表里如一。⑮谊：与"义"通，指符合正义。⑯雠：同"仇"，意为怨恨。⑰疾：急。

思君其莫我忠兮，忽忘身之贱贫①。事君而不贰兮，迷不知宠之门②。忠何罪以遇罚兮？亦非余之所志③；行不群以巅越兮④，又众兆之所咍⑤。纷逢尤以离谤兮，謇不可释；情沈抑而不达兮⑥，又蔽而莫之白⑦。心郁邑余侘傺兮⑧，又莫察余之中情。固烦言不可结而诒兮⑨，愿陈志而无路。退静默而莫余知兮，进号呼又莫吾闻。申侘傺之烦惑兮，中闷瞀之忳忳⑩。

【注释】

①贱贫：指失位后身陷贫贱之中。这是说屈原被怀王疏远，失去了重要的政治地位，相对于那些得宠的贵族而言是贫贱。②迷：本指分辨不清，这里引申为"找寻不到"。宠之门：指获得宠信的门径。③志：通"知"，料想，知道。"非余之所志"，意指是我意料不到的。④行不群：行为与众不同，是说这种种行为不能见容于群小。巅：倾覆。越：坠落。"巅越"，此处指恶劣的环境。⑤咍：讥笑。嘲笑。⑥沈抑：即"沉抑"，指沉闷压抑。⑦白：表白。⑧郁邑：忧愁苦闷不能诉说。侘傺：失意的样子。⑨烦言：许多话。诒：遗赠。结诒：封寄。⑩闷瞀：心中苦闷烦乱。瞀，乱。忳忳：忧愁的样子。

昔余梦登天兮，魂中道而无杭①。吾使厉神占之兮②，曰："有志极而无旁③。""终危独以离异兮④？"曰："君可思而不可恃⑤。故众口其铄金兮⑥，初若是而逢殆⑦。惩于羹者而吹齑兮⑧，何不变此志也？欲释阶而登天兮⑨，犹有曩之态也⑩。众骇遽以离心兮⑪，又何以为此伴也⑫？同极而异路兮，又何以为此援也？晋申生之孝子兮⑬，父信谗而不好。行婞直而不豫兮⑭，鲧功用而不就⑮。"

【注释】

①杭：通"航"，意为渡船。②厉神：正派的神。犹如《离骚》中的灵氛、巫咸，为人们占梦的灵巫。③极：至。"有志极"，意谓屈原志向极其高远。旁：通"傍"，依靠。此句是厉神的占词，用来解释梦兆。④危独：危险孤独。离异：分离，此处指与楚王的分离。此句是屈原对厉神的发问。以下是厉神的再答之词。⑤恃：依靠。"曰"以下均为厉神具体阐释"君可思而不可恃"的道理。⑥铄：熔化。"众口其铄金"，形容谗言可畏，众口同声可以混淆视听。⑦初：本来。若是：这样，指忠言直行。殆：危险。⑧惩：警戒。羹：肉汤，热食。齑：指切得细细的冷拌菜。此句是比喻吃过亏的人，遇事就显得格外小心。⑨释：通"舍"，抛弃。阶：阶梯。释阶登天，比喻要取得君王的信任，但却不凭借这些群小。⑩曩：往昔，从前。态：状态，情态。⑪骇遽：惊慌。⑫何以为：怎么能成为。伴：伴侣。⑬申生：春秋时晋献公的太子，因晋献公听信骊姬的谗言，逼死了申生。⑭婞直：刚直。豫：欺骗。⑮鲧：传说中我国古代部落酋长名，号崇伯，为禹的父亲。曾奉尧的命令治理洪水。功用不就：是说鲧虽勤劳治水而终不能成功。以上四句是说申生、鲧的失败，都因受谗言所害，厉神举之，引以为鉴。

吾闻作忠以造怨兮，忽谓之过言①。九折臂而成医兮②，吾至今而知其信然。赠弋机而在上兮③，罻罗张而在下④。设张辟以娱君兮⑤，愿侧身而无所⑥。欲儃佪以干傺兮⑦，恐重患而离尤⑧。欲高飞而远集兮，君罔谓女何之⑨。欲横奔而失路兮⑩，坚志而不忍。背膺牉以交痛兮⑪，心郁结而纡轸⑫。捣木兰以矫蕙兮⑬，糳申椒以为粮⑭。播江离与滋菊兮⑮，愿春日以为糗芳⑯。恐情质之不信兮⑰，故重著以自明⑱。挢兹媚以私处兮⑲，愿曾思而远身⑳。

【注释】

①忽：忽略，不在意。②九折臂而成医：古代成语，是说手臂多次折断的人可以成为良医。意思是积累失败的教训。③赠弋：系有生丝绳以射飞鸟的短箭。机：指赠弋上面放箭的发射机关，这里用为动词。④罻罗：捕鱼所用的网。张：张开。两句比喻在朝的奸佞小人，用各种手段陷害贤臣和百姓。⑤张辟：张，指罗网；辟，是"繴"的假借字，一种捕鸟的工具。娱：通"虞"，欺骗。这句说群小想尽办法使君主落入他们的圈套，以欺骗国君。⑥侧身：置身。所：地方。⑦儃佪：徘徊，指留恋而不忍远去。干傺：寻找机会。干，求。傺，当作"际"，际遇。⑧重：再一次。离：通"罹"，遭受。尤：祸患。⑨罔：诬罔。女：同"汝"。之：往。⑩横奔：乱跑。失路：不择正道。比喻变节从俗。⑪膺：胸。牉：分裂。⑫纡轸：隐痛。纡，曲折；轸，悲痛。⑬木兰：香树名。矫：通"挢"，糅。⑭糳：舂。申椒：香木名，即花椒。⑮江离：香草名。滋：栽种、培植。⑯糗：干饭屑。以上四句说自己用香草为食粮，比喻修美德以自养，自己虽身处逆境，也不与世俗同流合污。⑰情质：指真心。情，中情；质，禀性。信：被相信。"恐情质之不信"，是说恐怕内心的真情不能被世人相信。⑱故重著以自明：意谓一再明白地申述。重，一再。⑲挢：通"挢"，举起。媚：美好，指美德。私处：独处、自处。⑳曾：

再，反复。远身：指脱身而去，远离世俗，不与之同流合污。

【译文】

　　因为好谏而招致忧患，发泄愤懑抒发忧苦的情愫。如果倾诉不忠诚啊，就让无私的苍天来做证。让五帝做出公正的判断，请六神参与是非的对质。使山川之神都来陪审，请法官咎繇来审理。竭尽忠诚无私保奉君王啊，反遭排斥就像是多余的赘瘤。不知取巧谄媚背离庸众啊，只待贤明君主了解我的内心。言行一致经得住考验啊，表里如一至无法欺瞒。考察臣子无人胜得过你啊，验记的方法就在你身边。行事先君而后已啊，因此与众人结下仇怨。一心为君王着想无私念啊，却被众多的小人无端怨恨。我专心事君毫不犹豫啊，结果却是自身难保。极力亲近君王没有私心啊，反而成为招来祸事的根由。

　　系念君王谁也没有我忠诚啊，全然忘记我贫贱的出身。侍奉君主我忠诚无二心啊，我愚笨找不到获宠的门径。忠心何罪却遭到放逐啊，这是如何也料想不到的事情。行为与庸众不同而被贬谪，又成众人耻笑的笑柄。遇到这么多的责难和诋毁啊，难以言说却无法解脱。心情抑郁不能倾诉啊，言路被众人遮蔽无法诉说。内心苦闷我心神不安啊，没有人能体察我的衷情。心中烦闷话语不能表白啊，想陈述衷情又没有途径。退处缄默没人了解我的苦心啊，大声疾呼也无人听取。屡屡失望彷徨不安啊，苦闷烦乱的心绪忧伤惨然。

　　我曾在梦中攀登上天啊，到半途却无路可寻。我让厉神占卜此梦啊，他说："心志虽高没有辅助也枉然。""难道要始终危险孤独遭冷落？"他说："君王可思念却不可依赖。众谗言犹如烈火可将真金熔化啊，当初你就因此而遭受到祸患。被热汤烫伤吃凉菜也要吹吹啊，为何如此固执不改变初衷？想要舍弃阶梯攀登上天，必然遭到以往失败的下场。众人怕与君主离心离德啊，又怎能成为你志同道合的伙伴？同事一君各走各的道路啊，又怎能伸手将你救助？晋国申生是教子的楷模啊，父王昏聩信谗言而使他丧生。鲧的行为刚直不阿毫不犹豫啊，可治水的大业最终也未完成。"

我听说做忠臣容易招来祸怨啊，不以为然认为是夸大其词。折臂多次而后可以成为良医啊，到如今才知道果真如此。装上布满带绳的短箭啊，铺开渔网随时准备捕鱼。巧设圈套欺骗壅蔽君王啊，我欲置身君王的身边以匡济之，却无容身之处。我徘徊试图寻找机会啊，又担心再次遭受祸殃。想要离开这里前往他乡，又担心君王问我将向何往。我想横冲直撞不问道路，怎奈坚定的方向不容许我这样。郁结心中的忧怨纠缠隐痛，切断木兰，杂糅芳惠啊，春碎申椒做充饥的食粮。播种江离，培植秋菊啊，做春天芬芳的干粮。只怕真情不被人识啊，反复地述说一再地申明。身怀美德独居幽处啊，再三深思不与俗合流而高举！

◎涉江◎

余幼好此奇服兮①，年既老而不衰②。带长铗之陆离兮③，冠切云之崔嵬④。被明月兮佩宝璐⑤。世溷浊而莫余知兮⑥，吾方高驰而不顾⑦。驾青虬兮骖白螭⑧，吾与重华游兮瑶之圃⑨。登昆仑兮食玉英⑩。吾与天地兮比寿，与日月兮齐光。哀南夷之莫吾知兮⑪，旦余将济乎江湘⑫。

【注释】

①奇服：特别美好且与众不同的服饰，象征品行高洁。即指长剑、高冠等。②既老：已经老了。衰：减弱。③长铗：长剑。陆离：形容长，光彩绚丽。④切云：当时高冠名。崔嵬：高耸的样子。⑤被：通"披"，披挂。明月：夜光珠，宝珠名。璐：玉名，美玉。⑥溷浊：指世道昏乱、污浊。莫余知：即"莫知余"，没有人了解我。⑦高驰：指向神界快速飞驰。⑧驾：与"骖"同义，驾车的意思。这里指驾车登天，以青虬为马，以白螭为骖。

青虬：有角的龙。白螭：无角的龙。⑨重华：舜的号。瑶：美玉。圃：园圃。"瑶圃"，指神界种美玉的园圃。⑩昆仑：相传神话中神山，以产玉著名，在神话中称"天帝的园圃"。玉英：玉花。⑪南夷：指楚国。根据上文"世溷浊而莫余知"推想，"南夷"也指楚人，因而造成双关，借以斥楚国当政小人。⑫旦：明日。

乘鄂渚而反顾兮①，欸秋冬之绪风②。步余马兮山皋③，邸余车兮方林④。乘舲船余上沅兮⑤，齐吴榜而击汰⑥。船容与而不进兮⑦，淹回水而凝滞⑧。朝发枉渚兮⑨，夕宿辰阳⑩。苟余心其端直兮，虽僻远之何伤！

【注释】
①乘：登。鄂渚：地名，当为临近洞庭的五渚之一，并非今天湖北的武昌。反顾：回头看。反映出诗人对故都的眷恋心情。②欸：叹息。绪风：余风。指冬末初春的寒风。③步余马：指解开驾车的绳子，让马散行。山皋：山边。④邸：止，停留。"邸余车"，指放下车驾不用。方林：地名。⑤舲船：有窗户的小船。上：指溯流而上航。⑥齐：并举。吴榜：大的船桨。汰：水波。⑦容与：徘徊不进。⑧回水：回流。凝滞：停滞不前。⑨枉渚：地名，在今湖南常德市南。⑩辰阳：地名，故城在今湖南辰溪县西。

入溆浦余儃佪兮①，迷不知吾所如。深林杳以冥冥兮②，猿狖之所居③。山峻高以蔽日兮，下幽晦以多雨。霰雪纷其无垠兮，云霏霏其承宇。哀吾生之无乐兮，幽独处乎山中。吾不能变心而从俗兮，固将愁苦而终穷④。

【注释】

①溆浦：地名。指溆水之滨。在今湖南溆浦县。儃佪：徘徊不进。②杳：幽深。冥冥：昏暗。③猨：同"猿"。狖：兽名，长尾猴的一种。④终穷：到头穷困。

接舆髡首兮①，桑扈裸行②。忠不必用兮，贤不必以③。伍子逢殃兮④，比干菹醢⑤。与前世而皆然兮⑥，吾又何怨乎今之人。余将董道而不豫兮⑦，故将重昏而终身⑧。

【注释】

①接舆：春秋时期的楚国隐士，和孔子同时。即《论语》中记载的"楚狂接舆"。髡：剃发，古代的一种刑法。接舆曾自动剃发装疯。②桑扈：即《庄子》中的桑户，古代隐士。裸行：赤身露体在外行走，表示一种玩世不恭的态度。③以：用。④伍子：即伍子胥，名员，为春秋时吴王夫差臣，曾劝说吴王拒绝越国求和并停止伐齐，后被疏远，以致遭到吴王赐剑而死的下场。逢殃：即指赐剑而死之事。⑤比干：殷纣王的叔父。相传因屡次劝谏纣王，被剖心致死。菹醢：古代一种酷刑，把人剁成肉酱。⑥与：举。以下二句概括前六句，从历史的事例中说明"忠""贤"都不被统治者所用。⑦董：正。豫：犹豫。⑧重：重复。昏：暗昧。重昏，指永远也见不到光明。

乱曰：鸾鸟凤凰①，日以远兮。燕雀乌鹊②，巢堂坛兮③。露申辛夷④，死林薄兮⑤。腥臊并御⑥，芳不得薄兮⑦。阴阳易位⑧，时不当兮。怀信侘傺⑨，忽乎吾将行兮。

【注释】

①鸾、凤：传说中的瑞鸟，比喻贤臣。②燕、雀、乌、鹊：皆凡鸟，

比喻谗佞小人。③堂：殿堂。古代国君行礼、理政、祀神的处所。坛：楚地方言称中庭为坛。这句比喻小人窃取朝廷的高位。④露申：与"辛夷"皆为芳草。⑤薄：丛生的草。死林薄：因被丛林里的草木荫蔽而死去。⑥腥臊：臭恶之物，此比喻谗佞小人。御：用。⑦薄：迫近。⑧阴阳：阴指小人，阳指君子。易位：换位置，指小人掌权，君子不受重用。⑨怀信：怀抱忠信。侘傺：怅然失意而神情恍惚的样子。

【译文】

　　我从小的时候就喜爱这奇装异服啊，年纪老了兴致也未减少分毫。佩挂那光彩熠熠的长剑，头戴高高耸起的切云冠，身披宝珠腰佩美玉。世界混乱没有人理解我啊，我要远走高飞一无反顾。用青虬驾车白龙做骖，我和帝舜共同游历瑶圃。登上昆仑山品尝白玉的花瓣，和天地万古长存，与日月同辉永放光芒。痛恨朝廷无人能理解我啊，明早我就要渡过湘水去远行。

　　登上鄂渚我回头眺望，叹息秋冬的余风丝丝寒凉。让我的马在山冈漫行，把我的车停在方林旁。换乘小船逆流水而上啊，双桨齐挥激起汹涌的波浪。船只徘徊不前啊，陷入急湍回流中更加艰难。清晨从枉渚出发啊，夜晚在辰阳安歇。如果我的内心真的端正方直啊，即使流放偏僻远方又有何妨？

　　进入溆浦我犹豫徘徊啊，迷茫困惑我不知该向何方。幽暗的深林没有光明啊，此本是猿猴久居的地方。山岭高耸遮蔽了阳光，山下幽深昏暗细雨茫茫。雨雪纷飞无边无际啊，云雾蒙蒙笼罩天宇。哀叹生活毫无快乐啊，独处在这凄凉荒僻的深山。我不能改变初衷去随波逐流啊，必将忧愁痛苦结束一生。

　　接舆剃发装疯啊，桑扈赤身而行。忠臣不受重用啊，贤良没有好下场。伍子胥遭到祸殃啊，比干也被剁成肉酱。自古以来都是这样啊，我又何必怨恨今天的执政之人。我要坚持正道毫不犹豫啊，宁肯重踏前人的悲剧度过此生。

吉祥的鸾和凤凰，一日日越飞越远啊。庸俗的燕子和乌鸦，都在庙堂搭垒巢啊。芬芳的露申和辛夷，枯死在丛林密草边啊。小人被任用，贤者难近前啊。阴阳易位是非难分，生不逢时难以改变啊。怀抱忠诚心惆怅，呜呼我将要远走他乡。

◎哀郢◎

皇天之不纯命兮①，何百姓之震愆②？民离散而相失兮③，方仲春而东迁④。去故乡而就远兮，遵江、夏以流亡⑤。出国门而轸怀兮⑥，甲之朝吾以行⑦。发郢都而去闾兮⑧，怊荒忽其焉极⑨？楫齐扬以容与兮⑩，哀见君而不再得。望长楸而太息兮⑪，涕淫淫其若霰。过夏首而西浮兮⑫，顾龙门而不见⑬。心婵媛而伤怀兮⑭，眇不知其所蹠⑮。顺风波以从流兮，焉洋洋而为客⑯。凌阳侯之泛滥兮⑰，忽翱翔之焉薄⑱？心絓结而不解兮⑲，思蹇产而不释⑳。将运舟而下浮兮㉑，上洞庭而下江㉒。去终古之所居兮㉓，今逍遥而来东㉔。

【注释】

①皇天：对上天的敬称，这里还有含指楚国君的双重意义。不纯命：是说天命无常，亦指楚君的变化无常。②何：为何。百姓：这个词先秦时代的含义为"百官"，指贵族、官僚集团。愆：丧失。震愆，指"百姓"受罪遭难。③民：指平民。离散而相失：形容郢都即将沦陷时，平民流离失所，骨肉相失的惨景。④方：正当。仲春：夏历二月。东迁：向东方逃迁。⑤遵：循，沿着。江：长江。夏：夏水，古水名，今已不存。流亡：屈原流亡的大体路线是经夏水入长江，在汉口南渡后，沿长江朝着洞庭

湖的方向走。最后在哪里落脚,诗中没有说。⑥国门:国都的城门。轸怀:沉痛地怀念。⑦甲之朝:指甲日的那天早晨。古代以干支相配纪日,"甲"就是甲日。⑧发:出发。去:离开。闾:巷的大门,也指里巷。⑨怊:惆怅,忧心不安。荒忽:通"恍惚",心神不定的意思。焉:哪里。极:到达。焉极:去到哪里。此句写的是心情愁苦,心神不宁,前路茫茫,我应到哪里去呢。⑩楫:船桨。齐扬:同举。容与:犹豫不决,形容不忍离开的心情。⑪楸:树。"长楸",即高大的梓树,古代有悠久历史的都城都植有乔木。说明郢城是一个有着悠久历史的都城。太息:长长地叹息。⑫夏首:即夏水口。古夏水从长江分出的地方,在今湖北沙市东南。西浮:向西飘浮。本来是往东航行,又向西浮是为了回望郢都。⑬顾:回头望。龙门:指郢都的东门。一说指南门。⑭婵媛:情思牵萦。⑮眇:同"渺",渺茫。蹠:用作动词,践、踏。⑯焉:乃,于是。洋洋:漂泊不定的样子。客:漂泊他乡的人。⑰凌:乘着。阳侯:波涛之神,这里是波涛的代称。泛滥:波涛汹涌横流的样子。⑱翱翔:本指鸟儿上下飞翔,这里形容船随着波涛前行。焉:何处。薄:止。⑲娃结:双声词,指心中郁结。"心娃结",指心情郁结幽闷。⑳蹇产:屈曲的样子,形容心情极不舒畅。释:解开。㉑运舟:行船。下浮:顺流而下,指顺江东行。㉒上:上游。洞庭在夏口上游,所以说"上洞庭";下游是长江,所以说"下江"。㉓去:离去。终古:所居,世世代代居住的地方。㉔逍遥:指漂泊不定。来东:向东去。东:郢都以东的地方。

羌灵魂之欲归兮①,何须臾而忘反②!背夏浦而西思兮③,哀故都之日远。登大坟以远望兮④,聊以舒吾忧心。哀州土之平乐兮⑤,悲江介之遗风⑥。当陵阳之焉至兮⑦,淼南渡之焉如⑧?曾不知夏之为丘兮⑨,孰两东门之可芜⑩?心不怡之长久兮,忧与愁其相接。惟郢路之辽远兮⑪,江与夏之不可涉⑫。忽若去不信兮⑬,至今九年而不复⑭。惨郁郁而不通兮⑮，蹇侘傺而含戚⑯。

【注释】

①羌：楚国方言，发语词。灵魂：指人的精神，亦指梦魂。②须臾：片刻。反：同"返"，指返回郢都。③背：背向。夏浦：即夏口，也就是汉口。浦，水边。西思：指思念郢都，郢都在夏口西面。④坟：水边高地，堤岸。⑤州土之平乐：指居住在楚国国土的百姓生活和平安乐。⑥江介遗风：指大江两岸自古传承下来的好的风气。介，指边际。这两句指楚国国王和平安都为战乱所毁，所以哀伤；楚国勤苦创业的好风俗被贵族集团骄奢淫佚的行径破坏了，所以可悲。⑦陵阳：地名，因陵阳山而名，在今天安徽省青阳县南。⑧淼：大水茫茫无际的样子。焉如：何往，不知往哪里去。⑨曾不知：不曾知，意谓从来没有想到。夏："厦"的假借字，高大的房子，指郢都的宗庙、宫殿。为：化为。丘：废墟。⑩孰：何。两东门：指郢城的两座东门。可：能够。芜：丛生的草。举"夏"和"两东门"代表整个郢都。⑪惟：语气词。郢路：返回郢都的道路。⑫涉：渡，蹚河过去。"不可涉"，意谓郢都沦落再也回不去了。⑬忽：恍惚。若：似乎。不信：不能相信。⑭九年：可能是实数，也可能是多年之义。不复：指不被君王复用与信任。⑮惨：忧也。郁郁：郁结苦闷的样子。不通：指忧闷解不开。⑯蹇：此处指处境艰难困顿。侘傺：失意的样子。含戚：含忧。戚，同"戚"。

外承欢之汋约兮①，谌荏弱而难持②。忠湛湛而愿进兮③，妒被离而鄣之④。尧舜之抗行兮⑤，瞭杳杳其薄天⑥。众谗人之嫉妒兮⑦，被以不慈之伪名⑧。憎愠愉之修美兮⑨，好夫人之慷慨⑩。众踥蹀而日进兮⑪，美超远而逾迈⑫。

【注释】

①外：外表。承欢：指逸佞小人在君王面前奉承讨好，博得君王的欢心。汋约：姿态柔美的样子，这里形容朝中小人的媚态。②谌：确实，实在。茌弱：软弱。持：同"恃"，依靠。③忠：指忠贞之士。湛湛：厚重的样子。进：进用，指接受重任。④妒：嫉妒，指忌妒者。被离：挑拨离间，被，同"披"。⑤抗行：高尚的行为，抗，通"亢"。⑥暸：本指目光明亮，此处含光辉之义。杳杳：形容高远。薄：迫近。⑦众逸人：指陷害屈原的党人。⑧被：同"披"，这里是"加上"的意思。不慈：指不爱护子女。伪名：捏造的不好的名声。相传古代的圣君尧，因发现自己的儿子丹朱行为不端，于是将君位禅让给了舜；舜以为儿子商均不好，把帝位传给禹。后来就有"尧不慈，舜不孝"的说法。这句是说像尧舜德行那样高尚的人还遭受毁谤，足见逸人之惯于颠倒是非。⑨憎：厌恶。愠：忠诚而不善言辞的样子，这里用为名词，指具有这种美德之人。⑩好：喜欢、喜好。夫：语助词。慷慨：指那种表面慷慨陈词的浅薄之人。⑪众：指众小人。蹉跌：惊慌快走的样子。日进：指一天比一天受到重用。⑫美：与上文"众"对举，君子贤臣。超远：指被疏远。逾迈：越走越远。

乱曰①：
曼余目以流观兮②，冀一反之何时③？鸟飞返故乡兮④，狐死必首丘⑤。信非吾罪而弃逐兮⑥，何日夜而忘之⑦！

【注释】

①乱：古代乐歌的尾声称为"乱"，此为全诗的卒章，总括全篇。②曼：拉长。曼余目，等于说放开眼界。流观：四下眺望。③冀：希望。一反：回去一次。④故乡：这里指飞鸟的旧巢。⑤首丘：头向着山丘。"首"字用为动词。传说鸟不管飞行多远，总要飞回故林和旧巢；狐狸将死的时候，头总是朝着出生时的山冈枕着，所谓"枕丘而死，不忘其所自生也"。诗人在这里，以形象的比喻，表现了自己对生身故国的眷念之情。⑥信：的确。

弃逐：放逐。⑦之：代词，指故乡郢都。

【译文】

  上天变化反复无常啊，为什么让百姓震荡受祸殃。人民流离失散不能团聚，二月里逃避灾难向东方。踏上征途挥泪别故乡，沿着夏水大江去流亡。走出国都的大门悲痛萦怀，甲日的清晨我动身远行。从郢都出发离别故乡，天高地远我应该去向何方？举起双桨内心又徘徊犹豫，哀伤的是我再也见不到君王。望着郢都的梓树长叹息，泪水簌簌落下似雪珠。过了夏口向西行，看不见郢都东门我依然回头久望。心中忧伤留恋十分感伤，前途渺茫我不知去向。顺着风向任意漂泊吧，在那波滔汹涌的大水中流浪。我乘着水神泛起的大波，随着波涛在水上漂流。我的心绪郁结无法解脱，我的心胸受压抑无法舒畅。掉转船头顺江而下，先过洞庭，再下长江。今天去别世代居住的地方，漂泊流浪向东漂荡。

  我的灵魂思念故园啊，没有一刻忘记返回的愿望。离开夏口我仍牵挂西方，哀伤的是离故都的路越来越长。登上水边的大堤我纵目眺望，姑且宽慰我忧愁的心肠。我哀伤于国土和平安乐却为战乱所毁，悲伤于楚国勤苦创业的好风俗却坏于贵族集团的骄奢淫逸。当我就要到达那遥远的陵阳，向南一片汪洋让我不知去何方。谁承想宫室广厦成瓦砾，谁知道郢都东门杂草丛生。内心从未有过快乐，忧虑和哀愁不断涌进胸膛。思念郢都路途遥远，没有办法回渡夏水和长江。这发生的一切如梦中一样，遭放逐的岁月却已很长。悲惨郁闷解也解不开啊，不被信任令我悲伤。

  逸佞小人外表阿谀取悦君王，可骨子里却软弱无法依仗。忠贤希冀为君王献身，嫉妒者挑拨离间，从中阻隔。古代尧舜的德行何等高尚，光明远烛，上与天齐。逸佞之人嫉妒我，竟用不慈的罪名将贤德诽谤。憎恨那忠诚者的美好品德，喜好那慷慨陈词虚伪的表演。小人得势一日日升迁，贤良美德都渐渐被疏远。

  纵目向四处眺望，希求再回去一次啊在什么时候？飞鸟飞得再远也要返回旧林,狐狸临死头要朝向生身的山冈。本不是我的罪过却遭到放逐,白天黑夜怎能忘记我的故乡!

◎抽思◎

心郁郁之忧思兮,独永叹乎增伤①。思蹇产之不释兮②,曼遭夜之方长③。悲秋风之动容兮④,何回极之浮浮⑤。数惟荪之多怒兮⑥,伤余心之忧忧⑦。愿遥起而横奔兮⑧,览民尤以自镇⑨。结微情以陈词兮⑩,矫以遗夫美人⑪。昔君与我成言兮⑫,曰:"黄昏以为期⑬。"羌中道而回畔兮⑭,反既有此他志⑮。侨吾以其美好兮⑯,览余以其修姱⑰。与余言而不信兮⑱,盖为余而造怒⑲。愿承间而自察兮⑳,心震悼而不敢㉑。悲夷犹而冀进兮,心怛伤之憯憯㉒。历兹情以陈词兮㉓,荪详聋而不闻㉔。固切人之不媚兮㉕,众果以我为患㉖。初吾所陈之耿著兮,岂至今其庸亡㉗。何独乐斯之謇謇兮㉘,愿荪美之可完㉙。望三五以为象兮㉚,指彭咸以为仪㉛。夫何极而不至兮,故远闻而难亏。善不由外来兮,名不可以虚作。孰无施而有报兮,孰不实而有获㉜?

【注释】

①永叹:长叹。增伤:更加忧伤。②蹇产:此为叠韵词,上下二字同义,曲折之义。不释:解不开。③曼:长。方:正。④动容:指自然界的变化。"秋风之动容",是说秋风起,草木开始枯黄衰落凋零。⑤回极:指风回旋飘荡的样子,一说回极指北极星。浮浮:动荡不安的样子。⑥数惟:屡次想到。惟,想、思。荪:本为香草,这里指代楚怀王。⑦忧忧:忧愁悲痛的样子。⑧遥起:《方言》:"摇疾也。"王念孙《读

书杂志》:"摇起,疾起也。与横奔文正相对。"横奔:不顾一切地要走。⑨尤:苦难。镇:镇定,安定。这两句是说,本来想迅速离开这里,但看到人民的苦难,又镇定下来。⑩结:集结成言。微情:私衷。陈词:陈述,把话说出来。⑪矫:举。美人:比喻楚怀王。"遗夫美人",把情思转化成汉字,告诉楚王。⑫成言:成,一作"诚",诚恳地说。⑬曰:指楚王说。黄昏:借喻晚节。期:约。这里说信任我直到老死。⑭羌:语助词。中道:半路。回畔:反背,指背离原来说定的话。⑮他志:另外的打算。⑯侨吾:侨,同"骄",向我夸耀。⑰览:这里有显示之义。⑱不信:不讲信用。⑲盖:"盍",当"何"解。造怒:发怒。⑳承间:等到空闲的时候再找机会。间,同"闲"。自察:自我表白。㉑震悼:指内心的恐惧与伤痛。不敢:指不敢言。㉒怛:悲惨。憺憺:义"荡荡",形容忧伤不安和恐惧。㉓历:一个一个地列举。兹情:此情,即指上面陈述的"微情"。㉔荪:香草,这里喻指楚王。详:通"佯",假装。"详聋",即装聋。㉕切人:恳切正直的人。不媚:不会谄媚讨好。㉖众:指群小。以我为患:意谓把我当作他们的祸患。㉗庸:乃、竟然。亡:通"忘",忘记。此句意谓难道到如今就会被人遗忘吗?㉘乐斯:喜好这种。謇謇:忠贞的样子。㉙荪美:指怀王原打算实行的美德。完:完美。㉚三五:一说指三皇五帝;一说指三王五霸。象:法象,亦即榜样。㉛仪:典范,表率。上句里的"三五"指的是君,本句中的"彭咸"指臣。㉜实:果实,这里指结果。

少歌曰①:与美人之抽思兮②,并日夜而无正③。侨吾以其美好兮,敖朕辞而不听④。

【注释】

①少歌:古代乐歌的一种,较短。"少歌"四句是对上文的小结。②美人:喻指君王。抽:抽绎,抒发。③并:合并。并日夜:日夜如一。无正:不停止。此句意谓向君王陈述自己的忠贞心情和美政理想的想法,无时无

刻都没有办法终止。④敖：同"傲"。朕辞：我的话。"敖朕辞"，意谓倨傲不听我的话。

倡曰①：有鸟自南兮②，来集汉北。好姱佳丽兮③，牉独处此异域④。既惸独而不群兮⑤，又无良媒在其侧⑥。道卓远而日忘兮⑦，愿自申而不得。望北山而流涕兮⑧，临流水而太息。望孟夏之短夜兮⑨，何晦明之若岁？惟郢路之辽远兮⑩，魂一夕而九逝⑪。曾不知路之曲直兮，南指月与列星⑫。愿径逝而未得兮⑬，魂识路之营营⑭。何灵魂之信直兮⑮，人之心不与吾心同⑯。理弱而媒不通兮，尚不知余之从容⑰。

【注释】

①倡：古代乐歌的一种，较长。"倡曰"一段写目前的处境。②鸟：屈原自喻。③姱：美好。好姱佳丽，表面上是在形容鸟，实际上是写诗人自己的美德和才能。④牉：离别。此句隐隐含离开朝廷而独处异地。⑤惸：通"茕"，孤独。⑥良媒：指在君王左右能帮助屈原说公道话的贤臣。其侧：君王的身旁。⑦卓：遥。⑧北山：可能是郢都附近的一座山名。⑨孟夏：夏季的第一个月，农历四月。前面说"秋风动容"，这里说"孟夏短夜"，时间上有矛盾。其实这是希望的话，即希望秋天的漫漫长夜，能像"孟夏之夜"那样短促。⑩惟：想。郢路：回到郢都的路。⑪魂：梦魂。一夕九逝：说明回归故乡之梦多，而不得安眠。九：虚数，表示多。⑫南指：郢在汉水南，故曰"南指"。此句是说诗人借夜间月亮和星斗的方位来判断郢都，想要取直路回郢，感觉并不遥远，哪里知道地面的距离和政治上的原因却使得道路曲直坎坷，无法归去。⑬径逝：直逝，取直路回郢。未得：没有办法。⑭识路：寻找道路。营营：形容往来忙碌的样子。⑮信直：当作"直"解，指忠诚正直，坚守信念。⑯人之心：指楚王。⑰从容：古义为举止行为，此处当指行动的用意。

乱曰：长濑湍流①，溯江潭兮②。狂顾南行③，聊以娱心兮。轸石崴嵬④，蹇吾愿兮⑤。超回志度⑥，行隐进兮⑦。低佪夷犹⑧，宿北姑兮⑨。烦冤瞀容⑩，实沛徂兮⑪。愁叹苦神，灵遥思兮。路远处幽，又无行媒兮。道思作颂⑫，聊以自救兮。忧心不遂，斯言谁告兮⑬！

【注释】

①濑：沙石滩上流过的浅水。湍：急流。②溯：逆流而上。江潭：郭沫若《屈原赋今译》认为应是沧浪江。③狂顾：郭沫若《屈原赋今译》："'狂'当是'枉'字之误。"回顾。④轸：通"畛"，田间小路。崴嵬：指道路突兀不平的样子。⑤蹇：阻碍。吾愿：我返回郢都的愿望。⑥超回：迟回，徘徊。志度：亦作踟躇。⑦隐进：指小心谨慎地前行。隐：微。以上四句大意是说：归途中山石众多，崎岖不平，因此，归郢的志愿难以实现，想绕道而行，寻找直路，但道路却隐隐而难进。⑧低佪：指内心的彷惶。夷犹：犹豫迟疑。⑨北姑：汉北地名。⑩烦冤：内心烦乱愤懑。瞀容：心神杂乱不安。⑪沛徂：谓颠沛之行。⑫作颂：指作诗歌，即指本篇。⑬斯言：这些话。即指作颂之言。

【译文】

忧伤郁积心情沉闷啊，独自长叹掀起层层忧伤。思绪烦杂不得舒畅啊，受煎熬的黑夜如此漫长。悲叹秋风萧瑟万物要凋零啊，回转盘旋飘摇动荡。想到爱发怒的君王啊，心就会有无尽的忧伤。我想不顾一切远走高飞啊，百姓受苦让我细心思量。整理情思慢慢陈述啊，一切都要告诉君王。你曾与我诚恳相约啊，你说："信任你直到老死。"可是中途你就变卦折返啊，反悔初志另有打算将我抛弃。向我炫耀你的美好外表，让我观赏你的美好整洁，与我有言在先都不守信啊，可又为何将我无故迁怒。多想找个机会尽情向你表白啊，却心中悸动不安不敢上前。悲哀犹豫希望能靠近啊，纵使我内心这样忧伤。列举我的忠贞表白情感啊，君王啊你却装聋不愿听。本来耿直的人不诌媚啊，人们却把我当作眼中钉。当初向君王的表白啊，难道到如今全部遗忘？我偏偏喜好忠贞直言啊，君王美德是我的愿望。愿以三皇五帝做榜样啊，贤臣彭咸是我效法的楷模。没有目标达不到啊，声名远扬难以损伤。美好的品德要靠自己修啊，伟大的名声哪能虚假伪装。哪有不施舍就有报酬啊，哪有不结果就有收获。

向君王倾吐心中的怨愁忠情与理想啊，日日夜夜无法终止念头。总向我炫耀你认为"美好"的丑类啊，傲慢得无视我的言辞。

一只鸟从南方郢都飞来呀，栖息在汉北这生疏的地方。她多么美丽，多么漂亮啊，却离开故土流落在他乡。她无依无靠，离群索居，又没有良媒在君王身边。道路遥远一天天被遗忘，多想向君王表白却不能上前。遥望北山热泪流淌啊，面对流水长长叹息。希望秋天的漫漫长夜能像孟夏之夜般短促，盼天明像度年般的漫长。想到郢都的归途是何等遥远啊，梦魂每晚都往返回去几趟。从不管道路的崎岖坎坷，借明月与群星的光辉辨别南方。我多想直接回去却没有成功啊，灵魂在梦中寻求道路急急忙忙。我的灵魂多么忠诚正直啊，而君王的心和我的心那样不同。软弱的使者不能与君王沟通啊，哪知我行动的目的，又怎能为我进言！

长长的浅滩水流急，溯着江漂流向上走。回顾通向南方的道路，暂且散舒解我心中忧愁。归途中怪石嶙峋不平，阻碍我的思归之愿。我徘徊踟蹰，进退两难。我心踌躇又彷徨，夜晚住宿在北姑。我的心绪忧愁苦闷，这是流离颠沛的生活啊。悲愁叹息我痛苦的心灵啊，归途遥遥漂泊在这偏僻地方，又找不到媒人替我申辩啊。我写下这首诗歌，以此抒怀替我自解啊。我的痛苦无法消除，这些话儿向谁倾诉。

◎怀沙◎

滔滔孟夏兮^①，草木莽莽。伤怀永哀兮，汩徂南土^②。眴兮杳杳^③，孔静幽默^④。郁结纡轸兮^⑤，离慜而长鞠^⑥。

抚情效志兮⑦,冤屈而自抑。刓方以为圜兮⑧,常度未替⑨。易初本迪兮⑩,君子所鄙。章画志墨兮⑪,前图未改⑫。内厚质正兮⑬,大人所盛⑭。巧倕不斵兮⑮,孰察其拨正⑯。玄文处幽兮⑰,矇瞍谓之不章⑱。离娄微睇兮⑲,瞽以为无明。变白以为黑兮,倒上以为下。凤皇在笯兮⑳,鸡鹜翔舞㉑。同糅玉石兮㉒,一概而相量㉓。夫惟党人之鄙固兮㉔,羌不知余之所臧㉕。

【注释】

①滔滔:悠悠。古"滔""悠"语意相同。这里是说初夏悠长的天气。②汩:水流急速的样子。徂:往。③眴:同"瞬",看。杳杳:深远而无所见。④孔:甚,很。默:寂静无声。⑤郁结:忧愁烦闷不得抒发的样子。纡轸:形容内心如扭曲一样地疼痛。纡:曲;轸:痛。⑥离:同"罹",遭受。慜:同"愍",痛。鞠:穷困。⑦抚:循。抚情:省察、回顾情状。效:考验的意思。效志:犹言考验其志向。⑧刓:削。圜:同"圆"。⑨常度:正常的法度。替:废除。此二句意谓欲削方木以为圆形,即变节从俗,但是正常的法度绝对不能更改。⑩易初:变易初心。本迪:本,当作"卞",通"变"。迪,道也。"本迪"应为"变迪",意谓:变易当初的道路。⑪章:同"彰",显明。画:规划。志:识,记住。墨:绳墨,指代法度。⑫前图:即"前度",指以前所定的法度。以上二句是说修明规划,识别绳墨,过去所制定的法度是不可更改的。⑬内、质:均指人的品质。厚:重。正:正大。⑭大人:指君子。盛:赞美。⑮倕:相传古时的巧匠名。斵:砍削,指制作器物。⑯拨:弯曲。拨正:曲直。此二句是说巧匠不动其斧斤,谁又能衡量出曲直,用以比喻如果不经过考验,怎么能够知道"内厚质正"。⑰玄文:黑颜色的花纹。处幽:放在黑暗之中。玄文处幽即说以玄色置暗处。⑱矇瞍:盲人。以上二句是说,把黑色花纹放到暗处,使盲人观之,自然认为没有文采,以

比喻贤才得不到重用，则俗人认为无用。⑲离娄：古代传说中视力很强的人，能"视于百步之外，见秋毫之末"。睇：眼睛斜看。⑳笯：鸟笼子，楚国方言。㉑鹜：鸭子。此二句比喻贤者被困，小人得志。㉒糅：杂糅。㉓概：古时量米麦时刮平斗斛用的木板。一概相量，喻指同样评价。此二句指斥世俗之人总是混淆善恶。㉔鄙固：鄙陋、顽固。㉕臧：善。

　　任重载盛兮，陷滞而不济①。怀瑾握瑜兮②，穷不知所示③。邑犬之群吠兮④，吠所怪也⑤。非俊疑杰兮，固庸态也⑥。文质疏内兮⑦，众不知余之异采⑧。材朴委积兮⑨，莫知余之所有。重仁袭义兮⑩，谨厚以为丰⑪。重华不可遌兮⑫，孰知余之从容！古固有不并兮⑬，岂知其何故！汤、禹久远兮，邈不可慕也。惩违改忿兮⑭，抑心而自强⑮。离愍而不迁兮⑯，愿志之有象。进路北次兮⑰，日昧昧其将暮⑱。舒忧娱哀兮，限之以大故⑲。

【注释】

①滞：停顿，指水不流通。济：渡。此二句是说，身负重任却得不到发挥，就如同载负很重的车子陷入泥泞而不能前进一样。②怀：怀抱，在衣为怀。握：在手为握。瑾、瑜：均为美玉。③穷：穷困的处境。所示：拿给人看。此二句是说正人见弃，无所用其才能。④邑犬：国中的狗。吠：狗叫。⑤怪：怪异。⑥庸态：庸人的常态。⑦文质疏内：犹言"文疏质内"。文，外表；质，本质。"文疏"，指外表的落落大方。"质内""内"为"讷"的假借，即朴实而不善言表。⑧异采：与众不同的文采，指深藏不露的内美。⑨朴：木皮。委积：聚积。比喻自己有才能不被重用。⑩重：与"袭"同义，重复积累的意思。⑪谨厚：慎重谨守。⑫遌：遇到。⑬不并：指圣贤不同时生。⑭惩违：止住怨恨。惩，止；违，

通"悱"字，怨恨。"惩违"与"改忿"意同。⑮抑心：压抑着愤懑不平的心情。自强：自勉而无所畏惧。⑯离愍：遭遇到祸患。愍，病。不迁：不改变。⑰北次：犹言北行。次，休止。⑱日昧昧：看似为自然景物的描写，可能是诗人悲痛情感的流露。⑲限：极限。大故：死亡。

乱曰：浩浩沅湘①**，分流汨兮**②**。修路幽蔽**③**，道远忽兮**④**。怀质抱情**⑤**，独无匹兮。伯乐既没**⑥**，骥焉程兮**⑦**。万民之生**⑧**，各有所错兮**⑨**。定心广志，余何畏惧兮。曾伤爰哀**⑩**，永叹喟兮。世溷浊莫吾知，人心不可谓兮。知死不可让**⑪**，愿勿爱兮**⑫**。明告君子，吾将以为类兮。**

【注释】

①浩浩：水势汹涌的样子。②分流：当为"纷流"，纷纷流入洞庭湖。汨：水流很快的样子。③修路：漫长的路。修，长。幽：深。蔽：暗。④忽：荒忽，形容离郢都极远。⑤质：禀性。情：情愫。⑥伯乐：人名。相传春秋时秦穆公的臣子，以善于相马著名。⑦程：比较衡量。是说较量才力的意思。此二句是说，伯乐已经死了，虽然有骐骥之才，又如何能比较出其才力的高低呢？⑧万民之生：人生。⑨错：通"措"，安置。⑩曾：应作"增"。"增伤"与"爰哀"为对文。爰哀：哀伤不止。爰，通"喧"。⑪让：避，避免的意思。⑫爱：指对生命的吝惜留恋。

【译文】

初夏悠长有生机啊，草木丛生万木茂盛。心中怀着止不住的悲哀啊，匆匆走向遥远的南方。远处山高水深野茫茫，四周沉沉寂寞没有任何音响。心中痛楚郁结不能解啊，遭受忧患困穷不得脱。抚慰内心省察我的志向，强自压抑，冤屈满腔。纵使你们可以削方成圆啊，正常法度不会被丢弃。改变最初追求的志向啊，这样的行径正直的人们都鄙夷。如同匠人的规墨要牢记啊，过去法度不能随便更易。内心淳厚品质端正啊，那是正人君子所称许的。巧匠们如果不挥动斧头啊，谁又能辨认出是直是曲？黑色的花纹放在暗处啊，瞎子说它没有纹理。离娄见秋毫之末啊，瞎子却误认为同自己一样。硬把白的说成黑的啊，人为地把上下颠倒。凤凰因在笼子里啊，鸡鸭却到处飞翔。将美玉乱石混杂在一起啊，用同一个尺度来衡量。那些党人如此鄙陋，又怎能知道我的爱好。

身负时代的重任啊，却陷入泥淖之中无法前行。怀抱珍宝手握美玉啊，想尽办法也不知道向谁显示。国中野狗成群狂吠啊，那是它们极少见多怪啊。非难豪杰毁谤贤士啊，这本就是庸人的常态。外表疏放内心朴质啊，众人哪晓得它特异的光彩。可做栋梁的木材与无用的树皮堆积在一起啊，哪晓得我所有的美德才能。不断地积累仁义行正直啊，谨慎忠诚才是真正的丰厚。遇不到舜帝那样的贤君啊，谁又能欣赏我的从容气度。自古圣贤不同时啊，谁能知道其中的缘故？商汤大禹离我们远去啊，距今久远已无法追慕。暂且抑制心中怨和怒啊，压抑感情信念仍然要坚强。虽遭祸患我初衷不改啊，愿自己的志行能为后人效法。向北进发途中住宿，日薄西山无法挽留。散淡忧肠稍快悲怀，最大的不幸无非是死亡。

沅水湘水浩浩荡荡，各自奔流日夜不息啊。道路幽深暗又长，前途渺渺茫茫啊。我怀抱淳朴和忠信之情，孤独如今无人与我可商量。伯乐既然已经死去，纵使骏马又如何裁识衡量啊。各有不同的禀性，命运各自就由天注定。我坚定内心扩展志向，还有什么让我畏惧啊。屡屡受害止不住悲伤啊，长久地叹息好凄凉。世界污浊无人了解我，人心叵测本来就无法评说啊。我明白死亡是不可避免的，我绝不留恋生命啊。我郑重告诉君子们，我永远同志士先贤在一起啊。

◎思美人◎

思美人兮^①，揽涕而伫眙^②。媒绝路阻兮，言不可结而诒③。謇謇之烦冤兮④，陷滞而不发⑤。申旦以舒中情兮⑥，志沈菀而莫达⑦。愿寄言于浮云兮，遇丰隆而不将⑧。因归鸟而致辞兮⑨，羌迅高而难当⑩。

【注释】

①美人：指楚怀王。一说是顷襄王。②揽涕：涕意指擦干眼泪。竚：同"伫"，久立。眙：凝视，直视。③结：编结，聚。④謇謇：同"謇謇"，楚国方言，这里指忠贞之言。⑤陷滞：义同"郁结"，指内心不解的烦冤。发：起、开之义。⑥申旦：犹言"月月""天天"。申：一再地。⑦沈菀：即沉郁，积结而不舒畅。达：指通达于君。⑧丰隆：云神。一说雷师。将：帮助。⑨因：依、凭。归鸟：即指鸿雁。⑩迅高：指鸟飞得又快又高。迅，一本作"宿"。宿高，指鸟宿高枝。当：遇到。难当，难以相遇。

高辛之灵盛兮①，遭玄鸟而致诒②。欲变节以从俗兮，愧易初而屈志③。独历年而离愍兮④，羌冯心犹未化⑤。宁隐闵而寿考兮⑥，何变易之可为！知前辙之不遂兮⑦，未改此度。车既覆而马颠兮，蹇独怀此异路⑧。勒骐骥而更驾兮⑨，造父为我操之⑩。迁逡次而勿驱兮⑪，聊假日以须时⑫。指嶓冢之西隈兮⑬，与纁黄以为期⑭。

【注释】

①高辛：帝喾的称号。灵盛：善德盛满。②遭：遇到。玄鸟：即燕子。致诒：犹言"致赠"。诒，赠、送。③易初：改变当初志向。屈志：委屈了自己的志向。④历年：多年。离愍：遭遇忧患。愍，忧病。⑤冯心：愤懑的心。冯与"凭"同。未化：没有化解。⑥隐闵：隐忍着苦痛。寿考：年高，终老。⑦辙：车轮所走的印迹。"前辙"，指前路。遂：顺利。⑧异路：与众人所走的不同道路。以上两句是说，即使到了车倾马仆的境况仍然会独

怀所由之道，表示不与众人相同。⑨勒：扣，勒住。更驾：指再次驾车。⑩造父：相传周穆王时善于驾车的人。⑪迁：迁延。逡次：徘徊不前的样子。⑫假：借。须时：等待时机。须，待。⑬嶓冢：山名。隈：山边。⑭纁：指黄昏。纁：通"曛"，日落的余光。

　　开春发岁兮①，白日出之悠悠②。吾将荡志而愉乐兮③，遵江、夏以娱忧④。揽大薄之芳茝兮⑤，搴长洲之宿莽⑥。惜吾不及古人兮⑦，吾谁与玩此芳草⑧。解萹薄与杂菜兮⑨，备以为交佩⑩。佩缤纷以缭转兮⑪，遂萎绝而离异⑫。吾且僤佪以娱忧兮⑬，观南人之变态⑭。窃快在其中心兮⑮，扬厥凭而不竢⑯。芳与泽其杂糅兮，羌芳华自中出。纷郁郁其远烝兮⑰，满内而外扬⑱。情与质信可保兮⑲，羌居蔽而闻章⑳。

【注释】

　　①开春发岁：指春天的开始，一年的开端。②悠悠：长久。"白日悠悠"，指春日时光变得悠长。③荡志：纵情放志，有散淡心情的意思。④江、夏：指长江和夏水。⑤大薄：指草木丛生的高地。茝：香草，即白芷。⑥搴：拔取。宿莽：一种经冬不枯的香草。⑦惜：痛惜。古人：似指古代的圣贤君主。⑧玩：欣赏鉴赏。⑨解：采摘。萹：萹蓄，也叫萹竹。萹薄，即指成丛的萹蓄。杂菜：恶菜。比喻楚王任用的人。⑩交佩：左右佩带。⑪缤纷：多。缭转：缠绕。⑫萎绝：芳草枯萎灭绝。楚王既宠信恶草，香草自然因被离弃而枯萎。离异：丢开。⑬僤佪：徘徊。⑭南人：郢都的党人，诗人指斥的小人。变态：动态。⑮窃快：指诗人自己内心的欣愉。⑯扬：弃。厥凭：自己的愤懑。竢：等待。⑰郁郁：指香气浓郁。烝：同"蒸"，蒸发。远烝：蒸发得很远。⑱满内而外扬：指内部充实而又向外散发。⑲情：指表现在外的思想、情志。质：指蕴藏于内的品质。信：诚然。

保：持守。⑳居蔽：隐居，此处指居住在偏僻之地，流放之地。闻：美誉。章：同"彰"。

　　令薜荔以为理兮①，惮举趾而缘木②。因芙蓉而为媒兮，惮褰裳而濡足③。登高吾不说兮④，入下吾不能。固朕形之不服兮⑤，然容与而狐疑⑥。广遂前画兮⑦，未改此度也⑧。命则处幽吾将罢兮⑨，愿及白日之未暮也⑩。独茕茕而南行兮⑪，思彭咸之故也⑫。

【注释】

①薜荔：芳草蔓生草本植物。理：使者，中间人。②惮：害怕，这里含有不愿意之义。举趾：抬脚。缘木：爬树，薜荔多依附树木而生，故采摘须爬树。③褰裳：提起衣裙。濡足：沾湿了脚。④说：同"悦"，喜欢。"登高"句承"缘木"言；"入下"名承"濡足"言。⑤形：指身体。服：习惯。这句是说自己不想登高入下，所以处观望之中。⑥容与：与"狐疑"意近，徘徊、犹豫的意思。⑦广遂：广泛地实现。"前画"，即指从先别的谋划。⑧此度：指始终不变的决心。⑨处幽：居于幽闲之地。罢：通"疲"，疲倦。⑩愿及：希望趁着。未暮：尚且没有日落，即含生命尚未完结。⑪茕茕：孤独。南行：即指上文"遵江夏"。⑫思彭咸之故：即《离骚》"原依彭咸之遗则"之义。故，故迹。

【译文】

　　思念心中的人啊，长久伫立凝望挥泪如雨。良媒不通道路又阻绝啊，郁结在心里的话无法寄。蹇蹇忠心使我心情愁苦啊，烦闷郁积在心底无法抒发。时刻都想告白我的心情啊，情思沉积无法表达。想求浮云寄信传言啊，云神却不肯帮助。托鸿雁为我传书啊，大雁飞得太快太高难以相遇。

　　高辛氏神通广大啊，有玄鸟来帮助传送聘礼。想让我改变节操顺从恶习啊，改变初衷将委屈自己的志向。多年来我独自遭遇忧患啊，满腔愤懑的心情难以平息。宁可忍受苦痛直到老啊，改变初衷不是我的选择。明知前面道路不通顺啊，但决不改变我认准的真理。即使到了车倾马仆的境地啊，心怀这条路也要一直走下去。勒住骏马切换赶路的车驾啊，造父为我把车驾。缓缓行进不必急奔跑啊，姑且费些时光等待良机。向着嶓冢山的西隈行进啊，约定黄昏时刻到那里。

春天又降临这大地啊，春日时光变得悠长。我要愉悦快乐啊，沿着长江夏水排解心中的忧愁。采摘丛林中芬芳的香芷啊，拔取长洲的宿莽。惋惜古代圣贤与我不同时啊，和谁一起共赏芬芳香草。除去那成丛的藅蓄和杂菜啊，香芷和宿莽做成佩带。那佩带繁多而缭绕啊，被弃的香草如何不枯败。我暂且徘徊消遣心忧啊，观察郢都的党人怎样的动态。内心也有苦涩的欣慰啊，抛弃愤懑不再有什么期待。花朵和污秽混杂在一起啊，那芳花不受玷污能卓然自见。芬芳馥郁香气远播啊，内在充盈必定会向外飘扬。情感和品质不更移啊，居住即使偏僻也能美名远扬。

想让薜荔做我的使者啊，又怕举足攀树去寻找。想让芙蓉做我的使者啊，又怕撩起衣服沾湿我的脚。攀登高处我不高兴啊，下水湿足我不愿意。本来我就不习惯这些啊，于是在此地犹豫徘徊。全面实行从前的美好计划啊，我决不动摇去改变法度。命运注定身居幽僻之边啊，愿有番作为再离世。孤独向南走道路多漫长啊，把彭咸敢于直谏作为榜样。

◎惜往日◎

惜往日之曾信兮①，受命诏以昭时②。奉先功以照下兮③，明法度之嫌疑④。国富强而法立兮，属贞臣而日娭⑤。秘密事之载心兮⑥，虽过失犹弗治⑦。心纯庞而不泄兮⑧，遭谗人而嫉之。君含怒以待臣兮，不清澄其然否。蔽晦君之聪明兮⑨，虚惑误又以欺⑩。弗参验以考实兮⑪，远迁臣而弗思。信谗谀之溷浊兮⑫，盛气志而过之⑬。

【注释】

①曾信：指曾经受到楚王信任。即屈原曾经担任左徒，在内政和外交方面都曾起过重大作用。②命诏：即"诏命"，指怀王制定并发布的法令、文诰。昭，用作动词，使光明。③奉：继承。照：照临下土，使万民受惠。④明：辨明。嫌疑：指法度中疑惑难明的问题。⑤属：委托，托付。贞臣：屈原自指。娭：同"嬉"，游乐。此句是说，君王重用贞臣，自己就可以安乐无事。⑥秘密：即黾勉，努力。载心：放在心里，有不辞劳苦之义。载：放置。⑦治：治罪。⑧纯庬：指思想纯正朴厚。泄：泄露。⑨蔽晦：蒙蔽对方并使之昏暗。⑩虚惑：把无说成有叫虚，把假说成真叫惑。误：指误人。欺：欺骗。虚、惑、误、欺：都指谗人蒙蔽君王所用的种种手段。⑪参验：比较、验证。考实：考察核实真相。⑫谗谀：指那些进谗言、阿谀奉承的小人。溷：混浊，指小人混淆是非的谣言。⑬盛气：指君王大怒。盛：强烈。过：责罚。

何贞臣之无罪兮，被离谤而见尤①！惭光景之诚信兮②，身幽隐而备之③。临沅、湘之玄渊兮④，遂自忍而沈流⑤。卒没身而绝名兮⑥，惜壅君之不昭⑦。君无度而弗察兮⑧，使芳草为薮幽⑨。焉舒情而抽信兮⑩，恬死亡而不聊⑪。独鄣壅而蔽隐兮⑫，使贞臣为无由⑬。闻百里之为虏兮⑭，伊尹烹于庖厨⑮。吕望屠于朝歌兮⑯，宁戚歌而饭牛⑰。不逢汤、武与桓、缪兮⑱，世孰云而知之⑲！吴信谗而弗味兮⑳，子胥死而后忧㉑。介子忠而立枯兮㉒，文君寤而追求㉓。封介山而为之禁兮㉔，报大德之优游㉕。思久故之亲身兮㉖，因缟素而哭之㉗。或忠信而死节兮，或讪谩而不疑㉘。弗省察而按实兮㉙，听谗人之虚辞。芳与泽其杂糅兮，孰申旦而别之？何芳草之早夭兮㉚，微霜降而下戒㉛。谅聪不明而蔽壅兮㉜，使谗谀而日得㉝。

【注释】

①被离："被"和"离"都是遭遇的意思。谤：毁谤。见尤：指被责罚。见：被，受到。尤：责备，责怪。②惭：惭愧，此处反义而用之。景：同"影"。光景，犹言明暗。"光"指明处之行事言；"景"指暗处之自守言。诚信：真诚而守信。③身幽隐：指自身埋没隐蔽，实指流放。备：具备。此二句，各家说法不一。④玄渊：深渊。⑤遂：就。自忍：狠心。沈流：沉在水流的中央，即投水而死。⑥卒：终于。没身、绝名：均指死去。⑦壅君：受蒙蔽的君主。昭：明白。⑧度：计量长短的标准和器具，这里指辨别是非的标准。⑨薮幽：沼泽。芳草不在园圃而在沼泽的幽僻之处，喻指贤臣外放，不在庙堂，而在荒野。⑩焉：怎么。舒情：抒发感情。抽信：展示其诚信。⑪恬：安于。不聊：不苟且偷生。⑫独：却。鄣：同"障"。"鄣壅""蔽隐"，指小人在君王面前进谗言，谗言造成障碍，蔽隐贤才。⑬由：机会，办法，途径。作者死前唯一的愿望就是有直抒胸臆的机会，但这一点都不能做到。⑭百里：即百里奚，春秋时虞国大夫。晋国灭虞，百里奚被俘，作为陪嫁臣入秦，后出走，被楚人拘。后被秦穆公用五张羊皮换回，任用为大夫。⑮伊尹：商汤时贤相。传说当初他只是一个奴隶。伊尹假借善于烹调的名义求见商汤，说治国就跟调味一样，汤因而任用他为相。⑯吕望：即姜尚。⑰宁戚：春秋时卫国人。⑱汤：商汤。武：周武王。桓：齐桓公。缪：同"穆"，指秦穆公。⑲孰：谁。云：语助词。知之：了解他们，指百里奚等人。作者借百里奚等人得侍明主的故事，慨叹自己生不逢时。⑳吴：指国君夫差。信谗：听信谗言，指吴王夫差听信太宰伯嚭的谗言，逼死伍子胥

一事。弗味：不加玩味，即不经过仔细琢磨的意思。㉑死而后忧：指伍子胥死后不久，吴为越国所灭。㉒介子：人名，介子推，春秋时晋人。㉓文君：指晋文公。寤：同"悟"，觉悟。追求：指寻找介子。㉔封：加封。介山：介子推死后，绵山改名为介山。禁：即指封介山禁民上山打柴。㉕报：报答。大德：指介子推的恩德。优游：形容其德之广大。㉖久故：故旧，相交很久的人。亲身：指左右不离的亲近的人。㉗缟素：白色丧服。哭之：哭祭介子推。㉘或：有的人。㐌谩：蒙骗、欺诈。㐌，通"诞"。此句是说有的人欺诈却被信任不疑。㉙省察：调查实情。㉚芳草：喻贤才。㉛微霜：不太明显的小霜。戒：警告。比喻暗中的谗言。㉜谅：诚然。谅聪不明：即听之不明。㉝日得：一天比一天得势。得，得意。此二句是说，君王听之不明而有所蒙蔽，致使小人日益得势，占据高位。

自前世之嫉贤兮，谓蕙若其不可佩①。妒佳冶之芬芳兮②，嫫母姣而自好③。虽有西施之美容兮④，谗妒入以自代⑤。愿陈情以白行兮⑥，得罪过之不意⑦。情冤见之日明兮⑧，如列宿之错置⑨。乘骐骥而驰骋兮，无辔衔而自载⑩。乘泛泭以下流兮⑪，无舟楫而自备⑫。背法度而心治兮⑬，辟与此其无异⑭。宁溘死而流亡兮⑮，恐祸殃之有再。不毕辞以赴渊兮，惜壅君之不识⑯。

【注释】

①蕙、若：蕙草和杜若，均为香草名。②冶：艳丽。"佳冶"，指丽人。③嫫母：传说中的丑女。姣：容貌妖媚。这里有卖弄风骚的意思。自好：自以为美好。④西施：春秋时越国的美女。⑤自代：谗人排除别人而代替其位置。⑥白行：表白行为。⑦不意：没有料到。⑧情冤：此为对文，情，指真情；冤，指冤曲。情冤，是说真情与冤状。见：同"现"，显现。日明：一天比一天明显。⑨列宿：众星。错：通"措"，"错置"，安

放、罗列。⑩自载：自己控制乘载。意谓乘坐不配上笼头和缰绳的骏马奔跑，肯定会摔跤。⑪泭：木筏。下流：顺流而下。⑫舟楫：船桨。自备：义同"自载"。此句意谓在急流中顺流而下，不用船桨也很危险。⑬心治：凭主观办事。⑭辟：通"譬"。此：指上述"无辔自载""无楫自备"。无异：没有什么不同。⑮溘死：突然死去。流亡：流而亡去。⑯识：知。指顷襄王不知奸佞误国，楚国正面临覆亡的危险。

【译文】

　　追忆曾被重用的时光啊，替君王颁布号令整饬国家。遵循先王的功业普照下民啊，明确法度绝无含混不清。国家富强法度完善，委任于忠臣君主就安宁。勤勉从政不辞劳苦啊，虽有小过失君主也能宽恕。我心地纯正不泄露机密啊，竟遭到谗人的嫉妒诽谤。君王怨怒对待臣子啊，不把是非黑白辨清。蒙蔽了君王的耳目啊，他虚言蛊惑却把圣君欺骗。君不验证考察啊，毫不思索就放逐忠良。听信颠倒是非的谗言啊，盛怒之下将我指责。

　　为什么忠良本无罪啊，却受罪过相向又遭到诽谤。悲叹的是表里如一真诚守信啊，持守这好品德却身居幽隐。面对江水幽暗深沉啊，就要忍心投水自沉。个人不过淹没身躯和名声啊，痛惜君王受蒙蔽不能醒悟。君王没有准则又不省察啊，竟使那芳草埋没在湖泽，贤人隐没于山林泽薮。如何抒发情思和展示真心啊，我将坦然赴死决不会偷生。正是小人蒙骗君王啊，使忠贞之臣无路可行。听说百里奚是俘虏啊，当初的伊尹善于烹调。吕望曾在朝歌做屠夫啊，宁戚边敲牛角唱歌边喂牛。如不是遇上圣明的君王啊，世上谁能知道他们的贤明。吴王听信谗言不辨忠奸啊，逼死伍子胥却遭来灭国之忧。介子忠心自焚深山啊，文公醒悟了才去求寻。封介山不准上山砍柴啊，报答忠良的恩泽。想起介子是自己旧交啊，晋文公身着缟素为之痛哭祭奠。有人怀抱忠信守节而死啊，有人心怀诡诈却不被疑。不加考察也不核实啊，只听信谗佞小人虚假的言辞。芬芳与污浊混杂在一起啊，又有谁肯去细细地分辨。为何芬芳花草过早夭亡啊，只因微霜的降临预示死亡。诚然听觉不灵而受蒙蔽啊，才让那批逸佞小人日益得势。

　　自古以来嫉贤就成恶习啊，硬说香草和杜若不可佩戴。嫉妒美人的芬芳啊，丑妇却自认姣美而卖弄风骚。纵有那西施的美貌啊，那批小人却挤进来把她取代。我本想陈述表白行为啊，却遭来责罚祸患出乎我预料。是非曲直总会清楚啊，就如同灿烂的群星一样明了。乘着骏马奔驰啊，却没有辔衔任意行。泛起木筏顺水而下啊，却不用船桨任漂游。违背法度硬要一意孤行啊，如上面危险譬喻没有两样。宁愿突然死去顺流长逝啊，担心的是国家再次遭遇大祸殃。不说完心里话就投入深渊啊，我痛惜被蒙骗的君王不知真情。

◎橘颂◎

　　后皇嘉树①，橘徕服兮②。受命不迁③，生南国兮④。深固难徙⑤，更壹志兮⑥。绿叶素荣⑦，纷其可喜兮⑧。曾枝剡棘⑨，圆果抟兮⑩。青黄杂糅⑪，文章烂兮⑫。精色内白⑬，类可任兮⑭。纷缊宜修⑮，姱而不丑兮⑯。

【注释】

　　①后：后土。皇：皇天。"后皇"，喻言天地。嘉：美好的。②徕：同"来"。服：习惯、适应。③受命：受天地自然之命。不迁：犹言天赋是不能够迁移的。④南国：南主。⑤深固：指根深蒂固。以其受命独生南国。难徙：难以迁移。⑥壹志：意志专一。⑦素荣：白花。⑧纷：繁茂的样子。纷其，指纷然盛茂可喜。⑨曾枝：指橘树的枝条累累。曾，同"层"。剡：尖锐。棘：刺。剡棘，橘树枝上的尖刺。⑩圆果：指橘树的果实。抟：同"团"，圆形。⑪青：指橘未成熟时的颜色。黄：指橘已成熟时颜色。此句承上"圆果"说，有的橘子已熟，有的尚未成熟，故青黄不齐，杂糅可见。⑫文章：文采。此处指橘子的表皮色彩。烂：光彩夺目的样子。⑬精

色：鲜明的颜色，指橘表皮。⑭类：似。可任：可以担当重任。此二句意是橘已经全熟，剖开外貌赤黄，内瓤洁白，故可与任道之人同类。⑮纷缊：义同"氤氲"，指浓郁的香气。宜修："美好"，形容修饰得恰到好处。⑯姱：美好。丑：众。此句是说橘树之美好，与众不同。

嗟尔幼志①，有以异兮②。独立不迁③，岂不可喜兮。深固难徙，廓其无求兮④。苏世独立⑤，横而不流兮⑥。闭心自慎⑦，终不失过兮。秉德无私⑧，参天地兮⑨。愿岁并谢⑩，与长友兮⑪。淑离不淫⑫，梗其有理兮⑬。年岁虽少⑭，可师长兮⑮。行比伯夷⑯，置以为象兮⑰。

【注释】

①嗟：赞叹词。尔：你，代指橘树。幼志：指橘树初生时就具有的特征，如"受命不迁""深固难徙"等秉性。②异：指与一般不同。借橘来说己能。③独立：不依傍。不迁：不变易。"独立不迁"一句进一步申明上文所说的"受命不迁"。④廓：空阔，广大，指心胸宽广。无求：指没有庸俗的追求。⑤苏世：清醒于世。⑥横：横绝，指特立独行的性格。流：指顺流而下。"不流"，即不随波逐流。⑦闭心：与"自慎"同义，均为坚贞自守的意思。⑧秉德：持有美好的品德。⑨参：合也。参天地，是说天无私覆，地无私载，自己的美好品德与天地相合。⑩岁：年岁。谢：凋零。"并谢"，犹言并谢之时。"愿岁并谢"等于说愿与橘树岁时相从代谢。⑪长友：长期与橘为友。⑫淑：善。离：丽。不淫：不惑乱。⑬梗：通"耿"，正直，指橘树的枝干。理：指树的纹理。⑭年岁句：指年岁小。⑮可师长：可以效法。⑯行：品行。比：近。伯夷：殷末孤竹君的长子，与其弟叔齐反对武王伐纣，因不食周粟而饿死在首阳山上，是古代人们心目中的义士。行比伯夷，就是指橘树那种"受命不迁""深固难徙"的品格，近于伯

夷。⑰置：立也。象：榜样。

【译文】

　　世间孕育那佳美的橘树，生来就适应这里的水土。秉受天赋之命不可迁徙，生长在这南楚国度。根深蒂固难以移植，志向是那样专一。绿色的叶子白白的花，繁盛美丽使人欢喜。累累枝条锐利的刺，滚圆的果实挂满树。青黄相间，颜色斑驳绚丽。赤黄的皮肤洁白的瓤，表里如一与君子同质。香气芬芳风姿秀，容貌美好得出类拔萃。

　　啊！你幼年就有的志向，与众不同实在不一样。坚定的兴趣绝不从俗，让人发自内心地把你赞赏。根深蒂固难以移植，心胸开阔无庸俗要求。头脑清醒独立在大地上，善于思考不媚俗。固守信念坚贞自守，始终没有任何失误。怀抱美德无私心，足可参配天地。我愿与你同生共死，愿做你永远的朋友。你有美好的品德与外貌而不惑乱，有坚毅性格和高尚的追求。年纪虽幼小，美德可以效法发扬。品行可与伯夷相比，永远是我心中的榜样。